Emma Heatherington

Das Weihnachtswunder von Hope Street

Roman

Aus dem Englischen von
Claudia Geng

HarperCollins

HarperCollins®

1. Auflage: Oktober 2019
Deutsche Erstausgabe
Copyright © 2019 für die deutsche Ausgabe by HarperCollins
in der HarperCollins Germany GmbH, Hamburg

Copyright © 2018 by Emma Heatherington
Originaltitel: »A Miracle on Hope Street«
Erschienen bei: HarperImpulse,
an imprint of HarperCollins *Publishers*, Ltd. London

Umschlaggestaltung: zero-media.net, München
Umschlagabbildung: Dougal Waters / Getty Images, PJ photography,
Aleksey Stemmer, tomertu / Shutterstock
Lektorat: Carla Felgentreff
Satz: GGP Media GmbH, Pößneck
Printed in Germany
Dieses Buch wurde auf FSC®-zertifiziertem Papier gedruckt.
ISBN 978-3-95967-344-0

www.harpercollins.de

Werden Sie Fan von HarperCollins Germany auf Facebook!

*Für meinen geliebten Daddy Hugh McCrory,
den wahrscheinlich besten Vater der Welt*

*Ein einfacher Akt der Freundlichkeit
kann manchmal die Welt verändern.*

KAPITEL 1

Acht Tage vor Weihnachten – ein Jahr zuvor

»Ich wette, es war der Ehemann. Am Ende ist es *immer* der Ehemann, nicht wahr, Dad?«

Mein Vater sieht aus, als würde er tatsächlich darüber nachdenken, wer der Täter in unserem Fernsehkrimi ist. Und obwohl ich weiß, dass er in der leeren Stille seines Kopfes mehr als eine Million Meilen weit weg ist, bin ich doch sicher, dass er trotzdem noch irgendwo da drin ist.

Ich weiß nur nicht, wo.

Ich beuge mich zu ihm hinüber und drücke seine Hand. Mir steigt der Moschusduft seines neuen Eau de Cologne in die Nase, ein vorzeitiges Weihnachtsgeschenk von seiner Freundin Mabel aus Zimmer 303, das nur ein kleines Stück den Flur runter liegt. Er schenkt mir im Gegenzug ein ausdrucksloses Lächeln, aber seine Augen funkeln leicht.

»Ich weiß, ich weiß, ihr Männer seid nicht alle schlecht«, sage ich scherzhaft, und mein Herz setzt einen Schlag lang aus, als ich meinem Vater in die Augen sehe und dort zum ersten Mal seit einer Ewigkeit einen Schimmer seiner liebenswürdigen Persönlichkeit entdecke, die früher so hell strahlte, bevor diese gefürchtete Krankheit das Leben aus ihm herauspresste.

Solche Augenblicke, in denen er wieder ganz mein Vater ist, sind selten geworden. Ich höre es an seinem Lachen, sehe es an einem verschmitzten Lächeln, spüre es an seiner Umarmung oder erkenne es in seinen Augen, und ich klammere mich daran fest und koste es aus, wenn es tatsächlich einmal vorkommt.

Meistens schaue ich ihm einfach nur dabei zu, wie er sich in einem erwachsenen Körper immer mehr zu einem Kind zurückentwickelt, von Tag zu Tag, von Stunde zu Stunde, von

Minute zu Minute. Es bringt mich um, mit anzusehen, wie er langsam von innen heraus verschwindet.

»*Es wird Zeit, dass du einen Partner findest*«, höre ich ihn in meiner Vorstellung sagen, ein Rat, den er mir gab, als ich mir nach seinem Schlaganfall, mit dem dieses ganze Siechtum begann, große Sorgen um ihn machte. »*Und kümmere dich nicht um mich, hörst du? Du bist etwas ganz Besonderes, Ruth. Such dir einen guten Mann, einen guten Lebenspartner. Finde jemanden, der sich zur Abwechslung einmal um dich kümmert.*«

»Ich weiß, was du denkst«, sage ich leise, als würde ich dieses Gespräch tatsächlich gerade mit ihm führen, »aber ich brauche niemanden, darum mach dir keine Gedanken, Dad. Ich habe dich und Ally, ganz zu schweigen von meinen zwei hinreißenden Neffen. Und du kannst mich nicht daran hindern, dass ich mich um dich kümmere. Das ist ehrlich gesagt das, was ich momentan am besten hinbekomme.«

Ich kann so tun, als würde ich eine richtige Unterhaltung mit ihm führen, aber sein Schweigen und sein glasiger Blick verraten mir, dass er in seiner ganz eigenen Welt ist. Ich nehme ihm das neue Eau de Cologne, das er fest umklammert hält, aus der Hand, befördere die Verpackung in den Abfalleimer und nehme dann wieder in meinem Sessel Platz, um jeden Moment dieser kostbaren Zeit mit meinem Vater zu genießen.

»Du riechst wirklich gut«, sage ich. »Du riechst genau wie –«

Ich unterbreche mich abrupt, weil ich die Worte einfach nicht über die Lippen bringe. Ich würde ihm gerne sagen, was ich gerade denke, aber ich kann nicht. Ich würde ihm gerne sagen, dass sein Eau de Cologne mich an glückliche Zeiten erinnert, an Sicherheit, an Geborgenheit, an jene unbeschwerten Tage, bevor in unserer Familie alles so furchtbar schiefging –

als wir noch zu viert waren, ich, Dad, meine Schwester Ally und unsere Mutter.

»Ich habe diesen Duft nie vergessen, Dad. Er bringt gute Erinnerungen zurück«, ist das, was ich schließlich im Flüsterton herausbringe. »Wie nett von Mabel, dass sie dir dein Eau de Cologne geschenkt hat, nicht wahr? Ich hoffe, sie nimmt es uns nicht übel, dass wir es bereits geöffnet haben.«

Mein Vater wartete früher nie bis zur Bescherung, um seine Geschenke auszupacken, also habe ich seine Tradition fortgesetzt und das Duftwasser schon heute aus seiner hübschen Verpackung befreit, um ihn anschließend großzügig damit einzusprühen. Nicht dass ihm überhaupt bewusst wäre, dass bald Weihnachten ist beziehungsweise ob wir gerade Frühling, Sommer, Herbst oder Winter haben. Aber draußen sieht es definitiv winterlich aus. Auf der anderen Seite der Fenstervorhänge herrscht trübes Tageslicht, und ich lehne mich zurück und entspanne mich in der wohligen Atmosphäre – nur ich, mein Dad, der Duft seines Eau de Cologne, die Vorfreude auf Weihnachten und ein guter alter Poirot-Film im Fernsehen.

»Das ist schön gemütlich«, murmele ich, aber natürlich gibt mein Vater keine Antwort. Stattdessen starrt er nur lächelnd auf den kleinen Fernseher, und das genügt mir im Moment völlig.

Ich konzentriere mich wieder auf unseren belgischen Meisterdetektiv, und meine Hand wandert automatisch in eine Jumbotüte Chips und anschließend hoch zu meinem Mund, der daraufhin knirschend zu kauen beginnt. Das zufriedene Gefühl, das ich hatte, bevor der Duft des Eau de Cologne mich in die Vergangenheit zurückversetzte, stellt sich wieder ein, und ich strecke mich behaglich aus.

Dies ist für mich der Höhepunkt des Tages, und ich habe noch volle dreißig Minuten Zeit, bevor ich in das Hamsterrad meines anderen Lebens zurückkehre, das aus Deadlines am Schreibtisch meines Homeoffice, Terminen für Haarstyling und Make-up und einem künstlichen Lächeln für die Kameras besteht, plus was sonst noch so alles anfällt, wenn man eine berühmte Kolumnistin ist, die für die größte Zeitung der Stadt arbeitet. Ich ziehe meine neue flauschige Strickjacke etwas enger um mich, dann beuge ich mich vor, schiebe den Vorhang leicht zurück und sehe in den düsteren, frostigen Dezembernachmittag hinaus, der von meinem momentanen Standort aus auf der anderen Seite der Welt liegt.

Mir kommt in den Sinn, dass ich in vielerlei Hinsicht ein Doppelleben führe. Da ist zum einen die öffentliche Ruth Ryans, die für die *Today* schreibt, eine erfolgreiche Frau Anfang dreißig, halb irischer, halb italienischer Abstammung, ein prominentes Gesicht auf jeder bedeutenden Veranstaltung in der Stadt, wo sie sich turnusmäßig am Arm eines neuen Begleiters und in einem neuen Look präsentiert. Eine kurvige, durchschnittlich große Erscheinung mit braunen Haaren, einem freundlichen Gesicht und einer sympathischen Ausstrahlung, an die sich Männer, Frauen und auch Kinder mit ihren größten Sorgen und Ängsten wenden und die garantiert jedem zurückschreibt.

Dann gibt es die private Ruth Ryans – die Ruhige in der Familie; die Singlefrau, die nie richtig häuslich wurde, trotz zweier Heiratsanträge; die Fürsorgliche, Sanfte; diejenige, mit der man gerne zusammen lacht und Spaß hat, um sie anschließend, wenn sie wieder weg ist, aus der Ferne zu bewundern; diejenige, die mit ihren klugen Worten und Ratschlägen nach ihrem intelligenten Vater kommt; diejenige, die sich gerne hinter der öffentlichen Person versteckt, die hier in der Stadt zu einem Markenzeichen geworden ist – und diejenige, die nie über ihre Mutter spricht, nachdem diese an einem Sonntag vor vielen Jahren ohne jede Vorwarnung für immer fortgegangen ist.

Ich verdränge den Gedanken an meine Mutter sofort wieder, so wie ich es immer tue, wenn sie es wagt, mir durch den Kopf zu spuken, und konzentriere mich auf die Gegenwart, die mein Vater ist – derjenige, der uns nie im Stich gelassen hat und der jeden Moment meiner Zuwendung verdient. Im Laufe der Jahre habe ich gelernt, in der Gegenwart zu leben, auch wenn es furchtbar schwer ist, die Vergangenheit loszulassen.

Konzentriere dich, Ruth. Konzentriere dich auf das Hier und Jetzt. Auf deinen tollen Job im öffentlichen Rampenlicht, auf dein herrliches Haus, in dem so viel Potenzial steckt, auf deinen Vater, den du über alles liebst, auf deine Schwester, die du vergötterst, auf die vielen Privilegien, die du genießt, auf die Orte, die du besuchst, auf die Menschen, die du triffst, auf deine Unabhängigkeit, auf deinen Einfluss. Konzentriere dich darauf.

Die Orte, die ich besuche … Früher reiste ich um die ganze Welt, aber heute ist meine Welt hier in diesem kleinen Zimmer, wo mein Vater nun zu Hause ist, und in den einsamen großen Räumen des vierstöckigen Altbaus am Rande der Stadt, wo wir alle einmal zu Hause waren. Ich habe dieses Zimmer hier im Pflegeheim für meinen Vater so eingerichtet, dass es an unser Haus auf der baumgesäumten Beech Row erinnert, in das er so viel Arbeit gesteckt hat und in dem er mich und meine Schwester großgezogen hat. Dieses Haus wird nun nur noch von mir bewohnt, und ich beobachte, wie es stiller und stiller um mich herum wird, wie es mir immer mehr die Luft abschnürt, nicht nur weil mein Vater es in eine Art Schrein verwandelt hat, sondern auch wegen meiner eigenen Erinnerungen. Meine Kindheit und Jugend teilen sich in das Leben vor ihr und das Leben nach ihr, getrennt durch eine Linie, die sich quer durch alles zieht, was ich mache und was ich bin.

Ich habe versucht, die Sinne meines Vaters wachzukitzeln, indem ich dieses Zimmer hier mit Familienfotos aus vergangenen Tagen geschmückt habe, mit eingerahmten Zeitungsausschnitten, die stolze Momente in seiner langen Karriere als hochgeachteter Universitätsdozent dokumentieren, mit Aufnahmen von meiner Abschlussfeier, auf der er unentwegt von einem Ohr zum anderen grinste, mit Bildern von Allys Hochzeit, als er die Braut stolz zum Altar führte, mit Schnappschüssen von meinen Neffen und mit Postern von seinen Lieblingsfilmen, wie *Vom Winde verweht* oder *Casablanca*. Sein Banjo hängt an der Wand, die alte Flöte, auf der er früher so gerne trillerte, glänzt poliert und stolz auf dem Regal neben dem Fenster, wo auch eine Topfpflanze und ein CD-Player stehen, daneben ein Stapel mit Dads alten Lieblingsalben.

Ich habe außerdem Lampen, die ein sanftes Licht verbreiten, einen kleinen flauschigen Teppich und ein Bücherregal angeschafft, das mit den Romanen und Autobiografien bestückt ist, die er früher so gerne verschlang, aber nun nicht mehr verstehen kann. Der Anblick seiner persönlichen Dinge in diesem Zimmer ist herzzerreißend und tröstend zugleich, quälende Schatten des Mannes, der er früher war und der, wie ich glaube, immer noch in ihm ist.

Dies hier mag nicht sein richtiges Zuhause sein, aber ich habe es ihm so gemütlich gemacht wie nur möglich. Es ist ein Ort, wo er eine Versorgung erhält, die ich nicht länger leisten kann, und es ist wie ein anderes Universum, wo man sich auf das Wesentliche beschränkt und einer festen Tagesordnung folgt. Ich fühle mich hier sicher und geborgen, fast wie in einem richtigen Familiennest, wenn man so will, obwohl es gerade einmal ein knappes Jahr her ist, dass meine Schwester und ich die Entscheidung getroffen haben, unseren geliebten Vater in Pflege zu geben, fern des behaglichen Lebens in unserem Haus, das Dad und ich zusammen bewohnten, solange er noch fit genug war.

»Dad, kann ich dir was zu trinken holen?«, frage ich, und

er nickt fast unmerklich. Immerhin eine Reaktion, was in seinem benebelten Zustand, wo er mit Antworten auf die einfachsten Fragen kämpft, höchst begrüßenswert ist.

Dieser Ort hier ist gut für ihn, sage ich mir immer wieder. Es ist warm, es ist sicher, alles ist inzwischen vertraut, und vor allem hat Dad hier einen geregelten Tagesablauf, den ich ihm zu Hause nicht geben kann – auch wenn es mir dort zu leer und dunkel und still ist ohne ihn, ohne seine klugen Worte, seine philosophischen Ausführungen, seine vielseitige Musik und sein herzhaftes Lachen.

Mein Vater liebt Routine, und ich liebe sie auch. Ich klammere mich fest daran wie an ein Sicherheitsnetz, denn es beruhigt mich, zu wissen, was ich tun werde, wenn ich morgens aufwache und einem neuen Tag ins Auge sehe.

Dienstage wie heute beginnen mit einer frühen Morgenrunde um den Block und einem Frühstück, danach bearbeite ich bis zum Mittag die Zuschriften in meinem Online-Kummerkasten, fahre dann für ein, zwei Stunden zu Dad, kehre anschließend wieder nach Hause zurück an meinen Schreibtisch, komme später wieder hierher zum Bingo-Abend und bringe schließlich meinen Vater ins Bett. Wenn das getan ist, fahre ich zurück nach Hause, setze mich noch einmal für zwei, drei Stunden an meinen Schreibtisch und löse weiter Probleme der Einwohner dieser Stadt, und zum Schluss schicke ich meinen täglichen Bericht an meinen Redakteur, bevor auch ich schlafen gehe.

Die meisten Abende unter der Woche laufen so ähnlich ab, und wenn nicht gerade Dienstag ist, nehme ich Termine in meinem anderen, meinem öffentlichen Leben wahr: eine endlose Liste von Produkteinführungen, Filmpremieren, Dinnereinladungen und sonstigen Möglichkeiten zur »Profilbildung«, auf die meine Verlegerin und Chefin, die berüchtigte Margo Taylor, pocht, damit die Zuschriften der

Leser nicht abreißen, die davon überzeugt sind, dass ich mit meinen klugen Worten dazu beitragen kann, ihre Welt zu verbessern.

Hier, in der Behaglichkeit dieses Zimmers, ist der Tagesablauf präzise wie ein Uhrwerk und Welten entfernt von dem Leben, das ich draußen führe, weshalb mir diese Momente mit meinem einzig wahren Helden, meinem lieben Dad, heilig sind. Früher ähnelte sein Leben meinem, denn auch sein Tag hatte nie genügend Stunden, um seinen beruflichen Pflichten als Dozent und Tutor und seinen privaten Pflichten als Vater nachzukommen, der für mich und meine Schwester sorgte und kochte und wusch und der immer sicherstellte, dass wir alles hatten, was wir brauchten.

Ich konzentriere mich wieder auf Poirot und meine Chips und warte darauf, dass Dad mir wie früher sagt, ich solle leiser kauen, aber natürlich nimmt er meinen Lärm nicht mal mehr wahr. In seinem Kopf herrscht nun größtenteils ein Durcheinander aus Gesichtern, fernen Orten und wahllosen Gedanken, die er in einem gebrochenen Kauderwelsch zum Ausdruck bringt. Er ist in einem Nebel des Vergessens verloren, und nur wir, die ihn lieben und sich an den Mann erinnern, der er einmal war, leiden sehr darunter, mit anzusehen, wie sein ganzes Ich innerlich zerbröckelt.

Als der Abspann rollt, stelle ich den Ton des Fernsehers leiser, höchst zufrieden mit mir selbst, weil tatsächlich der Ehemann das tödliche Verbrechen begangen hat, und für einen Moment stelle ich mir vor, wie viel aufregender es wohl wäre, eine Detektivin zu sein statt eine viel beschäftigte berühmte Kummerkastentante, ein Job, an den ich eher zufällig geriet, nachdem die Leser eines Artikels über erfolgreiche Strategien zur Bewältigung einer Trennung der Redaktion die Tür eingerannt und nach mehr verlangt hatten. Ist es eine schlechte Idee, seinen Beruf zu wechseln, wenn man sich gerade auf der Erfolgsspur befindet und mit zweiunddreißig Jahren schon ziemlich weit oben steht? Wahrscheinlich würde ich nichts daran ändern, selbst wenn ich könnte. Oder doch?

Ich muss an meinen größten Traum denken. Ich träume davon, aus diesem Leben, das ich kenne, auszusteigen und ans Meer zu ziehen, in ein Cottage, wo ich nach Herzenslust schreiben würde, zum Klang der Wellen, die ans Ufer schwappen, während über mir Möwen durch die Luft gleiten. Vielleicht würde ich sogar Gästezimmer vermieten, und ich würde mir Zeit für die Menschen nehmen, die bei mir übernachten, ihnen zuhören und wahrscheinlich versuchen, ihre Probleme zu lösen, denn das ist das, was ich am besten kann.

Ich checke kurz mein Handy, und eine Nachricht von meiner Schwester erinnert mich an meine Pläne für den Abend.

»Rate mal, wer dich heute Nachmittag besuchen kommt«, sage ich zu meinem Vater, der mit einem Lächeln und unschuldigen großen Augen zu mir zurückstarrt, als würde es nicht wirklich eine Rolle spielen, weil es für ihn auch nicht wirklich eine Rolle spielt. Er hat keine richtige Vorstellung mehr von *wer* oder *warum* oder *wann*.

»Elena«, sagt er und hebt seine gebrechliche Hand, um mein Gesicht zu berühren.

Das ist keine Antwort auf meine Frage, sondern er verwechselt mich wieder einmal, und mein Herz steht kurz still, so wie immer, wenn er den Namen meiner Mutter erwähnt. Ich lege meine Hand auf seine und atme tief durch. Das ist das einzig Gute an seiner Demenz: Er weiß nicht mehr, dass sie ihn verlassen hat. Trotzdem werde ich jedes Mal, wenn er ihren Namen sagt, aufs Neue an die Hölle erinnert, die er durchmachte, als sie ging.

»Es tut mir sehr leid, Dad, aber sie kommt nicht zurück«, sage ich, ein Satz, den ich nun schon seit vielen Jahren wiederhole. Mein Vater hat immer darauf beharrt, dass sie es sich eines Tages anders überlegen würde, aber mir wurde bald klar, dass das reines Wunschdenken war.

Plötzlich fröstele ich, trotz der behaglichen Wärme im Raum, und als Dad meinen Blick erwidert, werden meine Augen feucht. Ich schüttele lächelnd den Kopf, in vielerlei Hinsicht froh darüber, dass er vergessen hat, wie lange es her ist, dass wir sie gesehen haben, und wie schmerzhaft ihr Weggang vor all den Jahren war. Unsere Mutter verschwand ausgerechnet dann, als wir sie am meisten brauchten, mitten in der Pubertät, und ich weiß nicht, ob ich ihr das jemals verzeihen kann.

»Ich kann heute ausnahmsweise nicht zum Bingo kommen, aber Ally wird mich vertreten! Deine Super-Ally?«, sage ich mit einem strahlenden Lächeln, und seine Mimik spiegelt meine wider. Ich mustere seine blauen Augen, seine glatte Stirn, während er mit schräg gelegtem Kopf jedes Wort von mir aufzusaugen scheint, obwohl er nur sehr wenig von dem versteht, was ich über meine Schwester zu sagen habe. Super-Ally und Super-Ruth … zusammen mit Dad waren wir ein richtiges Superhelden-Team.

Meine Kehle schnürt sich zu, ein altvertrautes Gefühl, und meine Unterlippe fängt an zu zittern, während ich in die kränklichen Augen meines Vaters blicke, die so weit von mir entfernt sind.

»Ich wünschte, du könntest mit mir reden, Dad«, sage ich. »Bitte sag irgendwas. Du fehlst mir so sehr. Warum bist du so weit weg?«

KAPITEL 2

»Habe ich gerade jemanden sagen hören, dass er den Bingo-Abend verpassen wird?«, fragt eine vertraute Stimme, und als ich den Kopf hebe, sehe ich Oonagh hereinkommen, eine der Pflegerinnen, die sich sehr fürsorglich um meinen geliebten Vater kümmert. Sie schlägt die Decke auf seinem frisch bezogenen Bett zurück und stellt einen Krug Wasser und ein sauberes Glas auf sein Tablett.

»Glauben Sie mir, Oonagh, ich würde lieber zum Bingo gehen als zu meinem Pflichttermin«, erwidere ich. »Die bloße Vorstellung, mich in Schale zu werfen und mir ein Lächeln aufzumalen, bereitet mir Qualen, außerdem soll es nachher noch schneien. Wie geht es Ihrer Familie? Ist die Vorfreude auf Weihnachten schon groß?«

Angesichts der Gelegenheit, mir von ihren Kindern zu erzählen, leuchten Oonaghs Augen auf. »Nun, Harry kann sich nicht entscheiden, ob er sich Sachen von Superman oder von Spiderman wünscht. Ein klassischer innerer Konflikt«, antwortet sie lachend. »Und Moira, na ja, Hauptsache, ihre Geschenke haben mit Musik zu tun. Wo werden Sie dieses Jahr Weihnachten feiern, Ruth?«

Ich will gerade antworten, aber sie kommt mir zuvor.

»Sie wissen doch sicher, dass auch die Angehörigen unserer Bewohner auf unserer Weihnachtsfeier willkommen sind«, erklärt sie. »Wir haben ehrenamtliche Helfer, die für Musik und Unterhaltung sorgen, und als besonderes Highlight bekommen wir sogar Besuch vom Weihnachtsmann. Ich habe dieses Mal frei, weil ich im letzten Jahr Dienst hatte, aber wir haben hier wirklich immer eine schöne Feier.«

Ich sehe zu Dad, der keine Ahnung hat, worüber wir gerade reden, und immer noch auf den Fernseher fixiert ist.

»Ah, das klingt wirklich gut«, sage ich zu Oonagh, »aber

unsere Familie feiert dieses Jahr bei mir. Wir werden Dad an Weihnachten nach Hause in die Beech Row holen.«

»Nun, das ist eine viel bessere Idee«, sagt Oonagh zustimmend. »Sie haben mir erzählt, wie sehr er sein Haus und seinen Garten immer geliebt hat.«

»Ja, es war früher einmal ein ziemlich besonderer Ort«, sage ich mit einem abwesenden Lächeln. »Meine Schwester kommt mit ihrem Mann und ihren Kindern, ich freue mich schon richtig darauf. Wir werden Weihnachten ab jetzt immer zusammen in unserem Elternhaus feiern, so wie früher. So, wie es Dad gefallen würde.«

Wir schauen beide zu ihm hinüber, während er weiter unschuldig dasitzt wie ein Kind und die tanzenden Farben im Fernsehen beobachtet, die in seinem müden Kopf sehr wenig Sinn ergeben. Oonagh hat einen sentimentalen Punkt bei mir erwischt, und ich blinzle die Tränen zurück. Ich denke daran, wie ich früher immer an Weihnachten nach Hause zurückkehrte, egal, wo auf der Welt ich mich gerade aufhielt. Das Haus platzte dann vor lauter Weihnachtsschmuck förmlich aus allen Nähten. Mein Vater wollte kompensieren, dass wir ein Ein-Eltern-Haushalt waren, und übertrieb es dabei maßlos.

»Na dann, erzählen Sie mal, wo Sie heute Abend wieder eingeladen sind, dass Sie unser Bingo sausen lassen?«, wechselt Oonagh taktvoll das Thema. »Ich mache übrigens immer fleißig Werbung für Ihre Kolumne, und ich erzähle jedem, der mir zuhört, dass ich Sie persönlich kenne. Sie sind also meine offizielle Promifreundin.«

Wir müssen beide lachen.

»Es ist wahr!«, beteuert sie. »Ich bin schon ganz gespannt, was Sie zu Ihrem nächsten öffentlichen Auftritt anziehen. Aber Sie können wirklich alles tragen, Sie sehen immer aus wie ein Filmstar.«

Ich erröte leicht. Mir wird ewig ein Rätsel bleiben, warum Frauen meines Alters sich so brennend dafür interessieren, wo ich hingehe und was ich dazu anziehe. Ich bin nicht gerade ein dünnes Supermodel, aber vielleicht ist es gerade das, was ihnen an mir gefällt. Ich verkörpere ein Schönheitsideal, das sie selbst erreichen können, nur dass ich öfter zum Friseur gehe und meine Kleider für elegante Anlässe gesponsert bekomme.

»Es ist eine Filmpremiere mit ... wie heißt sie noch gleich?«, antworte ich auf Oonaghs Frage. »Sie wissen schon, diese neue Komödie über Meerjungfrauen. Sie läuft heute an, und im Filmpalast auf der Hope Street findet eine große Eröffnungsfeier statt. Ich habe zugesagt, ohne zu berücksichtigen, wie das Wetter wird und dass Meerjungfrauen eigentlich gar nicht mein Ding sind.«

Oonagh keucht beeindruckt auf. »Wow, nun, wenn meine Moira das hören würde, wäre sie grün vor Neid! Der Film scheint wohl ziemlich lustig zu sein«, sagt sie. »Na schön, dann amüsieren Sie sich gut, hören Sie? Und machen Sie sich keine Sorgen. Wir haben hier alles unter Kontrolle, nicht wahr, Anthony?«

Mein Vater reagiert auf seinen Namen, und Oonagh und ich wechseln einen Blick wie stolze Eltern. Schon seltsam, wie er in einem Moment voll da zu sein scheint, und im nächsten ist er wieder verschwunden.

»Wenn ich nicht in einem Kleid und hohen Absätzen durch den Schnee stöckeln müsste, würde ich mich wahrscheinlich mehr darauf freuen«, sage ich, wie immer bemüht, diese Events herunterzuspielen.

»Ach was, Sie sind ein Glückspilz!«, erwidert Oonagh mit einem warmen Lächeln. »Ich würde jederzeit mit Ihnen tauschen. Mein Abend wird sicher nicht so aufregend, das kann ich Ihnen sagen!«

»Das glauben Sie«, brumme ich. »Ich hätte eher Lust auf einen gemütlichen Abend im Pyjama mit einem knisternden Kaminfeuer und einem Glas Rotwein als auf eine Filmpremiere im Schnee.«

Aber Oonagh ist nicht überzeugt. »Oh, ich kann von einem Leben wie Ihrem nur träumen, Ruth Ryans«, hält sie dagegen. »Große Eröffnungsfeiern mit Promis, Dinnerpartys, Fotoshootings, ein schöner Mann nach dem anderen an Ihrer Seite, und praktisch überall in der Stadt prangt Ihr Name! Sie leben den Traum aller Frauen, und Sie wissen es.«

»Das ist sehr nett von Ihnen«, sage ich. Oonagh wird später nach Hause gehen, so wie immer, in ihre warme, bescheidene Doppelhaushälfte am Stadtrand, und mit ihrer Familie zu Abend essen. Dann wird sie mit ihrem Mann die Nachrichten schauen, mit ihren Kindern die Hausaufgaben durchgehen und ein bisschen aufräumen, bevor sie den Abend vor dem Fernseher ausklingen lässt und schließlich früh zu Bett geht, um am nächsten Morgen wieder zur Arbeit zu fahren. Manchmal sehne ich mich nach einem so einfachen Leben, aber ich kann nicht bestreiten, dass ich die Vorteile und Möglichkeiten, die mir mein Bekanntheitsgrad verschafft, durchaus schätze, darum würde ich es nie wagen, Vergleiche zu ziehen oder mich zu beklagen. Ich habe Karriere gemacht, und als mein Vater krank wurde, zog ich wieder bei ihm ein, damit er Hilfe hatte. Mein Liebesleben geriet in den Hintergrund, oder besser gesagt: aufs Abstellgleis. Es mangelt mir zwar definitiv nicht an Gelegenheiten, aber der Richtige ist mir einfach noch nicht begegnet, und außerdem läge mir im Moment nichts ferner.

Oonagh lässt uns schließlich wieder allein, immer noch davon überzeugt, dass ich ein Traumleben führe, und ich richte die Decke, die über dem Schoß meines Vaters liegt.

»Dad, ich muss heute Abend zu einer Veranstaltung, ich werde also nicht mitbekommen, ob du beim Bingo gewinnst«, erkläre ich ihm. »Aber Ally wird nachher bei dir sein und deine beiden Enkelsöhne mitbringen. Sie wird mir hinterher sicher detailliert berichten, wie es war. Vergiss nicht, auf Mabel aufzupassen, falls sie wieder schummelt. Du weißt ja, wie sie ist.«

Ich scherze natürlich, und er lächelt und hebt seinen Daumen.

»Ich hab dich lieb, Daddy. Wir sehen uns morgen«, sage ich und gebe ihm ein Küsschen auf die Wange. »Bis dann, okay?«

Seine Augen werfen Fältchen an den Seiten, und er schaut an mir vorbei zum Fernseher, was mich daran erinnert, den Ton wieder lauter zu stellen, bevor ich gehe. Dad spricht nur noch ganz wenig, und seine Worte sind nicht immer leicht zu interpretieren, aber wir haben unsere kleinen Zeichen, die wir beide verstehen.

Ich hoffe, dass er tief in seinem Innern noch weiß, wer ich bin und wie viel er mir bedeutet.

»Auf Wiedersehen, Dad«, sage ich an der Tür, aber er steckt bereits in einem anderen Teil seiner neuen Routine und lacht über die Zeichentrickfiguren im Fernsehen, also lasse ich ihn damit allein.

Ich gehe aus dem Zimmer, und wie immer presse ich die Lippen fest aufeinander und halte die Tränen zurück, bis ich in meinem Wagen sitze. Erst dann öffne ich die Schleusen.

KAPITEL 3

»Hier drüben, Miss Ryans! Schauen Sie bitte hierher! Danke, Miss Ryans!«

»Ruth! Hier drüben! Ruth!«

Ich lasse mein strahlendstes Lächeln aufblitzen und winke in die Kameras. George, mein Begleiter an diesem Abend, legt seinen Arm fest um meine Schultern (ein bisschen zu fest für ein erstes Date, wenn man berücksichtigt, dass wir uns im echten Leben erst seit wenigen Minuten kennen), dann kehren wir den Blitzlichtern und dem leichten Schneefall auf der Hope Street den Rücken. In der stickigen Luft des Foyers drängen sich gebräunte, makellose und parfümierte Körper, und wir suchen die Menge nach bekannten Gesichtern ab, während wir weitere fünfzehn Minuten im Ruhm schwelgen.

»Ruth, Darling! Du hast es geschafft!« Margo Taylor gibt mir Luftküsse, bewundert mein Kleid, gerät über meine Schuhe ins Schwärmen, berührt entzückt meine Halskette und rückt mir sehr dicht auf die Pelle, aber ich wage es nicht einmal, anmutig einen Schritt vor ihrer aufdringlichen Art und ihren faltigen kalten Händen zurückzuweichen. Ich bin ihr Wunderkind, ihre Entdeckung, ihr Baby, ihr ganzer Stolz. Ohne sie wäre ich nicht dort, wo ich jetzt bin, und ohne mich wäre sie ... sagen wir einfach, wir wissen beide, wie wichtig es ist, dass wir uns gegenseitig Honig um den Mund schmieren, also ziehe ich nach.

»Du siehst wie immer umwerfend aus, Margo.«

»Das will ich auch hoffen«, antwortet sie und lacht gackernd. »Ich friere zwar erbärmlich in dieser Kälte, aber dieses Outfit ist so viel wert wie ein kleines Land. Morgen geht natürlich alles wieder zurück in die Boutiquen. Es hat seine Vorteile, nicht wahr?«

Ich nicke und lächle und lache an den richtigen Stellen. Mit Margo Taylor legt man sich nicht an, und ich weiß, dass Tausende freiberufliche Autorinnen sofort bereit wären, den Preis eines kleinen Landes zu zahlen, nur um einen Moment in Margos Gesellschaft zu verbringen und die Karriere voranzubringen.

»Und Sie sind bestimmt der schöne Landschaftsgärtner«, sagt sie zu George. »Wie reizend, dass wir uns endlich kennenlernen! Ruth hat mir alles über Sie erzählt, und ich muss sagen, Sie sehen noch viel umwerfender aus, als ich Sie mir vorgestellt habe.«

George wendet seinen Blick ab, peinlich berührt.

»Das ist George«, korrigiere ich sie über das laute Stimmengewirr hinweg und schenke ihr einen bedeutsamen Blick, aber sie wird nicht einmal rot. »George Gallagher. Er arbeitet in –«

»Mischa, Darling!«

Und damit lässt sie uns stehen. Zurück bleibt nur ein schwaches Echo ihrer schnarrenden Stimme in der stickig warmen Lärmkulisse, und ich bin froh, dass sie im richtigen Moment verschwunden ist, weil ich mich beim besten Willen nicht mehr erinnern kann, womit George seinen Lebensunterhalt verdient. Ich muss an meinen Vater denken, eine Welt entfernt in seinem kleinen Zimmer, und spüre eine leichte Beklemmung in dieser Menge der Bedeutungslosigkeit.

»Tut mir leid«, sage ich zu George, der meinen Fauxpas offenbar bereits vergessen hat, so wie er die spärlich bekleidete Hostess angafft, die uns in diesem Moment Champagner anbietet. Ihre Arbeitskleidung, in der sie, passend zum Thema des Films heute Abend, wohl eine Meerjungfrau darstellen soll, lässt der Fantasie sehr wenig Raum, und automatisch ziehe ich meinen Bauch ein und straffe die Schultern. Ich komme mir richtig altbacken vor in meinem kleinen Schwarzen, das mich ein verdammtes Vermögen gekostet hat und das, verglichen mit dem Outfit der Hostess, trotzdem wie ein Müllsack aussieht.

»Ich habe Ihnen mal geschrieben«, raunt die Meerjungfrau mir zu, als ich an dem Glas Champagner nippe, das sie mir gegeben hat. »Wegen Stress mit einem Typen natürlich. Ist schon länger her, aber ich habe damals Ihren Rat befolgt.«

»Ach, wirklich?«, sage ich, aufrichtig überrascht. »Was habe ich Ihnen denn empfohlen?«

»Dass ich den Mistkerl zum Teufel jagen soll!«, antwortet sie über den Lärm hinweg, ein bisschen zu laut, und ich sehe, dass Margo, die mit ein paar Leuten in der Nähe steht, ihren Kopf reckt. Die Meerjungfrau schlägt erschrocken ihre Hand vor den Mund und kichert. »Sorry, ich wollte nicht so schreien.«

Ich muss lachen und schaue zu George, der, offenbar immer noch von den Brüsten der Hostess geblendet, nichts von unserem Gespräch mitbekommen hat. Ich nehme mir im Stillen vor, ihn nie wieder als Begleiter einzuladen. Wieder einer, der dran glauben muss.

»Sie müssen eine absolute Beziehungsexpertin sein«, sagt die Hostess bewundernd zu mir. »Meine Mum liest regelmäßig Ihre Kolumne. Sie lebt nach Ihren Ratschlägen, und manchmal zitiert sie Sie sogar, ich schwöre bei Gott.« Sie bekreuzigt sich auf ihrer üppigen Brust, um ihre Worte zu unterstreichen.

»Wow, danke«, sage ich. Ich bin aufrichtig gerührt, trotz der Ironie ihres Kompliments. Es ist wirklich schön, ein Feedback von meinen Lesern zu erhalten, und es kommt nicht oft vor.

»Mein Dad sagt immer, sie soll aufhören, alles zu glauben, was in der Zeitung steht. Er sagt, wenn Sie in Beziehungen so toll Bescheid wüssten, hätten Sie selbst eine.« Sie schlägt wieder ihre Hand vor den Mund, als hätte sie zu viel gesagt, und reißt verzweifelt ihre braunen Augen auf.

»Ist schon okay«, sage ich. »Ihr Vater hat vielleicht nicht unrecht.«

Ich nehme mir rasch ein zweites Glas Champagner vom Tablett, bevor sie es außer Reichweite bringt, und sie geht weiter. George gafft ihr hinterher. Ich werde wohl härteren Stoff benötigen, um diesen Abend mit offenherzigen Meerjungfrauen und Georges Ausziehblicken zu überstehen. Ich muss an Menschen wie Oonagh denken, die jetzt mit ihren Liebsten auf dem Sofa kuschelt, und an mein großes leeres Haus, das auf mich wartet und das mit nicht viel mehr als Erinnerungen an vergangene Tage gefüllt ist. Der Vater der Meerjungfrau hat einen Nerv getroffen. Es stimmt, ich bin schlecht in Beziehungen jeglicher Art. Richtig schlecht. Ich kann's einfach nicht. Ich kann Menschen außerhalb meines engsten Umfelds offenbar nicht nah an mich heranlassen, und man muss weder ein Genie sein noch Psychologe, um zu wissen, warum.

Die Menge strömt langsam in Richtung Saal, und George und ich folgen den anderen und greifen uns auf dem Weg kostenloses Naschzeug und Popcorn. George legt seine Hand auf meine Schulter, und ich mache eine subtile Bewegung, um sie abzuschütteln. Der zweite Champagner steigt mir in den Kopf, und ich frage mich, welcher Wochentag heute ist. Richtig, Dienstag. Bingo-Abend in Dads Pflegeheim ... Ich hasse es wirklich, dass ich das verpasse. Mein schlechtes Gewissen frisst mich auf. Vermutlich wäre es niemandem aufgefallen, wenn ich heute zu dieser Premiere nicht erschienen wäre. Warum habe ich nicht einfach gesagt, dass meine Schwester in der Stadt ist und ich Zeit für meine Familie brauche? Sei's drum, nun bin ich hier. Lebe in der Gegenwart, wie mein Vater immer sagte, und betrachte nichts im Leben als selbstverständlich.

»Amüsierst du dich?«, frage ich George, der nicht viel mit mir gesprochen hat, seit wir aus dem Taxi gestiegen sind, trotz seiner überfreundlichen Hände. Mit seinem offenen Mund sieht er aus wie ein überwältigter Schuljunge, was bei einem Mann seines Kalibers mehr als nur ein bisschen unvorteilhaft wirkt. Er war doch bestimmt schon mal auf einem C-Promi-Event, wo Soap-Darsteller, alternde Popstars und das eine oder andere Mediengesicht wie ich auf der Gästeliste stehen, oder nicht? Ich meine, das hier ist kaum Hollywood …

»Mir war nicht bewusst, dass du *so* bekannt bist«, sagt er und zeigt ein sehr unattraktives dümmliches Grinsen. »Die Leute starren dich alle an und reden über dich. Es ist, als wärst du tatsächlich eine Berühmtheit oder so.«

Eine Berühmtheit oder so?

Holt mich hier raus!

Ich hätte wissen müssen, dass es mit George nicht funktioniert, als er mir erzählte, dass er dreißig Minuten zu früh vor meinem Haus stand und im Taxi wartete, weil er Angst hatte, sich zu verspäten und von mir ausgeladen zu werden. Anscheinend steht er auf Meerjungfrauenfilme.

»Ich verschwinde mal kurz, bevor der Film anfängt«, sage ich zu ihm, erleichtert darüber, dass wir gerade an der Damentoilette vorbeikommen und ich seiner langweiligen Gesellschaft für einen Moment entfliehen kann.

Im Waschraum checke ich mein Handy und sehe, dass ich zwei Anrufe von meiner Schwester verpasst habe. Bestimmt wollte sie mir vom neuesten Highlight in Dads Fantasiewelt erzählen oder mir sagen, dass sie es im Pflegeheim stinklangweilig findet und sich wundert, wie ich es dort jeden Tag aushalte. Ich rufe sie kurz zurück.

»Zwei dicke Ladys, die 88!«, rufe ich scherzhaft in den Hörer, als sie sich meldet. »Sag nichts! Ihr habt den Jackpot geknackt!«

»Nein, Ruth –«

»Hat Mabel wieder im falschen Moment ›Bingo‹ gerufen? Ich wette, du findest sie genauso reizend wie –«

»Ruth! Herrgott, ich versuche schon seit einer Ewigkeit, dich zu erreichen!«, unterbricht sie mich schroff. »Hast du meine Nachricht nicht bekommen?«

Ich schaue auf mein Display, aber da ist nichts. Allerdings habe ich hier einen ganz schlechten Empfang.

»Nein. Was ist los, Ally? Ist was passiert?«

Ihrem Ton nach zu urteilen, ist dies kein Höflichkeitsanruf.

»Es ist wegen Dad«, sagt sie, und ihre Stimme klingt nun panisch. »O Ruth, es war furchtbar! Er saß einfach nur da, und dann fing er meinen Blick auf, und ich wusste sofort, dass er Schmerzen hatte.«

»Was!?«

»Ruth, er hat wahrscheinlich einen Herzinfarkt. Er ist jetzt auf dem Weg in die Notaufnahme, und ich fahre ihm gleich hinterher.«

»Aber ich war heute Mittag noch bei ihm und –«

»Ich hol dich in zehn Minuten ab, okay?«, sagt sie. »Warte vor dem Kino auf mich. Ich komme so schnell ich kann, aber im Moment schneit es wie verrückt. Geh schon mal raus und warte dort auf mich.«

Mein Körper schaltet auf Autopilot um, und ich stopfe das Handy in meine Handtasche, verlasse den hell erleuchteten Waschraum und dränge mich mit gesenktem Kopf durch die schafähnliche Menge, ignoriere Hallos und Geflüster. Als ich George endlich finde, erkläre ich ihm, dass ich sofort gehen müsse, ein Notfall in der Familie, und bitte ihn, zu bleiben, ohne seine Antwort abzuwarten.

Nicht mein Dad. Bitte nicht. Nicht mein geliebter Daddy.

Draußen bleibe ich im Schneegestöber stehen, während mir ein scharfer Wind entgegenpeitscht. Scheiße, ist das kalt.

Die Temperaturen liegen unter null, wie die Meteorologen vorhergesagt haben, und mein warmer Atem bildet Wolken. Frierend stehe ich da und trete von einem Bein aufs andere, den Kragen meines falschen Pelzmantels hochgezogen bis zum Kinn. Ich versuche zu verarbeiten, was ich gerade erfahren habe. Was wird uns erwarten, wenn wir im Krankenhaus ankommen? Ich wusste, ich hätte heute Abend nicht ausgehen sollen. Vielleicht wäre das nicht passiert, wenn ich bei Dad gewesen wäre, so wie sonst immer? Vielleicht ist er wegen irgendetwas in Panik geraten, und ich war nicht da, um ihm zu helfen?

Die Blitzlichter und der ganze Trubel von vorhin sind nun verschwunden, ich stehe mutterseelenallein auf der Hope Street und warte auf meine Schwester. Schneeflocken wirbeln im gelben Schein der Straßenlaternen umher, und aus der Ferne dringt das Summen eines Weihnachtschors zu mir. Ich schließe meine Augen und versuche, ruhig zu bleiben, aber ich zittere am ganzen Körper vor Angst und Schuld und Kälte, und ich bete zu Gott, dass Ally rasch hier eintreffen wird.

»Bitte beeil dich«, murmele ich, während ich auf den Zehen hin und her wippe. »Bitte, Ally, komm.«

Sekunden fühlen sich an wie Minuten, Minuten wie Stunden. Mir reicht's, ich kann hier nicht länger herumstehen. Es ist bitterkalt, und ich bin zu nervös, um länger zu warten, also hole ich mein Portemonnaie aus der Handtasche und beschließe, ein Taxi anzuhalten, obwohl ich weiß, dass Ally nicht mehr weit sein kann. Mit einem Zwanzig-Pfund-Schein in meiner kalten Hand versuche ich, einen nahenden Taxifahrer auf mich aufmerksam zu machen, aber er braust an mir vorbei, ohne meine Verzweiflung wahrzunehmen.

»Halt! Halt, bitte halten Sie an! Bitte, ich flehe Sie an!«

»Das sind doch Sie, nicht wahr? Von der Zeitung?«

Ich drehe mich um und sehe einen Mann, der vor dem Filmpalast auf dem Boden kauert. Er ist in eine dicke weinrote Decke gehüllt und hat eine grüne Wollmütze tief in die Stirn gezogen. Sein restliches Gesicht wird von langen Haaren und einem Bart verdeckt. Er hockt auf einer Unterlage, die wie ein feuchter Schlafsack aussieht, und ich zucke innerlich zusammen, weil der Mann schrecklich frieren muss. Dann höre ich ein Hupen hinter mir und drehe mich zur Straße, wo endlich die Scheinwerfer von Allys Wagen auftauchen.

»Danke, lieber Gott! Hier«, sage ich zu dem Mann und gebe ihm die zwanzig Pfund, mit denen ich das Taxi bezahlen wollte, und dann noch einen zweiten Schein aus meinem Portemonnaie. »Es ist nicht viel, aber es reicht für eine warme Mahlzeit. Sie sind bestimmt völlig durchgefroren, Sie Ärmster.«

Als er das Geld nimmt, streifen seine roten, kalten Finger meine Hand, und für den Bruchteil einer Sekunde sehen wir uns in die Augen.

»Sie haben schlechte Neuigkeiten erhalten?«, fragt er, und mir wird bewusst, dass ich weine. Dann holt mich die Realität wieder ein, und ich stürme davon, während Ally erneut auf die Hupe drückt.

»Sie sind ein Engel!«, ruft er mir hinterher, bevor ich in den Wagen meiner Schwester steige. »Gott segne Sie! Danke! Haben Sie vielen Dank!«

Ich schaue zu ihm zurück und sehe, dass er ungläubig die beiden Scheine betrachtet, dann fängt er meinen Blick auf und lächelt.

Ich wünschte wirklich, ich könnte mehr für ihn tun, aber ich muss dringend ins Krankenhaus. Ich muss meinen Vater sehen, bevor es zu spät ist.

Doch als wir dort ankommen, ist es zu spät. Unser geliebter Vater ist für immer von uns gegangen.

KAPITEL 4

Acht Tage vor Weihnachten – heute

»Hört bitte auf, über mich zu reden, als wäre ich nicht da. Ich kann euch hören, wisst ihr?«

Das Quietschen der Scheibenwischer, das Brummen des Motors, das Wummern aus den Boxen ... Ich fühle mich betrunken, aber ich bin stocknüchtern; ich fühle mich krank, aber ich bin kerngesund; ich fühle mich unsichtbar, aber ich bin anwesend, hier im Wagen mit meinen Kollegen, auf dem Weg zur Pizzeria, am ersten Todestag meines Vaters, und mir ist heiß und eng. Ich wusste, dass das eine schlechte Idee war.

»Ich setze euch vor dem Restaurant ab und bringe sie dann wieder nach Hause«, sagt Gavin zu Bob, der Nora ansieht, während Gavin meinen Blick im Rückspiegel auffängt und mitleidig den Kopf schieflegt.

»Ich werde gleich wieder okay sein, versprochen«, sage ich. Heute ist unser Pizzaabend im Caprino, den wir einmal im Monat machen. Wir nehmen uns jedes Mal vor, spätestens um Mitternacht zu Hause zu sein, aber am Schluss landen wir fast immer bei mir und verquatschen die halbe Nacht, obwohl wir am nächsten Tag wieder arbeiten müssen.

Meinem Versprechen folgen unbehagliches Schweigen, noch mehr schiefe Blicke, noch mehr Nebel in meinem Kopf.

»Du bist gerade nicht in der Gegenwart, Ruth«, sagt Bob.

Mit seinen siebenundzwanzig Jahren ist er der Jüngste in unserer Runde, aber manchmal glaube ich, er ist der Klügste von uns allen.

»Sie sollte besser nach Hause.«

»Sie kann doch weinen, wenn ihr danach ist. Ruth, heul dir ruhig die Augen aus, wenn es sein muss, oder geh nach Hause, wenn dir das lieber ist. Weißt du, niemand zwingt dich mitzukommen. Dein Dad –«

»Macht mal halblang, Leute! Es ist noch nicht einmal siebzehn Uhr, und wir gehen nur eine Pizza essen und anschließend früh nach Hause. Ist ja nicht so, als hätten wir vor, sie abzufüllen, oder?«

Ich habe keine Ahnung, wer was sagt. Alles, was ich hören kann, sind Stimmen, die in meinem Kopf durcheinanderwirbeln.

»Es ist eine schwierige Zeit im Jahr, Ruth, das ist alles, was ich sage.« Da spricht wieder unser kluger Bob.

»Das Caprino wird im nächsten Monat auch noch existieren und im übernächsten, und ich bin mir sicher, du wirst über Gavins nicht vorhandenes Liebesleben und Noras endlose Eheprobleme schnell wieder auf dem Laufenden sein. Es ist nicht so, als würdest du groß etwas verpassen, wenn du lieber nach Hause möchtest.«

»Meine endlosen Eheprobleme?«, fragt Nora. »Du nimmst den Mund ganz schön voll, Bob. Wenigstens *habe* ich einen Mann!«

»Ganz zu schweigen von Bobs hypochondrischen Anfällen«, sagt Gavin, der Bob nie etwas durchgehen lassen kann. »Was ist es denn heute, Bob? Rückenschmerzen? Ein eingewachsener Zehennagel? Eine weitere Abfuhr von deinem Traummann?«

»Rückenschmerzen, wenn du es wissen musst«, erwidert Bob. »Ich schwöre, die plagen mich schon die ganze Woche. Warum glaubt mir nie einer? Du glaubst mir doch, Ruth, nicht wahr? *Nicht wahr?*«

Ich kann ihm nicht einmal antworten, lehne nur meinen Kopf an die Seitenscheibe und starre hinaus auf die weißen Linien, die vorbeirasen, während ich verzweifelt versuche, mich davon zu überzeugen, dass ein Essen mit meinen Kollegen genau das ist, was ich jetzt brauche, um mich zu berappeln und von diesem Tag abzulenken. Es ist mein Job, die Probleme anderer Menschen zu verstehen, darum wird ein Ausflug in die Pizzeria, wo ich mir die Klagen meiner Kollegen anhöre, nicht anders sein als das, womit ich mich sonst immer beschäftige. Ich kann das. Mein Vater würde sich wünschen, dass ich mitgehe.

Ein Bus kommt uns entgegen, auf dessen Seite mein lächelndes Konterfei prangt, und niemand zuckt mit der Wimper, auch dann nicht, als wir an einer Reklametafel vorbeikommen mit meinen gigantischen und, wenn ich das hinzufügen darf, stark retuschierten, überlebensgroßen Gesichtszügen. Meine »Fragen Sie Ruth Ryans«-Kolumne in der *Today* ist die mit Abstand beliebteste Seite, und dazu gebe ich jeden Sonntagnachmittag im City Radio Ratschläge zu Themen wie Familie, Partnerschaft, Gesundheit, Lebensführung, egal was. Ich kann andere mit geschlossenen Augen beraten, aber mit meinen eigenen Problemen bin ich offenbar überfordert. Mir selbst kann ich nicht helfen, nicht bei dieser überwältigenden Trauer, die einfach nicht weggeht.

»Es ist Zeit, dass sie wieder öfter privat was macht. Es kann sich nicht immer alles nur um ihre Arbeit und um dämliche PR-Termine drehen. Sie sollte hin und wieder etwas unternehmen, um sich abzulenken.«

Ich weiß, sie haben recht; ich habe ja versucht, mich abzulenken: Ich habe mich auf meine Arbeit konzentriert und auf das Positive in meinem Leben, ich habe mit jedem gesprochen, der mir zuhörte, aber hier bin ich nun, ein volles Jahr nach dem Tod meines Vaters, und ich bin nicht einmal fähig, diesen Minischritt zu machen und mit meinen Freunden Pizza essen zu gehen.

»Vielleicht ist sie depressiv. Ruth, kann es sein, dass du an einer Depression leidest?«

Sie reden einfach immer weiter, aber ich finde nicht die Worte, um zu antworten.

Vielleicht bin ich depressiv. Oder einfach nur ständig traurig. Gibt es da einen Unterschied? In dieser Jahreszeit geht die Sonne spät auf und früh unter, und das Letzte, was ich tun sollte, ist, alleine zu Hause zu hocken und ständig daran zu denken, was für eine Qual es war, mit anzusehen, wie mein Vater, ein ehemals starker, attraktiver, intelligenter Mann, vor meinen Augen dahinsiechte.

»Er wusste nicht einmal mehr meinen Namen«, sage ich laut, und dann tue ich genau das, was ich mir geschworen hatte, heute Abend nicht zu tun. Ich hole zitternd Luft und fange an zu schluchzen. Zaghaft drehe ich mich zu Bob, der mich mit seinem starken Arm an seine Brust zieht und es hinnimmt, dass ich sein gutes Hemd mit einer Mischung aus Schminke und Tränen ruiniere, während ich um den Mann weine, der in allen Lebensbereichen mein Held war.

»Ich fahre dich wieder nach Hause«, sagt Gavin. »Vielleicht sollten wir alle mitkommen und Pizza bestellen. Wäre dir das lieber, Ruth?«

Ich gebe keine Antwort, aber sie wissen, dass ich Ja meine. Ich massiere meine Stirn und schaue hinaus auf die Straße, und wir kommen erneut an einem Werbeplakat mit meinem lächelnden Gesicht vorbei.

Ruth Ryans löst Ihre Probleme, steht darunter, und ich bekomme ein schlechtes Gewissen, wenn ich an all die Menschen dort draußen denke, die auf eine Antwort von mir warten.

»Tut mir leid«, murmele ich zu mir selbst. »Ich weiß nicht, ob ich noch länger in der Lage bin, jemandem zu helfen. Ich kann nicht einmal mir selbst helfen. Tut mir leid, wer ihr auch seid.«

Marian Devine

Marian Devine hatte seit einundzwanzig Tagen nicht mehr ihr Haus verlassen.

Im Normalfall hätte sie inzwischen ihre ganzen Weihnachtseinkäufe erledigt, einen saftigen Truthahn vorbestellt, einen preiswürdigen Kuchen gebacken, ihr Haus von oben bis unten festlich geschmückt und genügend Duftkerzen angezündet, um alles in einen feinen Zimtduft zu hüllen. Aber in diesem Jahr hatte sie nur eine Online-Bestellung bei einem der großen Supermärkte aufgegeben, und es waren auch bloß die üblichen Sachen gewesen, die sie jede Woche einkaufte. Kein Wein, keine Cracker, kein Käse, keine Cranberrysoße, keine Knallbonbons, deren Überreste sie noch Wochen später unter der Couch oder zwischen den Polstern finden würde. Es hatte keinen Sinn mehr. Sie schnappte keuchend nach Luft, als ihr bewusst wurde, dass sie in diesem Jahr niemanden hatte, mit dem sie an einem Knallbonbon ziehen konnte. Wie traurig. Wie unglaublich traurig, verglichen mit den Weihnachtsfesten, die sie früher mit ihrer Familie gefeiert hatte.

Marian nahm sich fest vor, möglichst positiv zu bleiben und sich nicht unterkriegen zu lassen. Sie durfte nicht den Mut verlieren. War es nicht toll, dass man heutzutage Lebensmittel wie Milch und Brot und Fertigmahlzeiten im Internet bestellen und sich bis vor die Haustür liefern lassen konnte?

Ihre Tochter Stephanie hatte sie mit dem Internet vertraut gemacht, und sie hatte ihr außerdem einen E-Mail-Account eingerichtet, damit sie in Verbindung bleiben konnten, während Stephanie exotische Orte bereiste, von denen Marian nie zuvor gehört hatte und deren Namen sie nicht einmal aussprechen konnte. Rebecca, ihre Älteste, arbeitete in Afrika als

Ärztin – ja, als *Ärztin*, ein Umstand, mit dem Marian und ihr verstorbener Mann gerne ein bisschen herumgeprahlt hatten; aber nun, da Billy tot war, hatte auch das für Marian seinen Reiz verloren, und außerdem hatte sie niemanden, vor dem sie prahlen konnte, seit sie nicht mehr fähig war, der Außenwelt gegenüberzutreten. Bedingt durch ihren Job war Rebecca schon seit ein paar Jahren nicht mehr an Weihnachten zu Hause gewesen, aber für Stephanie war es das erste Mal, dass sie fernblieb. Sie hatte an ihre Mutter appelliert, den Kontakt zu alten Freunden wiederzubeleben und Weihnachten nicht alleine zu verbringen, aber für Marian war es nicht so einfach. Schließlich brachte sie nicht einmal mehr den Mut auf, um ans Gartentor zu gehen.

Doch heute würde sie einen neuen Anlauf nehmen und versuchen, noch rasch Besorgungen zu machen, bevor die Geschäfte in dreißig Minuten schlossen. Draußen war es bereits dunkel, aber die Straßen waren beleuchtet und sicher, und außerdem war sie diesen Weg schon tausendmal gegangen, und es hatte ihr nie Probleme bereitet.

Sie zog vor dem Spiegel in der Diele ihren Lippenstift nach, richtete ihre weinrote Lieblingsmütze auf dem Kopf und versuchte, etwas Hoffnung in einem Gesicht zu erkennen, das in seinen achtundsechzig Jahren auf dieser Welt viel erlebt hatte. Bis vor einer Weile war sie für ihr Alter ziemlich fit gewesen, was hauptsächlich am Wanderverein gelegen hatte, den sie und Billy gegründet hatten, als sie beide im Ruhestand waren, und an den Golfstunden, die sie zusammen genommen hatten. Aber nun versetzte sie die bloße Vorstellung, sich Gladys und Cyril, Martin und Patricia und all den anderen Paaren anzuschließen, wenn sie Tagesausflüge zu Orten wie Donegal oder sogar bis nach Kerry machten, in Panik, und außerdem hatte sie durch das ständige Zuhausesitzen und Trübsalblasen zugenommen. Wer würde sie in ihrem miserablen Zustand schon sehen wollen? Sie hatte den anderen so oft einen Korb gegeben, dass das Telefon aufgehört hatte zu klingeln, genau wie ihre Türglocke. Die einzigen Menschen, mit denen sie hin und wieder ein paar Worte wechselte, waren Tim, ein Bursche Mitte zwanzig, der die Lebensmittel lieferte und wenig Interesse hatte, mehr mit ihr zu besprechen, als dass es statt Pink-Lady-Äpfeln Granny Smith gab oder dass ihr Lieblingsfrischkäse mit Schnittlauch ausverkauft war, sowie Derek, der Postbote, der immer nach Alkohol roch und ein rotes, verkniffenes Gesicht hatte, das praktisch nie lächelte. Auch Derek sprach nur das Nötigste mit ihr, und er konnte es immer kaum erwarten, von ihr wegzukommen, sobald er die Post übergeben hatte. Wenn sie sich traute, mehr zu ihm zu sagen als Danke, lief er wie ein verängstigtes Kaninchen davon. Ein komischer Kauz war dieser Derek.

Marian atmete tief durch, steckte sich ein extra starkes Minzbonbon in den Mund und sagte zu ihrem Spiegelbild, dass heute der Tag sei, an dem sie zumindest zum Postamt gehen und die Weihnachtskarten für ihre Töchter einwerfen würde, und vielleicht würde sie sogar einen kleinen Abstecher in dieses nette Café auf der Hope Street machen und sich Kokosmakronen und einen Kaffee bestellen, um ihre Stimmung zu heben.

Sie konnte das. Sie musste es tun, bevor sie sich noch selbst in den Wahnsinn trieb, indem sie ständig ihre vier Wände anstarrte und mit sich oder dem Fernseher redete.

Als sie an dem kleinen Tisch in der Diele vorbeikam, nahm sie das gerahmte Foto in die Hand – das, auf dem Billys blaue Augen in seinem gebräunten Gesicht leuchteten und auf dem er so gesund aussah, so voller Leben, in seiner Siegerpose auf dem Gipfel des Slieve Donard. Dorthin hatten sie vor etwas mehr als drei Jahren ihren ersten Wanderausflug mit der Gruppe gemacht. Marian stand strahlend neben ihm, die

Arme um seine Taille geschlungen, den Kopf an seine starke Brust gelehnt, aber sie erkannte sich auf dem Foto nicht wieder. Damals war sie ein anderer Mensch gewesen, umgeben von Liebe und Familie und Freunden. Aber nun, auch wenn sie sich äußerlich kaum verändert hatte, abgesehen von ein paar zusätzlichen Kilos, war ihr dieses Strahlen abhandengekommen.

»O Billy, warum musstest du so früh gehen?«, sagte sie zu dem Bild, so wie sie es jeden Tag tat, wenn sie versuchte, das Haus zu verlassen. »Warum musstest ihr mich alle so früh verlassen?«

Dann nahm sie ihre Mütze wieder ab, so wie sie es jeden Tag in den letzten drei Wochen getan hatte, und ließ sie auf den Boden fallen. Sie wischte mit dem Handrücken die Farbe von ihren Lippen und verfluchte sich selbst, weil sie so ein Feigling war.

Es ist Weihnachten, mahnte sie sich selbst. Reiß dich zusammen! Du tust dir damit keinen Gefallen.

»Immer sachte, Mum«, hörte sie die Stimme ihrer Tochter sagen. »Solche Dinge brauchen Zeit. Lass es einfach langsam angehen.«

Marian stieß einen tiefen Seufzer aus und gab sich geschlagen. Sie war es allmählich leid, sich Zeit zu lassen. Wie lange würde es noch dauern, bis sie etwas so Simples fertigbrachte, wie zur verdammten Post zu gehen?

Sie würde sich einen Kaffee kochen und es morgen wieder versuchen, sagte sie sich, genau wie in den vergangenen einundzwanzig Tagen. Ihr Herz hob sich leicht, als ihr einfiel, dass sie ihre E-Mails checken könnte – wer weiß, vielleicht hatte die Kummerkastentante von der *Today* ihr inzwischen geantwortet. Marian liebte ihre Kolumne, ehrlich gesagt kaufte sie die Zeitung nur deswegen. Aus irgendeinem Grund hatte sie das Gefühl, diese Ruth Ryans mit ihrer warmen Ausstrahlung und ihrer freundlichen Art zu kennen, die für alle wie eine beste Freundin zu sein schien.

»Wie groß muss meine Verzweiflung sein, Billy?«, murmelte sie und kniff die Augen zusammen, die in Tränen schwammen, während sie darauf wartete, dass das Wasser für den Kaffee kochte. »Ich bitte eine Frau, die gerade einmal halb so alt ist wie ich, um Rat, wie ich dieses Weihnachten überstehen soll, und ich warte sehnsüchtig auf ihre Antwort. So schlimm steht es schon um mich.«

Sie setzte sich an den Küchentisch und klappte mit zitternden Händen ihren Laptop auf, so wie sie es jeden Tag tat, seit sie Ruth Ryans geschrieben hatte.

Vielleicht würde sie heute von ihr hören. Es war nicht mehr lange hin bis Weihnachten, und Marian ging die Zeit aus, um eine Lösung zu finden, wie sie die Festtage allein überstehen sollte. Sie brauchte eine Antwort von Ruth, und sie brauchte sie schnell.

KAPITEL 5

Sieben Tage vor Weihnachten

»O nein! Ich wusste, dass das passieren würde! Ich komme viel zu spät! Shit!«

Bob springt aus dem Sessel hoch, in dem er geschlafen hat, sammelt hastig seine Jacke, sein Handy und sein Portemonnaie ein und stürmt aus dem Zimmer. Der Gestank von kaltem Rauch und Alkohol weht an mir vorüber, während ich auf der Couch langsam mit pochendem Schädel zu mir komme. Bob ist bereits auf dem Weg nach draußen, und ich bin wieder einmal mir selbst überlassen. Am besten gehe ich gleich unter die Dusche, denn ich bin fest entschlossen, sämtliche Spuren der Trauer abzuwaschen und die Kraft zu finden, in meinem Homeoffice Zuschrift um Zuschrift durchzuarbeiten und zu entscheiden, wer zu den Glücklichen gehört, denen ich in meiner nächsten Kolumne oder Radiosendung meinen weisen Rat geben werde.

Ich höre, wie Bob die Haustür hinter sich zuknallt, und das Geräusch hallt in der leeren Stille wider. Eine Stille, an die ich mich eigentlich inzwischen gewöhnt haben müsste, aber das habe ich nicht. Diese Stille ist erstickend, sie ist erdrückend – und sie ist eine düstere Mahnung, dass ich nicht vorwärtskomme, nicht auf die Art, wie meine Schwester vorwärtskommt, und nicht auf die Art, wie ich es den Menschen vorspiele, die sich mit ihren Problemen an mich wenden.

Die Uhr tickt, und ich nicke wieder ein, bis ich schließlich schweißgebadet aufschrecke und mich kerzengerade hinsetze, so rasch, dass mir kurz schwummrig wird. Ich hatte wieder diesen Traum. O nein, ich hatte wieder diesen Traum mit ihr, und ich bekomme kaum Luft, weil ich die Bilder wie immer ganz klar vor Augen habe. Sie steht oben auf der Treppe und ruft mich, damit ich ihr mit dem Weihnachtsbaum helfe. Ich versuche, den Treppenaufgang zu finden, aber egal, welchen Raum ich in diesem großen, kalten, leeren Haus betrete, ich suche vergeblich. Ich kann den Aufgang nicht finden, und ich kann sie nicht finden. Sie ruft weiter nach mir und erklärt mir, dass sie die ganze Zeit hier gewesen sei, dass sie nie wirklich fortgegangen sei, dass sie immer noch irgendwo im Haus sei und ich sie einfach nur finden müsse.

Aber ich finde sie nie.

Das Haus ist still. Sie ist nicht hier. Niemand ist mehr hier, außer mir und ein einsames *Zu-verkaufen*-Schild, das wie eine steife Flagge im Vorgarten steht. Ich muss hier raus, aber bis es so weit ist, sollte ich meine Arbeit erledigen.

Zwanzig Minuten und eine heiße Dusche später sitze ich mit einem sehr starken Kaffee vor meinem Laptop und starre blinzelnd auf die Liste von E-Mails, die auf mich wartet. Obwohl ich diesen Job schon seit Jahren mache, war ich immer neugierig darauf, in das Leben anderer Menschen einzutauchen und mir zu überlegen, wen ich in meinem Blog bespreche, wen ich für meine Kolumne auswähle und wen ich mir für meine Radiosendung aufhebe. Früher war es spannend, früher war es reizvoll, manchmal war es auch geradezu herzzerreißend, und vor allem war es etwas, worin ich mit der Zeit richtig gut wurde.

Aber heute weiß ich nicht, wo ich anfangen soll.

Ich öffne eine E-Mail, deren Absender ich bereits kenne, weil ich denke, es ist am besten, wenn ich mit etwas Einfachem beginne.

Sehr verehrte Ruth,

ich habe ein großes Problem, und das ist: Ich träume jede Nacht von Ihnen.

Sind Sie immer noch Single? Bitte sagen Sie Ja.

Liebe Grüße, M.

Ich stütze meinen Kopf in die linke Hand und rolle mit den Augen. Ja, ich bin *immer noch* Single. Nein, ich bin immer noch nicht interessiert.

M. ist meine anonyme, regelmäßige Ego-Massage, mein allergrößter Fan, und obwohl ich keine Ahnung habe, wer er (oder sie?) ist, weiß ich, dass ich mindestens einmal pro Woche von M. höre – Schmeicheleien über mein Aussehen, meine tröstende Stimme der Vernunft, meine klugen Worte. Es gibt ein paar Leute wie M., die mir regelmäßig schreiben, nur um mir nichtssagende Komplimente aus der Ferne zu machen. Wenn die alle wüssten, wie unglücklich ich im wahren Leben bin, wäre es damit sicher schnell vorbei.

Ich klicke auf die nächste E-Mail.

*Liebe Ruth,
mein neuer Partner hat mich vor die Wahl gestellt: entweder er oder mein Hund. Was soll ich tun? Mein Freund ist allergisch auf Tierhaare, aber ich möchte mich weder von ihm trennen noch von meinem Hund. Henry ist nun schon seit acht Jahren mein treuer Begleiter und bester Freund. Bitte helfen Sie mir.*

Nicky

Ich hatte auch mal einen, der Henry hieß, denke ich mit einem leichten Schmunzeln. Er war allerdings kein Hund, sondern ein knapp ein Meter neunzig großer Feuerwehrmann, der sich am nächsten Morgen nicht an meinen Namen erinnern konnte. Der Nächste, bitte!

Sehr geehrte Ruth,
normalerweise verschwende ich meine Zeit nicht damit, Leserbriefe zu schreiben, aber in Ihrem Fall kann ich mich nicht zurückhalten. Für wen halten Sie sich eigentlich, dass Sie jemandem, der kleine Kinder hat und ein Haus abbezahlen muss, empfehlen, seinen sicheren Job aufzugeben und sich selbstständig zu machen? Folge deinen Träumen, meine Fresse! Es ist nicht jeder so reich wie Sie mit Ihren Designerklamotten und Ihren piekfeinen Nobelrestaurants! Sie würden ehrliche, harte Arbeit nicht einmal dann erkennen, wenn sie Ihnen ins Gesicht starren würde!
Anonym

Ich klicke mich weiter durch meine Liste und versuche, die Anfragen zu verarbeiten, die heute wieder von genial bis lächerlich reichen, sogar mehr noch als sonst. Klassische Seitensprungfälle, unwichtige Geldsorgen und die vielen unglücklich Verliebten gehen bei mir zum einen Ohr rein und zum anderen wieder raus, ebenso die übliche Kritik von Menschen wie »Anonym«, die keine Ahnung haben, wie ich im wahren Leben bin. Reich? Ich habe ein altes vierstöckiges Haus geerbt, das schon bessere Tage gesehen hat und dessen Betriebskosten mich auffressen. Ehrliche, harte Arbeit? Die leiste ich definitiv. Ich habe mich halb totgeschuftet, um dorthin zu kommen, wo ich heute stehe, und niemand kann behaupten, dass es einfach war. Manchmal sträuben sich mir die Nackenhaare angesichts der Ignoranz der Welt. Warum können wir nicht einfach netter zueinander sein? Ist das wirklich so schwer? Kein Wunder, dass ich auf Rückzug schalte, wenn mir jemand im echten Leben zu nahekommt.

Ich öffne die nächste E-Mail.

Liebe Ruth,
ich weiß nicht, ob Sie mir helfen können, aber ich will versuchen, mir meinen Kummer von der Seele zu schreiben, denn ich muss mir einfach einmal Luft verschaffen. Ich bin verheiratet und habe einen zweijährigen Sohn. Wir sind eine glückliche kleine Familie, nach außen hin habe ich alles, was man sich wünschen kann. Aber warum habe ich dann das Gefühl, als würde etwas fehlen?

Ich lebe nur für meine Familie, doch es gibt Tage, da würde ich am liebsten vor allem davonlaufen und etwas nur für mich tun. Ich führe Selbstgespräche; ich rede tatsächlich mit mir selbst, weil ich das Gefühl habe, dass mein Mann mir die meiste Zeit nicht richtig zuhört. Wir sprechen miteinander, aber ich weiß, dass meine Worte und Gedanken nicht wirklich bei ihm ankommen. Er ist in letzter Zeit immer so gereizt und müde, und er hängt ständig über seinem Handy. Mit meinen Arbeitskolleginnen kann ich auch nicht richtig reden, außerdem sind die alle mit ihrem eigenen Leben beschäftigt, und ich traue mich nicht, ihnen vorzuschlagen, zusammen etwas trinken oder essen zu gehen.

Mein Mann hat seine Arbeit verloren, und eigentlich können wir es uns dieses Jahr überhaupt nicht leisten, Weihnachten zu feiern, weil mein Gehalt vorne und hinten nicht reicht. Das macht mir richtig Angst, aber ich denke, was mich am meisten beunruhigt, tief in meinem Innern, ist das Gefühl, dass ich in dieser Situation alleine dastehe. Was in aller Welt soll ich tun? Wie soll ich unser Weihnachten retten ohne Geld, ohne einen Ansprechpartner und ohne fremde Unterstützung?

Ich fühle mich einfach so einsam, und niemand ahnt etwas davon. Bitte helfen Sie mir.

Liebe Grüße
Molly Flowers

Ich muss ein paar Tränen wegzwinkern, nachdem ich Mollys Worte gelesen habe, und meine Kehle ist wie zugeschnürt, denn ich verstehe total, wie sie sich fühlt. Ist es nicht seltsam, dass wir uns, obwohl wir von Menschen umgeben sind und nach außen hin alles haben, hinter verschlossenen Türen wie Gefangene auf einer einsamen Insel vorkommen, wo niemand unsere Schreie hören kann? Ich kann das absolut nachvollziehen, Molly.

Ich werde die E-Mails, die ich mir bereits markiert habe, später beantworten. Jetzt fahre ich meinen Laptop herunter und reibe meine müden Augen. Heute erwartet mich ein harter Arbeitstag, aber im Moment kann ich mich einfach nicht länger mit den Problemen anderer Leute auseinandersetzen. Tatsächlich weiß ich nicht einmal, ob ich jemals wieder dazu fähig sein werde. Früher fiel es mir so leicht, doch neuerdings habe ich meine liebe Not damit, jede einzelne Zuschrift zu lesen, zu deuten und die richtigen Worte darauf zu finden. Letztere sind mir offenbar ausgegangen.

Ich schicke meiner Kollegin Nora eine SMS, um herauszufinden, wie ihre Stimmung heute Morgen ist. Sie könnte von noch immer leicht beschwipst vom Vorabend und die ganze Welt umarmend bis zu höllisch verkatert mit dem akuten Wunsch zu sterben reichen. Nora hat gestern Abend verdammt viel getrunken. Ich zum Glück nicht.

Können wir uns auf einen Kaffee und ein Katerfrühstück im Café Gloria treffen? Bitte tu mir den Gefallen!, schreibt sie zurück, und ich überlege nicht lange, sondern ziehe direkt meine Jacke, Mütze und Schal und warme Stiefel an und mache mich zu Fuß auf den Weg in mein Lieblingscafé, wo ich mich ganz sicher besser fühlen werde, weil mich dort immer glückliche Erinnerungen aus längst vergangenen Zeiten wie eine warme, flauschige Decke umhüllen.

Das Café Gloria ist schon immer mein Zufluchtsort gewesen. Früher rannte ich mit meinen Problemen dorthin, wenn mein Vater eine Pause von pubertierenden, hormongestressten Mädchen brauchte, holte mir Wärme und Trost und kehrte mit bedingungsloser Liebe zurück, in der Gewissheit, dass er da sein würde. Die bloße Erinnerung an jene Zeit genügt schon, um mich innerlich aufzuwühlen. Das muss aufhören. Ich muss mich davon frei machen.

&

Molly Flowers

Molly Flowers hatte drei Tage lang keinen Wein angerührt.

Es war nicht so, dass sie keine Lust darauf gehabt hätte, vielmehr konnte sie sich diese Woche einfach keinen leisten. Jedes Mal, wenn sie überlegte, wo sie das Geld für ein paar Weihnachtsgeschenke hernehmen sollte, bildete sich in ihrem Hals ein dicker Kloß, groß wie ein Tennisball, und sie musste sich zwingen, gleichmäßig und ruhig zu atmen, um nicht wieder eine Panikattacke zu bekommen und allen den Tag zu versauen.

Dies war nämlich häufiger geschehen, seit Jack arbeitslos war. Aber was erwartete sie, wenn sie ständig diese ganzen Sorgen mit sich herumschleppte. Jack verkannte offenbar den Ernst der Lage, er glaubte fest an einen großen magischen Glückstreffer, zum Beispiel einen Sechser im Lotto (wofür er jede Woche rund zehn Pfund ausgab) oder eine unverhoffte Spende von seinen Eltern, von der sie einen Truthahn und ein paar Geschenke für Marcus kaufen könnten, der mit seinen zwei Jahren zum Glück noch nicht merkte, wie schlecht sie finanziell dastanden.

Molly starrte hinaus in den Garten, der unter einer Schneedecke lag, und beobachtete ein Rotkehlchen, das im Vogelhaus nach Futter suchte, bis es aufgab und wegflog. Sie wünschte sich, sie könnte auch wegfliegen. Weg von diesem ganzen Druck und dem Sich-verstellen-Müssen, weg von den Schulden und dem täglichen Kampf, um über die Runden zu kommen.

Nein, nein, das wollte sie natürlich nicht. Wie konnte sie so etwas überhaupt nur denken? Sie hatte einen tollen Ehemann – er machte nur gerade eine schwere Zeit durch, aber er würde sicher bald einen neuen Job finden. Das hatte er ihr versprochen. Sie hatte einen gesunden Sohn, etwas, wofür sie unendlich dankbar war. Ihre Arbeit im Schönheitssalon machte ihr Spaß, obwohl sie sich zwischen ihren Kolleginnen manchmal wie eine Außerirdische vorkam, denn die anderen waren alle jünger und hatten keine Kinder und keine Verantwortung und lebten hauptsächlich für das Wochenende, das sie mit ihren neuesten Eroberungen durchfeierten. Eine völlig andere Welt als die, in der sie lebte, mit unbezahlten Rechnungen und einer Hypothek, die sich wie eine Schlinge um ihren Hals anfühlte.

Dabei sahen die anderen alle zu ihr auf. »Hashtag Familienglück«, sagten sie in Bezug auf ihre Ehe mit Jack und ihren hinreißenden kleinen Marcus. Wenn sie nur wüssten, dass sie sich insgeheim wie eine Betrügerin vorkam.

Heute war ihr freier Tag, und in der Krabbelgruppe fand eine kleine Weihnachtsfeier statt, aber Molly fühlte sich nicht in der Lage, den anderen Müttern lächelnd gegenüberzutreten und so zu tun, als wäre alles in bester Ordnung, als würde sie sich genauso auf Weihnachten freuen wie die anderen und als wäre ihre einzige Sorge das passende Kleid zum Fest und die passenden Geschenke für die Kinder.

Der arme Marcus. Sie hob ihn hoch, schmiegte sich an seine weiche Haut und sein weiches Haar, drückte ihn eng an sich und betete still dafür, dass die Zeiten sich bald ändern würden.

»Nächstes Jahr wird alles besser, das verspreche ich dir, mein Schatz«, sagte sie zu ihm. Er lächelte sie mit seinen Milchzähnen an, nichts ahnend von dem Kummer und der Angst, die sie innerlich verschlangen. Jack würde bald von seinem Morgenspaziergang zurückkehren und Hunger mitbringen. Sie hatte versucht, mit ihm über ihre Ängste zu reden, aber er hatte sofort das Thema gewechselt, so wie immer, und sie war ins Bad gegangen, so wie immer, und hatte hinter verschlossener Tür geweint, bis Marcus sie brauchte. Sie hatte sich geschworen, dass sich sehr bald etwas ändern würde. Es musste sich etwas ändern. So konnte es nicht weitergehen.

Wenigstens betäubte der Wein ihren Kummer, wenn auch nur vorübergehend. Sie wusste, dass er nicht gut für sie war und dass er sicher keine Lösung darstellte, aber da sie niemanden hatte, mit dem sie reden oder an den sie sich wenden konnte, fiel ihr keine andere Möglichkeit ein, um den Tag zu überstehen.

KAPITEL 6

Nora sitzt bereits ganz hinten an meinem Lieblingstisch – der mit der gemütlichen Polsterbank direkt am Fenster, deren purpurroter Samtbezug an manchen Stellen schon blank gescheuert ist. Ich bleibe kurz im Eingang stehen, ziehe meine Handschuhe aus und reibe meine Hände aneinander, um sie aufzuwärmen.

»Hey, Ruth«, sagt Michael, der neue Kellner, und ich hebe grüßend meine Hand und gehe an der Theke vorbei, hinter der er in einer Dampfwolke steht. Ich kann gerade so ein schüchternes Lächeln unter seiner dunkelblauen Baseballkappe ausmachen. Michael spricht nicht viel, aber ich weiß, dass Gloria ihm vertraut. Sie hat die Wohnung über dem Café an ihn vermietet, und sie gerät über ihn immer richtig ins Schwärmen. Wenn ich es mir recht überlege, schwärmt Gloria für alle ihre Mitarbeiter, und sie liebt es, Menschen eine Chance zu geben. So wie Suzi, der Jurastudentin aus New York, die gerade die Tische abwischt und mich freundlich grüßt; genau wie Richard, Glorias Mann, der mir zuwinkt, bevor er seiner Frau ein Küsschen auf die Wange drückt und zur Tür hinauseilt, zurück in sein Büro, frisch gefüttert und getränkt.

Der alte Archie, ein Postbote im Ruhestand, sitzt über seiner wahrscheinlich vierten Tasse Tee an diesem Morgen und starrt aus dem Fenster; Bertie, der Anwalt, und seine reizende Frau Majella diskutieren hinten in der Ecke darüber, was sie bestellen sollen, und ich entdecke ein paar weitere vertraute Gesichter unter den Gästen, die sich unterhalten oder durch ihre Smartphones scrollen oder auf ihren Laptops tippen.

Wie immer herrscht eine gemütliche Atmosphäre im Café Gloria, und mit den vielen funkelnden Lichterketten und den buschigen, pink und lila geschmückten Minitannen, die überall im Raum stehen, ist es sogar noch gemütlicher als sonst. Der große Tisch ist von einer Gruppe Männer und Frauen belegt, die angeregt miteinander plaudern, und eine junge Mutter mit einem Kleinkind auf der Hüfte schaltet sich in eine Diskussion darüber ein, was besser ist – Glorias berühmter Eintopf oder ihre neue Spezialität, frisch gebackene Lebkuchenmänner. Dieser Ort hier strahlt eine Herzlichkeit aus, die beinahe greifbar ist, und jeder Gast, egal, aus welchem Teil der Stadt er kommt, selbst wenn es von außerhalb ist, fühlt sich hier sofort heimisch.

Jemand aus der größeren Runde bemerkt mich und schaut zweimal hin, dann tuschelt er aufgeregt mit seinen Tischnachbarn.

»Das ist doch die aus der Zeitung«, höre ich ihn sagen. »Ihr wisst schon, die Frau, die alle Probleme löst.«

»Ach ja? Bist du sicher?«

»Sie sieht zumindest so aus. Frag sie.«

»Das ist sie definitiv. Na los, trau dich und bitte sie um ein Selfie!«, sagt ein anderer.

Sie setzen ihr scherzhaftes Geplänkel fort, und ich senke meinen Kopf im Gefühl, dass ich ihre Aufmerksamkeit überhaupt nicht verdient habe. Schnell schlüpfe ich in die vertraute Sitznische und begrüße Nora, die mit ihren fingerlosen Handschuhen und ihrer Beanie-Mütze ein bisschen aussieht wie das Leiden Christi.

»Wann werde ich es jemals lernen, Ruth?«, fragt sie leise. Ihr blasses Gesicht und ihre dunklen Augenringe wirken selbst in der warmen Beleuchtung mitleiderregend, und ich schüttele den Kopf. »Ich war um zwei zu Hause, und Phil ist völlig ausgeflippt. Oh, ich war mir nicht sicher, was du trinken möchtest, also habe ich dir einfach eine heiße Schokolade bestellt, ist das okay? Ich weiß nicht einmal, ob du heiße Schokolade magst. Ich weiß heute gar nichts.«

»Perfekt, danke«, sage ich. »Genau das Richtige bei diesem kalten Schmuddelwetter. Ich liebe heiße Schokolade, besonders wenn es draußen schneit. Wer nicht?«

Nora massiert ihre Stirn. Ihre Eheprobleme gehen nicht spurlos an ihr vorüber, aber ich möchte sie nicht drängen, mehr zu erzählen, als sie möchte.

»Tut mir leid, dass ich gestern so eine Heulsuse war und unsere Planung durcheinandergeworfen habe«, sage ich im Bemühen, sie von ihrem eigenen Elend abzulenken. »Wir hätten einfach ins Caprino gehen sollen, ich hätte mich dann schon zusammengerissen, denn seien wir ehrlich: Großzügig gemixte Drinks aus der Hausbar und ein jammernder Trauerkloß wie ich sind einfach keine gute Gesellschaft. Du kannst es also auf mich schieben, wenn es dir hilft. Es ist meine Schuld, dass du erst so spät zu Hause warst.«

Nora macht einen abwesenden Eindruck, und ich weiß, sie trägt die Last der Welt auf ihren Schultern, aber ich würde es nie wagen, meine Nase in ihre Angelegenheiten zu stecken, solange sie sich nicht von selbst öffnet und mir von ihren Problemen erzählt. Die Spatzen pfeifen es von den Dächern, dass sie in ihrer Ehe gerade die Hölle durchmacht, obwohl sie eigentlich noch in der Flitterwochenphase sein sollte, aber wenn ich eins gelernt habe in all den Jahren als die bekannteste Kummerkastentante der Stadt, dann ist es, dass man zuerst zuhört. Nora ist ein Buch mit sieben Siegeln, und wenn sie es dabei belassen möchte, ist das für mich in Ordnung.

»Hey, da sind ja gleich zwei meiner Lieblingsgäste auf einen Schlag!«

Ich hebe meinen Kopf und sehe Gloria vor uns, mit einem roten Geschirrtuch im Weihnachtsdesign über ihrer Schulter und einem strahlenden Lächeln in ihrem freundlichen Gesicht, das automatisch Wirkung zeigt und unsere Katerstimmung aufhellt. Gloria ist eine herausragende Persönlichkeit mit karibischen Wurzeln, einem universellen Mutterinstinkt und einem großzügigen Wesen. Sie sieht aus wie eine personifizierte dicke Umarmung, und ich bete sie geradezu an.

»Gloria, du brauchst nicht so zu tun, als würde ich zu deinen Lieblingsgästen zählen«, sagt Nora, die ihr Bestes gibt, um normal zu erscheinen und nicht wie ein zitterndes, völlig verkatertes Wrack. »Wir wissen alle, dass Ruth *überall* jedermanns Liebling ist. Sie braucht nur ihre perlweißen Zähne aufblitzen zu lassen, und schon gerät die ganze Nation in Verzückung.«

Nora sagt es mit einem Lächeln, aber in ihrer Stimme schwingt eine Bitterkeit mit, die Gloria veranlasst, mir einen fragenden Blick zuzuwerfen. Ich erröte leicht wegen Noras Anspielung auf meinen Ruf als »die Frau, die nichts falsch machen kann«, ein Ruf, der von meinen Auftraggebern bei der Zeitung sorgsam gehegt und gepflegt wird, aber dessen ich mich heute definitiv nicht würdig fühle. Würde ich ihm gerecht werden, säße ich jetzt an Antworten auf die besonders verzweifelten Mails in meinem Posteingang und nicht mit heißer Schokolade am einzigen Ort, wo ich das Gefühl habe, allem entfliehen zu können. Ich bin heute nicht fähig, mich mit den Problemen anderer Leute zu befassen, besonders wenn ich an all die deprimierten, einsamen Seelen denke, die sich vor Weihnachten fürchten, und dem ganzen Druck, der damit verbunden sein kann. Ich schaudere bei dem Gedanken und bin froh über Nora und diese Ablenkung hier, selbst wenn es scheint, als wären ihre Komplimente vergiftet.

»Tja, ich kenne Ruth nun einmal schon sehr, sehr lange«, sagt Gloria und legt ihre Hand auf meine Schulter. »Wir kennen uns schon eine Ewigkeit, nicht wahr, Schönheit? Damals warst du noch ein süßer Backfisch und kamst immer mit deinem lieben Papa und deiner Schwester hierher. Meine Güte, wie die Jahre verfliegen! Wie geht es dir, mein Mädchen? Ich weiß, das ist gerade eine schwere Zeit für dich.«

Ich beiße auf meine Unterlippe und lege beide Hände um meine Tasse. Ich versuche zu sprechen. Ich kann nicht.

Also schüttele ich den Kopf.

»Sie kommt schon klar«, sagt Nora. »Sie ist es gewohnt, Probleme zu lösen, also kann sie sicher auch ihre eigenen lösen, oder, Ruth?«

Ich will antworten, aber Nora gibt mir keine Gelegenheit dazu.

»Außerdem musste sie gestern Abend mit ansehen, wie wir uns alle die Kante gegeben haben, darum sind wir heute Morgen ein bisschen schlecht drauf. Am besten, du behandelt uns wie rohe Eier. Wie *hungrige* rohe Eier.«

»Gut, dann seid ihr am richtigen Ort«, erwidert Gloria. »Also, was darf ich euch bringen? Ihr macht beide den Eindruck, als könntet ihr ein herzhaftes Frühstück vertragen.«

Nora übernimmt wie immer die Führung, was mir sonst meistens auf die Nerven geht, aber im Moment bin ich froh über ihre Entschlossenheit.

»Ich hätte gern zwei Muffins mit Ahornsirup, und kann ich gebratenen Speck dazu haben, Gloria? Ich brauche definitiv eine stabile Grundlage.«

Ich schaffe ein zustimmendes Nicken, und Gloria notiert unsere Bestellung in ihrem kleinen Block mit dem Kugelschreiber, den sie immer hinter ihr Ohr klemmt.

»Ich bin da, falls du mich brauchst«, raunt sie mir zu, und ihr Blick spiegelt den Schmerz wider, den ich gerade durchmache.

Ich sehe sie an und sage die Worte, die wir uns immer sagen, wenn es hart auf hart kommt: »Selbst eine Kummerkastentante braucht mal eine Kummerkastentante«, und daraufhin verschwindet sie, um unser Frühstück zuzubereiten.

»Glaubst du, Gloria hat sich jemals so richtig die Kante gegeben?«, fragt Nora. »Glaubst du, sie hat überhaupt jemals *gesündigt*? Ich wette nicht. Sie ist bestimmt völlig behütet aufgewachsen, zwischen einem lieblichen Gospelchor und dem ständigen Duft von Selbstgebackenem und erbaulichen Sonntagspredigten, und kam nie mit Alkohol in Berührung, die Glückliche.«

Ich zucke mit den Achseln. »Ich kenne Glorias Vorgeschichte nicht genau, und ich weiß nicht, was sie hierher verschlagen hat, aber ich bin froh, dass es so ist«, erwidere ich. »Genau genommen bin ich nicht verkatert, Nora. Ich bin nur traurig. Ich bin heute richtig traurig. Tut mir leid, dass ich dich damit belaste. Ich vermisse meinen Dad einfach ganz furchtbar, besonders in dieser Jahreszeit. Es war echt schwer für mich, über seinen ersten Todestag hinwegzukommen, das kann ich dir sagen, aber von nun an geht es hoffentlich wieder aufwärts.«

Nora zappelt unbehaglich herum und lässt ihren Blick durch das Café schweifen, dann wechselt sie unvermittelt das Thema und erzählt mir von einem Artikel über Prominentenkultur, an dem sie aktuell arbeitet, und mir wird wieder bewusst, dass Nora und ich, abgesehen von unserer Arbeit und den Besäufnissen, im Grunde nicht viel gemeinsam haben. Sie weiß nichts von meiner Schwester, die am anderen Ende des Landes lebt, oder davon, wie sehr ich Ally vermisse; sie weiß nicht, dass ich mich für das große leere Haus ruiniere und wie schwer mir die Entscheidung fällt, es zu verkaufen; sie weiß nicht, wie einsam ich mich fühle und wie nutzlos ich mir vorkomme, weil ich meinen Vater nicht mehr im Pflegeheim besuchen kann; und auch nicht, wie sehr es mir in letzter Zeit zuwider ist, hohle Veranstaltungen voller luftküssender Arschkriecher zu besuchen, die mir nichts mehr geben. Ich bin mir nicht sicher, ob sie mir überhaupt jemals etwas gegeben haben. Nora hat keine Ahnung, dass ich in dieser Existenz ersticke, dass ich mich jeden Tag danach sehne, fortzulaufen an einen Ort, den ich nicht einmal kenne und wo vor allem mich keiner kennt, und sie weiß erst recht nicht, wie notwendig es ist, dass ich mein Leben grundlegend ändere, bevor mir alles über den Kopf wächst. Sie weiß praktisch nichts über mich.

Im Grunde weiß keiner der anderen etwas über mich. Weder Gavin noch Bob und schon gar nicht Nora. Wir sind befreundete Kollegen, und wie Tausende meiner Social-Media-Freunde schauen sie zu mir auf, als würde ich ein perfektes Leben führen, was ich gemessen an gestellten Fotos und glänzenden Profilen ja auch tue.

»Danke, dass du mich gebeten hast, hierherzukommen«, sage ich, als Nora sich kurz unterbricht, um Luft zu holen für eine weitere Schimpftirade auf Promi-Ehen im Vergleich zu normalen Ehen, wo das Geld knapp ist und Rechnungen bezahlt werden müssen. »Ich brauchte dringend eine Pause, und bei Gloria kann ich immer so schön abschalten und die Welt vergessen. Manchmal fehlen mir die Bürogespräche und die Kollegen, aber dagegen hilft ein Abstecher ins Café. Ist es nicht wahnsinnig gemütlich hier? Ich liebe diesen Ort. Schon immer.«

Mag sein, dass Nora und ich nicht viel voneinander wissen, was über Oberflächliches hinausgeht, aber ich denke, es ist angemessen, ihre Freundlichkeit zu würdigen, dass sie mir dieses Treffen vorgeschlagen hat. Außerdem hat mein Vater mir beigebracht, das Gute in den Menschen zu sehen, also werde ich mich lieber darauf konzentrieren, als meinen bereits übervollen Kopf mit irgendwelchen negativen Gedanken zu füllen.

»Margo denkt, ich treffe mich mit dir, um mir bei dir Rat zu holen, wie ich meine privaten Probleme in den Griff bekommen kann, weil sie sich auf meine Arbeit auswirken«, sagt Nora kichernd und rührt in ihrem Tee.

»Ach, wirklich?«

Ich setze mich aufrechter hin, und Nora lacht. »Sie ist wirklich davon überzeugt, dass du die Welt verändern kannst, Ruth«, fährt sie fort und wirkt selbst überhaupt nicht überzeugt. »Wie kommt das?«

»Wie bitte?«

Ich habe keine Ahnung, was ich auf ihre Frage antworten soll. Woher soll ich wissen, warum Margo mich beharrlich zu einer engelsgleichen Figur hochstilisiert? Das ist nicht auf meinem Mist gewachsen. Es ist eine reine Vermarktungsstrategie, und Nora sollte das wissen.

»Nun, wahrscheinlich hat es damit zu tun, dass du deinen Vater bis zu seinem Tod gepflegt hast und dass du so früh von deiner Mutter verlassen wurdest«, sagt sie und gibt damit eine knappe Zusammenfassung meines Lebens bis heute. »Hinzu kommt die Tatsache, dass die Männer sich scharenweise in dich verlieben, aber du bemerkst es nicht einmal. Dann deine ehrenamtliche Arbeit fürs Radio und deine ›Ich überwinde alle Hürden‹-Einstellung, die auf Frauen abfärbt, die bewundernd zu dir aufblicken, ganz zu schweigen von deinem unschuldigen italienischen Madonnengesicht, nach dem alle verrückt sind. Du legst die Messlatte für den Rest von uns verdammt hoch, aber in Wirklichkeit bist du todunglücklich.«

Sie reißt mich gerade in Stücke, und ich habe keine Ahnung, was ich sagen soll. Nicht dass ich zu Wort kommen würde, selbst wenn ich wollte. Sie hat mich sehr treffend analysiert, und sie ist noch nicht fertig. Sie senkt ihren Kopf und ihre Stimme, um mir den Rest zu geben.

»Es ist wirklich komisch«, fährt sie prustend fort, »aber mir war klar, dass Margo mich heute Morgen nur gehen lassen würde, wenn ich ihr sage, dass ich mich mit dir treffe. Also habe ich mir als Ausrede einfallen lassen, dass ich deinen Rat benötige, und sie hat es mir glatt abgekauft. Bei jedem anderen Namen hätte sie Nein gesagt, weil sie genau weiß, dass ich einen üblen Brummschädel habe.« Sie nimmt einen Schluck von ihrem Tee.

Mir ist die tiefe Bitterkeit in ihrer Stimme nicht entgangen. Dann war es ihr im Grunde also scheißegal, wie es mir heute Morgen ging. Sie brauchte nur einen Vorwand, um aus dem Büro zu kommen, und dieser Vorwand war ich. Ihre Offenbarungen machen mich benommen, ganz zu schweigen von ihren Hintergedanken.

»Und, brauchst du einen Rat?«, frage ich, mich an einen Strohhalm klammernd, um meinen Stolz zu retten.

»Teufel, nein, ich brauche keinen Rat.« Ihr Lachen versetzt mir einen weiteren Stich. »Ich werde wohl kaum ausgerechnet dir mein Herz ausschütten, oder? Als bräuchtest du das zu allem anderen noch dazu.«

»Zu allem anderen?«, frage ich. Dann hat sie also doch zur Kenntnis genommen, dass auch ich gerade eine schwere Zeit durchmache?

Sie sieht sich um und richtet ihre Augen dann wieder auf mich. »Nichts für ungut, Ruth«, sagt sie, »aber du solltest dich besser um dein eigenes Leben kümmern, statt dir über mich oder irgendjemand anderen Gedanken zu machen.«

Ich schlucke. »Willst du damit andeuten, dass ich nicht in der Lage bin, meinen Job zu machen?«, stammele ich.

Autsch, das hat gesessen. Egal, wie viel Verständnis ich mir von meinen lieben Kollegen erhoffe, es würde mich sehr ärgern, wenn Nora und die anderen denken würden, dass ich meine Fähigkeit, mit meinem Rat zu helfen, wo es nötig ist, allmählich verliere, selbst wenn ich gerade selbst an mir zweifele. Nora ist mir keine Hilfe.

»Ach, komm schon, Ruth«, sagt sie. »Ich bin ein echter Mensch und nicht einer von deinen albernen Fans, die sich an dich wenden, weil sie vergessen haben, wie man eine Glühbirne wechselt. Du solltest einfach ... nun, vielleicht solltest du dich einfach für eine Weile auf dich selbst konzentrieren statt auf den armen Peter, dessen Goldfisch gerade gestorben ist.«

Sie lacht ein wenig, um alles leichter erscheinen zu lassen, aber ich habe keine Lust mehr auf ein Frühstück und keine Lust mehr auf ... nun, ich habe ganz akut keine Lust mehr auf bestimmte Menschen in meinem Leben.

»Tatsächlich habe ich es mit sehr ernsten Problemfällen zu tun«, sage ich, entschlossen, mir von Nora nicht meinen Job und meine Position kleinreden zu lassen. »Ich berate die Menschen in allen möglichen Lebensfragen, zum Beispiel wie man eine Fehlgeburt verkraftet oder eine Trennung oder wie man mit einer Sucht umgeht, ganz zu schweigen von –«

»Okay, ich weiß, ich weiß, tut mir leid«, sagt Nora rasch und massiert wieder ihre Stirn. »Aber unterm Strich sind es bloß ein paar warme Worte, richtig? Könnte man doch nur im wirklichen Leben die Welt mit ein paar Worten verändern, nicht wahr? Ich finde, du solltest dich im Moment wirklich auf dich selbst konzentrieren. Kümmere dich nicht um die Probleme der anderen. Konzentrier dich lieber darauf, deine eigenen in Ordnung zu bringen.«

Ich fummele an meiner Serviette herum, während Noras Worte in meinem Kopf umherkreisen. Ich versuche ja, mit meinem Leben und mit den ganzen Veränderungen in den letzten zwölf Monaten klarzukommen, aber steht es wirklich *so* schlimm um mich? Okay, ich habe keine große Verantwortung mehr, seit mein Vater gestorben ist, und vielleicht hatte ich einen ziemlichen Durchhänger, aber schließlich bin ich in Trauer, richtig? Alles, worum ich mich kümmern muss, ist, dass ich meinen Job gut mache, dass im Kühlschrank immer genügend zu essen ist und dass meine herrliche riesige Villa im georgianischen Stil in dieser Jahreszeit nicht auskühlt. Ich habe Menschen, zu denen ich gehen kann, wenn sich in meinem übervollen Terminkalender eine Lücke zwischen den gesellschaftlichen Anlässen findet. Also warum bin ich dann so unglücklich? Vielleicht hat Nora recht. Vielleicht dürfte ich mich mit all dem, was ich habe, nicht immer so deprimiert und innerlich leer fühlen.

»Ich möchte nicht unhöflich sein, Ruth, aber du siehst nicht einmal mehr aus wie du selbst«, sagt Nora leise.

Ich senke den Blick auf meinen Pullover. Er ist schwarz, wie das meiste, was ich in letzter Zeit anziehe. Er ist außerdem fleckig, wie das meiste, was ich in letzter Zeit anziehe. Außerdem ist er viel zu groß und schlabberig und verhüllt meine Figur, wie das meiste, was ich in letzter Zeit anziehe. Sosehr ich Noras brutale Ehrlichkeit auch hasse, ich sehe, dass sie nicht unrecht hat. Ich sehe wirklich beschissen aus, und ich fühle mich sogar noch beschissener – und das hat nichts mit gestern Abend zu tun. So geht es mir nun schon seit einem Jahr, und offensichtlich wird hinter meinem Rücken darüber gesprochen.

»Danke für dein Vertrauen«, sage ich. »Sorry, wenn ich nicht so glamourös aussehe, wie du erwartet hast.«

In diesem Moment serviert Michael uns das Frühstück, und obwohl mir der Appetit vergangen ist, möchte ich Gloria nicht beleidigen, also schiebe ich das Essen auf meinem Teller herum, während Nora das Thema wechselt und wir uns über das Büro unterhalten, über Auflagenhöhen und Klickzahlen. Nora tut so, als würde sie mir zuhören, aber ich weiß, dass sie es kaum erwarten kann, von hier zu verschwinden, jetzt, wo sie wieder an Kraft gewinnt dank des nahrhaften Frühstücks und der sicheren Entfernung von Margo.

»Der Kellner ist heiß«, bemerkt sie zwischen zwei Bissen.
»Ist mir nicht aufgefallen.«

Sie stößt ein Schnauben aus, als wäre sie nicht überrascht, und schlingt ihr restliches Frühstück so schnell sie kann hinunter, womit sie mir den Eindruck vermittelt, dass sie hier definitiv fertig ist.

»Ich gehe jetzt besser zurück«, sagt sie schließlich und trinkt ihre Cola aus, die sie schon vor ihrem Tee bestellt haben muss. »Das Frühstück geht auf mich. Genauer gesagt, aufs Büro, schließlich ist das hier offiziell so eine Art Dienstgespräch, also kann ich es als Spesen abrechnen. Pass auf dich auf, Ruth, ja? Wir sehen uns dann am Dienstag auf Gavins Geburtstagsfeier?«

Gavins Geburtstagsfeier? Dienstag? Ich will gerade erwidern, dass ich am Dienstag nicht kann, weil mein Vater seinen Bingo-Abend hat, aber dann fällt mir ein, dass Dad nicht mehr lebt. Und zwar seit einem vollen Jahr nicht mehr. Ich muss wirklich meinen Scheiß auf die Reihe bekommen und meinem Leben einen neuen Sinn geben, statt dahinzuvegetieren und die Zeit totzuschlagen und so zu tun, als würde das reichen, um meine hungrige Seele zu füttern.

Ich bin ein fürsorglicher Mensch. Ich kümmere mich um andere. Ich habe mich um meinen Vater gekümmert, solange ich zurückdenken kann, und nun ist das nicht mehr nötig, und das fühlt sich an wie … es fühlt sich an wie eine gewaltige Leere, und ich habe keine Ahnung, wie ich sie füllen soll.

»Ja, klar«, sage ich murmelnd zu Nora. »Gavins Geburtstagsfeier. Wie konnte ich das vergessen? Wir sehen uns dann, Nora, und danke für das sehr ehrliche Gespräch. Grüß die anderen im Büro von mir.«

Ich werde definitiv nicht in der Lage sein, zu Gavins Geburtstagsfeier zu gehen. Das weiß ich, und Nora weiß es auch. Ich bin seit vielen Monaten nicht mehr privat ausgegangen, und gestern Abend war wieder einmal ein Beweis dafür, dass ich einfach noch nicht so weit bin.

Nora verabschiedet sich, und ich beobachte, wie sie kurz darauf die Straße überquert und auf ihren dünnen Beinen um Pfützen herumtänzelt, während sie entschuldigend die Hand hebt, weil der Verkehr zu ihren Ehren anhalten muss.

Nora hat vielleicht die Wahrheit ausgesprochen, was meine äußere und innere Verfassung betrifft, aber sie hat keine Ahnung, wie sehr ich leide. Das ahnt wahrscheinlich niemand. Weder die Menschen, mit denen ich zusammenarbeite, noch die Menschen, die mir schreiben. Wie kann ich ihnen helfen, wenn ich nicht einmal mir selbst helfen kann? Ich fürchte, dass ich eine Menge Menschen enttäuschen werde, weil ich gerade einfach nicht das Selbstvertrauen habe, um ihre Hilferufe zu beantworten – und das in einer Zeit, die für viele so schmerzlich ist.

Paul Connolly

Paul Connolly hatte seit zehn Tagen keine Drogen konsumiert.

Für Außenstehende mochte das nicht besonders lange sein, aber für ihn war es ein Erfolg, weil in dem Hostel, wo er wohnte, Drogen jeglicher Art immer nur einen Herzschlag entfernt waren. Screw, der Chefdealer, trieb sich morgens, mittags und abends auf den Fluren herum und stellte sicher, dass jeder hier gut versorgt war.

Paul brauchte Drogen, aber noch lieber wollte er von ihnen loskommen. Dieses Weihnachten würde er feiern, clean zu sein, und im neuen Jahr würde er aus diesem Drecksloch hier ausziehen und in einem anderen Teil der Stadt neu anfangen, wo miese Typen wie Screw, die ihn ständig in Versuchung führten und ihr Gift vor seiner Nase baumeln ließen, nur noch eine ferne Erinnerung wären.

Paul hatte eine To-do-Liste gemacht, die er bis zu seinem einundzwanzigsten Geburtstag im kommenden März abarbeiten wollte. Er würde endlich seinen Führerschein machen, er würde sich einen richtig guten Job besorgen, er würde für ein eigenes Auto sparen, er würde sich ein ganz anderes Auftreten angewöhnen, er würde die Energydrinks, die ihn durch den Tag brachten, gegen eine gesunde Ernährung mit viel Obst und Gemüse tauschen, er würde ins Fitnessstudio gehen, und er würde sich eine neue Frisur zulegen, die ihm besser stand. Genauer gesagt würde er seine Haare wachsen lassen, so wie er sich das immer gewünscht hatte, weil es den neuen Paul besser reflektierte und den alten Paul weit zurückließ.

Wie sehr er sich wünschte, er könnte die Zeit vorspulen, damit alles schneller ging.

»Eins nach dem anderen, Paul«, hatte Julie gesagt, und er bemühte sich wirklich, ihren Rat zu befolgen.

Julie war seine Therapeutin, seine Drogenberaterin, sein Rettungsanker. Sie hatte ihm geholfen, seine Zukunft zu planen und seine Liste zu machen. Paul mochte Julie aufrichtig, und er war sich sicher, dass sie ihn auch mochte, weil sie sich immer viel mehr Zeit für ihn nahm, als sie eingeplant hatte. Sie war nicht wie die anderen Sozialarbeiter, die mit ihm redeten, als wäre er bloß ein elender Junkie, ein hoffnungsloser Fall, der nichts von dem, was er sagte, ernst meinte. Julie glaubte an ihn. Paul fand es großartig, dass endlich jemand an ihn glaubte.

Aber nun war Julie fort. Sie war in eine andere Stadt gezogen, und Paul musste sich durch jeden einzelnen Tag kämpfen. Er musste so sehr kämpfen, dass er sich vorgestern Abend sogar hingesetzt und eine E-Mail an diese Kummerkastentante von der Zeitung geschrieben hatte, die anscheinend sehr vielen von den Menschen helfen konnte, die sich an sie wandten. Ruth Ryans, ja, genau, so hieß sie. Sie erinnerte ihn ein wenig an Margaret, seine große Schwester, die auch immer so viele kluge Worte sagte und eine sehr beliebte Gesprächspartnerin war. Aber Margaret redete nicht mehr mit ihm. Niemand aus Pauls Familie redete noch mit ihm. Sie waren es leid, sich zu sorgen; sie waren es leid, ihm neue Chancen zu geben; sie waren es leid, seinen schwachen, blassen Körper vom Boden aufzuheben, wenn er nach einem Wochenendexzess kollabierte.

Paul war es auch leid. Er war es leid, zu hören, wie seine Mutter um ihn weinte; er war es leid, zu sehen, wie sie Kerzen anzündete und dafür betete, dass er clean wurde und nach Hause kam und einfach wieder so war wie früher; er war es total leid, seine geliebte Mutter zu enttäuschen.

Sie sagte immer, er hätte alles im Leben werden können, was er wollte. Mit gerade einmal sechzehn Jahren wurde er in die Fußballnationalmannschaft berufen und als sicherer Topspieler gehandelt. Er war gut aussehend und ein Ausnahmetalent, und die Welt lag ihm zu Füßen – doch das änderte sich alles, als er Keith kennenlernte.

Keith war eifersüchtig auf Paul, aber er wollte trotzdem mit ihm befreundet sein. Er zeigte Paul, wie es war, im Rampenlicht zu stehen, und all die Dinge, die sich einem Profifußballer abseits des Platzes boten. Keith zeigte ihm, wie man die Nächte richtig durchfeierte, vor allem, wenn man dazu ein paar Lines zog, und bald wurden aus diesen Nächten ganze Wochenenden, und aus den Wochenenden wurde jeder Tag.

Paul hatte das Fußballspielen längst aufgegeben. Er machte im Prinzip gar nichts mehr, konzentrierte sich nur darauf, sich von Screw fernzuhalten, möglichst viel Geld zurückzulegen und sich Ziele zu setzen, so wie Julie es ihm gezeigt hatte, damit er bald hier rauskommen würde. Julie hatte ihm auch empfohlen, die positiven Dinge in seinem Leben aufzuschreiben und sie täglich zu lesen und zu ergänzen.

Bis jetzt hatte Paul zwei positive Dinge auf seiner Liste notiert: Er hatte hier im Hostel ein Dach über dem Kopf, und er hatte einen neuen Freund namens Terence, der ihn zum Lachen brachte. Und das Beste war, dass Terence mit Drogen nichts am Hut hatte. Das war ein riesiger Pluspunkt.

Abgesehen von Terence und Sonia, der Empfangsdame im Hostel, die Paul immer mit seinem Namen grüßte, sprach er in letzter Zeit kaum mit jemandem. Terence war cool, aber manchmal hatte Paul Angst, dass sein Freund nicht wirklich begriff, auf wen er sich da eingelassen hatte. Terence hatte keine Ahnung von der Drogenszene, und seine Eltern würden niemals tolerieren, dass er mit einem wie Paul Umgang pflegte. Sie ahnten ja nicht einmal, dass ihr Sohn schwul war. Es wusste auch niemand, dass Paul schwul war. Vielleicht könnten sie sich irgendwann zusammen outen, aber Paul hatte das Gefühl, dass das noch sehr lange dauern würde.

Er sah auf seine Uhr. Es würde ein zäher Vormittag werden, und er spürte wieder dieses alte, vertraute Verlangen. O nein. Gleich würde Screw seine Morgenrunde beginnen.

Paul hielt sich die Ohren zu und wartete auf das tägliche Geräusch.

Und dann ging es los. Bum, bum, bum.

Pauls Herz setzte einen Schlag aus. Er senkte seinen Kopf und konzentrierte sich auf seine Atmung.

Wenn es nur nicht so leicht wäre, Ja zu sagen. Wenn es nur nicht so schwer wäre, Nein zu sagen.

Bum, bum, bum.

Aber er würde auf das Klopfen nicht reagieren. Sie würden natürlich wiederkommen, sie würden nicht lockerlassen. Er musste einfach nur die Festtage überstehen, dann konnte er den Neuanfang machen, von dem er träumte, und die Dinge angehen, die er sich vorgenommen hatte. Konzentriere dich darauf, befahl er sich, während es wieder klopfte. Konzentriere dich darauf, einen Tag nach dem anderen zu bewältigen.

Bum, bum, bum.

Paul schloss die Augen und stellte sich das Gesicht seiner Mutter vor, wenn er in ein paar Monaten mit neuen Klamotten, neuer Frisur, klarem Blick, frischer Haut und seinem neuen Wagen zu Hause auftauchen würde.

Das Klopfen an der Tür wurde lauter.

Er kniff die Augen fester zusammen, sah das Lächeln seiner Mutter, ihre ausgebreiteten Arme, er spürte die Wärme ihres Körpers, roch den Duft ihres Lavendelparfüms, sah die Tränen, die sie aus purer Freude über die Rückkehr ihres Jungen vergießen würde. Margaret würde auch da sein, und er würde sich bei allen für den ganzen Horror entschuldigen, den sie in den letzten paar Jahren mit ihm erlebt hatten. Margaret würde ihm verzeihen und ihn endlich seinen kleinen Neffen sehen lassen, dem er das Kicken beibringen würde, sobald der Knirps alleine stehen konnte. Das nächste Weihnachten würden sie dann alle zusammen feiern, und er müsste nicht mehr das Klopfen hören, das jetzt immer lauter und penetranter wurde.

Paul presste seine Hände fest auf die Ohren.

Vielleicht beantwortete die Ratgebertante von der Zeitung nicht jede Zuschrift, wie sie immer behauptete. Vielleicht hatte sie auch einfach nur viel zu tun und er war bereits der Nächste auf ihrer Liste. Diese Vorstellung gefiel ihm. Er würde der Nächste sein. Die Leute hatten vor Weihnachten viel zu tun, und jemand wie Ruth Ryans erhielt wahrscheinlich Hunderte Zuschriften von Menschen wie Paul.

Das Hämmern an der Tür hielt an. Das Verlangen in seinem Gehirn hielt an.

»Bald ist Weihnachten, du kleine Schwuchtel!«, hörte er Screw auf der anderen Seite der Tür krähen, dessen Stimme denselben Effekt hatte wie Fingernägel, die über eine Tafel kratzen, und Paul zuckte zusammen. »Tu dir was Gutes, Junge! Ho, ho, ho, der Weihnachtsmann ist da! Mach die Tür auf, du kleiner Scheißer! Du weißt, dass du es willst. Na los!«

Ruth Ryans wüsste, was er Screw antworten sollte. Sie hatte für alles eine Lösung. Paul hatte ihr im Radio zugehört. Er hatte ihre Kolumne gelesen. Sie schien wirklich eine nette Person zu sein. Sie erinnerte ihn nicht nur an seine Schwester, sondern auch an Julie.

Wenn sie sich doch nur beeilen und ihm endlich antworten würde. Vielleicht war er ja der Nächste auf ihrer Liste.

KAPITEL 7

Als Nora im Gewimmel der Stadt verschwunden ist, stoße ich einen langen Seufzer aus und schaue auf mein Handy. Im Café ist ein bisschen Ruhe eingekehrt, aber ich bin noch nicht bereit zu gehen. Ich habe zehn neue E-Mails in meinem Posteingang, seit ich das Haus verlassen habe. Zehn weitere Probleme, die gelöst oder zumindest besprochen werden müssen, aber ich habe kein Interesse daran, mich auch nur mit einem davon zu befassen, und ich weiß auch nicht, ob ich die Kraft dazu hätte. Auf WhatsApp habe ich eine Nachricht von Margo und eine weitere von einem Typen, mit dem ich vor einer Ewigkeit mal aus war und der wissen möchte, ob ich Lust hätte, bald wieder mit ihm essen zu gehen. Keine Bedeutung, keine Tiefe, keine Wärme und auch kein Interesse, jedenfalls nicht von meiner Seite. Auf meinem Facebook-Profil hat sich eine Warteschlange von Freundschaftsanfragen gebildet. Lächelnde Gesichter, fröhliche Menschen ... mehr Leute, von denen ich nie zuvor gehört habe und die ich online bei Laune halten muss.

Mir steigen die Tränen hoch. Ich kneife die Augen fest zusammen, und als ich sie wieder öffne, hat Gloria mir gegenüber Platz genommen. Sie schiebt Noras Teller zur Seite und stützt ihr Kinn auf die Hände.

»Also, Fräulein«, sagt sie, »willst du mir verraten, was in deinem Kopf vor sich geht, abgesehen vom Offensichtlichen? Dies ist ein harter Monat für dich, aber die Augen der Stadt sind auf dich gerichtet, und ich hasse es, wenn du so niedergeschlagen bist. Du verlierst dein Strahlen, Mädchen, und ich kann nicht einfach untätig herumsitzen und das zulassen.«

»Bitte sei nicht so nett zu mir, Gloria«, erwidere ich. »Du weißt, ich verwandele mich bei Mitgefühl in ein heulendes Elend. Außerdem hat Nora mir bereits gesagt, dass ich scheiße aussehe, ich muss es also nicht auch noch von dir hören.«

Gloria wirft ihren Kopf zurück und stößt ihr charakteristisches kräftiges, herzliches Lachen aus. »Meine Güte, du bist genau wie dein Vater!«, ruft sie, und ich muss lächeln. »Er hat es auch gehasst, wenn ich nett zu ihm war, denn genau wie du war er es gewohnt, anderen zu helfen, aber er wusste nicht, wie er sich selbst helfen lassen konnte.«

»Er war wirklich ein ganz besonderer Mensch«, sage ich zustimmend und schließe meine Augen, nur für eine Sekunde, um mir meinen Vater in seinen besten Jahren vorzustellen: ein angesehener, gebildeter Mann, der sein Herz auf der Zunge trug und auf jeden Menschen, der seinen Weg kreuzte, Eindruck machte mit seiner praktischen Herangehensweise und seiner objektiven Sicht der Dinge in allen Lebensbereichen.

»Er war auch ein Problemlöser«, sagt Gloria. »Du löst Tag für Tag die Probleme dieser Stadt, aber mit deinen eigenen scheinst du nicht fertigzuwerden. Was ist los?«

Ich schweige nachdenklich für ein paar Sekunden. »Ich ... ach, keine Ahnung, vielleicht ist bei mir einfach nur ein bisschen die Luft raus, weißt du?«, platzt es dann aus mir heraus. »Nora hat vorhin etwas gesagt, das mich ein wenig gekränkt hat, aber im Moment bin ich superempfindlich und sollte daher nicht überanalysieren. Es geht mir gut.«

Gloria zieht eine Augenbraue hoch, nicht im Geringsten überzeugt.

»Früher habe ich mein Leben geliebt«, erkläre ich, »und ich weiß, dass ich mich eigentlich nicht beklagen darf, verglichen mit so vielen anderen Menschen, die richtige Probleme haben, also was zum Teufel stimmt nicht mit mir? Warum fühlt es sich an, als würde es nicht reichen? Warum fühle ich mich so –«

»Leer?« Gloria macht ein Gesicht, als hätte sie das alles schon einmal gehört.

»Ja, genau. Leer. Als würde etwas fehlen.«

»Ruth, es ist okay, sich nicht okay zu fühlen, wie es so schön heißt«, sagt Gloria bedeutungsvoll. »Du solltest nachsichtiger mit dir sein. Aber es fehlt tatsächlich etwas. Oder besser gesagt, jemand. Es ist noch nicht so lange her, und außerdem hast du deinen größten Fan verloren, den Menschen, auf den du dich blind verlassen konntest und zu dem du aufgesehen hast, den Menschen, um den du dich die letzten paar Jahre gekümmert hast. Es gibt eine Zeit zum Trauern – du hast bestimmt schon mal davon gehört, richtig?«

»Ja, ich denke schon.«

»Sei zur Abwechslung einmal deine eigene Freundin, mein Engel«, sagt sie. »Und was Miss Nora betrifft ...«

»Ja?«

»Sie ist eine Arbeitskollegin, richtig?«

»Ja, sie schreibt tolle Beiträge«, antworte ich. »Allerdings bezweifle ich, dass sie das Kompliment erwidern würde. Trotzdem, sie wird es noch weit bringen, unsere Miss Nora.«

Ich lache, aber es stimmt. Nora ist sehr ehrgeizig und würde mich mit Füßen treten, um von Margo erhört zu werden.

»Sie ist nicht wirklich deine Freundin«, sagt Gloria leise und schüttelt den Kopf.

Ihre Worte treffen mich hart.

»Keiner von diesen Mitläufern, mit denen du dich hier auf einen Kaffee oder zum Lunch triffst, ist ein echter Freund«, fährt sie fort. »Du bist viel mehr wert als das, Ruth Ryans, und du weißt es. Du brauchst Menschen in deinem Leben, die auf dein wunderbares, zerbrechliches Herz Rücksicht nehmen, und nicht falsche Freunde, die nur in deiner Gesellschaft gesehen werden möchten, um etwas davon zu haben. Hättest du echte Freunde, würdest du dich vielleicht nicht so leer fühlen. Oder soll ich sagen einsam.«

»Einsam? Aber ich bin nicht –«

»Ich weiß, ich weiß. Wie kannst du einsam sein, wenn du so beschäftigt bist?«, sagt Gloria. »Man muss nicht alleine sein, um sich einsam zu fühlen, Ruth.«

Ich verstehe, was sie sagt, wirklich. Ich wünschte bloß, ich wüsste, wie ich wieder zufrieden sein kann.

»Vielleicht ist es im Moment nicht so gut für dich, dass du von zu Hause aus arbeitest«, bemerkt Gloria, und natürlich ist mir das auch schon in den Sinn gekommen. »Würde Margo dir wieder einen Schreibtisch in der Redaktion zur Verfügung stellen? Dann hättest du zumindest jeden Tag Umgang mit echten Menschen. Echte Gesellschaft.«

Ich schüttele den Kopf. »Ich bin freie Mitarbeiterin, und der Platz ist ohnehin schon knapp«, erkläre ich. »Außerdem erspare ich Margo ein Vermögen, wenn ich von zu Hause aus arbeite, und ich bekomme dafür einen Extrabonus. Den brauche ich auch, fürs Haus. Es ist eine große finanzielle Belastung, darum habe ich es inseriert. Ich werde es verkaufen und woanders hinziehen.«

»Ist das dein Ernst?«

»Ja«, sage ich. »Ich bewohne einen großen, leeren Kasten, dessen Heizkosten ein Vermögen verschlingen und der außerdem dringend saniert werden muss.«

»Okay ...«

»Innen sieht es aus, als wäre die Zeit stehen geblieben, und es riecht auch so und fühlt sich so an. Die Zeit *ist* dort stehen geblieben. Überall hängen noch ihre Bilder, und manchmal meine ich, ich kann sogar noch ihr Parfüm riechen, nach all den Jahren. Ist das überhaupt möglich? Außerdem habe ich ständig diesen Traum, in dem sie mich ruft, damit ich ihr mit dem Weihnachtsbaum helfe. Denkst du, ich verliere allmählich den Verstand? Vielleicht werde ich ja verrückt.«

Gloria holt tief Luft. »Also gut, dann verkauf das Haus«, sagt sie. »Oder vermiete es an eine Familie, die es mit Liebe füllen kann. Such dir eine neue Bleibe und starte frisch durch. Vielleicht brauchst du einfach nur einen Neuanfang. Daran ist nichts verkehrt, Ruth.«

Ich hebe scharf den Kopf. »Ich habe bereits ein Schild im Vorgarten aufgestellt und die Anzeige im Internet geschaltet und alles, aber ... Denkst du wirklich, ich soll es verkaufen?«

»Warum nicht?«, erwidert sie. »Ziegel und Mörtel haben noch nie jemanden zu dem gemacht, was er ist. Such dir was anderes, wenn das Haus dich belastet. Zieh weiter. Geh woanders hin. Dein Vater würde es verstehen.«

Mein Magen grummelt bei der Vorstellung, aber gleichzeitig überkommt mich ein Gefühl der Erleichterung. Ich habe keinen Bedarf für so ein großes Haus, und dieser immer wiederkehrende Traum ... vielleicht kann ich mich zu einem Verkauf durchringen. Vielleicht *sollte* ich mich dazu durchringen.

»Ach, Gloria, kümmere dich nicht um mich«, murmele ich. »Ich bin zurzeit einfach nur total mies drauf.«

Gloria schluckt hart. »Du hast das Recht, dich mies zu fühlen«, erwidert sie leise.

»Ich weiß einfach nicht, ob ich noch hierhergehöre«, gestehe ich ihr. »Ich fühle mich wie abgekoppelt von dieser Stadt, verstehst du, was ich meine?«

Sie verschränkt die Arme unter ihrer üppigen Brust. »Diese Stadt wird immer deine Heimat sein«, erklärt sie. »Sie ist in dir, und du bist im Herzen ihrer Bewohner. Die Menschen sehen zu dir auf, das war schon immer so. Sie bewundern dich aus der Ferne, und sie bewundern dich aus der Nähe – abgesehen natürlich von ein paar Neidern wie Nora, die sich nicht vermeiden lassen. Aber mit solchen Leuten darfst du dich nicht aufhalten. Vielleicht brauchst du ja nur eine kleine Gedächtnisauffrischung, wie außergewöhnlich du bist und wie vielen Menschen du mit deinen freundlichen Worten und deiner einfühlsamen Art geholfen hast.«

»Im Moment liegen mir solche Gedanken fern«, erwidere ich. »Hoffentlich kann ich mich bald aus diesem Tief befreien und wieder in die Spur kommen.«

»Es ist okay, wütend zu sein und mal ordentlich Dampf abzulassen, wenn es sein muss«, sagt sie. »Wehe, du frisst alles in dich hinein, Mädchen. Du kannst jederzeit zu mir kommen und dich bei mir auskotzen, hörst du?«

Ich schniefe und fische ein Taschentuch aus meiner Jacke, um meine Nase abzutupfen. »Ich weiß ... Aber hast du eine Idee, wie ich meine Situation verbessern kann, abgesehen davon, dass ich den alten Kasten abstoße?«, frage ich, und ich komme mir vor wie früher in meiner Teenagerzeit, als ich mit meinen Problemen zu Gloria ging, wenn ich das Gefühl hatte, dass mein Vater gerade überfordert war, und ich ihn nicht zusätzlich mit meinen Sorgen belasten wollte.

»Du solltest etwas finden beziehungsweise jemanden, dem du all die Liebe schenken kannst, die du in dir trägst«, empfiehlt sie mir, als wäre es die einfachste Sache der Welt. »Du brauchst echte Freundschaft, echte Liebe.«

»Wenn es doch nur so einfach wäre«, sage ich. »Du kennst mich nun schon lange genug. Ich halte mich aus der Liebe raus. Ich kann so was nicht.«

»Doch, du kannst!«, widerspricht sie sofort. »Du und deine Schwester, ihr seid schon immer zwei besondere Menschen gewesen, und ich hasse es, dich so deprimiert zu sehen. Das ist nicht dein wahres Ich. Du hast sehr viel mehr verdient. Ich spreche nicht zwingend von romantischer Liebe, Ruth, aber wann hast du das letzte Mal jemanden geliebt, der nicht dein Vater oder deine Schwester war?«

Ihre Frage verblüfft mich. Ich weiß nicht, was ich sagen soll. »Keine Ahnung«, antworte ich schließlich achselzuckend. »Vielleicht noch nie? Was ist Liebe überhaupt?«

Gloria starrt mich mit gespielter Abscheu an. »O Mädchen,

ich bitte dich! Wie kann jemand, der so jung ist und dem die ganze Welt zu Füßen liegt, so zynisch sein?«, ruft sie empört. »Was ist Liebe? Liebe ist das Größte auf der Welt!«

Ich muss lachen, weil sie eifrig gestikuliert, um ihre Worte zu unterstreichen.

»Liebe ist, was uns innerlich ausfüllt und was uns das Gefühl gibt, auf diesen Planeten zu gehören«, fährt sie fort. »Liebe gibt unserem Leben einen Sinn. Verliebt zu sein und Liebe zu erwidern ist das beste Geschenk, das man jemandem und sich selbst machen kann. Ich kaufe dir deine Gleichgültigkeit nicht ab, Ruth Ryans. Willst du behaupten, dass du dieses wohlige, warme Gefühl nicht kennst, wenn du dich verstanden fühlst, es nicht erwarten kannst, jemanden wiederzusehen, und in dessen Gegenwart die Welt scheinbar einfach stehen bleibt?«

»Ich dachte, das wäre Lust«, sage ich mit einem Grinsen. »Gloria, du weißt, ich habe sehr früh gelernt, auf eigenen Beinen zu stehen. Ich weiß nicht, ob ich jemandem zutraue, mich so zu lieben, wie ich geliebt werden möchte. Ich bin auf dem Weg dorthin ein paar Mal enttäuscht worden, und ich habe selbst ein paar Herzen gebrochen. Ich kann nicht lieben. Ich bin einfach nicht gut darin.«

Glorias Miene wird sehr ernst, und sie greift über den Tisch hinweg nach meiner Hand und umklammert sie, während ich meinen Blick abwende und auf die betriebsame Straße hinausstarre.

»Bitte, Ruth, hab keine Angst«, sagt sie eindringlich, als ich meinen Kopf wieder zu ihr drehe. »Ich will nicht albern oder kitschig klingen, aber bitte öffne dein Herz wieder für die Liebe. Du verdienst es so sehr. Weißt du noch, früher, als du ein junges Ding warst und zu mir ins Café kamst? Du hast immer sofort gespürt, wenn ich einen schlechten Tag hatte, und mich direkt gefragt, was los ist. Du hattest schon immer einen sechsten Sinn dafür, wenn jemand seelischen Kummer hatte – und besser noch, du wusstest, wie du denjenigen aufrichten konntest. Du hattest immer so viel Liebe zu geben. Hast du immer noch.«

Ich lächele schwach. Ich bin fast dreiunddreißig, und ich weiß nicht einmal, ob ich jemals richtig geliebt habe. Ich habe nie jemanden so nah an mich herangelassen. Wie traurig ist das denn?

»Ich werde daran arbeiten«, sage ich, und Glorias Miene hellt sich auf.

»Sag dir, dass du es *verdienst*«, bekräftigt sie. »Und wehe, du zweifelst auch nur eine Sekunde daran.«

Ich würde Gloria ja aus vollem Herzen zustimmen, dass ich es verdient habe, zu lieben und geliebt zu werden, aber ich weiß, dass sie ein bisschen befangen ist, wenn es um mich und meine Schwester geht. Unser Vater hat ihr viel geholfen; zuerst verschaffte er ihr einen Job in diesem Café, dann bürgte er für einen Bankkredit, damit sie den Laden übernehmen konnte, und schließlich machte er fleißig Werbung für sie bei seinen Kollegen an der Universität und in seinem großen Bekanntenkreis. Er gab Gloria eine Chance, als viele andere das nicht getan hätten, und sie hat es ihm nie vergessen. Trotzdem ist sie nicht die Einzige, die mir gesagt hat, dass ich ein Gespür dafür habe, wenn jemand Not leidet und Hilfe braucht. Ich fürchte nur, ich habe dieses Gespür ein wenig verloren.

»Ich komme mir vor wie eine Heuchlerin«, sage ich leise. »Weißt du, nach außen hin lasse ich mir nichts anmerken, aber innerlich bin ich am Boden. Ich möchte am liebsten schreien, und ich will dieses Gefühl von Verlust und Tod endlich aus meinem System bekommen und den nächsten Schritt machen. Was muss ich tun, um dieses Ziel zu erreichen? Ich möchte mich einfach wieder wie ich selbst fühlen.«

Gloria beugt sich zu mir, und ich rechne mit einer Art himmlischer Führung, die mir helfen wird, mein Leben für immer zu ändern. Aber Glorias Sofortlösung ist viel simpler.

»Lebe einen Tag nach dem anderen, setz dich nicht unter Druck, und es wird sich alles fügen«, sagt sie. »Gut, darf ich dir nun unsere neue Köstlichkeit bringen, einen Zimt-Caffè-Latte mit frischer Sahne? Der geht aufs Haus, einverstanden? Davon wird dir garantiert schön warm für deinen Rückweg. Bis jetzt fand ihn jeder, der ihn probiert hat, einfach nur magisch.«

Ich schaue auf die Uhr. Ich bin schon fast seit einer Stunde hier, aber was soll's. Draußen schneit es gerade, und meine E-Mails kann ich auch hier auf dem Handy checken, außerdem möchte ich mich ein wenig sammeln, bevor ich mich wieder in die frostige Kälte hinauswage und den Heimweg antrete.

»Eine Portion Magie wäre wirklich reizend. Danke, Gloria, du bist so lieb zu mir.«

»Nein, du bist lieb, mein Engel«, erwidert sie. »Du bist einer der liebsten, loyalsten und großzügigsten Menschen, die ich kenne, aber es mangelt dir ein wenig an Geduld und Selbstvertrauen. Bleib deinem Herzen treu, und du wirst dich bald besser fühlen. Das weiß ich einfach. Die Menschen hier brauchen dich. Vergiss das nie.«

Nicholas Taylor

Nicholas Taylor hatte seit 242 Tagen nicht mehr auf seinem Klavier gespielt.

Das wusste er so genau, weil er das letzte Mal in die Tasten gegriffen hatte, als er seinen fünfundsiebzigsten Geburtstag feierte, was gleichzeitig der Tag war, an dem seine Nachbarn ihn wegen Ruhestörung anzeigten und er eine Geldstrafe wegen Beamtenbeleidigung erhielt, nachdem er den Polizisten auf eine sehr unhöfliche Weise gesagt hatte, wo sie sich hinscheren sollten.

Nicholas Taylor war kein zorniger oder gewalttätiger Mann. Eigentlich hatte er ein sehr sanftes Gemüt und verließ sich immer auf seine Musik, um der Realität zu entfliehen und um inneren Frust abzubauen, wenn der Gedanke, dass er sich seinen Lebensabend völlig anders vorgestellt hatte, wieder in seinen müden Kopf kroch.

Nicholas hatte Musik immer geliebt, schon während seiner Kindheit, die er in Deutschland, Schweden und England verbrachte, bevor er schließlich in Irland sesshaft wurde, wo er bis zu seinem Ruhestand als festes Ensemblemitglied im großen Sinfonieorchester spielte. Er hatte mit seinem musikalischen Talent eine tolle Karriere gemacht, aber nun wartete nur noch sein Kater auf ihn, wenn er nach Hause kam. Und obwohl der alte Boris ihm gute Gesellschaft leistete, sehnte Nicholas sich nach jemandem, der etwas erwiderte, wenn er von seiner Musik und den Reisen erzählte, die ihn um die ganze Welt geführt hatten.

»Beim Musizieren wirst du dich nie einsam fühlen«, waren die Worte, die sein seliger Vater ihm immer gepredigt hatte, wenn er als Kind versuchte, sich vor dem Klavierunterricht zu drücken. Seine Eltern, gebürtige Niederländer, waren beide in der Finanzbranche tätig gewesen und häufig umgezogen, und da er ein Einzelkind war, ersetzte ihm seine Musik oft die fehlende Gesellschaft. Ihm ging zwar immer noch das Herz auf, wenn er sich ans Klavier setzte und eine Melodie klimperte, aber es lohnte sich nicht, solange die Wände hier dünn wie Papier waren und gleich nebenan ein Baby wohnte, das seine wunderbare Gabe nicht zu würdigen schien.

Ohne seine Musik und ohne Rosemary, seine Exfrau, wusste Nicholas nichts mehr mit seinen Tagen anzufangen. In dieser Jahreszeit war es sogar zu kalt für Straßenmusik, und wenn er ganz ehrlich zu sich selbst war, erlaubte das auch seine Gesundheit nicht mehr, unabhängig von der Jahreszeit. Die langen Abende waren erdrückend, und das Radio und Boris genügten allmählich nicht mehr, um ihn von seinen umherschweifenden Gedanken abzulenken.

Er las viel, das half manchmal. Er verschlang alles, was er in die Finger bekam – Romane, Biografien, Magazine über Kunst und Literatur und natürlich Musik, lokale und überregionale Zeitungen von vorne bis hinten. Zu seiner Lieblingslektüre zählte die wöchentliche Kolumne von Ruth Ryans, dieser halb italienischen, halb irischen Stadtberühmtheit, die ein ziemlich heller Kopf war und deren kluge Worte und geistreiche Antworten ihm großes Vergnügen bereiteten.

Nicholas hatte Ruths Vater gekannt, und ihm war sofort klar, woher sie ihr Talent und ihre Intelligenz hatte. Anthony Ryans war ein eloquenter und angesehener Dozent an der Hochschule gewesen, für den das Sinfonieorchester auf einer der prestigeträchtigsten Veranstaltungen im Konzerthaus gespielt hatte. Die Jahre im Orchester waren die beste Zeit in Nicholas' Leben gewesen, doch nun wurde er dort nicht mehr gebraucht. Alle seine ehemaligen Kollegen waren inzwischen im Ruhestand und glücklich damit, ihre Tage im Garten zu verbringen oder mit ihren Familien zu verreisen.

Nicholas hätte auch gern einen eigenen Garten gehabt, aber Rosemary hatte ihn bei der Scheidung ausgenommen, und das Beste, was er sich leisten konnte, war dieses kleine Apartment im vierten Stock, von wo aus er den Stadtturm sehen und den Glockenschlag von drei Kirchen gleichzeitig hören konnte, pünktlich zu jeder vollen Stunde. Das Baby von nebenan mochte auch diesen Klang nicht, aber Nicholas liebte ihn, und er liebte es auch, alle drei Kirchen zu besuchen und zu beobachten, wie jede Glaubensgemeinschaft ihre unterschiedlichen Rituale zelebrierte. Das war seine Lieblingsbeschäftigung an Weihnachten, doch nach den Gottesdiensten musste er zurück zu Boris und dem Radio, und wenn er dann, mit Papphütchen auf dem Kopf, sein Stück Truthahnbrust verspeiste, fragte er sich immer, wie zum Teufel er nach einem so bunten, pulsierenden und wunderbaren Leben in diesem verdammten Apartment gelandet war, wo er niemanden zum Reden hatte.

Sein Blick fiel auf Ruth Ryans' lächelndes Profilbild in der Zeitung, die neben ihm auf der Couch lag. Er stand auf, setzte sich an sein Klavier, ließ seine Finger schwebend über die Tasten gleiten und tat so, als würde er *O Holy Night* spielen, sein liebstes Weihnachtslied. Aber nur er hörte es in seinem alten benebelten Kopf, der ihn, so fürchtete er, auch bald im Stich lassen würde.

Nicholas spürte vertraute Tränen über seine Wangen kullern, während seine Finger sachte die Tasten antippten; nur so viel, dass er das Elfenbein fühlte, doch nicht genug, um Töne zu produzieren.

In der Ferne läuteten die Kirchenglocken, und prompt begann das Baby nebenan zu weinen, und auch Nicholas weinte und fragte sich, wie er ein weiteres Weihnachten mit seiner Truthahnbrust für eine Person, dem Geplapper im Radio und dem guten alten langweiligen Boris überstehen sollte.

Wieder fiel sein Blick auf Ruth Ryans. Er hatte schon öfter mit dem Gedanken gespielt, ihr zu schreiben und zu schauen, ob ihr nicht irgendetwas einfiel gegen seine Einsamkeit und seine unerfüllte Sehnsucht, irgendwo wieder musizieren zu können. Aber jemand wie Ruth Ryans war wahrscheinlich viel zu berühmt und zu wichtig, um ihm zu antworten.

Nicholas wischte sich über seine müden Augen, dann setzte er sich auf die Couch und starrte auf die E-Mail-Adresse, die schwarz auf weiß zu ihm zurückstarrte.

Er kniff seine Augen zusammen und überlegte, was er Ruth Ryans schreiben sollte. Vielleicht war es einen Versuch wert? Vielleicht konnte sie ihm helfen? Schließlich wäre alles besser als das hier.

KAPITEL 8

»Danke.«

»Michael«, erwidert er. »Mein Name ist Michael.«

»Wie bitte?«

Ich hebe langsam den Kopf, aber er ist schon wieder weg und zu weit von meinem Tisch entfernt, um eine mögliche Entschuldigung von mir zu hören. Es war nicht meine Absicht, unhöflich zu sein, aber ich habe den guten Mann tatsächlich kaum eines Blickes gewürdigt, als er mir meinen Zimt-Caffè-Latte mit Sahne servierte, weil ich so tief in Gedanken versunken war.

Nun habe ich Glorias kostbaren neuen Kellner verärgert. Na großartig.

Gloria hat recht. Mein Selbstvertrauen schwindet gerade dahin, und ich bin mir nicht sicher, ob meine Worte noch genügen, um jemandem zu helfen. Tatsächlich scheine ich in letzter Zeit genau das Gegenteil zu bewirken. Ich rühre mit dem langen Löffel die Sahnehaube in meinen Kaffee und starre aus dem Fenster. Ich muss an einige der Menschen denken, denen ich in den letzten Jahren versucht habe zu helfen, und frage mich, ob mein Rat überhaupt einen Unterschied in ihrem Leben gemacht hat. Ob Agatha, die Filialleiterin aus Ballydoo, wohl mit dem Seemann durchgebrannt ist, den sie im Internet kennengelernt hat? Und ob Deirdre, die Friseurin aus Cullybackey, es geschafft hat, diesen Schmarotzer zum Teufel zu jagen, der ihre Kreditkarten bis zum Limit ausschöpfte und fast ein Jahr lang »vergaß«, Miete zu bezahlen, was sie beinahe in die Obdachlosigkeit getrieben hätte? Oder der arme alte Ernie, dessen Frau im Sterben lag und der dringend jemanden brauchte, mit dem er über seine Ängste reden konnte, aber nicht wusste, an wen er sich wenden sollte – ob er jemals zu der Selbsthilfegruppe gegangen ist, die ich ihm empfohlen habe? Ich hoffe wirklich, dass er ein freundliches Ohr gefunden hat.

Und vor allem muss ich an Bernadette aus Dublin denken, die viele Jahre gegen eine schwere psychische Krankheit gekämpft hat und sich verzweifelt wünschte, den Kontakt zu ihren erwachsenen Kindern wiederaufzunehmen, der vor langer Zeit abgerissen war. Ich musste damals eine Weile überlegen, was ich ihr antworten sollte, weil ihre Worte mich direkt ins Herz trafen und mich an die Entfremdung von meiner eigenen Mutter erinnerten, die mich in all diesen Jahren zerrissen hat. Ich wollte Bernadette unbedingt helfen, und ich hoffe, das ist mir gelungen und sie hat eines Tages den Mut gefunden, sich bei ihren Kindern zu melden, nachdem ich sie daran erinnert habe, dass es für einen solchen Schritt nie zu spät ist.

Ich wünsche mir oft, ich könnte meiner Mutter dasselbe sagen.

Der alte Archie bestellt sich noch einen Tee, Bertie, der Anwalt, und seine Frau diskutieren offenbar immer noch, und die Gruppe am großen Tisch hat sich den Bauch vollgeschlagen und zieht nun weiter. Niemand beachtet mich, während ich dasitze und Tränen über meine Wangen laufen, und trotz der wohligen Wärme, die das Glas in meinen Händen ausstrahlt, kann ich mich nicht einmal überwinden, daraus zu trinken. Ich will nicht zurück in dieses leere Haus, ich habe nicht genügend Energie, um meine Arbeit zu machen, und ich bin völlig erschöpft davon, ständig so zu tun, als würde ich gut zurechtkommen, wenn ich absolut nicht zurechtkomme. Ich bin schlapp, ich bin wie gelähmt vor Einsamkeit, und es ist fast Weihnachten, die Zeit, wenn Familien und Freunde zum Feiern zusammenkommen, während ich niemanden habe. Meine Schwester und ihre Familie sind weit weg, mein Vater ist tot, und meine Mutter hat uns verlassen. Egal, wie sehr ich es leugne und mit einem Lächeln zu kaschieren versuche, ich zerbröckele gerade innerlich. In meinem Hals hat sich ein schmerzhafter Kloß gebildet, der mir die Luft abschnürt und immer mehr Tränen in die Augen treibt, und die Hitze im Café macht die Sache nicht besser. Ich muss hier dringend raus. Ich hätte nicht so lange bleiben sollen. Ich schnappe mir mein Handy und den Schlüsselbund vom Tisch und hebe rasch meine Handtasche vom Boden, entschlossen, ohne großes Aufsehen aus dem Laden zu schlüpfen.

Als ich aufstehe, stoße ich mit dem Kopf unvermittelt gegen einen Ellenbogen, es folgt ein lautes Scheppern, und jemandes Lunch regnet auf mich herab. Michael, der Kellner, steht wie erstarrt neben mir, seine weiße Schürze mit Orangensaft getränkt, braune Soße tropft von seinem Tablett auf den Boden.

»O mein Gott, das tut mir schrecklich leid!«, sage ich entsetzt. Ich spüre sämtliche Augen auf mir und höre die Leute tuscheln, als sie mich erkennen und sehen, in was für einem Zustand ich bin.

Michael ist perplex, zu perplex, um mir zu antworten, und murmelt etwas Unverständliches vor sich hin, während er versucht, das Durcheinander auf seinem Tablett zu richten. Suzi kommt mit einem Mopp, um die Sauerei auf dem Boden aufzuwischen.

»Tut mir echt leid, ich habe dich nicht gesehen, ich war gedanklich gerade ganz woanders«, entschuldige ich mich wieder. Ich schnappe mir vom Nebentisch einen Stapel Servietten und beginne, das Gröbste aufzutupfen, im Bemühen, zu helfen, aber Michaels konsterniertem Gesicht nach zu urteilen mache ich alles nur noch schlimmer.

»Du siehst mich nie«, brummt er, und seine Worte treffen mich wie ein Hieb in den Magen.

»Wie bitte?«

Die Zuschauer haben genug gesehen und wenden sich wieder ihrem Lunch zu, während wir eifrig sauber machen. Meine Kommunikation mit Michael ist noch nie über ein freundliches Hallo oder ein höfliches Danke hinausgegangen, also wie in aller Welt kommt er dazu, so etwas über mich zu sagen?

»Ich bin völlig eingesaut«, murrt er leise. »Ich gehe mich besser umziehen. Entschuldige mich.«

Ich stehe mitten im Café und fühle mich nackt und bloßgestellt, während Michael davonmarschiert und beinahe mit Gloria zusammenprallt, die in diesem Moment nichts ahnend aus der Küche kommt. Suzi bringt einen *Achtung-Rutschgefahr*-Aufsteller und bittet mich behutsam, zur Seite zu gehen. Ich wünschte, im Boden würde sich ein Loch auftun und mich verschlingen.

»Hoppla, wie siehst du denn aus, ist alles in Ordnung?«, ruft Gloria und schiebt sich zwischen den Tischen und Stühlen durch, um den Weg zu mir abzukürzen. »Was ist passiert?«

»Ich muss nach Hause«, sage ich, und frische Tränen brennen in meinen Augen.

Gloria spürt meine Verzweiflung sofort und bleibt wie immer ruhig und pragmatisch. »Ich werde Michael bitten, dass er dich nach Hause fährt«, sagt sie, was neue Panik in mir entfacht. Der Mann kann mich offensichtlich nicht leiden, warum sollte er mir also einen Gefallen tun?

Ich spüre, wie mir die Schamesröte ins Gesicht steigt, während ich mich frage, was für ein Problem er mit mir hat.

»Nein, danke, Gloria, ich gehe lieber zu Fuß. Die frische Luft wird mir guttun. Ich habe für heute genug Chaos hier angerichtet. Wir sehen uns bald wieder.«

Ich marschiere davon, bevor Gloria etwas antworten kann, und als ich in die bittere Kälte und den Schneeregen hinaustrete, ziehe ich den Kopf ein und schlucke meine Tränen hinunter, von denen ich nicht weiß, ob sie von Kummer, Einsamkeit oder meinem oberpeinlichen Ausrutscher herrühren.

»Ruth! Warte mal!«

Ich höre Michaels Stimme hinter mir und spüre den Drang, einfach weiterzustapfen und mich nie wieder im Café Gloria blicken zu lassen; aber stattdessen bleibe ich stehen, um mir anzuhören, was er zu sagen hat.

»Ich bringe dich nach Hause«, sagt er, seine Stimme klingt dumpf in der schweren, feuchten Luft. Er hat einen dunkelblauen Dufflecoat und eine Wollmütze übergezogen und hält seinen Autoschlüssel hoch. »Ich fahre keinen Luxusschlitten, aber er hat vier Reifen und bringt dich deutlich schneller und trockener nach Hause, als wenn du zu Fuß gehst.«

Ich zucke mit den Achseln, unfähig zu widersprechen, und folge Michael am Café vorbei in die nächste Seitenstraße zu einem kleinen, verbeulten blauen Ford Fiesta. Michael schließt den Wagen auf, und ich klettere rasch auf den Beifahrersitz, wo mich sofort der Geruch von abgestandenem Zigarettenrauch und einem tannenförmigen Lufterfrischer umfängt, auf dem ironischerweise *Neuwagenduft* steht.

Michael dreht den Schlüssel in der Zündung. Der Motor spuckt nur einmal kurz, aber beim zweiten Versuch springt er stotternd an. Wir fahren los und folgen kurz darauf der Hauptstraße Richtung stadtauswärts.

»Danke. Ich wohne auf der Beech Row«, sage ich, immer noch schniefend wegen der Kälte und wegen meines unrühmlichen Zusammenbruchs im Café.

»Ich weiß«, erwidert er und öffnet sein Fenster einen kleinen Spalt, bevor er es sich rasch wieder anders überlegt, als ein kalter Wind den Regen hereinweht.

Ich würde ihn gerne fragen, woher er das weiß, aber er macht nicht gerade einen gesprächigen Eindruck, sondern ist ganz auf den Verkehr konzentriert, die Brauen leicht zusammengezogen, die Augen fest auf die Straße vor uns geheftet.

Ich kratze das letzte bisschen Small Talk zusammen, um das Schweigen zu überdecken. »Ich glaube, es wird mehr Schnee geben«, sage ich. Er könnte wenigstens das Radio einschalten ... aber es gibt keins, stelle ich fest.

»Ja, aber in deinem schönen großen Haus brauchst du ja sicher nicht zu frieren«, erwidert er, und ich reiße bestürzt meine Augen auf, weil das heute schon seine zweite scharfe Bemerkung zu mir ist.

»Verzeihung, kennen wir uns irgendwoher?«, frage ich.

»Jeder kennt dich«, antwortet er unbeeindruckt. »Na ja, zumindest jeder in dieser Stadt. Darum verstehe ich einfach nicht, warum du die ganze Zeit mit einem so miesepetrigen Gesicht herumläufst.«

Ich wusste, ich hätte diese Mitfahrgelegenheit nicht annehmen sollen. Ist heute der »Haut alle noch mal drauf, wenn Ruth am Boden liegt«-Tag oder so?

»Ach, nur weil ich hier bekannt bin, soll ich also ständig lächeln, oder was? Du weißt rein gar nichts über mich.«

Er grinst über meine Reaktion, als hätte er damit gerechnet, aber er sieht mich nicht an, sondern schaut nur auf die Straße. »Ich weiß, dass du ein ziemlich komfortables Leben führst und dass es dir praktisch an nichts fehlt«, sagt er, und ich habe das Gefühl, dass er mich absichtlich provoziert.

Ich setze mich aufrecht hin, verschränke meine Arme und starre geradeaus, innerlich kochend wegen seiner Unverfrorenheit. Als er in die Beech Row abbiegt, deutet er auf die elegante Häuserzeile, als wolle er seinen Standpunkt unterstreichen.

»Nur weil ich in einem großen Haus lebe –«

»Das du verkaufst?«

»Was nur mich etwas angeht!«

»Außerdem hast du einen tollen Job und absolut alles, um

wunschlos glücklich zu sein, wofür die meisten Menschen ihren rechten Arm geben würden.«

Ich setze mich noch aufrechter hin und mustere ihn von der Seite. »Habe ich irgendwas getan, womit ich dich verärgert habe, abgesehen davon, dass ich deine Schürze unabsichtlich mit Saft und Soße bekleckert habe?«, frage ich.

Er hält nun vor meinem Haus und zieht die Handbremse an. Ich löse meinen Gurt, erpicht darauf, rasch von diesem Fremden wegzukommen, der mir eigentlich eine Freundlichkeit erwiesen hat, die er aber durch seine unverschämte Art ins Gegenteil verkehrt.

»Ich hasse es einfach, wenn jemand, der echte Not nie kennengelernt hat, einen auf kreuzunglücklich macht«, sagt er. »Hast du überhaupt eine Vorstellung davon, wie es ist, im Leben richtig hart kämpfen zu müssen?«

»Augenblick«, fauche ich zurück. »Willst du damit etwa andeuten, dass ich es leicht habe?«

»Aus meiner Perspektive sieht es so aus, als hättest du es verdammt leicht«, erwidert er. »Schicker Wagen, riesige Stadtvilla, viele Fans, die jeden deiner Schritte und jedes Wort, das du in deinem Elfenbeinturm schreibst, bewundern – und trotzdem machst du den Eindruck, als hättest du das ganze Unglück dieser Welt gepachtet. Es ist einfach ein bisschen … abstoßend, wenn Menschen, die alles haben, sich selbst bemitleiden. Mach dich locker, Ruth. Lächel etwas öfter und sieh, was die Welt zu bieten hat. Oder tu etwas – ja, tu etwas, das dir das Gefühl gibt, etwas Nützliches aus deinem Leben zu machen, denn vielleicht genügt es dir nicht mehr, kluge Ratschläge rauszuhauen.«

Mir klappt die Kinnlade herunter, und ich versuche, aus dem Wagen zu steigen, fest entschlossen, mich nicht von einem Kellner analysieren zu lassen, der mich kaum kennt – aber die blöde Tür geht nicht auf.

»Du weißt einen Scheiß über mich!«, zische ich und angele meine Handtasche aus dem Fußraum, während ich weiter mit dem Türgriff ringe.

Michael steigt aus, geht zügig um den Wagen herum und öffnet mir die Tür von außen. »Die will ich schon seit längerer Zeit reparieren«, bemerkt er. »Ist ziemlich lästig, besonders wenn es so regnet wie jetzt.«

Wir stehen uns von Angesicht zu Angesicht gegenüber, im trüben Tageslicht, und sehen uns zum ersten Mal direkt in die Augen. Er ist ein gutes Stück größer als ich und deutlich attraktiver, als ich ihn bisher wahrgenommen habe, aber seine Miene wirkt dermaßen selbstgefällig, dass ich ihm am liebsten eine reinhauen würde.

»Du weißt nichts über mich oder das, was ich gerade durchmache«, sage ich. »Aber danke fürs Fahren. War mir ein echtes Vergnügen!«

Ich knalle die Wagentür zu und marschiere leise vor mich hin fluchend zu der steilen Eingangstreppe, die zum Haus meines Vaters hochführt, das tatsächlich mir gehört, aber das ist wohl kaum meine Schuld. Ich habe nicht darum gebeten, und ich kann ganz sicher auf die Kosten verzichten, die es besonders im Winter verursacht, ganz zu schweigen von den umfangreichen Modernisierungsmaßnahmen, die erforderlich sind, um es ins einundzwanzigste Jahrhundert zu versetzen. Nach meinem Gespräch mit Gloria vorhin und dieser Kritik von einem Fremden gerade bin ich nun so gut wie entschlossen, mich davon zu trennen.

»Du musst wieder zu dem zurückkehren, was du am besten kannst, Ruth!«, ruft Michael mir hinterher. Ich bleibe abrupt stehen, mitten auf der Treppe, und drehe mich zu ihm um.

»Wovon in aller Welt redest du?«, frage ich. »Wer zum Teufel bist du?«

Ich stapfe die Treppe wieder hinunter und gebe acht, dass

ich nicht ausrutsche, aber trotzdem schnell genug bin, um Michael zu erwischen, bevor er wieder in seinen Wagen steigt.

»Wer bist du, und was weißt du über mich?«, frage ich und sehe direkt in seine braunen Augen – und dann setzt mein Herz einen Schlag aus. Ich bin ihm schon einmal irgendwo begegnet. Aber wo?

»Hope Street? Letztes Jahr um diese Zeit, fast auf den Tag genau?«, sagt er, womit er meine stumme Frage beantwortet.

»Hope Street?«

»Du erinnerst dich nicht an mich, oder? Das dachte ich mir schon.«

Ich stelle mir die Hope Street bildlich vor, eine Straße, die ich wie meine Westentasche kenne. Da ist der Waschsalon, das Kino, der China-Imbiss, der Indoorspielplatz für Kinder … was meint er nur?

»Vor dem Kino«, fügt er hinzu.

»Vor dem Kino? Wann?«

Ich versuche angestrengt, sein Gesicht einzuordnen. Hatten wir mal ein Date? Ich spüre, dass ich erröte. Wie peinlich!

»Abends.«

»Abends … Du wirst es mir einfach sagen müssen, Michael. Ich kann mich leider nicht erinnern, sorry.«

»Ich war obdachlos.«

Was zum … obdachlos? Oh, richtig … o Gott, stimmt! Ja, jetzt erinnere ich mich wieder!

»Ich hab's, ich weiß, wer du bist!«, sage ich aufgeregt, während es mir den Atem verschlägt. »Ich erinnere mich an dich! Jener Abend … Du sprichst von dem Abend, an dem mein Vater gestorben ist?«

»Endlich ist der Groschen gefallen«, erwidert er und stößt ein erleichtertes Seufzen aus. »Du hast mir den Zwanziger in die Hand gedrückt, den du fürs Taxi nehmen wolltest, und dann noch einen aus deinem Portemonnaie. Für jemanden wie dich nur Kleingeld, aber genug, um einem anderen das Leben zu retten ... genug, um einem wie mir das Leben zu retten.«

Allmächtiger, ich bekomme eine Gänsehaut.

»Das Leben zu retten?«, wiederhole ich. Ich habe inzwischen nasse Füße und nasse Haare, aber es kümmert mich nicht. Ich muss mehr erfahren.

Er ist genauso durchnässt wie ich. In seiner Wollmütze hängen Wassertropfen, und seine Schultern sind feucht vom Regen. Er wendet sein Gesicht ab und schließt die Augen, als würde er seinen Gefühlsausbruch bereits bereuen, aber nun ist es zu spät. Er atmet tief durch, bevor er weiterspricht.

»Ich wollte mir an jenem Abend das Leben nehmen, Ruth«, sagt er schließlich leise. »Ich hatte niemanden, an den ich mich wenden konnte, keinen Ort, zu dem ich gehen konnte.«

»O mein Gott ...«

»Ich war wirklich drauf und dran«, fährt er fort. »Ich stand so kurz davor, meinem Leben ein Ende zu setzen, und dann gabst du mir das Geld. Es waren nur vierzig Pfund, aber es reichte, um ... Es gab mir Hoffnung und eine zweite Chance. Es gab mir den Glauben, dass es selbst in den dunkelsten Momenten jemanden gibt, der ein gutes Herz hat und sich kümmert, wenn man nur genau genug hinschaut und fest darauf hofft.«

Wir stehen im kalten Regen und durchleben gemeinsam wieder jenen Moment, und ich kann es nicht glauben, dass ich das alles erst jetzt erfahre.

»Aber warum hast du mir das nicht schon früher gesagt?«, frage ich. »Ich hatte nicht die leiseste Ahnung. Du hättest mich im Café ansprechen können. Du hättest mich aufklären sollen.«

»Es war mir peinlich, nehme ich an«, antwortet er, und sein Gesicht wirkt offen und ehrlich. »Außerdem hast du mir nie wirklich eine Möglichkeit gegeben, dich anzusprechen. Du wirkst nämlich immer, als wärst du in deiner eigenen Welt, weit weg von allem, und als wäre ich dir, na ja, herzlich egal. Du hast mich nie richtig wahrgenommen. Du hast mir nie zugehört.«

Nun ist es *mir* peinlich, wenn ich daran denke, wie oft er mir Kaffee und Frühstück und Mittagessen serviert hat, ohne dass ich ihm Beachtung schenkte, wie oft ich mit meinen Tischnachbarn oder mit meinen eigenen Gedanken beschäftigt war und nicht einmal einen zweiten Blick für ihn übrighatte.

»Ich bin noch relativ neu im Café, Ruth, aber ich habe in der kurzen Zeit beobachtet, wie du immer mehr zu einem Schatten deiner selbst wirst beziehungsweise zu einem Schatten deines öffentlichen Selbst«, fährt er fort. »Du musst anfangen, wieder an dich zu glauben. Du musst anfangen, dir wieder treu zu sein, und erkennen, dass Taten manchmal mehr zählen als Worte. Ein Lächeln auf ein Dankeschön und ein kurzer Blick in die Augen können jemandem den Tag retten. Als du mich an jenem Abend auf der Hope Street bemerktest, hast du nicht nur meinen Abend gerettet, sondern mein ganzes Leben, weil du richtig hingesehen hast, statt die Augen zu verschließen wie alle anderen.«

Ich bin sprachlos. Ich habe richtig weiche Knie, und ich finde nicht die Worte, die ich Michael, dem gesichtslosen Kellner, den ich immer übersehen habe, gerne sagen würde. Während ich dachte, er würde mich verurteilen, war in Wahrheit ich vollkommen blind dafür, wer er ist.

»Tut mir leid, ich hatte keine Ahnung«, sage ich. »Ich bin in letzter Zeit wirklich neben der Spur. Ich bedaure es sehr, wenn du den Eindruck hattest, dass ich unhöflich oder respektlos zu dir war. Möchtest du vielleicht mit reinkommen? Es gibt da einiges, was ich … Wir sind beide durchnässt und … Es tut mir schrecklich leid, wenn ich dich unfreundlich behandelt habe, aber ich kann dir versichern, es geschah nicht mit Absicht. Das ist nicht meine Art. Ich entschuldige mich dafür.«

»Du brauchst dich für nichts zu entschuldigen, außer dass du mich vorhin fast mit der Soße verbrüht hast«, erwidert er und bringt ein Lächeln zustande. »Ich muss jetzt wieder los, aber vielleicht solltest du versuchen, noch ein paar gute Taten für andere zu vollbringen, damit du siehst, was für ein gutes Gefühl dir das verschafft. Handle, statt nur zu reden. Vielleicht geht es dir dann besser.«

»Ich habe einfach keine Idee, was ich tun könnte, Michael«, sage ich, während der Regen weiter auf den Asphalt trommelt.

»So etwas verlernt man nicht«, erwidert er. »Ich muss jetzt wirklich zurück an die Arbeit.« Damit steigt er in seinen Wagen und winkt mir zum Abschied.

Blinzelnd stehe ich im Regen und staune ehrfürchtig darüber, was ich gerade erfahren habe. Ich tropfe vor Nässe, genau wie ich das getan hätte, wenn ich zu Fuß nach Hause gegangen wäre, aber ehrlich gesagt kümmert es mich nicht.

Ich habe Michael das Leben gerettet. Ich habe ihm ein bisschen Geld gegeben und etwas Mitgefühl gezeigt, und es hat sein Leben verändert.

Ich gehe zurück zur Eingangstreppe und hoffe, dass das bloße Hören von Michaels Geschichte mir helfen wird, den ersten Schritt zu machen, um auch mein Leben zu ändern. Aber wo soll ich anfangen?

Gleich hier? Gleich jetzt? Noch vor Weihnachten?

Ich schaue hoch zu meinem Elternhaus. Jedes Fenster birgt eine Erinnerung. Wenn diese Räume sprechen könnten ... Ich schließe meine Augen und habe den Klang meiner Kindergeburtstage im Ohr, sehe und rieche die Kerzen auf meinem Kuchen, die gerade von mir ausgeblasen werden. Ich höre die Musik der Neunziger, meiner Teenagerzeit, aus meinem Zimmerfenster dröhnen, so laut, dass es Ärger mit den Nachbarn gab. Ich höre meine Schwester und mich über alles Mögliche diskutieren, von falscher Bräune über Jungs bis zu der Frage, wer von uns beiden größer war, obwohl ich wusste, dass sie mich knapp überragte. Ich höre meine Mutter und meinen Vater reden … Ich höre meine Mutter und meinen Vater streiten … Ich höre die Nachrichten im Fernsehen, ich höre Weihnachtsfeiern aus vergangenen Zeiten … Ich höre mich weinen wegen Dwayne Simpson, der, dessen war ich mir sicher, mein Leben zerstört hatte, weil er mich mit Bethany Benson betrog, dem größten Flittchen in der Umgebung.

Ich spüre alles von diesem Haus, und ich bin mir nicht sicher, ob es mir hilft oder ob es mich blockiert und ich es einfach loslassen sollte.

Und dann höre ich meinen Vater in der Küche singen, wenn er sonntags für uns den Kochlöffel schwang. Ich rieche den Schmorbraten im Ofen. Ich sehe die beiden in der Küche tanzen. Ich höre klassische Musik, die aus dem Radio kommt. Ich höre meine Mutter lachen. Ich höre Ally und mich kichern, während wir in unseren Zimmern selbst erfundene Tänze einstudieren; und ich lächele bei der Erinnerung, wie wir unsere Eltern zwangen, sich unsere Choreografien anzuschauen und von eins bis zehn zu benoten, als würden wir an einem Talentwettbewerb teilnehmen.

Soll ich dieses Haus wirklich aufgeben und ein neues Kapitel in meinem Leben beginnen? Ich öffne meine Augen und spüre, dass meine Tränen sich mit dem Regen auf meinem Gesicht vermischen. Kann ich loslassen?

Ich bin mir plötzlich nicht mehr so sicher.

KAPITEL 9

Trotz meines Schwelgens in Erinnerungen fühlt sich dieser schöne, wunderbare, hohe Altbau im Vergleich zur warmen Atmosphäre im Café Gloria kalt und abweisend an, als ich die Treppe zum Badezimmer hochgehe. Ich ziehe meine nassen Sachen aus und trockne mich ab, während mir die ganze Zeit Michaels Worte durch meinen müden Kopf schwirren.

Er ist der Obdachlose von der Hope Street. Ich kann es kaum glauben.

Ich war an jenem Abend in einem ziemlich verzweifelten Zustand, aber aus dieser Verzweiflung heraus bekam jemand anderes einen Neuanfang und eine zweite Chance geschenkt – in dem Moment, in dem mein Vater diese Welt verließ.

Jetzt, wo ich Michaels wahre Identität kenne, fühlt es sich auf eine merkwürdige Art so an, als wäre ein Geist der vergangenen Weihnacht unerwartet wiedergekehrt, eine Erinnerung daran, dass es Gutes auf der Welt gibt, selbst wenn um uns herum so viel Leid existiert. Ich stelle mir vor, wie Michael sich an jenem bitterkalten Abend gefühlt haben musste, als er bereits alle Hoffnung aufgegeben hatte, und wie er sich dann aufrappelte und das Geld nutzte, um seine Situation zu verbessern, während ich auf der anderen Seite der Stadt im Krankenhaus die schlimmstmögliche Nachricht über meinen geliebten Vater erhielt.

Ich denke darüber nach, wie ich seitdem, seit nunmehr zwölf Monaten, die Zeit stillstehen ließ und immer tiefer in einen Abgrund der Hoffnungslosigkeit trieb. Aber während ich gerade durch meine eigene persönliche Hölle gehe, gibt es in dieser Stadt, irgendwo dort draußen, Menschen, die viel Schlimmeres durchmachen als ich, und dann gibt es wiederum Menschen, die täglich etwas Gutes tun, um das Leid um sie herum wenigstens ein bisschen zu lindern.

Mein Verstand rast, während ich wieder nach unten in die kühle, altmodische Diele gehe und die Post von den Fliesen aufhebe. Es sind immer noch Briefe für meinen Vater darunter, neben der üblichen Flut an Weihnachtsreklame und Spendenaufrufen: Die katholische Kirche sammelt wie jedes Jahr Geld für Länder in der Dritten Welt, ein Supermarkt hat mir als Dank für meine Treue einen Gratis-Kalender geschickt, und die Obdachlosenhilfe, die ihre größten Aufrufe immer gezielt vor Weihnachten startet, wie ich in meinem Studium gelernt habe, bittet um Sachspenden. Ein Sammelsurium aus dem Leben meines Vaters liegt in gedruckter Form zum Sortieren vor mir, aber ich schaffe es nicht einmal, Werbeanrufern und Spendensammlern zu sagen, dass er gestorben ist und dass sie seinen Namen von ihrer Liste streichen können.

Die Fotos, die die schmale Diele säumen und an der Treppe enden, sind in mein Gedächtnis eingebrannt, weil sie dort schon so lange hängen, wie ich zurückdenken kann. Auch *sie* ist irgendwo in diesen staubigen Rahmen, aber ich wage es nicht, hinzuschauen. Ihr Gesicht ist aus meinem Kopf verschwunden, und ich möchte, dass es nicht wiederkommt, also habe ich mir angewöhnt, weder nach rechts noch nach links zu schauen, wenn ich mein Haus betrete. Ich habe mir angewöhnt, sie zu verdrängen.

Sie hat uns verlassen. Sie hat uns drei verlassen, weil ein anderes Leben sie lockte, und ich habe keine Ahnung, was sie heute macht oder wo sie ist. Ich sage mir immer wieder, dass es mir egal ist, aber innerlich zerreißt es mich. In der Therapie habe ich verschiedene Möglichkeiten gelernt, wie ich mit ihrer Zurückweisung umgehen kann, ich habe gelernt, mit den Entscheidungen zu leben, die sie getroffen hat. Als ich nach Dads Tod eine Karte von ihr erhielt, dachte ich zuerst, es würde meine Welt verändern, aber für mich blieb sie eine Fremde, die nicht wirklich wusste oder sich dafür interessierte, was wir durchmachten, und die niemals verstehen würde, wie sehr sie uns mit ihrem schrittweisen Verschwinden verletzt hatte.

Irgendwer erzählte mir, sie sei kurz bei der Begräbnisfeier aufgetaucht, nur für ein paar Minuten, und habe wie ein Gespenst ganz hinten in der Kirche gestanden. Um ehrlich zu sein, habe ich ihre Anwesenheit gespürt, aber ich war zu angeschlagen, um in der Menge nach ihr zu suchen. Auf ihrer Karte stand, dass sie gerne mit mir reden würde, um mir alles zu erklären, und sie hatte ihre Telefonnummer beigefügt. Sie schrieb außerdem, dass sie gerne ihre Enkelsöhne kennenlernen würde, wenn das okay sei. Verdammt noch mal, natürlich ist es nicht okay, Elena! Wie kann es okay sein, dass sie plötzlich, einfach so, wieder auftaucht und heile Familie spielen möchte, nach dem ganzen Schaden, den sie angerichtet hat, und nachdem mein Vater bereits tot ist? Nein. Nein danke, Elena. Bleib im Ausland oder wo auch immer du nun lebst und tu, was auch immer und mit wem auch immer du es in deinem neuen Leben tust, für das du uns im Stich gelassen hast. Nein.

Ich gehe ins Wohnzimmer, ziehe meine Schuhe aus, lege mich auf das kühle schwarze Ledersofa und erlaube meinen müden Augen, sich zu schließen. Bilder von Michael geistern mir durch den Kopf, vor einem Jahr hundeelend und halb erfroren auf der Hope Street – und nun mit einem erfolgreichen Comeback mitten in einem neuen Leben. Es ist Zeit für mein eigenes Comeback und mein eigenes neues Leben.

Alles in diesem Raum ist alt: die Bücherschränke, der Fernseher, der Couchtisch, der Kamin. Dies ist ein Haus, in dem die Zeit vollkommen stillsteht, besonders seit mein Vater gestorben ist, aber das werde ich bald ändern, und ich werde die Bilder von ihr ein für alle Mal entfernen. Ich werde sie nie wieder hier hereinlassen, selbst wenn ich mir nichts mehr auf dieser Welt wünsche.

Ich bin müde, und mein Bauch ist voll. Ich bin erschöpft. Nach Weihnachten werde ich verkaufen. Dann starte ich ganz neu durch.

»Ally, ja, nein, ich habe nicht geschlafen. Ja, ich arbeite gerade. Ich sitze am Computer«, schwindele ich. »Was meinst du damit, ob ich okay bin? Warum sollte ich nicht okay sein? Na schön, du hast mich ertappt. Ich habe kurz die Augen zugemacht, obwohl ich eigentlich arbeiten sollte.«

Meine Schwester lacht. Sie kennt mich einfach zu gut.

Ich bin in diesem benommenen Zustand zwischen Traum und Wirklichkeit und versuche, meine Schuhe zu finden, obwohl ich sie nicht brauche. Dann wanke ich in die Küche, drehe das kalte Wasser in der Spüle auf und trinke direkt vom Strahl. So, jetzt bin ich wach.

»Was hast du gesagt?«

»Ich habe über Weihnachten gesprochen«, antwortet meine Schwester. »Davids Eltern werden zum Essen kommen, und sein Cousin John auch – du weißt schon, der, von dem ich dir erzählt habe, dessen Verlobte die Hochzeit abgeblasen hat, weil sie sich in ihren besten Freund verliebt –«

»Denk nicht mal dran«, drohe ich ihr scherzhaft. »Bitte keine Verkuppelungsversuche.«

»Ha, manchmal glaube ich, du kannst meine Gedanken lesen«, erwidert sie lachend. »Jedenfalls wollte ich einfach nur sichergehen, dass du auch kommst. Du wirst doch kommen, oder, Ruth? Bitte, du darfst Weihnachten nicht alleine verbringen.«

Ich stelle mir das enge, überfüllte Haus meiner Schwester vor, fast hundert Meilen entfernt, und lehne mich gegen die Küchenanrichte. Es ist nicht so, als hätte ich irgendwelche anderen Einladungen zu Weihnachten, richtig? Außerdem ist Ally die einzige enge Familienangehörige, die ich noch habe, also werde ich natürlich bei ihr feiern.

Vielleicht liegt es daran, dass ich noch nicht richtig wach bin, beziehungsweise daran, dass ich von ihm geträumt habe, denn plötzlich kommt mir Michael, der ehemalige Obdachlose von der Hope Street, in den Sinn. Ich spüre wieder seine frostklammen Finger an meinen, und ein kalter Schauer durchrieselt mich, der gleich darauf einem wohlig warmen Gefühl weicht, als ich daran denke, dass ich ihm mit einer einfachen kleinen Geste geholfen habe, seinem Leben eine Wendung zu geben.

»Ally, vielleicht sollte ich mir für Weihnachten etwas anderes überlegen«, gestehe ich meiner Schwester und zum ersten Mal auch mir selbst. Ich schlucke. »Etwas, das ... Ich weiß nicht genau, was ich damit sagen will, aber ich frage mich, ob ich nicht mal etwas völlig anderes machen sollte. Etwas, um anderen an den Festtagen zu helfen. Um vielleicht auch mir zu helfen.«

Ich lasse mich auf einen Küchenstuhl sinken. Meine Schwester zögert. Ich kann beinahe hören, wie es in ihrem Kopf arbeitet. Ich bin selbst kaum in der Lage, meine Worte zu verarbeiten.

»Dachtest du an eine Reise?«

»Nicht wirklich. Na ja, vielleicht. Ich weiß nicht. Ich habe mir noch nicht wirklich Gedanken darüber gemacht.«

»Zum Beispiel an einen warmen, exotischen Ort, wo dir das ganze Weihnachtsgedöns erspart bleibt, während du abends am Strand bei einem Barbecue feierst oder so?«, fährt sie fort. »O Ruth, wie wäre es mit Australien? Das würde ich selber gerne mal machen. Stell dir vor, Weihnachten unter Palmen!«

Meine Schwester ließ sich schon immer von großen Ideen mitreißen, und außerdem hat sie mich nicht richtig verstanden. Ich muss lachen. Nicht mein normales Lachen, sondern ein nervöses Kichern, wenn ich mir vorstelle, Garnelen am

Strand zu grillen und Surfer mit glänzenden Oberkörpern beim Wachsen ihrer Bretter zu beobachten, während das Leben hier unter einer weißen, glitzernden und verflucht kalten Schneedecke versinkt oder in strömendem Regen und man sich mit Schokolade vollstopft und Leute beschenkt, die man nicht einmal leiden kann.

»Nein«, sage ich. »Nein, sei nicht albern. Als könnte ich einfach packen und auf die Schnelle nach Australien fliegen. Gott, ich könnte tatsächlich einfach packen und nach Australien fliegen ...«

Ich fange wieder an, nervös zu kichern, und meine Schwester kichert mit.

»Also?«, sagt sie, nachdem wir uns schließlich beruhigt haben. »Wirst du es tun?«

»Weihnachten bei den Aussies feiern?« Ich zögere kurz. »Nein.«

»Wo dann? Indien? Gran Canaria? Afrika? Wo?«

Ich gehe zurück ins Wohnzimmer. Meine Handtasche und meine Schuhe stehen vor dem Sofa, wo ich sie vorhin abgestellt habe, und daneben liegen die Werbung und die Spendenaufrufe auf einem unordentlichen Haufen. Ich bin ein freier Mensch, ich kann tun, was immer ich will, und das schließt Weihnachten mit ein. Aber ich habe meine Wahl bereits getroffen. Ich habe nämlich eine Idee.

»Willst du es mir nicht sagen, Ruth?«, bohrt Ally weiter.

Mein Blick fällt auf einen Flyer, der mit der Post gekommen ist, und ich hebe ihn auf.

»Ich ... Hör zu, ich überlege gerade, ob ... Vielleicht bin ich ja verrückt, aber ...«

»Was?«

»Ich denke, ich werde ...«

»Nach Afrika fliegen?«

»Nein. Ich denke, ich werde ... ich werde hier im Haus ein

großes Festmahl ausrichten und Menschen einladen, die Weihnachten sonst alleine dasitzen würden«, erkläre ich meiner Schwester. »Ich möchte dieses Jahr anderen helfen. Ich muss es tun, Ally. Ich muss eine gute Tat vollbringen, oder ich werde mein Selbstwertgefühl noch ganz verlieren. Ich muss etwas tun, das mir das Gefühl gibt, wieder ich selbst zu sein. Dass ich etwas bewirke, statt bloß zu existieren. Und danach werde ich das Haus verkaufen und irgendwo anders neu anfangen.«

»Du willst *was*? Bist du betrunken, Ruth? Oder hast du vorhin Schlaftabletten genommen oder so? Du klingst total schräg, und du redest lauter wirres Zeug.«

»Du hast mich schon richtig verstanden«, sage ich. »Ich werde an Weihnachten dieses große, leere Haus für Menschen öffnen, die sonst kein schönes Fest verbringen würden. Ich werde mich hier mit einem Paukenschlag verabschieden! Ich werde endlich handeln, statt immer nur schlaue Ratschläge zu erteilen. Ich werde anderen etwas Gutes tun, statt hier zu sitzen und mich selbst zu bemitleiden – und vielleicht bringt es mich ja wieder in die Spur, wenn ich sehe, wie andere kämpfen müssen, und gibt mir die Kraft, meinen Job weiterzumachen.«

Es entsteht eine lange Pause. Mein Verstand rast, und ich nehme an, Allys Verstand ebenso. Ich weiß nicht, woher dieser Gefühlsausbruch gekommen ist beziehungsweise diese Idee, aber ich bin total begeistert. Genau genommen weiß ich wohl, wo das alles herkommt. Es kommt von Michael und dem Gefühl, das er bei mir auslöste, als er mir sagte, dass ich mit meinem kleinen spontanen Akt der Nächstenliebe sein Leben verändert hätte. Ich habe das Leben eines Menschen zum Positiven verändert! So etwas möchte ich wieder und wieder und wieder tun!

»Oh«, sagt Ally schließlich und lacht genauso wie ich vorhin. Nicht auf eine fröhliche Art, sondern auf eine nervöse, verlegene Art, in der die Frage mitschwingt, ob ich das wirklich ernst meine. »Dann also nicht Australien?«

Ich wedele mit dem Flyer in meiner Hand. »O Gott, Ally, ich habe heute mit einem Mann gesprochen, der letztes Jahr um diese Zeit obdachlos war. Weißt du noch, der Abend, an dem Dad gestorben ist, als du mich vor dem Kino abgeholt hast? Dort saß ein Obdachloser in der bitteren Kälte, und ich gab ihm vierzig Pfund. Er hat das Geld genutzt, um sein Leben zu ändern und von der Straße wegzukommen. Davor dachte er sogar an Selbstmord, und heute arbeitet er im Café Gloria. Sein Name ist Michael, und er sagt, dass ich ihm das Leben gerettet habe! Er sagt, dieser einfache Akt der Nächstenliebe habe ihm neuen Lebensmut verliehen, obwohl es für mich nur symbolisch war. Eine einfache Geste. Tatsächlich habe ich ihm damit das Leben gerettet. Warum tun wir alle so etwas nicht öfter?«

In der Leitung herrscht kurz Stille.

»Mein Gott, Ruth, das ist ja der Wahnsinn!«, flüstert Ally wenige Sekunden später. »Der Abend, an dem Dad gestorben ist? Und dieser Mann hat dir das heute erzählt?«

»Ja«, sage ich und nicke begeistert, während dieses warme, wohlige Gefühl in mir zurückkehrt.

»Und ist das der Grund, warum du dieses Weihnachtsessen ausrichten möchtest?«, fragt sie weiter. »Ich meine, Hut ab vor deiner Idee, aber du hilfst doch in deinem Job schon ständig anderen Menschen. Willst du zur Abwechslung nicht mal abtauchen und ein bisschen zur Ruhe kommen? Dich mit Schokolade vollstopfen, mit Truthahn, dich ein bisschen betrinken? Und wo in aller Welt willst du diese Leute finden?«

Ich wandere auf und ab und spüre das Adrenalin durch meine Adern pumpen, während ich mir im Geiste alles ausmale.

»Ich weiß bereits, wen ich einlade«, sage ich. »Ich meine, ich weiß noch nicht *im Einzelnen*, wen, aber ich kann ganz leicht sechs, sieben oder acht Menschen finden, die mir geschrieben haben, dass sie einsam sind und sich vor Weihnachten fürchten. Ich könnte dir jetzt schon ungefähr sagen, wer sie sind und woher sie kommen. Diese Stadt ist voller Einsamkeit, Ally. Die ganze Welt ist voller Einsamkeit. Dieses Festmahl ist das Mindeste, was ich tun kann, solange ich keine anderen Verpflichtungen habe und dazu noch genügend Platz und Zeit, um es auszurichten.«

»Aber du brauchst nichts zu tun«, sagt Ally, und ich höre Owen im Hintergrund, der versucht, ihre Aufmerksamkeit zu erlangen. »Komm schon, Schwesterherz. Gönn dir bitte mal eine Auszeit davon, ständig die verdammte Mutter Teresa zu spielen, nur einmal in deinem Leben. Komm über die Festtage zu uns, und wir betrinken uns wieder mit Sekt und verändern unsere Welt, so wie im letzten Jahr, nach Dads Beerdigung. Ich habe einfach Angst, dass du dich total verausgabst. Du brauchst eine Pause von dieser Stadt. Du brauchst eine Pause davon, die Probleme anderer Leute zu lösen.«

Ich lasse mich in den alten grauen Sessel plumpsen, und eine Staubwolke bringt mich zum Niesen. Ich sollte mir wirklich eine Putzfrau zulegen.

»Ich kriege diese Geschichte mit Michael nicht mehr aus meinem Kopf, und ich denke, das ist ein Zeichen, dass ich mehr tun muss«, sage ich. »Ich kann an Weihnachten nicht einfach nur faul herumsitzen und mich vollstopfen, wenn es dort draußen Hunderte von Menschen gibt, die nichts haben. Ich komme mir im Moment so nutzlos vor, dabei will ich doch nützlich sein. Denkst du, ich bin verrückt?«

Ich höre meine Schwester am anderen Ende der Leitung schlucken.

»Nein, du bist ganz sicher nicht verrückt«, antwortet sie. »Na ja, vielleicht ein bisschen. Wenigstens bin ich dann mal nicht die Durchgeknallte in der Familie. Ach, Ruth, wir werden dich an unserer Tafel vermissen, aber unter diesen Umständen ... Ich bin richtig stolz auf dich, Schwesterherz, wirklich. Genau wie Dad es früher immer war. Er würde deine Idee bestimmt auch super finden – und wenn es dir ein gutes Gefühl verschafft und gleichzeitig anderen hilft, dann tu es, ob es nun verrückt ist oder nicht. Du kannst auch gerne an einem anderen Tag zwischen den Jahren zu uns kommen, wenn es nicht mehr so hektisch zugeht – vorausgesetzt natürlich, du hast Lust dazu, oder falls du es dir doch wieder anders überlegst.«

»Ja, das mache ich«, sage ich und springe von meinem Sessel auf, weil mich wieder der Bewegungsdrang überkommt. »Ich verspreche, dass ich euch definitiv besuchen werde. Ich habe coole Geschenke für die Jungs, und ich kann es kaum erwarten, sie wiederzusehen, aber das hier ist ... Gott, ja, ich tu's. Wer weiß, nächstes Weihnachten setze ich meine Prioritäten vielleicht ganz anders, aber im Moment habe ich das Gefühl, das Richtige zu tun, wenn ich andere ein wenig beglücke. Danke für dein Verständnis, Schwesterherz. Von nun an werde ich aktiv handeln. Es ergibt alles einen Sinn, richtig?«

Aber sie ist weg, weil unsere Verbindung getrennt wurde, was, wie ich wissen sollte, jedes Mal auf dieser Seite des Hauses passiert, deren Grenze ich offenbar unbewusst übertreten habe. Ich reibe mir die Augen und atme tief ein und wieder aus.

Es wird mich nie vollends zufriedenstellen, immer nur Ratschläge am Computer zu erteilen. Ich glaube, ich habe es begriffen. Ich weiß nun, was ich tun muss, um diese große Leere in meinem Leben vorübergehend zu füllen. Es ist Zeit zu handeln. Und wer weiß, was sich noch alles daraus ergibt. Nach Weihnachten werde ich der Beech Row Lebewohl sagen, aber vorher bereite ich diesem Haus einen grandiosen Abschied, und diesen Tag wird garantiert niemand, der daran teilnimmt, jemals wieder vergessen.

KAPITEL 10

Sechs Tage vor Weihnachten

»Darling, hast du völlig den Verstand verloren? Du willst an Weihnachten wildfremde Leute in deinem Haus bewirten? Kannst du das nicht in einen Gemeindesaal oder in ein ruhiges Restaurant verlegen? An irgendeinen weniger privaten Ort?« Margo Taylor sieht mich über den Rand ihrer Brille hinweg an, und ihr Atem, der nach heißem Weihnachtspunsch riecht, weht über ihren Schreibtisch bis zu mir. Ihr roter Lippenstift ist mutig und bedeutungsvoll, genau wie ihre Persönlichkeit. Sie schwenkt beim Sprechen einen Kugelschreiber durch die Luft, als wäre es ein Zauberstab.

»Aber es soll ja privat sein«, sage ich. »Ich möchte bewusst etwas für Menschen tun, die von ihrem Lebensweg abgekommen sind, die ihre Ziele verloren haben und an ihrer Einsamkeit leiden. Ich kann anschließend darüber schreiben, was ich aus dieser Erfahrung gelernt habe, auf einer persönlichen Ebene, und für das Essen finden sich sicher Sponsoren. Ich kenne da zum Beispiel einen guten Metzger, der mir einen Truthahn besorgen wird, und –«

»Ach, Ruth, Darling, wenn es doch nur so einfach wäre!«, fällt Margo mir ins Wort. »Glaubst du wirklich, du kannst die Obdachlosen dieser Stadt mit einem Truthahn satt bekommen, an einem Esstisch, der für sechs Personen gemacht ist?«

»Tatsächlich ist er für acht gemacht, Margo. Und ich rede nicht davon, die Obdachlosen satt zu bekommen«, erkläre ich, während ich einen Knoten im Magen spüre. »Meine Güte, für wie naiv hältst du mich? Du könntest mir ruhig etwas mehr zutrauen.«

Sie starrt mich an, dann lächelt sie.

Ich schlage wieder einen sanfteren Ton an. »Was ich meine, ist ...« Ich hole tief Luft. »Also, ich habe mir Folgendes überlegt: Ich werde sehr subtil ein paar Leute ins Visier nehmen, die mir geschrieben haben, Menschen, von denen ich weiß, dass sie den Festtagen mit Schrecken entgegensehen, sei es aus purer Einsamkeit oder aus finanziellen Gründen. Ich versuche hier nicht, die Welt zu verändern, Margo, oder die Probleme dieser Stadt für immer zu lösen. Ich möchte den Menschen einfach *persönlich* etwas Wärme und Hoffnung spenden, statt ihnen immer nur zu empfehlen, was ich an ihrer Stelle tun würde. Ich möchte so vielen Menschen, wie ich kann, echte Zuversicht schenken, indem ich ihnen meine Wertschätzung zeige. Und rein egoistisch betrachtet denke ich, dass es auch mir ein gutes Gefühl verschaffen wird.«

Margo stellt ihre Teetasse ab. »Du brauchst einen Mann, Darling«, sagt sie. »Oder eine Frau – oder beides! Oder eine Katze oder einen Hund oder ein Baby oder was auch immer du bevorzugst, aber du brauchst definitiv etwas Verantwortung in deinem Leben. Offenbar weißt du nichts mit dir anzufangen, Ruth. Und du hast dir das wirklich gründlich überlegt?«

Ich schüttele den Kopf und zucke grinsend mit den Achseln, und wieder entzündet sich das warme Gefühl in meinem Bauch, als ich mir vorstelle, was auf mich zukommt.

»Nein, ich habe mir noch gar nichts richtig überlegt, aber das macht es umso aufregender!«, antworte ich offen. »Mir schwirren eine Million Ideen durch den Kopf, und ich habe keine Ahnung, ob es funktioniert oder ob es ein einziges großes Desaster wird, aber selbst wenn, was soll's? Zumindest habe ich mich dann bemüht. Davon werde ich mich nicht abschrecken lassen.«

»Okay ...«

Ich weiß, was sie gerade denkt.

»Aber es geht mir nicht darum, die Sache medial zu vermarkten«, fahre ich fort. »Ich werde es durchziehen, egal, ob du an einem Artikel interessiert bist oder nicht, aber ich denke schon, dass sich daraus ein hübscher Text über aktive Nächstenliebe ergeben würde. Und der könnte manche Leser dazu anregen, selbst tätig zu werden, nicht nur an Weihnachten, sondern das ganze Jahr über. Es könnte den Blick für alleinstehende Mitmenschen schärfen, die Gesellschaft und menschliche Wärme benötigen.«

Ich habe keine Ahnung, woher mein neu entdeckter Mut kommt, so mit Margo zu sprechen. Aus irgendeinem Grund bin ich die einzige Autorin bei der *Today*, die ohne einen Termin zu Margo kommen kann, und hier bin ich nun und rede mit ihr, als wäre sie irgendeine Kollegin und nicht die Eigentümerin der Zeitung und des ganzen Verlagshauses.

»Hast du schon mit deiner Schwester gesprochen?«, fragt sie. »Ich dachte, du wolltest Weihnachten bei ihr feiern. Mit diesem Dinner mutest du dir ganz schön viel zu.«

»Das ist richtig, aber ich werde es trotzdem tun«, sage ich. »Und ja, ich habe mit Ally gesprochen. Sie findet … na ja, zuerst war sie genauso skeptisch wie du, aber jetzt steht sie total hinter mir. Sie findet meine Idee großartig.«

Margo wirkt nicht restlos überzeugt. Es ist Zeit für härtere Bandagen.

»Okay, Margo, ich möchte nicht noch mehr von deiner Zeit beanspruchen«, sage ich, stecke mein Handy ein und nehme meinen Schlüsselbund vom Tisch. »Ich wollte dir nur kurz meine Idee vorstellen. Für einen potenziellen Artikel, der natürlich die Anonymität meiner Gäste wahren und unter dem Gesichtspunkt der Menschlichkeit und Nächstenliebe geschrieben wäre. Ich würde alles reinpacken, was ich daraus lerne, und das Geschenk des Gebens beleuchten.«

»Ja«, erwidert sie.

»Aber vielleicht würde das Thema ja besser in meine Radiosendung passen. Ich könnte die Zuhörer bitten, mir ihre eigenen Erfahrungen im Hinblick auf gute Taten zu schildern –«

Weiter komme ich nicht.

»Nein, nein, bloß nicht, bring das Thema nicht im Radio!«, sagt sie rasch und bewegt hektisch ihren Stift in der Luft. »Ich nehme es. Ich finde, das ist eine wunderbare Idee, und du hast recht, vielleicht inspirierst du damit andere, deinem Beispiel zu folgen.«

»Ich denke schon«, sage ich mit einem Lächeln und stehe auf.

Sie zögert und starrt mich an. Ich setze mich wieder.

»Ich weiß zwar nicht, wo zum Teufel du das Interesse beziehungsweise die Energie hernimmst, Darling, aber ich finde es wirklich bemerkenswert«, sagt sie dann in einem deutlich sanfteren Ton als zuvor. »Ich habe immer gewusst, dass du zu den Guten zählst. Ich habe immer gewusst, dass du anders bist. Du bist etwas Besonderes, wenn ich das so sagen darf.«

Ich schlucke. Wirklich? O Mann, mir kommen gleich die Tränen, wenn sie noch mehr nette Dinge zu mir sagt. Margo sagt normalerweise nie nette Dinge zu jemandem, zumindest nie jemandem ins Gesicht, und ich fühle mich ihres Lobes nicht würdig.

»Du brauchst mich nicht immer auf das Podest zu stellen, das du für mich erschaffen hast, Margo«, sage ich, und meine Stimme wird leiser. »Ehrlich gesagt fühle ich mich nicht wie etwas Besonderes. Ich bin nur eine ganz normale Frau, die einfach versucht, sich wieder zu berappeln. Vielleicht macht mich das sogar zu einer Egoistin, und ich bin längst nicht so gut, wie du denkst. Ich bezweifle, dass ich überhaupt je so gut war, und wer weiß, ob ich es irgendwann sein werde. Frag Nora. Sie hat mich offenbar durchschaut.«

Margo steht auf, stützt sich mit den Händen auf ihren Schreibtisch und starrt mich an. Ich kenne diese Haltung von ihr aus Redaktionssitzungen, wenn sie wirklich etwas klarstellen will.

»Du kannst großartig mit Worten umgehen, Ruth Ryans«, sagt sie entschieden. »Du hast eine geradezu magische Art mit Worten. Du hast die Fähigkeit, Menschen emotional zu berühren, sie zum Nachdenken zu bringen, im Handumdrehen ihr Leben umzukrempeln, wenn du es dir in den Kopf setzt. Hier in dieser Firma gibt es Hunderte von Noras und Bobs und Gavins, aber es gibt nur eine Ruth Ryans. Seit ich dich kenne, bist du immer diesen einen Schritt extra gegangen, um das Beste herauszuholen, nicht nur für dich, sondern auch für die anderen, was der Grund ist, warum ich dir überhaupt die Kolumne gegeben habe. Ich denke, das wird ein bemerkenswerter Artikel. Tu es. Du hast meine volle Unterstützung.«

»Danke, Margo. Schließlich geht es an Weihnachten ums Geben, und ich wurde neulich daran erinnert, dass man sich besser fühlt, je mehr man gibt«, sage ich, und meine Stimme klingt zaghaft und schwach und nicht nach jemandem, der für eine Art humanitäres Experiment, das ihm um die Ohren fliegen könnte, an Weihnachten wildfremde Personen zu sich einlädt.

»Sei einfach vorsichtig, wen du in dein Haus lässt«, sagt Margo.

»Vorsichtig? Wie meinst du das?«

»Nun ja, es sind Fremde, Ruth, und du weißt im Grunde nichts über sie. Du solltest vielleicht darüber nachdenken, ob du dir Verstärkung holst. Gibt es jemanden, der dich unterstützen könnte? Du weißt schon, einen Helfer, jemanden zur Absicherung. Jemanden, der dafür sorgt, dass alles gefahrlos über die Bühne geht, und der dir hilft, falls es Probleme geben sollte.«

Ich beiße auf meine Unterlippe. Daran habe ich noch gar nicht gedacht. Spontan fallen mir keine anderen traurigen Fälle ein, die an Weihnachten alleine sind und die Möglichkeit hätten, zu mir zu kommen und mir unter die Arme zu greifen.

»Ich finde bestimmt jemanden«, sage ich, obwohl ich mir ziemlich sicher bin, dass ich niemanden finden werde. Ich wüsste nicht einmal, wo ich anfangen sollte zu suchen. »Ach, und es erübrigt sich wohl, zu sagen, dass ich ab sofort bis nach den Feiertagen für öffentliche Auftritte nicht zur Verfügung stehe. Obwohl ich mich in letzter Zeit ohnehin rar gemacht habe, weil ich so verdammt mies drauf war. Dieses Fest wird meine ganze Zeit und Energie beanspruchen, aber ich glaube, das ist es wert.«

»Okay, dann leg los, und viel Erfolg. Ich freue mich schon auf deinen Bericht«, sagt Margo und unterbricht sich dann für eine gefühlte Ewigkeit. Ich warte darauf, dass sie weiterspricht. Sie bleibt stumm.

»Gibt es kein Aber?«, frage ich schließlich.

»Nein, nein, es gibt kein Aber«, erwidert sie. Sie schlägt die Augen nieder, dann richtet sie sie wieder auf mich. Sie atmet tief durch. Ihr Blick schweift durch den Raum, bis er erneut an mir hängen bleibt.

»Aber?«

»Hör zu ... Sieh mal, Ruth, ich weiß, dass du dich im Moment sehr schwertust«, sagt sie. »Und ich kann mir vorstellen, dass der erste Todestag deines Vaters die alten Wunden wieder aufgerissen hat.«

Ich weiß genau, worauf sie hinauswill. Die letzten zwölf Monate waren grauenhaft: die wachgerufene Erinnerung an den schleichenden Rückzug meiner Mutter, an die Leere danach, an die Zeit der kurzen Begegnungen mit ihr, anfangs immerhin einmal pro Woche, dann an Geburtstagen und schließlich nur noch alle Jubeljahre, als wären wir ihr nicht wirklich wichtig, bis der Kontakt zu anstrengend wurde und einfach einschlief; mein Wunsch, *sie* wäre gestorben und nicht mein Vater, der so treu und hingebungsvoll war, selbst in den schwierigsten Zeiten; und zu allem Überfluss ihre Karte mit der Botschaft, dass sie nach so langer Zeit gerne wieder ein Teil meines Lebens wäre. Ich habe in den letzten zwölf Monaten vielleicht funktioniert, aber innerlich habe ich gebrüllt.

»Es ist ganz normal, dass der Verlust deines Vaters so viele alte Gefühle an die Oberfläche bringt und dass du Entscheidungen hinterfragst, die damals innerhalb deiner Familie getroffen wurden und von denen du dachtest, du hättest sie längst überwunden«, fährt Margo fort. »Du bist eine sehr tapfere Frau – und eine sehr liebenswürdige noch dazu –, weil du überhaupt die Idee hattest, fremde Menschen an Weihnachten zu bewirten, obwohl du innerlich gerade selbst durch die Hölle gehst. Ich bin unheimlich stolz auf dich, Ruth. Wirklich, wahnsinnig stolz, und ich bin dir gerne dabei behilflich, andere zu guten Taten im ganzen Jahr zu ermutigen.«

Sie nimmt ihre Brille ab und reibt etwas aus ihrem Augenwinkel. Vielleicht eine Wimper. Es ist völlig ausgeschlossen, dass sie emotional wird. Niemals.

Sie räuspert sich, dann fährt sie fort. »Deine Mutter weiß gar nicht, was sie in ihrem Leben verpasst ohne eine Tochter wie dich«, sagt sie und hebt ihr Kinn. »Sie hat schon so unglaublich viel verpasst. Tut mir leid …« Sie unterbricht sich kurz. »Ich sollte mich eigentlich nicht einmischen, und mir ist bewusst, dass ich nur einen kleinen Teil deiner Familiengeschichte kenne, aber ich finde es wichtig, dass wir als Menschen manchmal aussprechen, was unser Bauchgefühl uns sagt. Es ist *ihr* Verlust, Ruth, das sagt mein Bauchgefühl. Es ist *dein* Schmerz und *dein* Gefühl, nicht gewollt zu sein, aber es ist hauptsächlich ihr unfassbarer Verlust.«

Ich zucke mit den Achseln und schaue auf den Boden. »Danke«, sage ich und stehe dann wieder auf, zupfe meinen langen Plisseerock aus Satin zurecht und bemerke dabei, dass der Saum aufgegangen ist und fast auf dem Boden schleift. »Ich versuche, möglichst wenig an sie zu denken, aber ich verstehe, was du mir sagen willst – und ich versuche ganz bestimmt nicht, eine Heilige zu sein, egal, was die anderen behaupten, Margo. Ich will überhaupt nichts sein. Das mit dem Fest tue ich auch für mich, weißt du. Ich versuche mein Bestes, um diese Zeit zu überstehen … um dieses Weihnachten zu überstehen.«

Dann tut Margo etwas, das sie in all den Jahren, die ich sie schon kenne, noch nie getan hat: Sie kommt hinter ihrem Schreibtisch hervor und nimmt mich in den Arm – eine richtig feste Umarmung, die ich mehr gebraucht habe, als sie jemals hätte ahnen können. Und daraufhin breche ich in Tränen aus.

Gloria macht gerade ihre Teepause, als ich auf meinem Nachhauseweg im Café vorbeischaue. Die Atmosphäre fühlt sich anders an, friedlicher und entschleunigt, wie am Strand, wenn die Sonne untergeht, und die sanfte Beleuchtung sorgt für eine sehr behagliche Stimmung.

»Schon wieder hier?«, sagt Gloria zu mir. »Was verschafft mir das Vergnügen deiner Gesellschaft, Miss Ruthie?«

»Hast du vielleicht fünf Minuten?«, frage ich und setze mich ihr gegenüber auf die purpurrote Polsterbank. Die Vorfreude darauf, Gloria von meiner Idee zu erzählen, strömt durch meine Adern, und in ihrem Gesicht sehe ich deutlich die Vorahnung, dass ich gerade etwas Besonderes ausbrüte.

Suzi wischt das Café durch, und Michael genießt hinter der Theke eine Tasse Tee und liest Zeitung.

»Hi, Michael, hi, Suzi«, grüße ich die beiden bewusst. Michael macht ein Gesicht, als wolle er sagen: *Bloß nicht über-*

treiben, und aus irgendeinem Grund müssen wir beide lachen.

»Michael, übernimm bitte Tisch vier, bis ich hier fertig bin, ja?«, sagt Gloria.

»Ich werde dich nicht lange aufhalten«, sage ich. »Ich will dir nur ganz kurz was erzählen und ... na ja, ich schätze, ich brauche deine Bestätigung und vielleicht noch einen Rat dazu. Und ich möchte dich im Voraus vor Zusammenbrüchen warnen, die ich in den nächsten Tagen vielleicht haben werde, weil ich mir ganz zufällig die wahrscheinlich lohnendste Herausforderung in meinem ganzen Leben gestellt habe.«

»Hol erst mal Luft, Mädchen«, erwidert Gloria und stößt dann ihr lautes, herzhaftes Lachen aus. »Was in aller Welt hast du vor? Beruhige dich und erkläre mir dann bitte, wovon zum Henker du eigentlich redest.«

Ich atme lange und tief durch und erzähle ihr dann von meiner Idee und dass ich für die Zeitung einen Artikel darüber schreiben werde, um den Glauben an die Menschlichkeit und die wahre Bedeutung von Weihnachten wieder stärker ins Bewusstsein zu rücken. Und dass ich danach hoffentlich einen Käufer für das Haus finden werde und endgültig ausziehe.

»Ich bin nicht im Geringsten überrascht von deiner großen Idee«, sagt Gloria, als ich fertig bin. Sie lehnt sich zurück und verschränkt ihre Arme vor der Brust.

»Nein?«

»Natürlich nicht!«, erwidert sie mit einem strahlenden Lächeln. »Schließlich bist du die Tochter von Anthony Ryans! Er war der großzügigste, rücksichtsvollste, liebenswürdigste und einfühlsamste Mensch, den ich jemals das Vergnügen hatte kennenzulernen, und du ähnelst ihm auf so viele Arten, darum überrascht mich dein Plan ganz und gar nicht.«

Ich kratze mich am Kopf und sehe mich verlegen um. »Dann denkst du also nicht, dass ich meinen Verstand verloren habe?«, frage ich.

»Ich denke, du bist in jeder Hinsicht prädestiniert für diese Herausforderung«, antwortet sie. »Dein Vater wäre vollkommen begeistert von der Idee, die weniger Begünstigten in dieses wundervolle Familiennest einzuladen, das er erschaffen hat und das aus jeder Pore Herzenswärme ausstrahlt, selbst wenn es nur für einen Tag ist. Mach dich ans Werk, mein Engel! Ich kann mir niemanden vorstellen, der besser dafür geeignet wäre als du.«

Mein Herz jubelt, und ich erwidere Glorias Lächeln. Dann muss ich unwillkürlich lachen. Ich lege meine Hand vor den Mund, während ich kichere wie ein nervöses Schulmädchen. »Ich bin so aufgeregt«, sage ich.

»Ich weiß«, sagt sie und nickt. »Aber du machst das schon, in so was bist du gut.«

»Ich wollte dich noch was fragen«, sage ich, und sie sieht mich gespannt an.

»Nur zu.«

»Ich brauche für diesen Tag einen Helfer. Jemanden, der mir den Rücken freihält, mir beim Servieren und Abräumen zur Hand geht und sich allgemein um die Gäste kümmert.«

Gloria schüttelt bedauernd den Kopf. »Oh, tut mir furchtbar leid, Süße, aber wir sind an Weihnachten bei Richards Eltern eingeladen, so wie jedes Jahr. Seine Mutter würde sich zu Tode grämen, wenn wir ihr absagen, und das wollen wir doch nicht, oder?« Sie zieht eine Braue hoch, dann rollt sie lächelnd mit den Augen.

»Nein, nein, so meinte ich das nicht«, sage ich und senke meine Stimme. »Ich weiß doch, dass du Weihnachten immer bei deinen Schwiegereltern feierst, Glo, und ich würde nie versuchen, deine Pläne zu ändern. Ich dachte eigentlich eher an Suzi, weil sie aus New York ist und du mir erzählt hast, dass sie es sich nicht leisten kann, an Weihnachten nach Hause zu fliegen. Denkst du, sie hätte vielleicht Interesse daran, mir bei meinem Fest zu helfen? Ich würde sie auch bezahlen, wenn das hilft.«

Wir schauen beide hinüber zu Suzi, die gerade eine Bestellung von ein paar neuen Gästen aufnimmt.

»Ah, ich verstehe! Suzi«, sagt Gloria, die etwas erleichtert klingt, weil ich nicht sie im Visier habe, aber auch etwas enttäuscht. Sie überlegt kurz, dann hellt sich ihre Miene plötzlich auf, als wäre ihr gerade die beste Idee aller Zeiten gekommen.

»Würde Suzi es machen?«, frage ich.

»Ich fürchte, Schätzchen, daraus wird nichts.«

»Oh …«

»Ja, Suzi hat nämlich beschlossen, die Feiertage mit ihrer Schwester in London zu verbringen«, erklärt Gloria. »Das freut mich sehr für sie, aber für dich tut es mir leid, weil sie dir nicht helfen kann.«

Ich beobachte Suzi, die durch das Café gleitet, und finde es großartig, dass sie Weihnachten mit ihrer Schwester feiern kann, aber ich frage mich nun, ob ich mir nicht zu viel vorgenommen habe. Wer sonst wäre verfügbar, um mir bei meinem großen Festschmaus für die Einsamen behilflich zu sein?

»Du könntest Michael fragen«, schlägt Gloria vor und schaut zu ihrem Kellner, der angestrengt in die Zeitung starrt, die vor ihm auf der Theke liegt. »Er tüftelt gerade an einem Kreuzworträtsel, wie ich sehe.«

»O Gott, besser nicht«, sage ich ein bisschen zu schnell.

»Warum denn nicht? Michael ist eine meiner besten Entdeckungen – er wäre der perfekte Helfer. Außerdem glaube ich nicht, dass er an Weihnachten schon irgendwas vorhat. Vielleicht wäre er froh über Gesellschaft.«

Ich muss an unsere Vorgeschichte auf der Hope Street denken, von der Gloria offensichtlich nichts weiß. »Ist er denn an Weihnachten alleine?«

»Ich fürchte ja«, antwortet Gloria. »Ich habe ihn eingeladen, mit uns zu kommen, aber er wollte nichts davon hören. Sein Stolz ist riesig, aber vielleicht gelingt es dir ja, ihn zu überreden. Er wäre perfekt geeignet und ein echter Gewinn für dein großes Projekt.«

Ich empfinde ein bisschen Mitleid mit Michael, seit ich weiß, dass er früher einmal obdachlos war, aber das möchte ich Gloria nicht auf die Nase binden. Es ist nicht meine Sache, seine Geschichte zu erzählen, und ich bin mir nicht sicher, wie viel Gloria von seiner Vergangenheit weiß.

»Weißt du ganz bestimmt, dass er an Weihnachten alleine ist?«, frage ich. »Ich kenne ihn kaum, und ich bin mir nicht sicher, ob er mich überhaupt leiden kann. Ich will nicht, dass er denkt, ich würde ihn bemitleiden oder so.«

Gloria zuckt mit den Achseln und steht dann vom Tisch auf. Ich stehe auch auf, und mir wird bewusst, dass ich wahrscheinlich mehr von ihrer Zeit beansprucht habe, als sie mir ursprünglich geben wollte.

»Er ist manchmal ein bisschen schüchtern«, sagt sie. »Geh einfach zu ihm und frag ihn. Ich habe das Gefühl, dein Fest ist genau das, was Michael im Moment brauchen könnte, vielleicht genauso sehr wie die anderen, die du einladen wirst, aber er würde sich nie trauen, das zuzugeben.«

❦

Kelly Robinson

Kelly Robinson hatte seit vier Tagen nicht mehr mit ihrem Exfreund gesprochen.

Sie wusste, sie musste in den sauren Apfel beißen und sich bei ihm zurückmelden, aber die Vorstellung, eine feste Absprache für die Feiertage zu treffen, fraß sie innerlich auf. Sie konnte nicht einmal daran denken, Weihnachten ohne ihr geliebtes Kind zu verbringen. Wie in aller Welt sollte sie das überstehen? Weihnachten ohne Elsie würde bedeuten, dass sie an Heiligabend keine Karotte für Rudolph hinauslegte und kein Glas Milch und Kekse für den Weihnachtsmann bereitstellte, dass sie ihr kleines Mädchen nicht badete und nicht seine feuchten blonden Locken kämmte, ihm nicht den neuen Pyjama gab, den sie jedes Jahr gemeinsam aussuchten, und dass sie sich nicht im gemütlichen Schein des Kaminfeuers zusammenkuschelten und sich *Schneemann* anschauten, bevor sie Elsie ins Bett brachte und schließlich nachgab und sich zu ihrem Kind legte, das viel zu aufgeregt war, um zu schlafen.

Weihnachten ohne Elsie würde bedeuten, dass sie nach einem köstlichen Truthahnbraten keine lustigen Brettspiele herausholten oder den ganzen Nachmittag Kinderfilme schauten und sich mit Schokopralinen direkt aus der Dose vollstopften, und sie würde ihrem kleinen Mädchen auch nicht ehrfürchtig dabei zusehen, wie es auf dem Wohnzimmerboden saß, sich in einer Fantasiewelt verlor und mit seinen neuen Puppen sprach, als wären sie bereits ein Teil ihrer kleinen, aber kostbaren Familie.

Familie bedeutete Kelly alles, und sie hatte wirklich gedacht, sie würde Elsies Vater heiraten, aber Barney hatte andere Pläne für die Zukunft. Doch obwohl er seine Freiheit über alles stellte, was sie sich zusammen aufgebaut hatten, konnte Kelly nicht behaupten, dass er aufgehört hatte, ein guter Vater zu sein. Dies war nun das zweite Weihnachten, das sie getrennt verbrachten, und er hatte letztes Jahr denselben Herzschmerz durchgemacht, der ihr dieses Mal bevorstand, als er bei seinen Eltern feierte und die ganzen Rituale verpasste, die Kelly mit so viel Mühe pflegte, um Elsie ein paar denkwürdige Erinnerungen zu verschaffen. Nun hatte er auch noch Kate. Kelly hatte sie kennengelernt, als Elsie anfing, zwei Tage in der Woche bei ihrem Vater zu übernachten, und Kelly litt noch immer Qualen, wenn sie alleine in ihr zerrüttetes Zuhause zurückkehrte, am Boden zerstört, weil ihr kleines Mädchen in einem neuen Bett schlief, in einem neuen Haus, weit weg von seinen Puppen und Plüschtieren und den vertrauten Gerüchen in seinem Kinderzimmer, wo seine Mutter es im Bett zudeckte und ihm Gutenachtgeschichten erzählte, bis es einschlief.

Kelly hatte vor Gericht eingewilligt, dass Barney seine Tochter für diese zwei Tage in der Woche haben konnte, aber Weihnachten war eine völlig andere Sache. Kelly hatte keine Eltern, bei denen sie sich verkriechen konnte. Ihre Eltern waren geschieden und wohnten weiter entfernt, und beide waren zu sehr mit ihrem eigenen Leben beschäftigt, um überhaupt in Erwägung zu ziehen, an Weihnachten zu ihr zu kommen. Kelly hatte gehofft, dass ihre beste Freundin Sarah sie einladen würde, wenigstens zum Essen, aber Sarah war frisch verheiratet und feierte zum ersten Mal bei ihren Schwiegereltern, wogegen Kelly nicht argumentieren konnte. Sie hatte sogar Daniel eingeladen, den Taxifahrer, mit dem sie ein paar Mal im Kino gewesen war, aber der hatte sofort gedacht, dass sie zu früh ernst machte, und schnell erklärt, dass er an den Festtagen bedauerlicherweise familiäre Verpflichtungen habe, worauf sie nie wieder etwas von ihm gehört hatte.

Vielleicht könnte sie Barney weismachen, dass Elsie es sich anders überlegt hatte und lieber wieder mit ihrer Mutter feiern wollte. Das könnte sie doch sagen, oder? Aber die Wahrheit war, dass Elsie sich total darauf freute, Weihnachten bei ihrem Dad zu verbringen, und Kelly würde ihre Tochter unter keinen Umständen merken lassen, wie sehr ihr das Herz blutete. Sie hatte als Kind selbst die Erfahrung gemacht, dass ihre Eltern sich jedes Weihnachten um sie stritten, und sich immer schuldig gefühlt. Das konnte sie Elsie nicht antun. Sie würde eben einfach damit klarkommen müssen und so tun, als würde Weihnachten gar nicht stattfinden. Sie würde sich nichts Besonderes kochen. Sie würde den Fernseher und den Computer auslassen. Sie würde sich mit Wohlfühlbüchern und Selbsthilferatgebern aus der Bücherei eindecken, die Feiertage im Pyjama verbringen und sich mit Naschzeug und Wein trösten.

Elsie, die sich mit ihrem Lieblingsteddy im Arm auf dem Sofa zusammengerollt hatte, ahnte glücklicherweise nichts von Kellys innerer Verzweiflung, und das sollte auch so bleiben.

Wahrscheinlich würde Kelly keine Antwort auf ihre alberne E-Mail erhalten, die sie neulich Abend an Ruth Ryans geschrieben hatte, als sie ein schluchzendes Häufchen Elend war, einsam und voller Angst vor der Zukunft. Ruth würde ihre Nachricht sicher bloß kurz überfliegen und sie dann zu den Tausenden anderen selbstmitleidigen Zuschriften von verzweifelten Einsamen ablegen, um sich stattdessen den drängenderen Problemen zuzuwenden, die in dieser Jahreszeit anfielen.

Ruth Ryans genoss wahrscheinlich ein aufregendes Gesellschaftsleben voller glamouröser Partys und Dinnerabende, gerade jetzt in der Adventszeit, und war bestimmt viel zu beschäftigt, als dass sie dazu kommen würde, sich über jemanden wie Kelly Gedanken zu machen. Was wusste eine Frau wie Ruth Ryans schon von Einsamkeit? Die E-Mail war eine alberne Idee gewesen, und Kelly hätte sie nie abschicken sollen. Ruth würde ohnehin nicht darauf antworten.

Kelly schaute kurz nach ihrer Tochter, die über die Zeichentrickfiguren im Fernsehen kicherte, dann ging sie die Treppe hoch, setzte sich oben auf den Boden und lehnte sich gegen die Wand. Sie schlang die Arme um ihren Oberkörper und schaukelte leicht hin und her, während sie bei der Vorstellung, Weihnachten alleine zu verbringen, leise schluchzte.

Ruth Ryans war ihre einzige Hoffnung. Vielleicht würde ja doch bald eine Antwort von ihr kommen.

KAPITEL 11

»Triangel«, sagt Michael, als ich mich der Theke nähere. »Diesen Begriff habe ich schon den ganzen Nachmittag gesucht. Kaffee?«

Ich beobachte mit großen Augen, wie er die weißen Kästchen in der Zeitung ausfüllt, dann seinen blauen Kugelschreiber hinters Ohr steckt, sich auf die Theke stützt und auf meine Antwort wartet, ohne mich anzusehen.

»Nein, eigentlich wollte ich mit dir reden.«

Er schaut kurz auf, dann senkt er seinen Blick wieder auf das Kreuzworträtsel. »Du musst jetzt nicht meine beste Freundin werden«, erwidert er und lacht leise bei der Vorstellung. »Das ist nicht der Grund, warum ich dir das gestern erzählt habe.«

Auf meiner Stirn bricht leichter Schweiß aus. Es macht mich nervös, dass Michael so schonungslos direkt ist.

»Ich glaube nicht, dass wir plötzlich beste Freunde werden müssen, Michael«, sage ich, als ich endlich meine Stimme wiederfinde. »Ich wollte dich eigentlich nur fragen –«

»Wirklich, Ruth, du kannst mich ruhig weiterhin einfach wie Luft behandeln«, unterbricht er mich, während er meinen Blick beharrlich meidet und überall hinschaut außer in meine Richtung. »Ich habe dir das alles nur gesagt, um dich aus deiner endlosen Tagträumerei zu reißen, aber es geht mich überhaupt nichts an, was du aus deinem Leben machst, richtig?«

»Wie bitte?«, sage ich und spüre ein unbehagliches Kribbeln bis in die Fingerspitzen. »Es besteht kein Grund, so unhöflich zu sein.«

Die Anspannung zwischen uns ähnelt einer straff gespannten Stahlfeder, die jeden Moment springen kann, und ich weiß nicht, ob ich die Energie habe, ihm nachzulaufen, beziehungsweise ob ich mir diesen Scheiß von ihm noch länger bieten lassen will. Ich halte nach Gloria Ausschau, um mir ein bisschen Bestätigung zu holen, kann sie aber nirgendwo entdecken. Meine Hände verkrampfen sich, und mir schwirrt der Kopf. Ich bereue es zutiefst, dass ich Michael überhaupt angesprochen habe.

Er sieht mich schließlich an, gerade als ich es aufgeben will und mich anschicke zu gehen. »Sorry, möchtest du ein Glas Wasser? Oder etwas anderes?«, fragt er freundlich, als würde er ahnen, dass ich mit meiner Geduld am Ende bin. »Hier drinnen ist es ziemlich warm. Ich sage den anderen zwar immer, dass sie die Heizung nicht so weit aufdrehen sollen, aber keiner hört auf mich.«

Ich schüttele den Kopf.

So schnell werde ich nicht die Flinte ins Korn werfen. Michael mag den Unnahbaren spielen, aber es dürfte schwer sein, in so kurzer Zeit jemand anderen zu finden, der Erfahrung im Service hat und mir bei der Organisation meiner Feier helfen kann.

»Ich möchte keinen Kaffee und auch kein Wasser, und ich habe nicht vor, hier Wurzeln zu schlagen. Ich wollte dich nur etwas fragen«, platze ich heraus.

»Schieß los«, sagt er und beugt sich dann zur Seite, um an mir vorbeizuschauen, offenbar mehr interessiert an dem, was gerade hinter mir passiert. »Sorry, aber Tisch vier ist gerade fertig geworden, und Gloria hat mich gebeten zu übernehmen. Es stört dich doch nicht? Ich muss rübergehen. Dauert nicht lange.«

Er kommt hinter der Theke hervor in seinem dunkelblauen Hemd, passend zu seiner dunkelblauen Baseballmütze, die er jeden Tag trägt, und geht dicht an mir vorbei. Der Duft eines vertrauten Aftershaves weht mir um die Nase. Ich beobachte ihn bei seiner Arbeit, die er akribisch und konzentriert ausführt.

Er ist viel größer, als ich den Obdachlosen von der Hope Street damals eingeschätzt hätte, breiter und kräftiger in der Statur – gar nicht so, wie ich ihn mir vorgestellt hatte.

Ich warte und frage mich, warum ich mir überhaupt die Mühe mache. So habe ich mir das nicht gedacht, als ich beschlossen habe, mir Unterstützung für etwas zu holen, das mir so sehr am Herzen liegt.

Schließlich kehrt Michael hinter die Theke zurück. Er räumt die benutzten Gläser, Teller und das Besteck in die Spülmaschine, dann wendet er sich wieder mir zu, während Suzi sich um die Rechnung für Tisch vier kümmert.

»Sorry«, sagt er lapidar und wischt seine Hände an seiner Schürze ab. »Du wolltest mich was fragen?«

»Allerdings!«, schießt es aus mir heraus, weil ich kurz davor bin, vor Frust zu explodieren, aber ich beiße die Zähne zusammen und versuche, nach außen hin gelassen zu bleiben.

»Ja?«

»Ich wollte dich fragen, ob du an Weihnachten schon etwas vorhast«, sage ich. »Am ersten Weihnachtsfeiertag, um genau zu sein. Ich weiß, das ist nicht gerade eine übliche Frage, die man einem Fremden stellt, aber ich habe meine Gründe.«

Er wirft einen kurzen Blick in meine Richtung und zieht dann wieder seine Stirn in Falten wie vorhin, als er über dem Kreuzworträtsel brütete. Dann zuckt er mit den Schultern, wendet sich ab und geht wieder zum Geschirrspüler. Ich folge ihm.

»Michael?«

Er hält inne und starrt auf seine Hände, und als er schließlich meinen Blick erwidert, sehe ich, dass seine Augen in Tränen schwimmen, als hätte ich einen wunden Punkt bei ihm getroffen. Ich erschrecke über seine Reaktion. Es war nicht meine Absicht, ihm Unbehagen zu bereiten.

Er zieht den Schirm seiner Mütze tiefer ins Gesicht. »Warum fragst du?« Er beißt auf seine Unterlippe, dann nimmt er das Geschirrtuch von seiner Schulter und geht zurück an die Stelle, wo er eben noch stand. Er entdeckt einen Fleck auf der Theke zum Abwischen, während ich versuche, die richtigen Worte zu finden.

»Nun, weißt du, Michael, ich ... ich möchte ein paar Leute einladen, und ich habe gehofft, du würdest uns Gesellschaft leisten und mit uns zusammen essen«, antworte ich.

»Ich bin nicht dein Problem, Ruth«, erwidert er und beugt sich wieder über sein Kreuzworträtsel. »Ich bin jetzt kein Sozialfall mehr.«

»Nein, so meinte ich das nicht.« Mist, das läuft hier gerade alles andere als gut. »Um ehrlich zu sein, brauche ich deine Hilfe«, versuche ich zu erklären. »Ich brauche dich, um mit mir das Essen vorzubereiten und zu kochen und mein großes leeres Haus zu schmücken. Ich bezweifle nämlich, dass ich das alles alleine schaffe.«

Unter dieser dummen Schirmmütze kann ich seine Augen nicht sehen. Am liebsten würde ich ihm sagen, dass er seinen Kopf heben und einfach mit mir reden soll. Was in aller Welt ist diesem Mann widerfahren, dass er so abweisend ist?

Schließlich sieht er mich zum ersten Mal während dieses Gesprächs direkt an. »Eigentlich hättest du nie erfahren sollen, dass ich der Mann von der Hope Street bin«, sagt er leise. »Ich führe jetzt ein besseres Leben, Ruth. Es ist alles andere als perfekt, aber es geht stetig aufwärts, und ich möchte nicht, dass hier irgendwer etwas von meiner Vergangenheit spitzbekommt. Diese Person bin ich nicht mehr.«

»Wir brauchen nie wieder ein Wort darüber zu verlieren, wenn du das nicht möchtest«, sage ich. »Nie wieder.«

Ich kann nicht anders, ich empfinde in diesem Moment Mitgefühl für ihn. Am liebsten würde ich seinen Arm berühren, ihn vielleicht sogar leicht drücken, um ihm zu verstehen zu geben, dass es okay ist.

»Du hast mir an jenem Abend wirklich das Leben gerettet«, fährt er leise fort. »Ich war am absoluten Tiefpunkt, aber ich will nicht mehr daran erinnert werden. Du kannst mich also ruhig weiter so behandeln, als würde ich nicht existieren. Das wäre wahrscheinlich einfacher für mich. Ich hätte es dir niemals sagen sollen.«

Ich spüre Tränen in meinen Augen brennen. Der Hintergrundlärm im Café geht weiter, während um uns herum die Welt stehen bleibt. Bis gestern hatte ich noch keine Ahnung von dieser ganzen Geschichte, nicht den blassesten Schimmer, und nun sehe ich diesem Mann direkt in die Augen, einem Mann, dem ich offenbar an dem Abend das Leben gerettet habe, an dem mein Vater diese Welt verließ.

Ich bekomme eine Gänsehaut an den Armen, die bis hoch in meinen Nacken wandert. Michael nimmt seine Baseballmütze ab und streift mit den Fingern durch seine glänzenden schwarzen Haare mit den grau melierten Schläfen. Seine Augen sind braun. Dunkelbraun. Sein Gesicht wirkt jünger, glatter und deutlich attraktiver, als ich es jemals wahrgenommen habe. Er setzt seine Mütze wieder auf und verzieht seinen Mund zu einem leichten Lächeln, als er mich dabei ertappt, wie ich ihn anstarre. Seine Zähne sind makellos weiß und gut gepflegt. Ich bin fasziniert und verwirrt, und ich würde gerne viel mehr über ihn erfahren.

Dann, als könnte er meine Gedanken lesen, wird seine Miene wieder ernst. Nicht nur ernst. Er wirkt richtig traurig. »Es tut mir leid, Ruth, aber ich kann dir nicht helfen«, sagt er, um unser Gespräch ein für alle Mal zu beenden. »Ich habe in meiner eigenen Welt ein paar Dinge, auf die ich mich im Moment konzentrieren muss. Aber trotzdem wünsche ich dir viel Erfolg mit deinem Fest. Ich bin mir sicher, du wirst es super hinbekommen, so wie ja anscheinend alles, was du anpackst. Bitte tu ab sofort einfach wieder so, als wäre ich gar nicht da, außer du möchtest bedient werden, okay?«

Ich halte seinem Blick stand, dann atme ich tief durch und gebe mich geschlagen. Mein Gespür für die richtigen Worte hat mich verlassen.

»O-okay, Michael«, stammele ich. »Wenn du es so haben willst, dann ist das in Ordnung. Danke für deine Zeit.«

Er macht sich wieder daran, die Theke abzuwischen, und ich schlurfe an den Tischen vorbei zum Ausgang, drücke die schwere Glastür auf und verlasse die Wärme des Cafés mit zerschundenem Herzen, zertrümmertem Stolz und zerstörtem Selbstbewusstsein.

Das war nicht gerade ein vielversprechender Anfang, oder? Vielleicht ist diese Feier doch keine so gute Idee.

KAPITEL 12

Ich schaffe es gerade noch durch die Tür in die Sicherheit meines Zuhauses, bevor ich zusammenbreche. Nachdem ich auf dem ganzen Weg meine Tränen zurückgehalten habe, lasse ich nun, in der Freiheit meiner Privatsphäre, einfach alles heraus und brülle mir die Seele aus dem Leib, was mir sofort ein viel besseres Gefühl verschafft.

»Warum bin ich immer auf mich allein gestellt?«, schreie ich die Treppe vor mir an. »Warum ist es so verdammt schwer, den Menschen etwas Gutes zu tun?«

Aber ich werde mich von diesem Rückschlag nicht aus der Bahn werfen lassen. Ich weigere mich. Ich habe auf dieser Welt schon genügend Leute wie Michael getroffen, die versucht haben, mich runterzuziehen und mein Selbstvertrauen zu erschüttern, aber das wird dieses Mal nicht passieren.

Im Grunde hat er mir einen Gefallen getan, selbst wenn ihm das wahrscheinlich nicht bewusst ist. Ich werde dieses Fest alleine stemmen, und Michael hat mir mit seiner »Tu so, als würde ich nicht existieren«-Haltung gezeigt, dass ich niemanden brauche, der mich antreibt. Mag sein, dass ich mich alleine fühle, aber ich werde meinen Plan trotzdem durchziehen.

Mit neu gefundener Energie marschiere ich in die Küche und öffne die Schränke, um eine Zutat nach der anderen herauszunehmen: Teigplatten, Büchsentomaten, Pilze, Karotten, Sellerie, Oregano, Muskat, Knoblauch, dann Käse, Milch, Butter und Hackfleisch aus dem Kühlschrank. Es dauert nicht lange, und der Duft einer Lasagne nach dem Rezept meiner Mutter breitet sich im Haus aus und wärmt mein Herz gegen das Gefühl der Einsamkeit.

Für einen Moment bin ich im Geiste wieder bei ihr, spüre ihre Ermutigung, lasse mich von ihr durch die härteste Zeit führen, die ich erlebe, seit sie uns verlassen hat. Mein Blick fällt auf ihre Postkarte, auf ihre Bitte um ein Treffen mit mir in naher Zukunft, und ich sage mir, dass ich von nun an immer stärker werde. Ich spüre sie nah bei mir, und bald werde ich den Mut und den Glauben an mich selbst wiederfinden, um ihr persönlich gegenüberzutreten und zu versuchen, ihr all diese verlorenen, unwiederbringlichen Jahre zu verzeihen.

Ich setze mich an den Küchentisch, in ihrer alten Schürze mit den Tomatenflecken, und mir wird bewusst, wie sehr ich mir wünsche, dass genau das passiert. Ich wünsche mir, dass meine Mutter und ich endlich wieder zusammenkommen und dass die langen Jahre, in denen ich mich so verloren fühlte, ohne zu ahnen, dass sie mich keinesfalls abgeschrieben hatte, mit der Zeit verblassen, während wir uns auf der Basis von Verständnis und Vergebung einander annähern.

Wenn ich an Weihnachten einen einzigen Wunsch frei hätte, wäre das meine Mutter. Ich weiß, es liegt an mir, den nächsten Schritt zu machen, ich weiß nur nicht, ob ich dazu schon in der Lage bin. Vielleicht sollte ich zuerst diese Feier ausrichten und mich selbst aufbauen, so wie Nora und Gloria gesagt haben. Immerhin mache ich erste Minischritte. Ich kann wirklich spüren, dass ich der Sache näher komme. Ich spüre, dass es real wird.

Ich gieße mir einen Rotwein ein und schwenke ihn im Glas, lasse das Aroma auf meine Sinne wirken und spüre wieder dieses aufgeregte Kribbeln in meinen Adern. Ich bin wild entschlossen, diese Feier notfalls alleine durchzuziehen. Ich habe genug davon, mich selbst zu bemitleiden, und Michaels Abfuhr wird mich nicht aufhalten.

Ich gehe ins Wohnzimmer, setze mich mit meinem Laptop auf die Couch und will gerade anfangen, meine E-Mails nach potenziellen Gästen zu durchforsten, als es plötzlich an der Tür klingelt. In letzter Zeit klingelt selten jemand bei mir, höchstens der Postbote, und dieses vertraute Gefühl zwischen Hoffen und Bangen bemächtigt sich meiner, während ich zur Tür gehe. Ich hoffe, es ist nichts Schlimmes. Ich rechne unterschwellig immer mit einer schlechten Nachricht von meiner Mutter und damit, dass mir die harte Realität einen Tritt in den Arsch verpasst, weil ich zu lange damit gewartet habe, sie zu Hause wieder willkommen zu heißen.

Bitte, bitte, lass es keine schlechte Nachricht sein …

Verkehrsrauschen dringt in die Diele, als ich die Tür öffne und Michael draußen erblicke, der mir ein verlegenes Lächeln schenkt und ein zerknirschtes Hallo.

»Michael?«, sage ich verblüfft.

Ich überlege kurz, ob ich etwas im Café vergessen habe, zum Beispiel mein Handy oder mein Portemonnaie. Oder hat vielleicht Gloria eine Nachricht für mich, die nicht warten kann?

Er steht in einem schwarzen Wollmantel vor mir, ohne seine Baseballmütze. Sein schwarzes Haar glänzt im Nieselregen, und ich kann seine braunen Augen ganz klar sehen.

»Ich war vorhin sehr unhöflich zu dir, und es tut mir leid«, sagt er, die Hände in seinen Manteltaschen vergraben, den Kopf leicht eingezogen vor dem Schmuddelwetter. »Ich bin hier, um mich dafür zu entschuldigen, dass ich so ein Arschloch war. So, jetzt ist es raus. Ich war ein Arschloch, und es tut mir leid.«

Ich verschränke meine Arme wie ein bockiges Schulmädchen, das weiß, dass es recht hat, und schaue ihn streng an. »Entschuldigung angenommen«, sage ich dann. »Ich habe mich vorhin wirklich geärgert, aber ist schon gut. Danke, dass du extra vorbeigekommen bist, um dich zu entschuldigen. Das ist sehr –«

»Falls du immer noch Hilfe brauchst, kannst du mich gerne einplanen«, platzt er heraus und starrt dann auf den Boden, während er mit der Fußspitze gegen meine Eingangsstufe klopft, wohl eine Art nervöser Tick, wie ich vermute.

»Wirklich? Ich habe nicht damit gerechnet, dass du deine Meinung ändern würdest«, sage ich erstaunt. Ein kalter Windstoß fegt an mir vorbei in die Diele. »Komm rein. Es ist zu kalt, um sich draußen zu unterhalten.«

Ich halte ihm die Tür auf, und er schlurft an mir vorbei in den schmalen Eingangsflur und mustert das museumsähnliche Ambiente, das praktisch mein gesamtes Familienleben an den Wänden zur Schau stellt: Babyfotos, Hochzeiten, Taufen, Geburtstage – alles hängt dort und schaut auf uns herunter, lächelnd und eingefroren in der Zeit, nichts ahnend von dem, was uns unmittelbar bevorstand, als alles so abrupt endete und ein neues Leben in diesem Haus begann.

»Ich nehme deinen Mantel«, sage ich und helfe Michael aus dem feuchten Stoff, der sich sehr schwer anfühlt, als ich ihn aufhänge.

»Ein großes Haus«, bemerkt er und lässt seinen Blick über die hohen Decken schweifen und die Treppe aus dunklem Mahagoniholz, die weit nach oben führt, erstarrt in der Zeit und in Angst vor Veränderungen, so wie wir alle hier damals für so lange Jahre, während wir Ausschau hielten und auf ihre Rückkehr warteten.

»Ein großes, kaltes, *stilles* Haus, von dem ich mich im neuen Jahr trennen werde«, sage ich und stecke meine Hände in die Taschen meines Strickkleids. Michael trägt einen hellblauen Pullover und Jeans, und er wirkt frisch und munter. Obwohl ich ihn anbrüllen könnte, weil er mich vorhin im Café so schlecht behandelt hat, strahlt er etwas aus, das mich weich stimmt, egal, wie sehr ich mich dagegen sträube.

»Hast du Hunger? Ich habe Lasagne gemacht«, sage ich.

»Ich habe schon im Café gegessen«, erwidert er bedauernd. »Trotzdem danke. Gloria besteht darauf, dass ich nach jeder

Schicht eine Mahlzeit zu mir nehme, damit ich nicht verhungere, bevor ich am nächsten Tag wiederkomme. In diesem Punkt ist sie wirklich pingelig, aber danke für die Einladung. Das ist sehr nett von dir.«

Wir tauschen ein kurzes Lächeln aus, wie zwei Kinder auf dem Spielplatz, die gezwungen werden, sich nach einem Streit die Hand zu geben und sich wieder zu vertragen.

»Kann ich dich etwas fragen, Michael?«

»Natürlich«, sagt er. »Was du willst.«

»Hat Gloria dich zu mir geschickt, damit du dich entschuldigst?« Ich bin neugierig, ob er tatsächlich gezwungen beziehungsweise ermuntert wurde.

»Teufel, nein«, sagt er und schüttelt den Kopf. Sein Blick heftet sich wieder auf die Bilder an den Wänden. »Wenn Gloria wüsste, wie ich dich vorhin behandelt habe, hätte ich nichts mehr zu lachen. Ich habe ihr kein Wort von unserem Gespräch erzählt. Sie weiß auch nichts von unserer gemeinsamen Vergangenheit.«

Ja, unsere gemeinsame Vergangenheit ... Ich habe so viele Fragen an ihn. Warum und wie ist er damals auf der Straße gelandet, und wie hat er in nur zwölf Monaten so eine Verwandlung zustande gebracht ... aber vielleicht kommt da die neugierige Journalistin in mir durch. Es geht mich wirklich nichts an.

»Komm mit«, sage ich und führe ihn ins Wohnzimmer, wo ein Feuer im Kamin tanzt. »Möchtest du einen Tee zum Aufwärmen?«

»Wirklich, Ruth«, antwortet er, »du brauchst mir nichts anzubieten. Ich bin nur hier, um mich zu entschuldigen und dir zu sagen, dass ich dir gerne bei deinem Fest zur Hand gehe, falls du mich noch brauchst. Aber ich verstehe auch, wenn du es dir anders überlegt hast, nachdem ich vorhin so schroff zu dir war.«

Ich setze mich ans Ende der Couch und bedeute ihm, ebenfalls Platz zu nehmen. Er folgt meiner Aufforderung.

»Nein, nein, ich habe es mir nicht anders überlegt«, sage ich. »Du hast mich kurz aus dem Konzept gebracht, das gebe ich zu, aber ehrlich gesagt hat mich das nur darin bestärkt, die Sache eben alleine durchzuziehen. Trotzdem wäre es natürlich toll, deine Unterstützung zu haben.«

»Dann bin ich dein Mann«, erwidert er mit einem Lächeln. »Vielleicht können wir noch einmal von vorn anfangen. Ich glaube, dass wir trotz unserer bemerkenswerten Begegnung auf der Hope Street einen etwas holprigen Start hatten.«

»Fangen wir noch einmal von vorn an«, sage ich zustimmend. »Es gibt viel zu tun, und die Zeit ist sehr knapp, darum heißt es ab sofort: Vollgas geben. Als Erstes muss ich dieses Haus ein bisschen weihnachtlicher gestalten. Es ist sehr ... sagen wir, grau und braun.«

»Ein Christbaum wäre ein guter Anfang«, sagt Michael, und ich habe prompt diesen Traum vor Augen, der mir immer das Blut in den Adern gefrieren lässt. »Hast du einen?«

Ich nicke, unfähig, ein Wort herauszubekommen.

»Sollen wir damit anfangen?«

Ich schürze meine Lippen und kneife leicht die Augen zusammen. Ich versuche zu atmen. »Jetzt?«

»Nun, ja, jetzt, außer du hast etwas anderes zu tun«, erwidert er. »Wir sollten schließlich keine Zeit verschwenden, oder?«

Ich höre ihre Rufe. Ich verliere mich erneut in diesem wiederkehrenden Traum, in dem ich sie hören kann, aber nicht sehen. Ich kann sie nicht finden.

»Stimmt etwas nicht, Ruth?«

»Nein«, antworte ich sofort. »Na ja, ich bin wohl gedanklich kurz abgedriftet, aber das ist zu kompliziert, um es zu erklären. Es ist alles okay.«

»Ah.«

»Tut mir leid, Michael«, sage ich und reiße mich innerlich zusammen. »Im Moment bin ich einfach sehr emotional. Ich verbinde sehr starke Erinnerungen mit dieser Jahreszeit. Die Vorstellung, auf den Dachboden hochzugehen und den Baum zu holen, bereitet mir ziemlich viel –«

»Warum erklärst du mir nicht einfach, wo ich den Baum finde, und ich gehe ihn holen?«, schlägt er vor, ohne meine Reaktion zu hinterfragen.

»Warum bist du plötzlich so nett zu mir?«, erwidere ich und denke an sein demütigendes Verhalten vorhin. »Du musst mich genauso wenig bemitleiden wie ich dich.«

Er hebt kapitulierend die Hände. »Ich dachte, wir wollten noch mal von vorn anfangen«, sagt er. »Wenn ich dich richtig verstanden habe, läuft uns die Zeit davon, also lass uns mit dem Baum loslegen, und danach kannst du mir erklären, worum genau es bei dieser Feier geht.«

Der Elefant im Raum trompetet laut, weil so viele unbeantwortete Fragen in der Luft hängen. Wie zum Teufel kam es dazu, dass Michael heute über dem Café wohnt und für Gloria arbeitet, eine meiner besten Freundinnen und meine wahrscheinlich engste Vertraute? Wo zum Teufel hat er den Mut hergenommen, um mir zu sagen, wer er wirklich ist?

»Ich werde dir bald ein bisschen mehr von mir erzählen, falls dich das interessiert«, fügt er hinzu, als wüsste er genau, was ich gerade denke. »Du brauchst nicht so ein besorgtes Gesicht zu machen, Ruth. Ich werde dir mit der Zeit alles erklären, versprochen, aber falls du deine Meinung änderst und mich hier nicht mehr haben willst, verstehe ich das natürlich. Also gut, der Christbaum?«

»Ja, der Christbaum«, sage ich, nur ein bisschen widerstrebend. Ich werde aus diesem Mann einfach nicht schlau. Er wechselt auf Knopfdruck von heiß zu kalt, und ich weiß nicht, welches sein wahres Gesicht ist.

Ich erkläre ihm, wie er auf den Dachboden kommt, und während ich beobachte, wie er die Treppe hochgeht, frage ich mich, was zum Teufel ich mir dabei gedacht habe. Bin ich noch ganz bei Trost, diesen Fremden in mein Haus zu lassen, obwohl ich ganz alleine bin und nicht das Geringste über ihn weiß, außer dass er früher obdachlos war und selbstmordgefährdet und dass ich ihm irgendwie zu einer zweiten Chance im Leben verholfen habe?

Gloria hat eine sehr gute Menschenkenntnis, rufe ich mir ins Gedächtnis. Sie würde mich niemals unbedacht in Gefahr bringen.

»Du stehst da wie ein kleiner Wachhund«, sagt Michael wenige Minuten später hinter der großen, uralten Kunsttanne, die früher jeden Dezember in unserem Wohnzimmer stand, solange ich zurückdenken kann. »Ich beiße nicht, versprochen. Okay, wo soll der hin?«

Der Anblick der Tanne bringt den Klang des Gelächters zurück, das das Aufstellen immer begleitete, die Erinnerung daran, wie unsere Eltern jedes Jahr gelobten, endlich einen neuen Baum zu kaufen, was aber nie geschah.

Michael stellt den Baum auf dem Fliesenboden ab, und im nächsten Moment droht das Ungetüm umzukippen. Wir greifen beide rasch zu, um es zu stützen, und vor meinem geistigen Auge blitzen Bilder von meinen Eltern auf, die genau dasselbe taten, als ich noch klein war und der Baum mir so groß wie das ganze Haus erschien. Er wirkt immer noch groß, aber nicht so überwältigend, wie ich ihn in Erinnerung habe, und sowohl ich als auch Michael müssen von dem Staub und dem muffigen Geruch, der darin hängt, niesen.

»Wie lange gehört dieser alte Junge hier schon zum Inventar?«, fragt Michael und mustert skeptisch den Baum.

»Unendlich viele Jahre«, antworte ich. »Ich habe ehrlich gesagt keine Ahnung, wie alt er ist. Er soll ins Esszimmer neben das Fenster. Ich habe die Ecke schon freigeräumt. Komm, ich helfe dir beim Tragen.«

Michael hebt den Baum am Sockel an, ich packe ihn in der Mitte, dann führe ich uns durch den Flur ins Esszimmer. Wir quetschen uns an dem langen glänzenden Mahagonitisch und den acht Mahagonistühlen mit ihren cremefarbenen Sitzbezügen aus Samt vorbei und stellen den Baum neben dem Fenster auf. Das Kaminfeuer im angrenzenden Wohnzimmer erwärmt die Luft in diesem oft sehr kühlen Raum, der nur noch sporadisch genutzt wird, und ich versuche, nicht daran zu denken, wie es früher hier zuging, bevor es nur noch mich gab und einen Fremden, über den ich praktisch nichts weiß.

In meiner Erinnerung höre ich das Lachen meiner Schwester, wenn wir als Kinder in unseren frischen neuen Pyjamas vor dem Kamin saßen, die Haare noch feucht vom Baden, und Dad auf dem Klavier Weihnachtslieder spielte, während Mum den Baum schmückte. Meine Eltern nippten an ihrem Sherry, und Ally und ich rührten Marshmallows in unsere großen Kakaotassen und fantasierten vom Weihnachtsmann und den Geschenken, die er uns bringen würde, Jahr für Jahr. Bilder wie diese erinnern mich daran, dass ich magische Zeiten in diesem Haus erlebt habe, und es fühlt sich tatsächlich an wie ein Teil von mir selbst. Wenn es hier nur nicht so einsam wäre. Ich muss einfach die Festtage überstehen, danach kann ich loslassen.

»Die Einrichtung hier im Haus ist denkmalwürdig«, bemerkt Michael, der sich ganz offensichtlich auch Gedanken über unsere Umgebung macht, während wir den ramponierten alten Baum in die richtige Position rücken. »Alles ist so zeitlos, so dekorativ und so –«

»Alt?«, schlage ich vor.

»Nun ja, kann sein. Alt«, sagt er. »Aber gleichzeitig sehr interessant. Hat deine Familie schon immer hier gelebt?«

»Mein Vater war Dozent an der Universität«, erkläre ich und ziehe die Zweige des Baums auseinander, die nicht mehr so buschig sind wie früher. »Er hat dieses Haus gekauft, bevor er meine Mutter kennenlernte, und er liebte antike Möbel und antike Bücher. Er wollte, dass dieser ganze große Raum hier nicht nur ein Wohnzimmer mit separatem Essbereich ist, sondern auch eine Bibliothek. Ja, das hier war immer mein Zuhause. Meine Mutter hat es gehasst, dass er so viel Zeug sammelte.«

»Dann muss es eine sehr schwere Entscheidung sein, das Haus zu verkaufen«, sagt Michael.

»So ist es«, erwidere ich, unfähig zu glauben, dass ich tatsächlich gerade meine Mutter erwähnt habe. Ich verliere sonst nie ein Wort über sie.

»Du sagst, deine Mutter hat das Haus gehasst?«, fragt er, und ich verwünsche meine große Klappe. »Lebt sie noch?«

Ich schüttele den Kopf. Ich kann nicht über sie sprechen, ich kann einfach nicht.

»Das tut mir sehr leid«, sagt er. »Mir war nicht bewusst, dass deine Eltern beide tot sind. Gloria hat mir erzählt, dass dein Vater gestorben ist, aber es ist schrecklich, dass du auch deine Mutter verloren hast.«

Wir zupfen weiter an dem Baum herum, und ich frage mich, ob Michael an seine eigenen Weihnachtserlebnisse zurückdenkt und daran, wie sein Leben früher war. Ich verzichte darauf, ihm zu erklären, dass meine Mutter nicht tot ist, sondern eher verschollen.

»Ich muss zugeben, ich habe Weihnachten immer gehasst«, sagt er. »Ich hasse den ganzen Rummel, die Hektik, den Druck, den es mit sich bringt, und dass man versucht, Menschen eine Freude zu machen, die man nicht erfreuen kann.«

»Ach, komm. Ernsthaft? Das klingt sehr negativ.«

Er zuckt mit den Achseln. »Leider habe ich kaum positive Erinnerungen an diese Jahreszeit«, erwidert er. »Lass es mich so sagen: Ich habe Weihnachten noch nie in einem prachtvollen Ambiente wie diesem hier verbracht, schon gar nicht letztes Jahr, als ich beinahe erfroren wäre.«

Ich fange seinen Blick auf. Er wendet ihn rasch wieder ab.

»Egal, genug von mir und meiner unglücklichen Kindheit«, sagt er dann mit einem gezwungenen Lachen. »Erzähl mir von deinem Vater. Er muss ein sehr feiner Mensch gewesen sein, wenn er so ein schönes Zuhause erschaffen hat. Was für ein Vermächtnis.«

»Ein Vermächtnis oder eine Belastung?«, erwidere ich. »Ich kann mich nicht entscheiden. Aber es stimmt, mein Vater war wirklich ein wundervoller Mensch. Hör mal, ich komme mir ziemlich unhöflich vor, weil ich dich direkt eingespannt habe, ohne dass wir viel miteinander gesprochen hätten. Wie wäre es mit einer Teepause, und danach machen wir mit der Dekoration weiter, und ich erzähle dir von meinen verrückten Plänen?«

»Ich denke, das ist eine gute Idee«, sagt Michael und wischt seine staubigen Hände ab. Er lächelt dasselbe Lächeln wie vorhin im Café, bevor ihm bewusst wurde, dass er seine Deckung vernachlässigte. Dieses attraktive Gesicht ... diese dunklen Augen und der unergründliche Ausdruck darin, die Fältchen, die erkennen lassen, dass er bereits ein Leben geführt hat vor dem, das er jetzt führt. Wie zum Teufel konnte jemand, der so verdammt makellos wirkt, so tief in Armut und Einsamkeit abrutschen?

Ich gehe hinüber in die offene Arbeitsküche, während Michael durch das Wohnzimmer schlendert und ehrfürchtig die Kunstwerke an den Wänden und die Bücher in den Regalen betrachtet.

»Dein Vater hat Querflöte gespielt?«, fragt er und nimmt das Instrument in die Hand, bevor er es sofort wieder an seinen Platz zurücklegt, als hätte er Angst davor, es zu beschädigen. »Offenbar war er ein sehr talentierter Mann.«

»Das war er allerdings«, sage ich und finde mein inneres Strahlen, weil ich die Gelegenheit sehe, mit den vielen Talenten meines Vaters anzugeben. »Er sprach Italienisch und Französisch, und er konnte Shakespeare zitieren wie kein anderer, dem ich jemals begegnet bin.«

»*Dies über alles: Sei dir selber treu, und daraus folgt, so wie die Nacht dem Tage*«, sagt Michael.

Ich halte inne.

»*Du kannst nicht falsch sein gegen irgendwen*«, sagen wir beide einstimmig.

»Hamlet«, fügt Michael hinzu.

»Mein Lieblingsstück.«

»Meins auch.«

Er wendet sich wieder den Büchern zu und ich dem Tee.

»Er war vor allem ein wunderbarer Vater und ein großzügiger und gütiger Mann«, fahre ich fort, um das Schweigen zu füllen und weil ich das Thema noch nicht wechseln möchte. Und auch weil ich versuche zu ignorieren, dass wir gerade gemeinsam zitiert haben. »Ich weiß, es klingt kitschig, aber ich glaube wirklich, dass er mich an jenem Abend geführt hat, als ich dich auf der Hope Street sah. Zumindest gefällt mir der Gedanke, dass es sein Einfluss war, der in mir sofort das Bedürfnis auslöste, dir das Geld zu geben.«

Ich sehe zu ihm hinüber, während er gerade den Rücken eines alten Wälzers mustert und mit den Fingern behutsam darüberstreicht, als wäre es ein kostbares Stück, was es ehrlich gesagt auch ist.

»Gloria hat mir erzählt, dass du vielen Menschen mit deinen klugen Ratschlägen geholfen hast«, sagt er.

Er wirft einen flüchtigen Blick zu mir herüber, dann schaut er wieder auf das Buch.

»Das hat sie gesagt?«

»Das hat sie gesagt«, bekräftigt er. »Daher weiß ich, dass ich nur einer von vielen bin, auf die du einen positiven Einfluss hattest. Du bist eine freundliche Seele, die anderen Menschen hilft, und ich kann mich sehr glücklich schätzen, dass ich einer dieser Menschen bin. Ein glücklicher Zufall, mehr würde ich da nicht reininterpretieren. Das verbietet mir mein Zynismus.«

»Verständlich«, sage ich und bringe den Tee zum Couchtisch. »Aber ich weiß nicht, ob ich jemandem geholfen habe, richtig? Ich meine, du bist der Einzige, der mir das persönlich bestätigt hat. Ich habe keine Ahnung, ob ich tatsächlich etwas bewirkt habe.«

»Nein?«

»Nein, das ist es ja«, sage ich. Ich gieße ihm einen Tee ein, und er nimmt die Tasse von der Untertasse und behält sie in der Hand, während er weiter den Raum erkundet. »Ich erteile kluge Ratschläge, ja, das ist mein Job, aber ich erfahre nur selten, ob sie funktionieren oder helfen oder irgendetwas ändern oder ob sie vielleicht sogar auf taube Ohren stoßen. Dir habe ich nicht mit Worten geholfen, sondern mit einer Tat, und siehst du den Unterschied, den es gemacht hat?«

Ich setze mich, und er dreht sich zu mir. Nun habe ich seine Aufmerksamkeit.

»Ich schätze schon, ja«, erwidert er. »Taten statt nur Worte.«

»Exakt«, sage ich. »Und nun möchte ich damit weitermachen, Michael. Ich möchte nicht einfach nur überlegen, wie ich jemandem helfen kann, beziehungsweise nur darüber reden oder schreiben, sondern ich möchte *aktiv* etwas tun. Und darum habe ich beschlossen, an Weihnachten Menschen in dieses Haus einzuladen, die sonst alleine wären – in einer Zeit, die die meisten von uns mit ihren Liebsten verbringen. Ich möchte es für Menschen tun, die mir geschrieben haben, die sich aus welchem Grund auch immer einsam und verloren fühlen. Menschen wie dich ... und Menschen wie mich, denn ob du mir glaubst oder nicht, ich fühle mich im Moment auch ziemlich verloren.«

Ich sehe ihn an. Er betrachtet nun nicht mehr die Kunstgegenstände, die Instrumente, die Gemälde an den Wänden oder die Bücher im Regal. Stattdessen erwidert er meinen Blick direkt.

»Das ist ... das ist ziemlich außergewöhnlich, Ruth«, sagt er.

»Also, nachdem du nun weißt, worum es geht, möchtest du mir immer noch helfen?«

Er lächelt breit, stellt seine Tasse ab und lässt sich in einen Sessel sinken. »Ja, natürlich. Ich finde, dein Festessen ist eine wunderbare, sehr liebenswürdige Geste. Aber es muss dein Gig sein«, sagt er.

»Wie bitte?«

»Es muss aus deinem Herzen kommen, nicht aus meinem«, erklärt er. »Es ist deine Idee, dein Baby. Ich werde dir helfen, wenn du mich brauchst, aber auf eine sehr diskrete Art. Ich war früher mal Koch und dazu noch ein richtig guter, also werde ich sicher etwas einbringen, aber es ist deine Party, und du bestimmst, wo es langgeht. Außerdem habe ich eine Bedingung.«

Ich setze mich aufrecht hin, erfreut über seinen Enthusiasmus, ganz zu schweigen davon, dass er eine Bedingung stellt. Ich finde es gut, dass er jetzt schon Grenzen zieht und mit seiner Meinung nicht hinterm Berg hält.

»Und die wäre?«, frage ich.

»Wir müssen einen neuen Baum besorgen«, antwortet er, und wir brechen beide in Lachen aus.

Ich schaue mit neuen Augen hinüber zu unserem Uraltexemplar. Es sieht schäbig aus, halb kahl, und hat wirklich schon bessere Zeiten erlebt. Eigentlich ist es nur noch ein kläglicher Überrest und hat nichts mehr gemein mit dem mächtigen Baum, den ich aus meiner Kindheit in Erinnerung habe. Tatsächlich ist es bloß ein weiterer Gegenstand in diesem Haus, den meine Mutter angeschafft hatte und von dem wir uns nicht trennen konnten.

»Abgemacht«, sage ich. »Wir besorgen einen neuen Baum. Lass uns einkaufen gehen.«

»Was, jetzt?«

»Ja, jetzt«, sage ich und stehe auf. »Was du heute kannst besorgen, das verschiebe nicht auf morgen. Natürlich kannst du noch in aller Ruhe deinen Tee austrinken, aber wir haben ein strammes Pensum, und wir werden mit einem neuen Baum anfangen. Bis Weihnachten sind es nur noch sechs Tage, wir können es uns nicht erlauben herumzutrödeln.«

Ich gehe unsere Mäntel holen, und als ich ins Wohnzimmer zurückkehre, ist Michael bereits auf den Beinen.

Wieder überkommt mich eine warme Woge der Begeisterung bei der Vorstellung, meinen Plan zu verwirklichen.

Michael hat recht. Ich muss es auf meine Art machen. Es ist meine Idee, mein Versuch, Taten statt Worte sprechen zu lassen, und es ist schön, dass er mich anspornt, auch wenn er selbst lieber im Hintergrund bleibt.

»Packen wir's an«, sagt er, und er hat nun keine Scheu mehr, mir in die Augen zu sehen. »Lass uns einen prächtigen Christbaum kaufen. Und danach liegt es in deiner Verantwortung, die richtigen Gäste auszuwählen und dein Fest zu einem Erfolg zu machen.«

KAPITEL 13

Knapp eine Stunde später sind wir zurück in der Beech Row 41, nachdem wir uns rasch für einen fröhlich wippenden und dicht gefiederten *echten* Baum entschieden haben. Als wir ihn ins Haus schleppen, berauscht der frische Tannennadelgeruch meine Sinne und schenkt mir die herrlichste Weihnachtsvorfreude. Ich habe auch Baumschmuck gekauft, silberne und rote Weihnachtskugeln und einen großen glitzernden Silberengel, den ich zuerst ein bisschen kitschig fand; doch Michael bestand darauf, dass er perfekt zum Baum passen würde.

Aber den Baum habe ich ausgesucht.

Als Kind habe ich mir immer einen echten Weihnachtsbaum gewünscht, doch meine Mutter war strikt dagegen und beharrte darauf, die Nadeln auf dem Boden machten zu viel Arbeit. Und selbst in meiner Anfangszeit als Journalistin, als ich in verschiedenen Städten lebte und mit verschiedenen Leuten zusammenwohnte, hatte ich nie das Glück, einen absolut authentischen, in der Erde gewachsenen Baum zu bekommen, der eine so sperrige Form hatte und gleichzeitig so elegant wirkte.

Ich liebe ihn. Ich liebe ihn total.

»Du musst ihm einen Namen geben«, sagte Michael auf der Rückfahrt, nachdem wir im Kaufhaus auch gleich noch neue Weihnachtsbeleuchtung und einen singenden und tanzenden Weihnachtsmann mitgenommen hatten, den wir einhellig für unverzichtbar hielten, vor allem, als wir hörten, dass *Lonely This Christmas* zu seinem Repertoire gehörte.

»Wie zum Kuckuck soll man einen Weihnachtsbaum nennen?«, erwiderte ich lachend, während ich den Wagen durch den Abendverkehr steuerte. »Hast du eine Idee?«

Michael drehte das Radio etwas lauter, das weihnachtliche

Stimmung verbreitete. »Nun, eigentlich würde ich das lieber dir überlassen, schließlich ist es deine Feier, und es ist dein Haus«, antwortete er. »Aber ehrlich gesagt, für mich sieht er aus wie eine Berta. Die buschige Berta.«

Ich hätte beinahe einen Unfall gebaut vor lauter Lachen, und als wir schließlich mit dem singenden Weihnachtsmann und der buschigen Berta zu Hause ankamen, taten mir richtig die Rippen weh. Ich war so euphorisch, dass ich am liebsten meine Schwester angerufen hätte, um ihr detailliert von den zwei wundervollen Stunden mit einem hoch spannenden Fremden zu berichten, der mich überzeugt hatte, etwas zu tun, wozu wir uns so viele Jahre nicht überwinden konnten – nämlich loszugehen und endlich einen verdammten Weihnachtsbaum zu besorgen.

Michael und ich plauderten während unserer Einkaufstour über alles Mögliche, zum Beispiel Musik. Ich erfuhr, dass er früher auf Rockhymnen abfuhr und später auf Britpop, während ich ihm erzählte, dass ich mit klassischer Musik aufgewachsen sei, aber immer eine Schwäche für Boygroups wie Take That haben würde. Wir unterhielten uns über unsere Essensvorlieben – Michael geht am liebsten in Noodle Bars und Thai-Restaurants, und offenbar kann er ein exzellentes Red Curry zubereiten, worauf ich konterte, das sei nichts im Vergleich zu meiner Lasagne. Wir unterhielten uns über lustige und enttäuschende Weihnachtsgeschenke in der Vergangenheit; Michael hatte sich in seiner Jugend immer eine E-Gitarre gewünscht und nie bekommen, ich wollte Rollerskates, aber die waren schon aus der Mode, bevor sie endlich den Weg zu mir fanden.

Wir unterhielten uns über alles außer das, worüber wir eigentlich hätten sprechen sollen: das Weihnachtsessen, das wir in weniger als einer Woche auf die Beine stellen mussten, und den schicksalhaften Abend auf der Hope Street, an dem unsere Wege sich zum ersten Mal kreuzten und der uns überhaupt erst für diese Mission zusammenbrachte.

Diese beiden Themen vermieden wir und redeten stattdessen lieber über lustige Dinge. Zum ersten Mal seit einer Ewigkeit habe ich wieder richtig gelacht und hatte Spaß.

Zurück in unserem prächtigen, angestaubten Salon, lege ich Holz und Brennkohle im Kamin nach, während Michael die Lichterketten für den Weihnachtsbaum auspackt und mit deutlich mehr Geduld entwirrt, als ich jemals aufbringen könnte, und es dauert nicht lange, bis das Feuer hell flackert und die Lichterketten und Christbaumkugeln alle an ihrem Platz sind.

»Okay, zählen wir von fünf runter und schalten dann den Baum ein«, sagt Michael, und seine braunen Augen tanzen vor Begeisterung. »Ich habe mir als Kind immer einen Countdown gewünscht, hatte aber nie die Gelegenheit dazu.«

»Eine hübsche Idee«, sage ich. »Ich glaube, ich hatte auch noch nie einen Countdown. Okay, du gibst das Startzeichen.«

»Augenblick, Augenblick!«, sagt er plötzlich und wühlt dann in den großen Plastiktüten aus dem Kaufhaus. »Wie zum Teufel konnten wir das Wichtigste vergessen?«

Er nimmt den Engel aus seiner Verpackung und gibt ihn mir. Ich kann nicht anders, ich muss lächeln. Die Figur sieht gar nicht so schlimm aus, jetzt, wo ich sie genauer betrachte.

»Das ist ein sehr hübscher Engel«, sagt Michael und setzt ihn dann auf die Spitze der Tanne, wo ich selbst nicht herankomme.

Ich halte den Schalter in meiner Hand, und wir fangen an zu zählen – fünf, vier, drei, zwei, eins! Der Baum leuchtet spektakulär auf, funkelt so schön in grüner Frische und Fröhlichkeit, dass sich meine müden Augen mit Tränen füllen. Ich lege den Schalter auf den Boden, und Michael schiebt ihn unter den Baum.

»Wow!«, sage ich und lege die Hände um mein Gesicht. »Er ist wunderschön. Nicht übel für einen Grinch wie dich. Ich würde fast sagen, das Ganze hat dir Spaß gemacht.«

Michael lacht, und als er mich ansieht, habe ich den Eindruck – vielleicht bilde ich es mir auch nur ein –, dass seine Augen leicht glasig wirken.

»Hast du Hunger?«, frage ich.

»Ja, einen Bärenhunger«, antwortet er mit einem Lächeln. »Sagtest du nicht, du hättest eine Lasagne gekocht?«

Meine Augen leuchten auf. »Möglich, dass ich es ein paar Mal erwähnt habe. Ich werde gleich den Backofen einschalten. Du darfst dich nach der ganzen Anstrengung jetzt erst einmal ausruhen. Willst du was trinken? Einen Wein vielleicht?«

»Lieber ein Wasser«, antwortet er. »Ich bin mit dem Wagen hier, also sollte ich mich besser zurückhalten.«

Ich gieße mir ein Glas Rotwein ein und Michael ein Wasser, dann sorge ich für die passende Musik und wechsele vom klassischen Elton John zum klassischen Motown-Sound, der Michaels volle Zustimmung bekommt. Wenig später sitzen wir an dem großen Mahagonitisch und essen Lasagne, während im Hintergrund das Kaminfeuer knistert und die buschige Berta funkelt. Würde jemand in diesem Moment durch das Fenster schauen, er müsste dies für einen beschaulichen Abend in der Adventszeit halten, mit einem Paar, das von der Arbeit nach Hause gekommen ist und nun entspannt seine Freizeit genießt, obwohl es sich in Wirklichkeit um zwei Fremde handelt, die versuchen, an Weihnachten etwas anderes zu machen, um sich ins Gedächtnis zu rufen, dass sie noch am Leben sind.

»Also, das Dinner«, sage ich zu Michael. »Bist du sicher, dass du es gut findest?«

»Gut finden?«, erwidert er mit einem strahlenden Lächeln. »Ich habe in meinem ganzen Leben noch nie etwas Vergleichbares gekostet, und glaub mir, ich bin in der ganzen Welt herumgekommen und habe in vielen Küchen gearbeitet. Wo zum Teufel hast du gelernt, eine solche Lasagne zu kochen? Sie ist einfach *buonissima*!«

Das meinte ich nicht, und er weiß es.

»Ich spreche von Weihnachten«, sage ich, etwas nachdrücklicher als beabsichtigt.

»Ja, das Dinner für die Einsamen. Okay, Anwesende ausgenommen, wie viele Leute können wir bewirten?«

Mein Blick wandert über die lange Tafel. »Dieser Tisch hier wurde für nette Zusammenkünfte von bis zu acht Personen angeschafft, die nie wirklich stattgefunden haben«, sage ich. »Ich glaube nicht, dass der Tisch jemals voll besetzt war.«

Ich starre auf die cremefarbenen Stuhlbezüge, und meine Gedanken wandern zurück in die Zeit vor all den Jahren, als wir alle gemeinsam an diesem Tisch saßen und ihr Lachen erklang, während Dad Begriffe pantomimisch darstellte und meine Schwester winzige Puzzlestücke auf der langen, glänzenden Oberfläche zusammenfügte, in der sich nun das Flackern des Kaminfeuers und der Weihnachtsbaum spiegeln. Ich frage mich, warum meine Eltern nie Gäste eingeladen haben. Darüber habe ich bis jetzt noch nie wirklich nachgedacht. Wir waren immer unter uns. Wie seltsam.

Ich spüre eine Hand auf meiner. Ich zucke zusammen und ziehe meine Hand weg.

»Tut mir leid!«, sagt Michael. »Du wirktest nur gerade etwas durcheinander.«

O Gott, es war nicht meine Absicht, so allergisch zu reagieren. Was zum …

»A-alles gut. Sorry, ich war gerade –«

»Ich sollte jetzt besser gehen«, sagt er. »Wir haben heute einiges geleistet, und du scheinst müde zu sein, Ruth.«

»Nein, nein«, widerspreche ich. »Bitte bleib und iss in Ruhe zu Ende. Tut mir leid, ich musste nur gerade wieder an glückliche Zeiten zurückdenken, aber nun ist es gut. Ich bin okay, und es ist alles in Ordnung. Ich schwöre.«

»Bist du sicher?«, sagt Michael. »Tut mir leid, falls ich dir gerade zu nahegekommen bin.«

»Wirklich, du hast nichts Schlimmes getan. Es liegt an mir … Weißt du, manchmal vermisse ich einfach meine Familie«, sage ich leise. »Es kommt mir irgendwie falsch vor, dass ich nun ganz alleine hier wohne. Ich werde diesem Haus an Weihnachten einen tollen Abschied bereiten, und danach schaue ich, ob ich einen Käufer dafür finde. Das ist jedenfalls mein vorläufiger Plan.«

Michael lehnt sich auf seinem Stuhl zurück. »Du solltest nichts überstürzen«, sagt er sanft. Er sieht mir direkt in die Augen. »Wenn die Zeit gekommen ist, um den nächsten Schritt zu machen, wirst du es wissen. Aber ich glaube nicht, dass du schon bereit bist, die Tür zu diesem Haus hinter dir zu schließen. Oder?«

Ich zucke mit den Achseln. Es ist mir nun richtig peinlich, dass ich so schnell so viel von mir, meiner Familie und meinem traurigen, dummen Leben in diesem großen Haus preisgegeben habe.

»Ich bin nicht gerade die glamouröse Frau von Welt, für die du mich gehalten hast, wette ich.« Nun komme ich mir wirklich albern vor. »Du darfst nicht alles glauben, was in der Zeitung steht.«

Michael lacht. »Okay, das Dinner.«

»Ja«, sage ich und greife seine Überleitung auf, um wieder zum Wesentlichen zurückzukehren. »Also, ich werde sechs Leute einladen, dann haben wir alle am Tisch Platz und können entspannt miteinander plaudern und uns einen richtig schönen Nachmittag machen.«

»Ja.«

»Es soll sich nicht wie eine Wohltätigkeitsveranstaltung anfühlen oder wie eine Suppenküche, wo man sich anstellt und warten muss, bis man an der Reihe ist«, erkläre ich. »Ich möchte, dass es sich anfühlt, als hätte ich ein paar Freunde eingeladen, als wären alle gleich wichtig, was sie natürlich auch sind.«

Michael nickt. »Das gefällt mir«, sagt er. »Wir sollten besser weiteressen, sonst wird die Lasagne kalt.«

Wir essen in behaglichem Schweigen zu Ende, und der Wein holt mich nach und nach aus der Vergangenheit zurück in die Gegenwart, so wirkungsvoll, dass ich es kaum erwarten kann, mit der Gästeliste anzufangen, sobald wir unser Besteck aus der Hand gelegt haben.

»Hast du schon eine Idee, wer die sechs Personen sein werden?«, fragt Michael und tupft seine Mundwinkel mit einer Serviette ab.

»Ungefähr«, antworte ich. »Ich muss noch ein paar E-Mails durchsehen, bevor ich mich endgültig festlege. Ich meine, es ist nicht so, als hätte ich eine exklusive Runde im Sinn, sondern einfach nur ein halbes Dutzend Leute, die mir alle geschrieben haben, dass sie diesem Weihnachten mit Schrecken entgegensehen, und die vielleicht Lust haben, vorbeizukommen und mit uns zu feiern. Ich kann es kaum erwarten, damit anzufangen. Ich werde mich gleich nachher dahinterklemmen.«

»Ja, ja, natürlich. Danke für das leckere Essen«, sagt er höflich. »Ich werde jetzt gehen und dich in Ruhe machen lassen.«

Im Raum ist es inzwischen spürbar kühler geworden. Ich sollte drüben im Kamin Holz und Brennkohle nachlegen, aber da Michael sich nun verabschiedet, kann ich mir das auch sparen.

»Trotz einiger Anfangsschwierigkeiten haben wir einen guten Start für eine sehr positive Sache hingelegt, Ruth«, sagt er, während er seinen Stuhl zurückschiebt und aufsteht. »So weit, so gut, und das Essen war einfach nur köstlich. Ich helfe dir noch mit dem Abwasch.«

»Nein, danke, das ist wirklich nicht nötig«, erwidere ich. »Es sind ja nur ein paar Teller.«

»Du bist wirklich eine fantastische Köchin, Ruth«, sagt er. »Ich weiß nicht, ob ich zu deinem Dinner etwas beitragen kann beziehungsweise warum du mich überhaupt dafür brauchst. Wer auch immer dir gezeigt hat, wie man eine richtige Lasagne macht, hat ganze Arbeit geleistet. Danke sehr.«

Seine Worte hängen in der Luft.

»Das war *sie*«, sage ich und deute mit einem Nicken auf das Familienporträt, das über dem Kaminsims hängt. »Sie hat mir beigebracht, wie man Lasagne macht und viele andere italienische Köstlichkeiten.«

Ich schlucke. Ich weiß nicht, warum ich Michael das alles erzähle, wo ich es doch sonst immer tunlichst vermeide, über sie zu sprechen. Ich weiß nicht, warum ich überhaupt von ihr angefangen habe, was mir normalerweise nie einfallen würde.

»Natürlich. Es tut mir so leid«, sagt Michael und geht zum Kamin, um einen genaueren Blick auf das Porträt zu werfen. »Stammte deine Mutter aus Italien, Ruth?«

»Ja, ja, sie war Italienerin«, antworte ich. »Ich meine, sie ist es immer noch. Sie ist Italienerin.«

Er sieht mich verwirrt an.

»Sie ist nicht tot, Michael«, erkläre ich, und mein Magen zieht sich kurz zusammen. »Sie war nur schon sehr lange nicht mehr hier. Sehr, sehr lange.«

Ich schließe für einen Moment meine Augen, und als ich sie wieder öffne, zieht Michael gerade seinen Mantel an.

»Du bist müde und melancholisch«, sagt er rasch. »Du brauchst mir keine persönlichen Dinge von dir zu erzählen, Ruth. Vielleicht solltest du etwas schlafen.«

Ob es nun am Wein lag oder an der Gesellschaft, ich weiß, dass ich mich später dafür ohrfeigen werde, dass ich sie erwähnt und meinen Emotionen derart freien Lauf gelassen habe. Michael dagegen scheint gedanklich schon ganz woanders zu sein und ist startbereit. Er beugt sich zu mir und wünscht mir mit einer leichten, unbeholfenen, aber höflichen Umarmung eine gute Nacht, und ich bringe ihn zur Tür und schaue ihm nach, während er die steile Vordertreppe hinuntergeht, hinaus in die Stille der kalten, dunklen Winternacht.

Er hat wahrscheinlich recht. Es war ein langer Tag, und ich sollte wirklich etwas schlafen.

KAPITEL 14

Nach einem ausgiebigen Bad in der Wanne, einem Online-Einkauf von Tischdekorationsartikeln und einer großen neuen Krippe sowie dem anschließenden Versuch, im Bett ein Buch zu lesen, finde ich einfach keinen Schlaf, weil meine Gedanken ständig um das Weihnachtsessen kreisen. Also stehe ich wieder auf, gehe ins Arbeitszimmer und setze mich an meinen Computer. Ich scrolle von E-Mail zu E-Mail und mache zwei Listen: eine mit den Absendern, denen ich antworten und die ich in meiner nächsten Kolumne besprechen werde, die andere mit den sechs Menschen, die ich an Weihnachten einladen möchte.

Mir ist bewusst, dass diese sechs Auserwählten meine Annäherung auf alle möglichen Arten auffassen könnten, darum muss meine Botschaft an sie sehr persönlich, sehr behutsam und sehr aufrichtig klingen. Während der eine sich vielleicht über die Einladung freuen wird und sofort spontan zusagt, könnte der andere es als eine grobe Beleidigung auffassen, dass ich überhaupt auf den Gedanken komme, ihn mit wildfremden Menschen an meine Tafel zu bitten.

Aber das alles werde ich nur erfahren, wenn ich meine Fühler ausstrecke, also mache ich einen Anfang und tippe meine erste Einladung. Ich schreibe:

Liebe Kelly,
es tut mir sehr leid, dass Sie mit Ihrem Expartner eine so schwierige Zeit durchgemacht haben und angesichts der Vorstellung, Weihnachten ohne Ihre kleine Tochter zu feiern, so verzweifelt sind. Ihr Schmerz, den Sie in Ihrer E-Mail zum Ausdruck bringen, ist wahrscheinlich im richtigen Leben doppelt so groß, darum danke ich Ihnen, dass Sie sich die Zeit genommen haben und den Mut aufbrachten, sich Rat von außerhalb zu holen.

Ich weiß, wie schwer es für alleinerziehende Eltern ist, neue Freundschaften zu schließen, und ich kann verstehen, liebe Kelly, dass Sie sich davor fürchten, die Festtage zum ersten Mal alleine zu verbringen und Ihr Kind in einer Zeit wegzugeben, die wir für gewöhnlich mit unserer Familie und unseren Liebsten teilen.

Kelly, dies ist nicht die Antwort, die Sie wahrscheinlich erwartet haben, aber ich möchte gerne versuchen, Ihnen ein bisschen mehr zu helfen, als ich das unter normalen Umständen tun würde. Ich veranstalte am ersten Weihnachtsfeiertag ein ganz besonderes Fest bei mir zu Hause, und ich möchte Sie herzlich einladen, mir und ein paar anderen Menschen, die sonst auch alleine wären (ich selbst inbegriffen), Gesellschaft zu leisten. Es soll nicht allzu förmlich werden, und Sie brauchen auch nichts mitzubringen. Versuchen Sie einfach, Ihr Lächeln zu finden, und ich kümmere mich um den Rest. Ich werde mich bemühen, Ihnen ab 13.00 Uhr einen schönen Nachmittag zu bereiten.

Ich füge Ihnen unten meine Telefonnummer an, damit Sie mich anrufen können, falls Sie irgendwelche Fragen haben. Um es ganz einfach auszudrücken: Sie brauchen dieses Weihnachten nicht alleine zu verbringen.

Ich kann Ihnen nicht versprechen, dass alles perfekt sein wird oder Ihren Erwartungen an Weihnachten vollkommen entspricht, aber ich kann Ihnen ein gutes Essen, nette Gesellschaft und einen herzlichen Empfang versprechen.

Ich freue mich auf Ihre Antwort.

Viele liebe Grüße
Ruth Ryans
Ich klicke auf *Senden* und schreibe anschließend eine ähn-

lich persönliche Einladung an eine achtundsechzigjährige Witwe namens Marian, die an Weihnachten auf Besuche ihrer Kinder verzichten muss, weil diese sich gerade im Ausland aufhalten.

Ich weiß genau, wie es sich anfühlt, auf eine Umarmung zu warten, auf ein Lächeln oder auf eine Berührung, und es passiert nichts. Ich weiß, wie es sich anfühlt, in einem Raum voller Menschen zu sein und trotzdem an Einsamkeit zu ersticken, weil man einfach nicht mehr in der Lage ist, Kontakt zu anderen herzustellen. Ich kenne die Angst davor, etwas Neues auszuprobieren, darum berührt mich Marians Geschichte sehr, genau wie die von Nicholas, einem ehemaligen Berufsmusiker, der am anderen Ende der Stadt wohnt und früher zu den besten Konzertpianisten im Land zählte. Nun hat er seit Jahren nicht mehr richtig gespielt, was in erster Linie auf seine Nachbarn zurückzuführen ist, die ihn wiederholt wegen Ruhestörung anzeigten. Der heitere Plauderton in seiner E-Mail brachte mich zum Schmunzeln, obwohl ich gleich erkannt habe, dass sich dahinter ein Schrei nach Liebe und Zuneigung verbirgt.

Die nächste Einladung geht an Molly Flowers und ihren Mann, die durch seine Arbeitslosigkeit in Not geraten sind und nicht wissen, wie sie sich Geschenke für ihren zweijährigen Sohn leisten sollen oder überhaupt ein anständiges Weihnachten.

Ich wische mir erschöpft über die Stirn, jetzt schon am Limit, weil mir die Probleme jeder einzelnen Person, die sich an mich gewendet hat, sehr nahegehen. Aber ich bin noch nicht fertig. Ich atme tief durch und schreibe zum Schluss eine Einladung an Paul Connolly, einen arbeitslosen abstinenten Drogenabhängigen, der von seiner Familie verstoßen wurde und der es nicht ertragen kann, Weihnachten in seiner Notunterkunft zu verbringen, wo er sich ans Leben klammert, immer in der Angst, rückfällig zu werden.

Ich lege meinen Kopf in den Nacken und starre an die Decke, während mir der Schädel brummt. Menschen wie Paul, die so kurz davorstehen aufzugeben, machen mich besonders betroffen. Paul ist erst zwanzig Jahre alt, im Grunde noch ein Kind, und ich werde so wütend, wenn ich sehe, wie das Leben manchen Menschen so verdammt hart mitspielt. Es gibt eine Million andere wie Paul dort draußen, Heerscharen von Verzweifelten aus allen sozialen Schichten, denen ich so gerne helfen würde, und der Gedanke, dass ich nicht viel, viel mehr tun kann, zieht mich total runter.

Ich muss an Bernadette aus Dublin denken, die mich vor zwei Jahren um Rat bat, wie sie nach einer langen Krankheit wieder Kontakt zu ihren Kindern aufnehmen konnte. Ich würde Bernadette sehr gerne an Weihnachten einladen, aber ich beschränke mich auf Menschen aus dieser Stadt, weil Dublin nicht gerade um die Ecke liegt – und wer weiß, vielleicht hat sich Bernadettes Herzenswunsch ja inzwischen erfüllt. Mir schwirren alle möglichen anderen Namen durch den Kopf, doch ich muss jetzt dringend abschalten. Mehr kann ich für den Moment nicht tun, und mein Akku ist leer.

Durch die Vorhänge sickert bereits das Tageslicht, als ich mich wieder ins Bett lege, und Tränen strömen mir übers Gesicht, während mir die Realität dessen, was andere in dieser Jahreszeit durchmachen, schlagartig in ihrer ganzen Dimension bewusst wird. Bevor mein Vater zu einem Pflegefall wurde, beriet ich fleißig Menschen aus allen Lebensbereichen und antwortete ihnen in meinen ach so einfachen Worten, ohne danach jemals zurückzublicken, ohne groß einen weiteren Gedanken an diese Menschen zu verschwenden. Aber nun ist das anders. Zum ersten Mal ist es mir wichtig, dass ich tatsächlich etwas bewirke. Ich hoffe bloß, dass die anderen den Mut haben, mir zu antworten.

KAPITEL 15

Fünf Tage vor Weihnachten

Ich werde wach, noch groggy vom Wein und der langen Nacht, und es dauert einen Moment, bis ich mich einigermaßen sortiert habe.

Ich muss an jeden einzelnen dieser sechs Menschen denken, die ich angeschrieben habe, und frage mich, wie sie wohl reagieren werden, wenn sie heute meine Einladung vorfinden. Ich denke an Kelly, die sich vor dem ersten Weihnachten ohne ihre kleine Tochter fürchtet; ich denke an Marian, deren Töchter im Ausland sind und die ihr Selbstvertrauen verloren hat; ich denke an Nicholas und seine Musik, der der Welt immer noch so viel zu geben hätte, würde man ihm nur Gehör schenken; ich denke an die Familie Flowers, besonders an Molly, die einen einsamen finanziellen Überlebenskampf führt; und ich denke an Paul Connolly, der in einem anonymen Hostel ausharrt, weit entfernt von zu Hause, und seine ganze Kraft aufbieten muss, um durch den Tag zu kommen.

Hoffentlich kann ich sie mit meinen Worten dazu bewegen, aktiv zu werden, und es tröstet sie ein wenig zu wissen, dass sie jemandem dort draußen nicht egal sind.

Ich setze mich im Bett auf, plötzlich munter angesichts der Möglichkeit, dass vielleicht schon jemand geantwortet hat.

Mein Herz klopft schneller, als ich sehe, dass ich eine neue Nachricht habe. Sie ist von Kelly, der alleinerziehenden Mutter, und ich zittere vor Nervosität, als ich die E-Mail öffne, während ich inständig auf eine Zusage hoffe.

Liebe Ruth, sind Sie es wirklich? LG Kelly

Mehr steht da nicht, und ich muss unwillkürlich schmunzeln.

Diese Reaktion hatte ich von mindestens einem meiner potenziellen Gäste erwartet, also antworte ich Kelly umgehend.

Liebe Kelly,
ja, ich bin es wirklich, und die Einladung ist echt. Wenn Sie sich vergewissern möchten, schauen Sie gern heute ab 11 Uhr im Café Gloria in der Innenstadt vorbei. Falls Sie nur einen kurzen Blick auf mich werfen wollen, ohne mir Hallo zu sagen, ist das auch okay, aber ich versichere Ihnen, es ist alles ernst gemeint und kommt von Herzen. Ich hoffe, Sie können es an Weihnachten einrichten. Geben Sie mir einfach Bescheid.

Viele liebe Grüße
Ruth

Ich dusche, föhne meine Haare, trage ein leichtes Make-up und einen Extraspritzer Parfüm auf, schaue kurz zu Berta rein und mache mich dann auf den Weg ins Café, wo ich Michael auf den neuesten Stand bringen werde. Bei der bloßen Vorstellung, ihn wiederzusehen, habe ich Schmetterlinge im Bauch, und ich ertappe mich dabei, dass ich lächelnd durch den Regen und die Pfützen auf dem Gehweg stapfe, während ich mir sein Gesicht vorstelle und seine Arme und seine Schultern und wie seine Augen funkeln, wenn er lacht. Ich denke an seinen Humor und sein Feingefühl und daran, wie wohl ich mich in seiner Gegenwart fühle. Was in aller Welt passiert mit mir?

Die nächste Antwort kommt auf meinem Weg ins Café, und ich stelle mich unter die Markise eines Zeitungsladens, um sie zu lesen.

Verehrte Ruth,
mit großer Vorfreude nehme ich Ihre überaus freundliche Einladung zum Weihnachtsfest an.

Wie liebenswürdig von Ihnen, dass Sie Menschen wie mir, die Minute für Minute, Stunde für Stunde, Tag für Tag in der Dunkelheit einer sehr einsamen Existenz gefangen sind, einen kleinen Hoffnungsschimmer schenken.

Das Gefühl, in diesem Leben unerwünscht, ungeliebt und unnütz zu sein, ist erdrückend, und es hat sich heimlich, still und leise meiner bemächtigt, bis es mein ganzes Wesen fest im Griff hatte, was jeden Tag zu einer Herausforderung macht und zu einem Kampf ums Überleben.

Darum möchte ich Ihnen, verehrte Ruth, meinen Dank aussprechen. Danke, dass Sie auf mich zugekommen sind. Danke, dass Sie mir zeigen, dass es noch jemanden gibt, der sich kümmert. Ich schreibe diese Antwort mit Tränen in den Augen und einem Lächeln in meinem müden alten Herzen, weil Sie mich berührt haben. Durch Sie fühle ich mich wieder ein Stück lebendiger und habe nun etwas, auf das ich mich freuen kann. Ich kenne Sie nicht persönlich, liebe Ruth, aber ich bin jetzt schon davon überzeugt, dass Sie mich vor der höchsten Verzweiflung bewahrt haben. Stellen Sie sich vor, wie viel eine simple Einladung bewirken kann!

Ich werde mich für Ihr Fest in Schale werfen, und bis es so weit ist, lautet meine Aufgabe, meine Singstimme wiederzufinden, die für eine sehr lange Zeit verschollen war, aber ich weiß, dass sie noch irgendwo in mir ist. Ich verspreche, dass ich gründlich danach suchen werde. Was für eine wahrhaft wundervolle Nachricht am frühen Morgen. Sie haben mir meinen Tag versüßt!

Wäre es unhöflich, wenn ich Sie um ein persönliches Treffen bitten würde, einfach damit wir uns vor dem großen Tag beschnuppern und schon einmal das Eis brechen können? Ich füge meine Telefonnummer unten an.

*Herzliche Adventsgrüße
Nicholas*

Ja! Nicholas' enthusiastische Antwort erfüllt mich vom Kopf bis in die Zehenspitzen mit einem freudigen Kribbeln. Ich wusste, dass Nicholas ein hervorragender Gast für meine Feier sein würde, weil er für mich ein unterdrücktes Talent repräsentiert, dessen Kreativität einfach nur wieder neu entfacht werden muss. Hoffentlich hilft ihm ein erstes Kennenlernen, sein wahres Ich hervorzubringen. Ich halte es für eine gute Idee, jeden meiner Gäste im Vorfeld persönlich zu treffen, falls das überhaupt machbar ist. Ich werde Nicholas anrufen, um einen Termin mit ihm zu vereinbaren.

Dass meine Einladung so einen belebenden Effekt auf jemanden hat, ist schlicht überwältigend und erfüllt meine kühnsten Hoffnungen. Ich weiß selbst, wie es ist, wenn man sich einsam und verloren fühlt, wenn man alles nur noch mechanisch tut, während man sich nichts sehnlicher wünscht, als endlich richtig wahrgenommen und beachtet zu werden. Ich kann es kaum erwarten, Nicholas kennenzulernen. Obwohl ich nie gedacht hätte, dass ich das mal sagen würde, fange ich tatsächlich langsam an, mich auf Weihnachten zu freuen.

Lächelnd stecke ich mein Handy wieder ein und setze dann zügig meinen Weg fort. Ich brenne darauf, Michael zu erzählen, dass bereits zwei Gäste so gut wie zugesagt haben. Vor dem Café atme ich tief durch, dann drücke ich die Tür auf und gehe hinein, wo ich wie üblich mit einem lässigen Nicken unter einer Baseballmütze und einer Dampfwolke begrüßt werde. Ich muss zugeben, ich habe ein bisschen mehr Begeisterung erwartet, aber ich habe keine Zeit, um mir über Michaels Reaktion Gedanken zu machen. Mich beschäftigen gerade zu viele andere Dinge.

Suzi nimmt meine Bestellung auf – einen Cappuccino und einen White-Chocolate-Scone, dem ich einfach nicht widerstehen kann –, und ich checke wieder mein Handy und aktualisiere sicherheitshalber meinen Posteingang, gespannt auf weitere Antworten. Als Suzi mir eine Tasse himmlischen Genuss und den warmen Scone mit Butter serviert, sehe ich eine Frau ins Café kommen, die Kelly sein könnte. Ich winke ihr zu, und sie antwortet mit einem nervösen Lächeln und winkt zurück, bevor sie sich mir nähert.

»Kelly?«

»Ja, ich habe gehofft, dass Sie erraten, dass ich es bin«, sagt sie schüchtern. »Hallo, Ruth. Es ist sehr schön, Sie kennenzulernen. Ich bin schrecklich nervös.«

Ich stehe auf, um sie zu begrüßen, aber sie versteift sich, als ich sie leicht umarme. Offen gesagt wirkt die arme Frau nicht nur nervös, sondern wie versteinert.

»Sie brauchen nicht nervös zu sein, Kelly. Ich freue mich sehr, dass wir uns im echten Leben begegnen.«

Ihre Hände zittern. »Ich habe gerade Elsie in die Spielgruppe gebracht und mich dann gezwungen, hierherzukommen und zu sehen, ob es wirklich Sie waren, die mir diese freundliche Einladung geschickt hat«, sagt sie leise. »Tut mir leid, dass ich so angespannt bin. Normalerweise habe ich mich besser im Griff.«

»Bitte, setzen Sie sich«, erwidere ich. »Tut mir leid, dass meine Einladung so kurzfristig kommt. Ich bin ... sagen wir, ich freue mich sehr darauf, dieses Weihnachten mal ganz anders zu feiern. Möchten Sie einen Kaffee? Oder eine heiße

Schokolade? Die kann ich Ihnen hier wärmstens empfehlen, und vielleicht einen Scone dazu?«

Sie reibt nervös ihre Hände, eine schmale blonde Gestalt mit einem blassen Gesicht, das von einer blauen Wollmütze und einem Schal halb verdeckt wird.

»Nein, nein, ich möchte nichts«, sagt sie, und ihr Blick huscht durch das Café.

»Auf meine Rechnung?«, sage ich, und sie lächelt ein wenig und nimmt dann Platz, während ich Suzi, die wie immer fleißig herumwirbelt, ein Zeichen gebe und für Kelly bestelle.

»Ich freue mich sehr, dass Sie gekommen sind«, sage ich zu Kelly. Es muss schwierig für sie gewesen sein, den Mut aufzubringen, mir ihr Gesicht zu zeigen. »Wie fühlen Sie sich? In Ihrer Mail haben Sie geschrieben, dass Sie sehr niedergeschlagen sind und sich überhaupt nicht auf Weihnachten freuen können.«

Sie wendet den Blick ab und schaut aus dem Fenster, und ich kann sehen, dass sie mit den Tränen kämpft.

»Es ist so schwer«, sagt sie, und ihre Hände kommen nicht zur Ruhe. »Ich hätte nie gedacht, dass mein Freund und ich uns jemals trennen würden, geschweige denn, dass wir uns um Elsie streiten würden. Den Kampf um Weihnachten habe ich verloren. Wie in allen Streitpunkten musste einer von uns nachgeben, und weil ich die Kleine letztes Jahr hatte, ist er nun an der Reihe, aber ... aber ich habe einfach so eine schreckliche Angst davor, Ruth. Wie soll ich mich auf Weihnachten freuen, wenn ich mutterseelenallein dasitze? Ich hasse die bloße Vorstellung. Ich hasse es ...« Eine Träne fällt auf ihre Wange, und sie wischt sie rasch weg und schnieft, um ihre Emotionen zurückzuhalten.

»Das ist wirklich hart«, sage ich, »und leider kann ich Ihren Kummer nicht einfach wegzaubern. Ich wünschte, ich könnte es. Aber wie ich Ihnen schon geschrieben habe, Kelly, Sie brauchen an Weihnachten nicht alleine zu sein. Bitte kommen Sie und leisten Sie uns Gesellschaft.«

»Wissen Sie, ich wünschte, jemand hätte mich davor gewarnt, wie lähmend es ist, allein in einem Haus zu sitzen, das früher ein gemütliches Familiennest war, voller Erinnerungen an glückliche Zeiten«, sagt sie leise. »Wenn Elsie zu ihrem Vater geht, steht meine Welt jedes Mal kopf. Es fühlt sich an wie ein Sturz ins Bodenlose, Ruth. Ist das normal? Ich fühle mich, als würde ich auseinanderbrechen, und nun auch noch Weihnachten ...« Sie ringt nach Luft, dann übermannt sie wieder der Schmerz, und sie legt ihr Gesicht in die Hände.

»Ich nehme Ihre Einladung an. Haben Sie vielen Dank«, flüstert sie hinter ihren Fingern. »Ich kann zwar immer noch nicht glauben, dass das alles hier real ist, aber ich bin wahnsinnig froh darüber. Ich danke Ihnen von ganzem Herzen, Ruth.«

Als sie ihre Hände herunternimmt, wirkt sie ungemein erleichtert und ein klein wenig gefestigt, und ein Lächeln erscheint in ihrem Gesicht. Sie hat ein hübsches Lächeln.

»Sie sind im echten Leben sogar noch viel netter, als ich Sie mir vorgestellt habe«, sagt sie. Ihre Augen sind immer noch feucht von Tränen, aber ein winziger Funke Hoffnung leuchtet darin. »Sind Sie sicher, dass Ihre Familie nichts dagegen hat? Es wäre mir unangenehm, Sie zu stören. Ich kann es wirklich nicht glauben, dass Sie das tun. Warum wollen Sie ausgerechnet an Weihnachten eine Fremde in Ihr Haus einladen?«

Ich schüttele den Kopf. »Es ist keine Familienfeier, meine Liebe«, sage ich.

»Nein? O Gott, falls es nur Sie und Ihr Partner sind, werde ich ganz sicher nicht den Anstandswauwau spielen«, erwidert sie schmunzelnd.

»Ich habe keinen Partner.«

Wir müssen beide lachen. Dann atme ich tief durch, denn nun bin ich diejenige, die ihre Emotionen unterdrücken muss, bevor ich Kelly mein Vorhaben an Weihnachten genauer erläutere. Sie wirkt ziemlich verblüfft, aber auf eine gute Art, falls das einen Sinn ergibt.

»Außerdem bin ich keine schlechte Köchin. Ich werde Sie sicher nicht vergiften, versprochen«, füge ich hinzu.

Sie starrt mich einfach nur stumm an, als würden ihr die Worte fehlen, aber ihr Gesicht wirkt nun gelöster, und ihre Wangen haben etwas Farbe bekommen.

»Ich bin wahnsinnig froh, dass ich Ihnen geschrieben habe«, sagt sie schließlich mit einem lauten Stoßseufzer. »Ich meine, ich lese immer Ihre Kolumne, und ich bin ein großer Fan von Ihnen, aber ich hätte nie gedacht, dass ich mich tatsächlich einmal hinsetzen und Ihnen schreiben würde. Zum Glück habe ich es getan. Ich musste einfach mal jemandem mein Herz ausschütten, weil ich mir in letzter Zeit so unnütz vorkomme und meine Nerven vollkommen blank liegen. Ich habe schrecklich versagt und Elsie enttäuscht, schließlich konnte ich ihren Daddy nicht halten. Aber nun fühle ich mich schon viel besser. Ich danke Ihnen so sehr.«

In diesem Moment wird ihr ein köstlicher, dampfend heißer Kakao mit einem Sahnehäubchen serviert, und sie betrachtet ihn, als wäre er ein Kunstwerk.

»Ich bin auch sehr froh, dass Sie mir geschrieben haben«, sage ich, und mein Herz hüpft vor Freude über die kleine, aber bedeutende Verwandlung dieser hübschen Frau vor mir. »Hören Sie, Kelly, wir werden versuchen, uns an Weihnachten ein paar schöne Stunden zu machen. Zumindest werde ich mein Bestes dafür geben. Ich weiß, wie schwer es Ihnen fällt, sich ein Weihnachten ohne Ihre Kleine überhaupt vorzustellen, aber Sie haben das Richtige getan, als Sie zustimmten, dass sie zu ihrem Vater darf. Das war eine erwachsene und faire Entscheidung. Selbst wenn es für Sie im Moment sehr hart ist, wird es Elsie und langfristig Ihnen allen guttun. Sie müssen nur das erste Mal überstehen. Das erste Mal kann unheimlich schwer sein.«

»Danke. Ich habe jetzt nicht mehr so viel Angst davor. Vielen Dank, Ruth.«

Ich atme auf, weil ich weiß, dass ich etwas erreicht habe, dass ich zu Kelly durchgedrungen bin, indem ich sie eingeladen habe, mich persönlich kennenzulernen. Ich habe sie für meine Feier ausgewählt, weil mir als Tochter eines alleinerziehenden Vaters bewusst ist, wie sehr derjenige, der die Hauptverantwortung für die Kinder trägt, manchmal kämpfen muss.

»Bitte, Kelly, Sie dürfen niemals denken, dass Sie niemanden haben, an den Sie sich wenden können«, sage ich leise zu ihr. »Egal, wie finster und aussichtslos Ihnen die Lage erscheinen mag, es gibt dort draußen immer jemanden, der bereit ist, Ihnen die Hand zu reichen. Bitte vergessen Sie das nie.«

»Werd ich nicht. Danke, Ruth«, erwidert sie und nippt genüsslich an ihrer heißen Schokolade. »Kann ich Sie etwas fragen?«

»Natürlich«, sage ich. »Sie können mich alles fragen.«

»Also, in der Schule habe ich mal einen Preis für meine Kuchen und Desserts bekommen«, erzählt sie, und ihre Augen funkeln bei der Erinnerung. »Ich war damals sogar in der Lokalzeitung, und meine Mutter tat, als hätte ich eine olympische Medaille gewonnen.«

»Wirklich?«, sage ich beeindruckt. »Was ist Ihre Spezialität?«

»Sehen Sie, das ist es ja«, erwidert sie. »Seit ich mit Elsie schwanger war, habe ich nie wieder etwas Außergewöhnliches gebacken oder zubereitet. Ich schätze, ich war einfach zu beschäftigt mit anderen Dingen und habe vergessen, wie es ist, wenn man sich mit Leib und Seele in eine Tätigkeit stürzt und völlig darin aufgeht. Wäre es für Sie okay, wenn ich die Nachspeise zu unserem Festmahl beisteuere?«

Ich klatsche in die Hände und werfe freudig meinen Kopf in den Nacken. »Ja! Ja, das ist eine wunderbare Idee!«, antworte ich, zu Tränen gerührt über Kellys Verwandlung zu einer motivierten jungen Frau. »Der bloße Gedanke, in den Genuss Ihrer Backkunst zu kommen, lässt mir schon das Wasser im Mund zusammenlaufen! Sie können uns gerne überraschen. Gott, ich bin schon ganz aufgeregt!«

»Ich auch«, sagt Kelly und nippt wieder an ihrem Getränk, während sie aus dem Fenster schaut, bereits versunken in eine Welt der süßen Genüsse und köstlichen Kreationen, die ihr eine Aufgabe geben und einen Antrieb, um weiterzumachen. Ich kenne Kelly noch gar nicht richtig, aber ich bin jetzt schon unheimlich stolz auf sie, und ich glaube, sie ist auch ein bisschen stolz auf sich selbst.

Als sie ausgetrunken hat, verabschiedet sie sich von mir, und ich bin überglücklich, dass sie mit einem neuen Fokus und einem neuen positiven Schwung nach Hause zurückkehrt. Ihr Mut, ihre Komfortzone zu verlassen, nicht nur indem sie sich Hilfe von außen suchte, sondern auch indem sie ihr lange verborgenes Talent wiederbelebt, ist zutiefst inspirierend. Während ich dasitze und beobachte, wie sie mit einem Lächeln durch den Regen davonspaziert, muss ich unwillkürlich an meine Mutter denken, die meine Schreibbegabung schon erkannte, als ich noch im Kindesalter war, und die mich immer anspornte und mich ermutigte, meine selbst verfassten Gedichte vorzulesen. Ich sehe heute noch ihr leuchtendes Gesicht vor mir, während sie meine Worte lautlos mitsprach. Manchmal kannte sie meine Texte besser als ich. Und nun wartet sie darauf, dass ich mich melde, dass ich auf ihre Postkarte antworte, die sie mir nach Dads Tod geschickt hat. Aber ich habe noch nicht den Mut aufgebracht, mir meinen größten

Weihnachtswunsch zu erfüllen. Obwohl ich eine schreckliche Angst davor habe, möchte ich auf sie zugehen, so wie Kelly auf mich zugegangen ist. Wenn Kelly sich überwinden konnte, kann ich es hoffentlich auch.

Mit Kelly, Nicholas, Michael und mir bleiben immer noch vier Plätze an meiner Weihnachtstafel übrig, und gerade als ich beschließe, an meinen Schreibtisch zurückzukehren und Michael später zu informieren, klingelt das Handy in meiner Hand. Es ist die nächste Rückmeldung auf meine Einladungen, und die Frau am anderen Ende der Leitung klingt so zaghaft und ängstlich, dass ich sie in dem Trubel um mich herum kaum verstehen kann.

Ich schwebe noch förmlich vor Begeisterung über meine Begegnung mit Kelly, aber die Verzweiflung in der Stimme der Anruferin holt mich augenblicklich zurück auf den Boden der Tatsachen.

»Ruth Ryans? Sind Sie es wirklich?«, fragt sie leise. »Hier ist Molly. Molly Flowers.«

»Hallo, Molly, ja, ich bin es wirklich. Sie sind nicht die Erste, die mich das heute fragt«, antworte ich und lehne mich in meiner Sitzecke wieder zurück. »Wie schön, dass Sie sich melden.«

Ich blicke mich um und sehe in diesem Café so viele zufriedene Gesichter, und trotzdem frage ich mich automatisch, wie es in manchen dieser Menschen wohl tatsächlich aussieht. Jeder von uns führt seine eigenen kleinen Kämpfe, Tag für Tag, und würden wir alle uns das ein bisschen öfter bewusst machen, gäbe es wahrscheinlich viel mehr Freundlichkeit auf dieser Welt. Ich sinniere zu viel, ja, aber das bringt mein Job eben mit sich.

»Ich ... ich hätte Sie wahrscheinlich gar nicht erst anrufen sollen«, sagt Molly stockend. »Ich weiß nicht einmal, warum Sie –«

»Sorry, Molly, aber ich kann Sie kaum verstehen«, unterbreche ich sie behutsam. »Sie müssen ein bisschen lauter sprechen, meine Liebe.«

»Jedenfalls klingen Sie wie Ruth«, sagt sie, nun deutlich hörbar, und kichert leicht. »Ich verfolge jeden Sonntag Ihre Radiosendung. Also, ist das hier ein Gewinnspiel oder so? Habe ich ein Weihnachtsessen gewonnen?«

»Nein, nein, das ist kein Gewinnspiel, aber Sie haben mir doch neulich geschrieben, richtig?«

In der Leitung entsteht ein kurzes Schweigen.

»Molly?«

»O Gott, ich kann nicht fassen, dass ich die E-Mail tatsächlich abgeschickt habe«, sagt sie, und ihre Stimme wird wieder leiser. »Eigentlich wollte ich das gar nicht. Ich meine, ich habe alles so gemeint, wie ich es geschrieben habe, ich war einfach völlig verzweifelt, aber nun schäme ich mich, dass Sie es gelesen haben. O Ruth, das ist mir furchtbar peinlich! Jack wird total wütend auf mich sein!«

»Das braucht Ihnen nicht peinlich zu sein, Molly. Und Jack muss nichts davon erfahren. Alles, was Sie mir sagen, bleibt streng unter uns.«

Mir war von vornherein klar, dass es mit Molly und ihrem Mann etwas knifflig werden würde, aber ich wollte jemanden einladen, der wie ich nach außen hin so tut, als wäre alles in bester Ordnung, während hinter verschlossenen Türen seine ganze Welt zusammenbricht. Ich habe mich für Molly entschieden, weil sie mich auf eine Art an mich selbst erinnert, denn sie trägt eine Maske, die von Tag zu Tag mehr fällt.

»Tut mir leid, es macht mich einfach ein bisschen verlegen, dass jemand wie Sie mit jemandem wie mir spricht«, sagt Molly. »Und nun wissen Sie auch noch, dass wir es uns dieses Jahr nicht leisten können, Weihnachten zu feiern. Ich bin wirklich verzweifelt. O Gott, wie konnten wir bloß in so eine

Situation geraten? Ich habe solche Angst, Ruth. Am liebsten würde ich mir meinen Mann und mein Kind schnappen und vor allem davonlaufen, aber wo sollen wir hin? Was können wir überhaupt tun? Es ist Weihnachten, und wir haben nichts. *Nichts.*«

Ich schließe meine Augen. »Molly, bitte, hören Sie mir zu«, sage ich. »Ich weiß, Sie haben Angst, und ich weiß, dass Sie sich schämen, über Ihre Situation zu sprechen, aber es tut gut, sich alles mal von der Seele zu reden und es loszuwerden.«

»Ich habe große Angst, Ruth.«

»Ich weiß, Molly, ich weiß. Sehen Sie, es ist nichts dabei, wenn man sich Rat holt, und mehr haben Sie nicht getan, als Sie mir geschrieben haben. Ich bin ein ganz normaler Mensch mit Ängsten und Gefühlen und Sorgen wie jeder andere, so wie Sie auch«, erkläre ich dieser Fremden am Telefon, während ich zu einem anderen, sehr attraktiven Fremden im Café schaue, der meinen Blick jedes Mal erwidert, egal, wie oft ich zu ihm hinübersehe. »Ich möchte Sie und Ihre Familie an Weihnachten einladen, so wie ich es in meiner E-Mail geschrieben habe. Nicht mehr und nicht weniger, nur ein bisschen Gesellschaft, vielleicht ein paar Weihnachtslieder und ein leckeres Essen, um Sie auf andere Gedanken zu bringen und Sie von Ihren drückenden Sorgen abzulenken. Was meinen Sie? Werden Sie kommen? Sie, Jack und der kleine Marcus?«

Sie stößt einen seltsamen hohen Laut aus, und ich kann mich nicht entscheiden, ob es ein Lachen ist oder ein ängstliches Seufzen.

»Ich ... nun, äh, ich danke Ihnen sehr, aber ich ... Kann ich noch mal darüber nachdenken, Ruth? Ich muss erst mit Jack sprechen. Wissen Sie, vielleicht hat er schon was anderes geplant«, murmelt sie schließlich.

»Natürlich«, sage ich. »Das verstehe ich.«

»Nein, um ehrlich zu sein, das würde nie funktionieren. Ich kann Jack nicht sagen, dass ich mich an Sie gewendet habe, ich kann einfach nicht.« Ihre Stimme hebt sich wieder. »Jack ist ein sehr stolzer Mann, er würde denken, dass wir so etwas wie Almosenempfänger sind, wenn wir Ihre Einladung annehmen. Sie wissen ja, wie Männer sind, sie machen sich offenbar nicht so schnell Sorgen wie wir Frauen. Jack ist davon überzeugt, dass unser Engpass bald vorübergehen wird und dann alles wieder gut ist.«

»Und wird er das?«, frage ich. »Wird der Engpass bald vorübergehen, und alles ist wieder gut?«

Sie zögert kurz. »Nein«, sagt sie dann, und ihre Stimme senkt sich erneut. »Nein, jedenfalls nicht in absehbarer Zeit. Wir sind nicht einmal in der Lage, die laufenden Rechnungen zu bezahlen, geschweige denn irgendwelche Extras für Weihnachten. Im Moment sieht es nicht so aus, als würde alles wieder gut. Ganz im Gegenteil. Ich bin mit meinen Nerven am Ende, Ruth. Es ist, als wäre ich in einer Art Tornado gefangen, der mich tiefer und tiefer einsaugt.« Bei der Vorstellung bricht sie in Tränen aus.

»O Molly, Darling«, sage ich. »Hören Sie, wie wäre es, wenn wir uns persönlich treffen? Würde das die Sache einfacher machen? Wäre es dann realer?«

Die arme Frau bringt vor lauter Schluchzen kaum einen Ton heraus. »I-ich könnte mit M-Marcus in den Park gehen«, stammelt sie. »Marcus liebt den Park. Es ist zwar kalt draußen, aber ich werde ihn warm einpacken. Vielleicht könnten wir dort weiterreden?«

Ich lächele, weil in ihrer brüchigen Stimme ein Hauch von Hoffnung mitschwingt. »Dann sehen wir uns gleich«, sage ich. »Sie meinen den Park, wo –«

»Der mit dem Schmetterling«, sagt sie, und es ist genau die Antwort, auf die ich gehofft habe. Es handelt sich um den größten Park in der Stadt, und er liegt nur einen Steinwurf von meinem Haus entfernt.«»Können Sie mir eine Stunde Zeit geben?«

»Dann also in einer Stunde«, erwidere ich. Wir verabschieden uns, und ich lege mit einem tiefen Seufzen auf. Als ich nach Michael Ausschau halte, stelle ich fest, dass er direkt neben mir steht.

»Alles okay?«, fragt er.

Ich atme tief durch und zucke leicht mit den Schultern. »Es ist wirklich grausam, wenn man hört, was manche Menschen um diese Jahreszeit alles durchmachen.« Ich massiere meine Schläfen. »Das war eine harte Nuss.«

»Möchtest du mir später alles berichten?«, fragt er.

»Später? Wo?«

»Keine Ahnung«, sagt er achselzuckend. »Vielleicht gehen wir irgendwo was essen? Nichts Schickes, und es soll auch kein Date sein, bevor du noch auf komische Gedanken kommst.«

Ich bringe ein Lächeln zustande. Für heute habe ich genug Elend und Not gehört, also werde ich diese Chance auf Ablenkung ergreifen, selbst wenn ich nur jemanden brauche, bei dem ich meine Gedanken loswerden kann.

»Gib mir einfach später Bescheid, wo wir uns treffen«, sage ich. Wieder strömt Adrenalin durch meine Adern, als ich nur an Weihnachten denke – auch wenn noch einige Hürden zu überwinden sind, bis es so weit ist. Ich bin gespannt, was der Tag heute noch alles bringen wird.

KAPITEL 16

Mit meinem Mantelärmel wische ich den Sitz der Kinderschaukel im Park ab und lasse mich darauf nieder, unfähig, dem Drang zu widerstehen, mich mit meinen Füßen abzustoßen. Ich staune über das Gefühl, durch die Luft zu sausen, was alle möglichen Kindheitserinnerungen hochbringt.

»Höher, höher!«, rief ich früher immer, und sie murmelte etwas auf Italienisch vor sich hin, während meine Schwester vor Freude quietschte, wenn ich ohne jede Angst schwindelerregende Höhen erreichte. Ich beuge meine Knie und strecke sie dann wieder durch, und nach wenigen Schwüngen kann ich über die Hecke schauen, die den Park einrahmt. Ich sehe das Dach meines Hauses, das zu mir zurückstarrt und irgendwie traurig wirkt, und eine Träne kullert aus meinem Auge. Warum bin ich eigentlich so erpicht darauf, das alles hinter mir zu lassen?

Ich pendele langsam aus, umklammere die kalten Ketten der Schaukel und starre auf die Pfützen unter mir, und ich muss mich unheimlich anstrengen, um dem Ansturm gemischter Gefühle Herr zu werden. Ich fühle mich schuldig. Ich fühle mich leer. Ich fühle mich, als würde ich mutterseelenallein und völlig ziellos auf einem weiten Ozean entlangtreiben. Ich brauche eine Richtung. Ich brauche jemanden, der mich lotst und auf den Weg bringt, der für mich der richtige ist. Das ist es doch, oder? Wird es mir helfen, dass ich dieses Festessen veranstalte? Wird es mir helfen, dass ich nach Weihnachten mein Elternhaus verkaufe?

»Ruth? Sind Sie das?«

Ich hebe den Kopf und sehe eine junge Frau in einem hellblauen Dufflecoat. In der einen Hand hält sie einen Regenschirm und in der anderen die Hand eines kleinen Jungen.

»Molly!«, sage ich und versuche, meine Tränen zu verbergen. »Tut mir leid, ich war ganz in Gedanken versunken. Stehen Sie schon lange hier?«

»Nein«, antwortet sie. »Marcus besteht immer darauf, das kurze Stück vom Eingang bis zum Spielplatz zu Fuß zu gehen, sonst fängt er an, in seinem Buggy zu randalieren. Er möchte nämlich ein großer Junge sein.«

»Wie alt ist er jetzt?«

»Zwei«, antwortet sie, und wir müssen beide schmunzeln. »Wir sind gerade erst gekommen, und da wir die einzigen Verrückten sind, die sich bei so einem Wetter draußen herumtreiben, dachte ich mir schon, dass Sie das auf der Schaukel sind. Es sah aus, als hätten Sie Spaß gehabt.«

Ich schniefe und suche in meinen Manteltaschen nach einem Taschentuch. Molly kommt mir zu Hilfe und fischt fachmännisch ein frisches aus ihrer Umhängetasche.

»Ich habe gerade eine ungeplante Reise in die Vergangenheit gemacht«, erkläre ich ihr. »Ist es nicht unheimlich, dass Erinnerungen sich wie ein altes Gespenst an einen heranschleichen können, und bevor man weiß, wie einem geschieht, ist man zurück in einem Moment, den man glaubte, vor langer Zeit hinter sich gelassen zu haben?«

Molly lässt sich auf der freien Schaukel neben mir nieder und nimmt Marcus auf den Schoß. Im Nieselregen pendeln wir beide leicht vor und zurück.

»Ich strenge mich sehr an, in der Gegenwart zu leben«, erwidert sie und schaut auf ihren Sohn, der mit seinen Patschhändchen nach der Kette greift. »Ich habe viel aus meiner Vergangenheit gelernt, das steht fest, aber es hat keinen Sinn, sich zu lange damit aufzuhalten. Ich bezweifle, dass wir uns damit etwas Gutes tun. Mit den schlechten Erinnerungen, meine ich.«

»Oh, ich habe nicht an schlechte Dinge gedacht«, versuche ich richtigzustellen. »Als Kind verbrachte ich viel Zeit in diesem Park. Wenn man hoch genug schaukelt, kann man mein Haus dort drüben sehen.«

»Sie wohnen auf der Beech Row?«, fragt Molly mit großen Augen.

»Ja«, sage ich. »Obwohl ich mir nicht sicher bin, wie lange noch, aber im Moment wohne ich dort. Das ist meine Gegenwart.«

Molly schaut hinüber zu der Häuserzeile jenseits der Hecke und stößt ein Seufzen aus. »Wissen Sie, ich war als Kind auch oft hier«, sagt sie mit einem Lächeln und drückt ihrem Sohn einen Kuss auf den Kopf. »Ich bin an einem Ort aufgewachsen, der nicht viel mit der Beech Row gemein hat. Es war zwar auch schön, aber ganz anders. Wenn ich vom Park nach Hause ging, tat ich immer so, als würde ich in einer dieser Villen leben und hätte ein eigenes Zimmer und es gäbe einen riesigen Salon und jede Menge Platz, um herumzurennen und auf Entdeckungstour zu gehen. Das habe ich mir sehr gerne ausgemalt, bis mir irgendwann bewusst wurde, dass ein Zuhause das ist, was man daraus macht, egal, wie groß oder klein es ist. Es liegt an uns, es in ein Heim zu verwandeln, nicht wahr?«

Ich schließe kurz meine Augen und stelle mir die großen, geräumigen Zimmer vor, die ich für so selbstverständlich halte, die ich in den letzten zwölf Monaten verflucht und gefürchtet habe. Ich habe keine Anstrengungen unternommen, um mir ein Zuhause zu schaffen, richtig? Ich habe alles so gelassen, als würde die Zeit stillstehen, und diese vier Wände für mein ganzes Elend verantwortlich gemacht.

»Jack, Marcus und ich leben in einem bescheidenen kleinen Haus«, sagt Molly. »Aber wenn Jack nicht bald wieder Arbeit findet, werden wir es verlieren, und ich will mir gar nicht vorstellen, wo wir dann enden.«

»O Molly, Sie müssen ganz krank vor Sorge sein«, sage ich leise. Ich sehe Marcus an, der mit großen Augen unter der

Kapuze seiner gelben Regenjacke hervorschaut und seine Umgebung beobachtet.

»Ich werde die Geborgenheit eines Zuhauses nie als selbstverständlich betrachten, niemals«, sagt Molly und sieht mir direkt in die Augen. »Egal, ob man in einem winzigen Reihenhäuschen wohnt oder auf einem riesigen Anwesen – erst wenn man Gefahr läuft, das Dach über dem Kopf zu verlieren, weiß man, wie viel es einem bedeutet. Wir müssen uns unbedingt aus diesem Schlamassel befreien, Ruth. Ich möchte nie wieder in so eine Situation geraten.«

»Ich werde Sie auf jede Art unterstützen, die mir möglich ist«, verspreche ich ihr. »Lassen Sie uns zuerst die Weihnachtstage hinter uns bringen, und danach werde ich schauen, was ich für Sie tun kann, um zu verhindern, dass Sie Ihr Zuhause verlieren. Egal, was dafür nötig ist.«

»Danke«, sagt Molly, und in ihren Augen glitzern Tränen.

»Und ich danke Ihnen«, erwidere ich. »Sie haben mir heute die Augen geöffnet.«

»Ach ja? Wie das?«

Ich schaue hinüber zur Beech Row, und Molly folgt meinem Blick. »Es liegt wirklich an uns, aus unseren vier Wänden ein Zuhause zu machen, egal, wie klein oder groß es ist, und manchmal ist es besser, man konzentriert sich auf die Gegenwart statt auf die Vergangenheit«, sage ich. »Danke, dass Sie mir das in Erinnerung gerufen haben.«

Ich bin mit Michael im Caprino verabredet, meinem kleinen italienischen Lieblingsrestaurant, wo ich regelmäßig mit meinen Arbeitskollegen einkehre, und als ich am frühen Abend dort ankomme, sehe ich zu meiner Freude, dass Michael mich bereits erwartet.

Die Begegnungen mit Kelly und Molly waren anstrengend, aber auch sehr bereichernd, und morgen treffe ich mich mit

Marian, die mich zum Tee in ihren Wintergarten eingeladen hat, weil sie sich nicht vor die Tür traut, und anschließend mit Nicholas. Einzig von Paul Connolly habe ich noch keine Antwort erhalten, aber wenn es hart auf hart kommt, werde ich persönlich bei ihm im Hostel vorbeischauen und mich vergewissern, dass er meine Nachricht erhalten hat.

Im Caprino herrscht sanftes Licht, und Michael sitzt an einem ruhigen Ecktisch mit einer grün-weiß karierten Tischdecke und einer brennenden roten Kerze in einer Weinflasche. Auf mich wartet bereits ein Glas Rotwein, und meine Augen leuchten auf, als ich Michael gegenüber Platz nehme. Der Geruch von Knoblauch und Pizza und das gemütliche Ambiente mit italienischer Schlagermusik im Hintergrund machen diesen Ort zu einem, wie meine Mutter es nannte, »echten italienischen Erlebnis, im Gegensatz zu diesen ganzen Möchtegernpizzerien, die gerade überall in der Stadt aus dem Boden schießen«.

»Mit deinem Aussehen könntest du hier locker zur Familie gehören«, bemerkt Michael, als eine Kellnerin an uns vorbeigeht, und ich muss zugeben, dass ich ziemlich gut an einen Ort wie diesen hier passen und mich sehr schnell heimisch fühlen würde.

»Ich habe mir schon öfter vorgestellt, wie es wäre, ein eigenes Restaurant zu betreiben«, sage ich, und sein Gesicht hellt sich auf.

»Wirklich?«, erwidert er. »Du hast definitiv ein magisches Händchen, was die italienische Küche betrifft. Warum tust du es nicht?«

Ich schüttele den Kopf. »Ich glaube nicht, dass das jemals passieren wird. Es ist bloß so eine Spinnerei von mir. Und ich rede auch nicht zwingend von einem italienischen Restaurant«, erkläre ich. »Ich träume schon lange davon, in irgendeiner Form Gäste zu bewirten, anderen einfach etwas Gutes zu tun. Mir gefällt die Vorstellung, immer wieder neue Gesichter und neue Geschichten kennenzulernen und zu wissen, dass die Leute satt und glücklich nach Hause gehen. Das wäre mein Ziel, sollte ich meinen Traum jemals verwirklichen.«

»Ich weiß genau, was du meinst«, sagt Michael. »Ich arbeite sehr gerne im Café Gloria, aber der Reiz von Suppen, Sandwiches und Kaffee ist nun einmal begrenzt. Am liebsten würde ich aufs Ganze gehen und meine Thai-Gerichte auf die Karte setzen. Oder einen Dinnerabend bei Kerzenschein veranstalten, so wie hier, vielleicht sogar mit Livemusik. Ich habe unzählige Ideen, aber ehrlich gesagt ist Gloria nicht gerade offen für Neues. Sie hält lieber an ihrem bewährten Konzept fest, ohne irgendwelche unnötigen Risiken einzugehen und sich zusätzlichen Stress zu machen, wie sie es sieht.«

»Weißt du das genau?«, erwidere ich. »Hast du mit Gloria über deine Ideen gesprochen? Vielleicht würde sie dir ja grünes Licht geben, wenn du ihre Bedenken zerstreust, was Dinge wie die Vorbereitung, den Personalaufwand oder die Werbung betrifft.«

»Nein, ich denke, es war schon freundlich genug von ihr, mir einen Neuanfang zu ermöglichen, und ich möchte sie zu nichts drängen«, antwortet er. »Vielleicht werde ich später einmal darauf zurückkommen, wenn ich stärker Fuß gefasst habe. Ich bin auf einem guten Weg, Ruth, Stück für Stück, ich muss nur fokussiert bleiben und weiter kleine Schritte in die richtige Richtung machen.« Er meidet meinen Blick und fummelt an der Speisekarte herum.

»Du kannst mir gerne mehr davon erzählen, wenn du möchtest«, sage ich und bereue es sofort, weil dies hier wohl kaum der richtige Zeitpunkt oder Ort ist, um sich gegenseitig das Herz auszuschütten. »Oder auch nicht. Du sollst einfach nur wissen, dass ich immer ein offenes Ohr für dich habe, so wie du für mich. O Mann, wir stellen uns ganz schön an, nicht wahr? So viel Ballast zwischen uns, mehr, als in ein Kleinflugzeug passen würde.«

Michael greift nach seinem Wasserglas. »Meine Ex hat immer gesagt, ich sei wie ein offenes Buch, und das war kein Kompliment«, erwidert er, und ich spüre einen Stich im Magen bei diesem flüchtigen Blick in seine Vergangenheit. »Früher habe ich mit jedem, der mir zuhörte, frei von der Leber weg gesprochen. So etwas wie Geheimnisse kannte ich nicht.«

»Das kann ich kaum glauben«, sage ich.

»Ich weiß. Ich habe es auf meine unsozialen Arbeitszeiten geschoben, denn als Koch pflegt man hauptsächlich mit dem Küchenpersonal Kontakt, und wenn ich tatsächlich mal mit anderen Leuten zusammenkam, konnte ich meinen Schnabel nicht halten«, erklärt er und lacht. »Ich denke, in dieser Hinsicht habe ich eine totale Kehrtwende vollzogen. Meine Ex würde mein neues Ich nicht wiedererkennen. Inzwischen gebe ich so gut wie nichts mehr von mir preis, wenn es nicht sein muss.«

Er sieht mich nicht an, während er spricht. Die Erinnerung an seine Ex scheint ihm immer noch einen Stich zu versetzen. Er hat seit damals wirklich zugemacht, so viel ist sicher.

»Warst du lange mit ihr zusammen?«, frage ich beiläufig und nippe an meinem Wein, der absolut köstlich schmeckt. Mir ist bewusst, dass bei Michael großes Fingerspitzengefühl erforderlich ist, weil jede Frage nach seiner Vergangenheit für ihn zu viel sein könnte.

»Siebeneinhalb Jahre«, antwortet er und spielt nun an seiner Serviette herum. »Sechs Jahre der pure Himmel und eineinhalb Jahre die pure Hölle, um es kurz zu sagen. Wir haben uns nicht im Guten getrennt, und das ist noch sehr milde ausgedrückt.« Sein Gesicht nimmt einen stoischen und ernsten Ausdruck an, wenn er von ihr spricht, und ein bitterer Unterton liegt in seiner Stimme.

»Wart ihr verheiratet?«, traue ich mich zu fragen.

»Nein. Wir haben nie geheiratet«, antwortet er nach einer langen Pause. »Allerdings hätten wir es fast getan. Vielleicht hätten wir uns in einer Ehe mehr angestrengt, als unsere Probleme anfingen.«

»Schade«, sage ich und schaue auf meinen Wein. »Das tut mir leid für dich, Michael.«

Er zuckt mit den Achseln, als wollte er sagen: *Shit happens*.

»In diesem Sinne, trinken wir auf die Zukunft und darauf, was sie uns bringen wird«, verkündet er dann, und ich stoße mit ihm an. Sein Wink, das Thema zu wechseln, ist bei mir angekommen, und mir fällt erneut auf, dass er Wasser trinkt und ich Wein. Vielleicht ist er wieder mit dem Auto da.

»Auf die Zukunft«, erwidere ich, und gleich darauf kommt ein Kellner, um unsere Bestellung aufzunehmen, und bewahrt uns davor, weiter der Vergangenheit nachzuhängen, die wir beide doch so unbedingt hinter uns lassen wollen.

Ich brauche nicht in die Speisekarte zu schauen. Ich kenne sie in- und auswendig.

»Dann sprichst du also Italienisch?«, fragt Michael, als wir beim Essen sind. Meine Spaghetti mit Meeresfrüchten sind zum Sterben, und seine *alla carbonara* sehen nicht minder köstlich aus.

»Natürlich«, antworte ich. »Die eine Hälfte meiner Familie ist italienisch und spricht fast kein Wort Englisch, und sie ist auch zu stur, um es zu lernen, also hatte ich praktisch keine Wahl. Es ist schon eine Ewigkeit her, dass ich die ganze Sippe gesehen habe, aber sie sind immer noch ein Teil von mir. Früher haben wir oft unsere Ferien dort verbracht, und ich habe es geliebt, aber seltsamerweise ist meine schönste Urlaubserinnnerung mit meinen Eltern nicht Italien, sondern ein kleiner Ort namens Rossnowlagh in Donegal. Kennst du ihn zufällig?«

Michael zieht eine Augenbraue hoch und überlegt kurz. »Ja, ja, den kenn ich«, antwortet er dann. »Ein hübscher Flecken Erde. Fährst du öfter dorthin?«

Ich seufze. »Ach, weißt du, ich war seitdem nie wieder da, aber ich habe mir fest vorgenommen, eines Tages dorthin zurückzukehren und die wunderbaren Erinnerungen wieder aufleben zu lassen, die ich mit diesem Ort verbinde. Ich schätze, man könnte sagen, ich bin eine irische Seele mit einem italienischen Herzen, falls du verstehst, was ich meine. Ich liebe beide Länder, aber diese Stadt hier wird immer mein Zuhause sein.«

»Du hast ein sehr schönes Haus«, sagt Michael. Nach meinem Gespräch mit Molly heute komme ich mir unglaublich töricht vor, weil ich mich ständig über die Leere und die omnipräsenten Erinnerungen in meinem feinen Domizil beklage, ohne die geringste Ahnung zu haben, wie beziehungsweise wo andere Menschen leben – Menschen wie Michael und Molly – oder wie sie früher gelebt haben.

»Die Welt ist schon seltsam, nicht wahr?«, sage ich. »Wir brauchen alle einen Ort zum Leben, ein festes Dach über dem Kopf, und ich bewohne ein solides Haus, das mir besten Schutz bietet, und trotzdem bin ich mir nicht sicher, ob es sich noch wie ein Zuhause anfühlt. Klingt das selbstsüchtig? Mir ist inzwischen bewusst, dass es an mir liegt, ein Zuhause daraus zu machen. Das Haus schuldet mir gar nichts.«

»Ja, ich verstehe genau, was du meinst«, sagt Michael. »Aber du bist seit einem Jahr in Trauer, Ruth, und du musst dir Zeit geben, um deinen Verlust zu verarbeiten. Vielleicht wird sich dein prächtiger Altbau eines Tages wieder wie ein Zuhause anfühlen, vielleicht aber auch nicht, und du wirst dich schweren Herzens davon trennen. Alles braucht seine Zeit. Das ist jedenfalls meine Devise. Ich weigere mich inzwischen, mich selbst unter Druck zu setzen, um die Dinge schneller anzugehen, als das Universum erlaubt. Ich tue einfach, was ich kann, und danach kommt es, wie es kommen soll.«

Am liebsten würde ich ihn über seine Vergangenheit ausfragen, aber ich traue mich nicht. »Ich glaube, ich werde mir ein Beispiel an dir nehmen und einfach versuchen, mit dem Flow zu gehen«, sage ich. »Mich in Gelassenheit zu üben, statt so viel zu grübeln. Ich grübele in letzter Zeit nämlich ständig, weißt du. Vielleicht habe ich den falschen Job, wenn ich anfange, sämtliche Probleme, von denen ich höre, buchstäblich mit ins Bett zu nehmen.«

Michael kann nicht anders, als über meine Offenheit zu schmunzeln. »Nun, ich denke, du bist die Einzige, die das jemals beurteilen kann, Ruth«, erwidert er sanft. »Viele Menschen würden es bedauern, wenn du deine Kolumne aufgibst, ganz zu schweigen von deiner Radiosendung. Du bist ein großer Gewinn für diese Stadt. Alle verehren dich.«

Nun muss ich selbst leicht schmunzeln. »Ja, aber wer kennt mich schon wirklich? Es ist sehr leicht, aus der Ferne verehrt zu werden. Aber es ist schwer, wenn man abends die Tür hinter sich schließt und die Uhren ticken hört, weil keiner da ist, dem man von seinem Tag berichten kann. Wenn man Familien im Restaurant sieht, die miteinander scherzen und lachen und Geschichten austauschen, oder fröhliche Gruppen von Freunden, die zusammen feiern, oder sogar ein Liebespaar in einem romantischen Moment.«

»Willst du damit sagen, dass du einsam bist?« Michael wirkt bestürzt. Geradezu fassungslos. Man stelle sich das mal vor, ich, Ruth Ryans, die berühmte Kummerkastentante, bin im wahren Leben einsam.

»Wenn man es so nennen will, ja«, gebe ich zu. »Mein gesellschaftliches Leben ist eine große, künstliche, leere Blase, wo die Leute mir den Arsch küssen und im nächsten Moment einen Dolch in den Rücken stoßen. Manchmal denke ich, mein Leben ist ein einziger Fake. Deine Geschichte von jenem Abend auf der Hope Street – nomen est omen – hat mir Hoffnung gegeben, dass ich etwas bewirken kann.«

Michael legt sein Besteck beiseite und lehnt sich zurück. »Ich habe mir mein ganzes Leben versaut, Ruth, darum habe ich meine Einsamkeit verdient«, sagt er. »Karma, falls du an so etwas glaubst. Ich habe nicht das Gefühl, dass ich es verdient habe, glücklich zu sein, und ich habe es akzeptiert.«

»Ach komm«, sage ich. »Wir alle bauen mal Mist. Du solltest nicht so streng mit dir sein.«

Er wirkt nicht überzeugt. »Ich habe einen sehr großen Fehler gemacht, darum bin ich so streng zu mir«, erwidert er. »Ich versuche, mir selbst zu verzeihen, so wie du versuchst, deiner Mutter zu verzeihen. Aber ich merke, dass es nicht einfach ist.« Er nimmt seine Gabel wieder in die Hand und stochert in seinem Essen herum.

»Verzeihen hat viel mit Loslassen zu tun«, sage ich. »Glaube mir, ich habe mich mit diesem Thema intensiv beschäftigt, weil ich herausfinden wollte, wie ich über das Trauma hinwegkommen kann, das meine Mutter mir zugefügt hat. Vielleicht solltest du es mal von dieser Perspektive aus betrachten. Du kannst dir nicht bis in alle Ewigkeit Vorwürfe machen, Michael. Du bist ein guter Mensch, das weiß ich einfach, und Gloria weiß es auch. Sie glaubt an dich.«

Er lächelt, als ich Gloria erwähne, und wir essen schweigend zu Ende, während ich die ganze Zeit überlege, was zum Teufel er getan haben könnte, das so schlimm war. Mir schwirren eine Million Möglichkeiten durch den Kopf, aber keine davon passt richtig.

»Ich habe einen Sohn«, sagt er plötzlich und legt seine Gabel nieder, was mich aus meinen wilden Spekulationen reißt und unser längeres Schweigen bricht.

»Oh«, sage ich überrascht und lächele ihn an. »Wie schön! Ich hatte ja keine Ahnung. Wie heißt er?«

»Das konntest du auch nicht wissen«, erwidert er, ohne sich von meiner Freude anstecken zu lassen. »Er heißt Liam, er ist jetzt acht, und ich habe ihn seit seinem sechsten Geburtstag nicht mehr gesehen.«

In meinem Magen bildet sich sofort ein Knoten. »Oh …«, sage ich wieder, dieses Mal in einer tieferen Tonlage.

»Genau, oh«, sagt er. »Ich bin wohl doch nicht so ein guter Mensch, stimmt's?«

Ich spüre, dass es in mir brodelt, wenn ich mir seinen kleinen Jungen vorstelle, der sich fragt, wo sein Vater ist.

»Wie meinst du das, du hast ihn nicht mehr gesehen?«, frage ich, bemüht, ruhig zu bleiben und nicht vorschnell zu urteilen. »Das sind zwei Jahre, Michael. Wie kann das sein? Warum?«

»Seit dem Tag, an dem ich ihn verlassen habe, weiß ich nicht, was er macht«, antwortet er, fast roboterhaft, »und ich weiß auch nicht, ob ich jemals die Chance bekommen werde, wieder zu seiner Welt zu gehören. Es bringt mich um, Ruth. Es macht mich absolut fertig, dass der Kontakt vollständig abgebrochen ist, aber ich weiß, diese Suppe habe ich mir selbst eingebrockt.«

Ich sehe ihn an und versuche, eine Regung in diesem verschlossenen Gesicht zu entdecken, aber da ist nichts. Es kommt mir vor, als würde er auswendig gelernte Sätze aus einem Drehbuch aufsagen, ein Drehbuch, das seiner Überzeugung nach offenbar die beste Methode ist, um mit dieser bedauerlichen Situation umzugehen. Dabei hat er es doch in der Hand. Wie kann er sich entscheiden, seinen Sohn nicht mehr zu sehen? Es sei denn, er stellt eine Gefahr für ihn dar, was ich jedoch stark bezweifle.

»Willst du damit sagen, dass du überhaupt keinen Kontakt zu deinem eigenen Kind hast?«, frage ich und schiebe meinen

Teller zur Seite, weil es mir den Appetit verschlagen hat. »Wie zum Teufel bringst du es fertig, deinen Sohn im Stich zu lassen, Michael? Gibt es einen triftigen Grund, warum du nicht an seinem Leben teilhaben kannst?«

Er atmet lange und tief durch. »Ich möchte hier in diesem netten Restaurant nicht die Fassung verlieren, Ruth«, sagt er dann. »Es kostet mich viel Überwindung, darüber zu reden. Ich weiß nicht, warum ich überhaupt das Bedürfnis hatte, dir davon zu erzählen, aber aus irgendeinem Grund habe ich das Gefühl, dass ich mich dir anvertrauen kann – andererseits hat das wahrscheinlich jeder in deiner Gegenwart. Du bist es gewohnt, dir die Probleme anderer Menschen anzuhören, und nun habe ich dir von meinen erzählt. Ja, ich vermisse meinen Sohn schrecklich, und ja, ich habe keinen Kontakt mehr zu ihm. Ich wünschte, es wäre anders, aber ich habe zu lange gewartet.«

Mein Herz schlägt ein wenig schneller, und plötzlich kommt es mir hier drinnen sehr warm vor. Es ist, als würde ich einem Fremden gegenübersitzen. Dann mache ich mir bewusst, dass tatsächlich ein Fremder vor mir sitzt. Dieser Mann hier, bei dem ich gerade anfing, mich wohlzufühlen, mit dem ich gestern so viel lachte und dem ich Privates anvertraute, ist ganz und gar nicht so, wie ich ihn mir erhofft habe.

Er tut seinem Sohn genau dasselbe an, was meine Mutter mir angetan hat. Er schließt ihn aus seinem Leben aus. Mir wird schlecht.

»Das kannst du deinem Jungen nicht antun, Michael!«, sage ich mit einem bitteren Geschmack auf der Zunge und Tränen in den Augen. Meine Stimme ist unwillkürlich laut geworden. Ich blicke rasch um mich, aber glücklicherweise hat niemand meinen Ausbruch bemerkt.

»Es ist nicht so einfach, Ruth«, wehrt er in gedämpftem Ton ab.

»Doch, ist es!«, zische ich ihn an, während ich an all die Jahre denken muss, in denen ich mir wünschte, meine Mutter würde zu uns zurückkehren – in denen ich wartete und hoffte, dass sie einfach wiederauftauchte. »Genau so einfach ist es, wenn auf der anderen Seite ein Kind wartet! Sind Kinder im Spiel, kannst du keine billigen Ausreden verwenden! Du bist der Vater, du bist hier der Erwachsene, und es liegt an dir, die Situation zu ändern, statt innerlich daran zugrunde zu gehen. Gott allein weiß, was das alles mit dem armen Liam macht!«

Ich verurteile ihn, das weiß ich, und alles nur wegen meiner Mutter, die mich und meine Schwester im Stich gelassen hat. Ich handele gerade gegen meine eigene Überzeugung und gegen meinen Ruf als kompetente Problemlöserin, indem ich Michael an den Pranger stelle und keinen Hehl aus meinem Zorn mache, aber ich kann nicht anders. Er hat einen wunden Punkt getroffen. Er hat keine Ahnung, was für einen Schaden er schon allein dadurch anrichtet, dass er seinem Sohn fernbleibt; aber dafür weiß ich es leider umso besser, denn ich war in derselben Situation wie dieser achtjährige Junge, der sich einfach nur wünscht, dass sein Daddy wieder nach Hause kommt.

»Ich hätte mich früher um ihn bemühen müssen. Es würde ihn sicher verwirren, wenn ich jetzt plötzlich auftauche und versuche, die Scherben wieder zusammenzufügen. Vielleicht will er gar nichts mehr mit mir zu tun haben. Vielleicht hat er inzwischen einen neuen Dad. Ich habe Angst, Ruth.«

Er hat Angst ... Sorry, aber das kaufe ich ihm nicht ab.

»Es gibt keine Entschuldigung für Eltern, die sich aus dem Staub machen«, sage ich und nehme meine Tasche vom Boden. Mir laufen die Tränen übers Gesicht.

Natürlich weine ich nicht wegen mir. O nein, ich weine wegen Liam, der so wie ich damals nach dem Elternteil Ausschau hält, der eines Tages einfach verschwand. Ich kann die Ironie des Ganzen nicht fassen, und es bringt mein Blut zum Kochen, dass dort draußen so viele Kinder sind, die sich weiter die Nase an der Scheibe platt drücken und abends dafür beten, dass Mummy oder Daddy bald wiederkommt. Und auf einmal, schwuppdiwupp, ist man erwachsen und ziemlich konfus im Kopf, nur weil diese Eltern mit schlechtem Gewissen ein anderes Leben führten und sich selbst bemitleideten, so wie Michael es tut.

»Ich kann dort nicht einfach aus heiterem Himmel aufkreuzen und von allen erwarten, dass wir einen auf glückliche Familie machen, oder?«, sagt er. »Ich habe es zu lange hinausgeschoben.«

Ich stehe auf und wische mit der freien Hand über meine feuchten Wangen. »Das ist es ja gerade, Michael«, erkläre ich mit Nachdruck. »Es ist nie zu spät, um wieder in Erscheinung zu treten. *Niemals*. Also gib dir einen Ruck. Mach den ersten Schritt und schenk deinem Jungen das Leben, das er verdient. Lass dir das von jemandem sagen, der sich damit auskennt und der jahrelang gewartet hat. Es ist nie zu spät!«

»Ich bedaure, dass du das Gefühl hast, gehen zu müssen.«

Wir starren uns in die Augen, sein Blick fleht mich an, tief durchzuatmen und meinen Zorn nicht an jemandem auszulassen, der, wie ich sehen kann, von Reue zerfressen ist und wahrscheinlich eher meine Hilfe bräuchte als meine Verdammung. Aber ich kann meine Emotionen nicht bremsen.

Ich setze mich wieder auf meinen Stuhl. Ich bin noch nicht fertig. »Tut mir leid, Michael, aber ich finde, du bist ein Feigling«, sage ich mit zusammengebissenen Zähnen. »Du musst dein Leben in den Griff bekommen. Hör auf, dich im Café Gloria zu verstecken und so zu tun, als hättest du keine Verantwortung, obwohl das Gegenteil der Fall ist!«

Michael klappt die Kinnlade herunter. »Was zum Teufel fällt dir ein!«, fährt er mich an und beugt sich zu mir vor. »Für wen hältst du dich, dass du mit mir redest, als wäre ich einer deiner Problemfälle, die nicht wissen, an wen sie sich wenden sollen? Ich habe meine Entscheidung getroffen. Mag sein, dass sie nicht deine Zustimmung findet, aber es ist meine Entscheidung, und weder dir noch sonst jemandem steht es zu, mir etwas anderes einzureden. Also hör auf, mir ein schlechtes Gewissen zu machen! Es wird nicht funktionieren!«

Sein Gesicht hat sich gerötet, und Schweißperlen stehen ihm auf der Stirn. Ich setze ihn unter Druck, ich weiß, aber in mir brennt ein Feuer, das ich im Moment nicht löschen kann.

»Die Menschen kommen zu mir, um sich Rat zu holen«, erinnere ich ihn.

»Aber ich bin nicht zu dir gekommen. Vielmehr bist du zu mir gekommen, damit ich dir bei deinem Samariter-Dinner helfe und dafür sorge, dass du dich in deinem Scheißleben besser fühlst. Also untersteh dich, mit dem Finger auf mich zu zeigen!«

»Wie bitte?«

»Wir können nicht alle Heilige sein wie du und dein Vater, Ruth Ryans! Manche von uns bauen eben hin und wieder Scheiße! Manche von uns machen Fehler, manche von uns ähneln eher deiner Mutter, und es ist nicht immer leicht, um Entschuldigung zu bitten und einfach so zu tun, als wäre nichts passiert!«, echauffiert er sich weiter. »Du hast keinen blassen Schimmer, wie es ist, in meiner Haut zu stecken! Du bist zu beschäftigt damit, deine Mutter zu hassen, um ihr überhaupt eine Chance zu geben; also warum solltest du dir die Mühe machen, mich zu verstehen?«

Ich schlucke meine Tränen hinunter, als er von meinen Eltern spricht. Ich kann kaum atmen, und meine Stimme klingt erstickt, als ich antworte. »Und exakt aus diesem Grund rate ich dir, den Kontakt zu deinem Sohn wieder aufzunehmen.« Ich tupfe vorsichtig meine Augen ab und kämpfe gegen meinen rohen Zorn auf ihn an. »Ich weiß nämlich genau, wie dein Junge sich fühlt! Ich weiß, wie es ist, nur ausweichende Antworten zu bekommen auf die Frage, wann Mummy oder Daddy wieder nach Hause kommt. Ich weiß, wie es ist, nachts im Bett zu liegen und zu grübeln: Lag es an mir, dass sie weggelaufen ist? Habe ich irgendetwas gesagt oder getan, das ihr das Leben hier so sehr verleidet hat, dass sie sich gezwungen sah zu gehen? Ich weiß, wie es ist, wenn man jedes Mal, wenn die Haustür geöffnet wird, aufhorcht, und sich dann die düstere Erkenntnis einstellt, dass sie wieder nicht gekommen ist und vielleicht nie wiederkommen wird, und man sich zitternd und weinend unter die Bettdecke verkriecht und bitterlich ihren Trost herbeisehnt. Ich denke, ich werde jetzt gehen, Michael. Du willst einfach nicht verstehen, wie es aus der Sicht deines Sohnes ist. Du kannst damit nicht umgehen.«

»Nein, Ruth, du täuschst dich«, widerspricht er. »Es ist nicht einfach für mich, aber ich laufe nicht davon. Ich habe eine Entscheidung getroffen, und ich versuche nur, mich daran zu halten, Liam zuliebe.«

»Dir selbst zuliebe, meinst du«, sage ich spöttisch. »So ist es ja auch viel bequemer für dich.«

KAPITEL 17

»Ich bin schon immer gerne hierhergekommen«, sage ich zu Michael, als er zwanzig Minuten später zu mir stößt und wir uns beide beruhigt haben. »Hör zu, es tut mir leid, dass ich da drinnen die Beherrschung verloren habe. Normalerweise gehe ich nicht so schnell an die Decke, schon gar nicht in der Öffentlichkeit, aber du hast mich richtig zur Weißglut gebracht. Du hättest meine Mutter nicht erwähnen sollen.«

Michael sagt nichts, sondern setzt sich einfach zu mir auf die Bank, ganz an den Rand, und wir schauen auf den Fluss hinaus und lauschen dem Rauschen des Abendverkehrs auf der anderen Uferseite.

Ich blicke hoch in den Abendhimmel und wünsche mir, ich könnte das, was er mir gesagt hat, auf die leichte Schulter nehmen, aber ich kann nicht. Ich kann wirklich nicht.

»Weißt du, Michael«, sage ich, »normalerweise lasse ich andere nicht so schnell in mein Leben hinein. Das geht auch gar nicht bei meinem Beruf, weil alles, was Rang und Namen hat, mich zu kennen glaubt und mich für seine beste Freundin hält. Aber du hast etwas an dir, das mich berührt hat. Ich wollte dich wirklich in mein Leben lassen.«

»Niemand von uns kennt alle Antworten, Ruth«, erwidert er entschieden. »Du magst in deinem Job ein hohes Ansehen genießen, aber auch du kannst mal falschliegen. Warum hat deine Mutter euch verlassen? Hast du das jemals hinterfragt? Hast du das jemals herausgefunden?«

Er wirft ein Stück Treibholz in den Fluss, und wir beobachten beide, wie es im Wasser auf- und abschaukelt, bevor es schließlich in der Dunkelheit versinkt.

»Ich habe eine Million Gründe gefunden, aber die habe ich mir alle selbst ausgedacht«, sage ich. »Die ehrliche Antwort lautet: Ich weiß es nicht. Ich habe mich oft gefragt, ob ein anderer Mann im Spiel war, was zwar ein abgedroschener, aber einleuchtender Grund gewesen wäre. Mein Vater war einige Jahre älter als meine Mutter, vielleicht hatten sie sich auseinandergelebt. Oder sie hat ihr Land und ihre Leute vermisst und einfach ihren Koffer gepackt, um nach Italien zurückzukehren, wo sie ihrem Gefühl nach hingehörte. Egal, wie oft ich sie in der Anfangszeit gefragt habe, was los ist, sie hat mir immer nur gesagt, ich solle geduldig sein und sie würde bald zurückkommen. Aber letzten Endes bekamen wir sie immer seltener zu Gesicht, irgendwann rief sie auch nicht mehr an, und dann ging ich fort, um zu studieren, und versuchte, sie auszublenden.«

Michael dreht den Kopf zu mir. »Und, hat das funktioniert? Sie auszublenden?«

Ich sehe wieder den Kummer in seinen Augen. Ich muss ehrlich zu ihm sein. »Nein. Jedenfalls nicht sehr lange«, antworte ich. »Ich habe mir eine Weile lang eingeredet, dass sie aus meinem Kopf verschwunden ist, aber das hat mich nicht davon abgehalten, nachts nach ihr zu rufen, wenn ich das Bedürfnis hatte, ihre Stimme zu hören oder ihr Gesicht zu sehen, oder wenn ich krank war und Schmerzen hatte oder Liebeskummer oder mich irgendwas bedrückte und ich sie so dringend gebraucht hätte. Ich habe immer Sehnsucht nach meiner Mutter gehabt, egal, wie viele Jahre vergangen sind. Ich sehne mich heute noch nach ihr, Michael. Ich glaube, mehr denn je, und dieses Verlangen wird nie weggehen. Niemals.«

Michael schaukelt leicht mit dem Oberkörper hin und her, tief in Gedanken versunken.

»Dann glaubst du, dass Liam noch an mich denkt?«, fragt er schließlich. »Ich finde die Vorstellung furchtbar, dass er nachts nach mir ruft oder schlecht träumt oder sich fürchtet. Mein Gott, daran darf ich gar nicht denken. Wahrscheinlich habe ich gehofft, dass er mich inzwischen auch ausgeblendet hat. Dass er mich irgendwie vergessen hat.«

»Er hat dich natürlich nicht vergessen, Michael«, sage ich und lege meine Hand auf seinen Arm. »Er ist dein Junge. Du bist sein Daddy. Er wird genau dasselbe durchmachen, was ich durchgemacht habe und immer noch durchmache, wenn du nicht endlich hingehst und für welchen Fehler auch immer geradestehst. Wenn du hören würdest, wie er nach dir ruft, würdest du sicher so schnell wie möglich zu ihm eilen und dich von nichts aufhalten lassen, um seinen Kummer zu lindern.«

Michael legt den Kopf in seine starken männlichen Hände. »Ich vermisse ihn ganz schrecklich, Ruth«, sagt er und schluchzt leise. »Du ahnst nicht, wie gerne ich ihm das sagen würde.«

»Dann sag es ihm«, erwidere ich. »Und zwar so schnell wie möglich. Vergeude keine weitere Sekunde, ganz gleich, was du in der Vergangenheit getan hast. Du musst dir selbst verzeihen und die Situation für euch beide verbessern. Und du musst es so bald wie möglich tun.«

Michael sieht mir direkt in die Augen. Seine starre Haltung ist verschwunden. Ich sehe einen gebrochenen Mann vor mir, dessen Panzer Risse bekommen hat und der nun, nach langer Zeit, wie ich mir vorstellen kann, die Realität wieder spürt.

»Und du möchtest deine Mutter wirklich wiedersehen?« Sein Ton klingt verzweifelt, als wünsche er sich, dass jemand seinem Sohn die gleiche Frage stellen würde. »Selbst nach all den Jahren?«

»Ich wünsche mir nichts mehr als das«, antworte ich leise. »Aber ich bin immer noch unheimlich wütend auf sie, und ich fürchte mich davor, was ich alles erfahren werde, wenn ich mich tatsächlich mit ihr treffe. Bitte mute deinem Sohn nicht dasselbe zu.«

Wir sitzen schweigend da, und unsere Mäntel werden feucht vom Regen, was uns aber nicht besonders kümmert, während wir über unseren nächsten Zug auf dem Schachbrett des Lebens nachdenken.

Hier sind wir, auf entgegengesetzten Seiten eines Spektrums: Michael vermisst seinen Sohn, hat aber Angst davor, auf ihn zuzugehen; ich vermisse meine Mutter, habe aber eine Höllenangst davor, was passiert, wenn ich auf sie zugehe.

Ich muss an meinen verstorbenen Vater denken, an die Werte, die er mir vermittelt hat und die mich zweifellos zu dem Menschen gemacht haben, der ich heute bin – ein Mensch, der anderen Ratschläge gibt, aber selbst keine annehmen kann. Vielleicht ging es meinem Vater genauso? Ich schätze, ich werde es nie erfahren.

Der Drang, davonzulaufen und diese ganzen Erinnerungen hinter mir zu lassen, überfällt mich wieder. Ich muss an das *Zu-verkaufen*-Schild in meinem Garten denken und frage mich, ob ich zu diesem Schritt tatsächlich fähig sein werde.

Die Vorstellung, mein Haus zu verkaufen und irgendwo, egal wo, neu anzufangen, begeistert und ängstigt mich zugleich. Die Beech Row war immer meine Basis, egal, wo auf der Welt ich mich gerade aufhielt. Aber hat das Haus noch dieselbe Anziehungskraft, jetzt, wo mein Vater tot ist und meine Schwester ganz woanders lebt und ich das Gefühl habe, dass ich immer stärker den Bezug dazu verliere?

Michael dreht seinen Kopf zu mir, unsere weißen Atemwolken umschlingen sich in der kalten Abendluft.

»Was steht als Nächstes an, Ruth? Was hast du nach deinem Weihnachtsfest vor?«

»Ich wünschte, ich wüsste es«, sage ich seufzend. »Hast du nicht irgendwelche tollen Ideen für mich?«

Er holt tief Luft. »Du könntest ein Hotel für einsame Herzen eröffnen, Ruths Lonely Hearts Hotel«, witzelt er, und ich rolle mit den Augen.

»Komm schon, das kannst du besser«, sage ich und tätschele aufmunternd seinen Arm.

»Keine Ahnung«, sagt er mit einem Achselzucken.

Während ich auf seinen nächsten Vorschlag warte, überlege ich auch, aber mir fällt nichts ein.

»Danke für den Arschtritt«, sagt er unvermittelt und drückt kurz meine Hand. »Du hast etwas für mich getan, womit ich in diesem Leben nicht mehr gerechnet hätte.«

»Und das wäre?«, frage ich und muss daran denken, dass ich ihn einen Feigling genannt und beschuldigt habe, dass er sich vor seiner Verantwortung drückt.

»Du hast mir gezeigt, dass ich dir nicht egal bin. Genau wie an jenem Abend auf der Hope Street, Ruth. Du hast mir gezeigt, dass es nie zu spät ist, um alles besser zu machen.«

Dann lehne ich mich ohne zu zögern in seine Wärme hinein, und als er seine starken Arme um mich legt, spüre ich den Rausch, die Energie und den Auftrieb, den menschlicher Kontakt bringen kann.

Ich spüre seinen Atem in meinem Nacken, ich spüre seinen Herzschlag an meiner Wange, und ich erlaube mir, mich in diesen Moment fallen zu lassen, das gegenseitige Verständnis auszukosten, um das wir beide heute Abend so hart ringen mussten.

»Ich hoffe, du findest die Vergebung, die du suchst«, sage ich in meinem professionellen Ton, den ich für einen kurzen Moment abgelegt hatte.

»Es ist fast Weihnachten, Ruth«, erwidert er. »Ich kann nicht ein weiteres Jahr zu Ende gehen lassen, ohne etwas zu unternehmen. Ich hätte es schon viel früher versuchen sollen. Danke, dass du mir das heute Abend bewusst gemacht hast.«

»Geh zu deinem Sohn«, sage ich. »Ich wünsche dir alles Glück der Welt – und falls du jemals wieder einen Arschtritt benötigst, stehe ich immer zu Diensten.«

Er drückt mich ein bisschen fester an sich. »Das bedeutet mir sehr viel, Ruth«, sagt er leise. »Du kannst einem ganz schön die Hölle heiß machen, wenn du willst, das weißt du.«

Ich muss lachen. »Du bist darin auch nicht schlecht«, erwidere ich. »Du hast es mir ordentlich zurückgegeben, was mich dazu gebracht hat, über meine eigene Situation nachzudenken, also sind wir jetzt quitt, denke ich.«

Wir lösen uns voneinander und schauen wieder auf das Wasser hinaus, und es kommt mir vor, als hätte sich in mir etwas verschoben. Ich sehe bei Michael die Angst davor, sich seiner Vergangenheit zu stellen, und das bringt mich auf die Frage, wie groß die Angst meiner Mutter sein mag, wie sehr sie mit den Entscheidungen kämpft, die sie damals getroffen hat. Vielleicht bin ich nach diesem Gespräch mit Michael bereit, ein bisschen mehr Verständnis für sie aufzubringen.

»Danke für den Abend, Ruth, und fürs Levitenlesen«, sagt Michael und stößt einen langen Atemzug aus, der tief aus seinem Innern kommt. »Ich werde mir endlich ein Herz fassen, mich um meinen Jungen bemühen und versuchen, Wiedergutmachung zu leisten, bevor ich innerlich ganz vor die Hunde gehe. Und ich denke, es ist Zeit, dass auch du deiner Mutter einen Schritt entgegengehst.«

Ich schaue in seine schönen dunklen Augen. »Ja, ich denke, du hast recht«, erwidere ich, während mir tausend Gedanken gleichzeitig durch den Kopf schießen. »Ich glaube auch, dass es Zeit ist.«

KAPITEL 18

Meine Schwester lässt mich nicht zu Wort kommen, als ich später von meinem Bett aus mit ihr telefoniere, um ihr von meinem Abend mit Michael zu erzählen. Trotz unserer Wortgefechte und Diskussionen und trotz der Momente der Wahrheit, die sich im Laufe des Abends offenbarten, mag ich Michael, schätze ich. Ich habe ihm deutlich die Meinung gesagt und ihn ermahnt, dass er sich endlich zusammenreißen soll, und ich finde es gut, dass er mir auch den Kopf gewaschen hat, aber Ally scheint das nicht zu überzeugen. Ihre Stimme beginnt, an meinen Nerven zu kratzen, und ich spüre, wie mein Widerstand wächst. Ich setze mich in meinem Bett auf.

»Nun, du hast ja alles richtig gemacht, Miss Perfect, mit deinem schönen, gemütlichen Eigenheim und deinem dich abgöttisch liebenden Ehemann und deinen zwei Komma vier Kindern«, sage ich, obwohl ich weiß, dass Allys Leben und das, was sie hat oder nicht hat, für das, worüber wir gerade sprechen, vollkommen irrelevant ist. »Du hast sogar den großen zotteligen Hund dazu und den weißen Lattenzaun. Du denkst bestimmt, du hast den vollen Durchblick und kannst mir deshalb sagen, was ich zu tun habe.«

»Äh, *du* hast *mich* angerufen und um Rat gefragt?«

»Ich konnte ja auch nicht ahnen, dass du mir raten würdest, mich nicht zu sehr auf Michael einzulassen, weil er eine Vergangenheit hat«, erwidere ich. »Für dich ist es leicht, von deinem hohen Ross aus einen Mann zu verurteilen, den du gar nicht kennst, nur weil er ein paar Altlasten mit sich herumschleppt. Wir haben alle Altlasten, Ally! Ich gebe zu, anfangs habe ich genauso reagiert wie du, aber manchmal braucht jeder von uns einfach ein bisschen liebevolle Strenge, damit wir erkennen, was wir falsch machen. Michael ist auch mit mir hart ins Gericht gegangen, wegen Mum, und dafür respektiere ich ihn.«

»Ist er das?«, sagt Ally. »Oh, der arme Kerl. Ich kann mir deine Reaktion gut vorstellen.« Sie kichert.

»Wir hatten ein fruchtbares Streitgespräch, das uns beiden die Augen dafür geöffnet hat, was jeder von uns besser machen kann«, fahre ich fort. »Michael hat mich daran erinnert, dass man nicht automatisch ein schlechter Mensch ist, nur weil man sein Leben nicht nach Vorschrift führt.«

»Gut«, sagt Ally. »Solange ihr euch versteht und keine Verarsche im Spiel ist, klingt es, als könnte er ein guter Freund werden.«

»Nun, ich denke, ich sollte es besser als die meisten anderen wissen, nicht auf jemanden reinzufallen«, erwidere ich. »Es ist ja nicht so, als wäre ich jemals verarscht worden, oder?«

Das ist eine dicke fette Lüge, und wir wissen es beide.

Ally prustet los. »Äh, du bist auf diesen Architekten reingefallen, der nur an Margo Taylor herankommen wollte, um kostenlose Werbung für sein Büro zu kriegen«, erinnert sie mich.

»Ich bin nicht auf ihn reingefallen«, widerspreche ich. »Ich mochte ihn, ja, aber egal, das ist schon eine Ewigkeit her. Siehst du, du fängst schon wieder an, herumzukritisieren. An mir und meinen Entscheidungen.«

»Ich kritisiere dich? Ich wünschte bloß, ich würde wirklich so ein Bilderbuchleben führen, wie du es gerade beschrieben hast«, sagt sie und lacht gackernd. »Du hast vergessen zu erwähnen, dass der große zottelige Hund, den wir haben, das ganze Haus vollhaart und sich weigert, stubenrein zu werden, sodass ich einen Großteil meiner Zeit darauf verwenden muss, Pfützen aufzuwischen oder Fellhaare aufzusaugen. Hinzu kommt, dass mein geliebter Ehemann mich manchmal so sehr in den Wahnsinn treibt, dass ich Lust habe, ein schweres Verbrechen zu begehen wie Mord oder so, und dass meine zwei Komma vier Kinder grundsätzlich alles stehen und liegen lassen und sich manchmal so schlimm fetzen, dass ich mich am liebsten selbst in eine Irrenanstalt einweisen würde, um hier mal rauszukommen! Niemand ist perfekt, Ruth. Du hast vollkommen recht, und ich bin sehr froh, dass du das endlich erkannt hast. Ich bin nicht perfekt, dieser Michael ist nicht perfekt – und ob du es glaubst oder nicht, Ruth, du bist es auch nicht. Du, Ruth Ryans, bist nicht perfekt und wirst es auch nie sein.«

Ich schlucke die bittere Wahrheit hinunter. Ich wurde so lange auf ein Podest gehoben, zuerst von meinem Vater und dann von Margo, die laut Nora davon überzeugt ist, dass ich die Welt verändern kann.

Ich bin nicht perfekt. Meine Mutter ist nicht perfekt. Und obwohl ich es als Heranwachsende so empfunden habe, war mein Vater sicher auch nicht perfekt. Es ist, als hätte jemand die Jalousien hochgezogen und ein Licht der Erkenntnis würde hereinscheinen. Das nimmt mir eine riesige Last von den Schultern. Ich muss nicht perfekt sein. Wir haben alle unsere Schwächen, und Michael hat mir bewusst gemacht, dass ich genauso unvollkommen bin wie er, nur eben auf meine Art.

»Ich fühle mich in letzter Zeit so einsam, Ally«, platze ich heraus. »Und Michael gibt mir, trotz all seiner Fehler, die Hoffnung, dass ich immer seelisch heilen kann. Vielleicht können seine Freundschaft und seine Unterstützung bei meinem Weihnachtsfest ein Stück der Leere in mir füllen und mich auf meinen Weg lenken, denn im Moment bin ich völlig orientierungslos.«

So. Ich habe es ausgesprochen. Ich hätte nie gedacht, dass ich es jemals offen zugeben würde, aber nun ist es raus. Keine Ahnung, ob es richtig oder falsch war, dass ich es gesagt habe.

Ich bin einsam. Ich vermisse meinen Vater, und ich vermisse meine Mutter. Ich bin schon ein großes Mädchen, aber ich bin einsam.

»Mein Gott, Ruth, warum hast du das nicht schon früher gesagt?«, murmelt meine Schwester bestürzt. »Ich habe dich die ganze Zeit um dein glamouröses, sorgenfreies Leben beneidet, während ich in meinem Alltagstrott feststecke und meine Kinder durch die Gegend kutschiere, mich um die Hausarbeit kümmere und die dreckigen Socken meines Mannes vom Schlafzimmerboden aufhebe; dabei bist *du* in Wirklichkeit unglücklich und einsam. Ist es sehr schlimm, Ruth? Ernsthaft, kommst du klar?«

»Ich fühle mich sehr leer, Ally«, gebe ich zu und ziehe meine Decke fester um mich, spüre wieder einmal die Kälte in diesem großen, dunklen Haus. »Aber die Begegnung mit Michael hat mir frische Energie verliehen und gibt mir ein gutes Gefühl.«

»Es ist schön, dass Michael so eine positive Wirkung auf dich hat«, sagt Ally. »Hättest du mir das von Anfang an gesagt, wäre ich gar nicht auf die Idee gekommen, ihn dir auszureden.«

»Es ist immer so kompliziert … das ganze Leben«, sage ich leise. »Tag für Tag beschäftige ich mich hauptsächlich mit den Problemen anderer Leute, und nun lerne ich ausgerechnet einen Mann kennen, der gleich einen ganzen Sack davon mit sich herumschleppt. Typisch.«

»Das Leben ist nun einmal kompliziert, und leider gilt das auch für Herzensangelegenheiten«, sagt Ally. »Und glaub mir, langjährige Beziehungen sind auch kein gemütlicher Spaziergang durch den Park. In diesem Moment beobachte ich meinen geliebten Mann dabei, wie er sich ausgiebig in den Ohren pult, und ich würde liebend gern etwas nach ihm werfen, das so richtig wehtut. Manchmal frage ich mich, ob ich ihn überhaupt noch leiden kann, aber dann macht er irgendwas Süßes, und ich falle wieder auf ihn herein.«

Ich muss lachen, während ich mir David auf dem Sofa vorstelle, gemütlich ausgestreckt, ohne dass ihm bewusst ist, dass gerade jede seiner Bewegungen beobachtet und diskutiert wird.

»Versuch einfach, dich selbst zu schützen«, fährt meine Schwester fort. »Man muss es nehmen, wie es kommt, was zwischenmenschliche Beziehungen betrifft, Ruth, sei es nun mit Michael oder mit sonst wem. Es passiert, wenn es passieren soll.«

»Glaubst du das wirklich?«, frage ich. »Michael hat vorhin etwas ganz Ähnliches zu mir gesagt. Er meinte, ich solle die Dinge auf mich zukommen lassen und mir nicht so viele Gedanken machen. Ich wünschte, ich könnte das.«

»Vielleicht wird Michael sein Leben bald in Ordnung bringen, und eure Freundschaft kann sich weiterentwickeln. Pass einfach auf, dass du nicht zu früh dein Herz an ihn verlierst. Versuche, eine gesunde Distanz zu wahren, Ruth. Ich weiß, das sagt sich leicht, aber vertrau immer deinem Instinkt, damit du nicht verletzt wirst.«

»Ich werde auf meinen Instinkt hören, damit ich nicht verletzt werde«, sage ich laut als Erinnerung an mich selbst. »Bitte, Ally, kein Mitleid. Es geht mir gut, und ich kann auf mich selbst aufpassen. Ich finde Michael sympathisch, und ich genieße seine Gesellschaft, aber der Umstand, dass er seinen Sohn vor zwei Jahren verlassen hat, geht mir ziemlich gegen den Strich. Ich muss mehr darüber wissen, und ich muss sehen, dass er etwas dagegen unternimmt, bevor ich mich näher mit ihm anfreunde.«

»Dann gib ihm Zeit, und wir werden sehen, ob er sich bewährt«, erwidert meine Schwester. »Hör zu, ich muss jetzt aufhören, morgen erwartet mich ein stressiger Tag. Ruf an, wenn du mich brauchst, jederzeit, okay? Pass auf dich auf.«

»Und du auf dich«, erwidere ich, ein Spruch, den wir aus *Pretty Woman* übernommen haben, seit unsere Mutter uns als Teenager mit ihrer Schwärmerei für den Film angesteckt hat.

Ich will gerade auflegen, als Ally noch etwas hinzufügt.

»Ich hab dich lieb, Ruth, und ich hasse es, dass du dich einsam fühlst«, sagt sie, und ihre Stimme klingt zittrig und emotional. »Ich weiß, wie sehr *ich* Dad vermisse, darum kann ich mir vorstellen, wie es für dich ist, allein in diesem großen Haus, umgeben von so vielen Erinnerungsstücken. Vielleicht hast du recht und solltest das Haus tatsächlich verkaufen. Ich helfe dir gerne beim Ausmisten, und wir könnten eine letzte Party darin feiern, eine große Abschiedsparty, und es dann einfach hinter uns lassen. Oder vielleicht solltest du endlich auf Mums Postkarte antworten. Wenn du es tust, tu ich es auch.«

Am liebsten würde ich ihr sagen, dass ich nach meinem Gespräch mit Michael ganz dicht davorstehe, den Kontakt zu Mum wiederherzustellen, aber das hebe ich mir auf, bis ich definitiv bereit bin zu handeln. Es ist fast Weihnachten, und ich werde den Gedanken nicht mehr los, dass ich einfach in den sauren Apfel beißen und diesen Schritt machen sollte.

»Ich überlege es mir«, sage ich. »Ich hab dich auch lieb, Schwesterherz. Mach dir bitte keine Sorgen um mich. Ich bin ein großes Mädchen. Richte David und den Jungs liebe Grüße von mir aus und sag ihnen, dass Tante Ruth das beste Weihnachtsgeschenk aller Zeiten mitbringen wird, wenn sie kommt.«

Wir beenden das Gespräch, und ich liege da und starre an die Decke. Ich hoffe, meine Schwester macht sich nicht unnötig Sorgen um mich. Sie hat mit ihrem Haus, ihrem Mann, ihren Kindern, ihren Schwiegereltern und ihren eigenen Höhen und Tiefen schon genug zu tun.

Ich scrolle durch meine Nachrichten und beobachte, wie sich mein »Fragen Sie Ruth Ryans«-Posteingang mit einem Problem nach dem anderen füllt, von Menschen, die ich nie zu Gesicht bekommen werde. Menschen, die wissen, wie ich aussehe, und die wahrscheinlich auch wissen, wo ich wohne. Menschen, die, wie meine Schwester sagt, darauf achten, was ich anhabe, mit wem ich verkehre, und die aus der Ferne annehmen, ich hätte ein perfektes Leben, weil ich auf jedes Problem eine Antwort habe. Eine *Beziehungsexpertin*, ha! Bei der bloßen Vorstellung muss ich laut lachen.

Und dann fange ich an zu weinen, lautlos im dunklen Zimmer, weil nichts weiter von der Wahrheit entfernt sein könnte. Ich habe mich in meinem ganzen Leben noch nie so allein gefühlt.

KAPITEL 19

Vier Tage vor Weihnachten

Marian wohnt in einem grünen Vorort der Stadt, nicht weit entfernt von meinem Viertel, und ich mache mich zu Fuß auf den Weg zu ihr, froh über die knackig kalte Luft, die mich an diesem Wintermorgen begrüßt, als ich nach einer überraschend erholsamen Nacht mein Haus verlasse.

Die Straße ist gesäumt von eleganten braunen Backsteinhäusern, die etwas sehr Achtzigermäßiges ausstrahlen, und schließlich erreiche ich die Nummer neun mit der roten Tür und dem glänzenden Messingschild, auf dem groß der Name *Devine* steht. Während ich darauf zugehe, sehe ich, dass sich hinter einem Fenster die Gardinen bewegen, und gerade als ich auf die Klingel drücken will, öffnet die Tür sich einen Spalt, bleibt aber durch eine Kette gesichert.

»Ruth, sind Sie das?«, sagt eine höfliche Frauenstimme mit einem geschliffenen englischen Akzent.

»Marian? Ja, ich bin es.«

»Nun, das ist ein guter Anfang«, erwidert sie und öffnet mir die Tür dann ganz. »Eigentlich hatte ich mir vorgenommen, mich in aller Form vorzustellen, aber kommen Sie erst einmal herein. Hach, in Fleisch und Blut sind Sie sogar noch hübscher, aber das haben Sie sicher schon tausendmal gehört. Kommen Sie. Bitte treten Sie ein.«

Sie führt mich durch eine blitzsaubere Diele, vorbei an einem Garderobenständer, an dem noch eine Männerjacke, ein Hut und ein Stock hängen, und an einer Reihe von glücklichen Familienfotos auf einer kleinen Kommode. Im Haus riecht es nach Möbelpolitur und Lufterfrischer, die in meinem Hals kratzen. Es hat den Anschein, als hätte die arme Marian seit den frühen Morgenstunden hier gewirbelt.

Wir gehen in den Wintergarten auf der Rückseite des Hauses, und Marian bittet mich, in einem der Korbsessel Platz zu nehmen. Der Tisch ist sorgfältig gedeckt, mit dem guten Porzellan, schätze ich, und der Tee ist servierfertig. Ich vermute, dass Marian mein Besuch viel mehr bedeutet, als ich jemals hätte ahnen können.

»Ich gehe nicht mehr aus dem Haus«, erklärt sie. »Es kostet mich zu viel Überwindung, darum bin ich sehr froh, dass Sie bereit waren, zu mir zu kommen, statt irgendeinen Treffpunkt vorzuschlagen.«

Marian ist eine kleine, rundliche Frau mit weichen blonden Korkenzieherlocken, die aussehen, als wären sie selbst gefärbt und schon länger nicht mehr gestutzt worden, aber abgesehen davon wirkt sie in ihrer lila Kombination aus Tunika und weiter Hose so sauber und gepflegt wie ihr Haus.

»Warum gehen Sie nicht mehr aus dem Haus, Marian?«, frage ich, um direkt zum Kern der Sache zu kommen. »Haben Sie Angst davor?«

Sie hält ihre Teetasse mit der Untertasse in der Luft und schaut hinaus in den Garten, der, verglichen mit dem Inneren des Hauses, den Eindruck macht, als hätte er schon bessere Tage gesehen.

»Seit Billys Tod sind, von meinen Töchtern abgesehen, die einzigen Menschen, mit denen ich regelmäßig spreche, der Postbote und der junge Bursche, der mir jede Woche meine Lebensmittel bringt. Früher habe ich gerne Besorgungen gemacht, ging zur Post oder in die Reinigung und nahm mir Zeit für einen kleinen Abstecher ins Café. Ich hatte einen großen Freundeskreis, mit dem ich viele schöne Dinge unternehmen konnte, aber selbst die besten Freunde geben es irgendwann auf, wenn sie immer nur Absagen bekommen. Man könnte sagen, mein Selbstvertrauen ist dahin. Obwohl ich gerade wie ein Wasserfall rede, nicht wahr?«

Sie stößt ein kleines Lachen aus, und ich lache mit. Sie scheint heute Morgen tatsächlich ihre Stimmbänder gefunden zu haben, zu einer Uhrzeit, zu der meine noch gar nicht wach sind.

»Nun, das kann ich alles sehr gut nachvollziehen, Marian«, sage ich. »Wenn man einen Menschen verliert, der einem sehr nahegestanden hat, kann einem das vollkommen den Wind aus den Segeln nehmen. Aber es wäre doch bestimmt nicht in Billys Sinn, dass Sie Weihnachten alleine zu Hause verbringen und Trübsal blasen, nicht wahr?«

Mir wird die Ironie meiner Worte bewusst, schließlich hätte es leicht passieren können, dass ich mich an Weihnachten von allen und allem abkapsele, hätte ich nicht beschlossen, dieses Essen zu veranstalten. Ich frage mich, was mein Vater denken würde, wenn er mich in diesem Moment sehen könnte. Wäre er stolz auf mich, weil ich mich um diese Menschen bemühe? Ich weiß jedenfalls, dass es auch nicht in seinem Sinn gewesen wäre, dass ich alleine Trübsal blase.

»Nein, das würde Billy sicher nicht gefallen«, stimmt Marian mir zu. »Und darum habe ich mich an Sie gewendet, Ruth. Meine Töchter können dieses Jahr nicht kommen, und das macht mir wirklich zu schaffen. Oh, es ist richtig furchtbar! Natürlich nicht für meine Kinder, aber für mich schon. Rebecca ist in Afrika, wo sie als Ärztin arbeitet, und Stephanie, meine Jüngste, macht eine Rucksacktour um die Welt und ist gerade in Singapur.« Sie macht eine Pause und wartet auf meine Reaktion.

»Es ist schön für Ihre beiden Kinder, dass sie so viel in der Welt herumkommen«, sage ich. »Aber ich verstehe gut, dass Sie sich einsam fühlen und dass es sehr schwer für Sie sein muss, vor allem ohne Ihren Mann. Gerade die besonderen Anlässe im Jahr, die Sie so lange miteinander geteilt haben, können eine ziemlich harte Herausforderung sein.«

»Fünfundvierzig Jahre«, sagt sie. »Wir waren fünfundvierzig Jahre zusammen. Die bloße Vorstellung, wie sehr sich mein Leben ohne ihn verändert hat, deprimiert mich außerordentlich. Ich lese jede Woche Ihre Kolumne, und ich bewundere Sie zutiefst für Ihre Ratschläge. Es macht Ihnen hoffentlich nichts aus, dass ich Ihnen geschrieben habe.«

»Dafür bin ich ja da«, erwidere ich. »Wenn mir niemand schreiben würden, worüber sollte *ich* dann schreiben?«

Sie bleibt für eine Weile stumm, und gerade als ich sie fragen will, ob alles in Ordnung ist, spricht sie weiter.

»Billy und ich waren leidenschaftliche Golfer«, erzählt sie mit einem Lächeln auf den Lippen. »Wir standen jeden Sonntagvormittag auf dem Platz, bei Wind und Wetter, spielten unsere neun Loch und gingen anschließend gemütlich etwas essen. Heute sitze ich sonntags hier herum und sehe zu, wie der Garten immer mehr verwildert, oder ich höre Radio oder schaue mir irgendeinen Unsinn im Fernsehen an. Billy und ich hatten einen kleinen Wohnwagen, mit dem wir im Sommer umherreisten. Wir gingen gerne wandern und bergsteigen und unternahmen alles Mögliche zusammen, manchmal ganz spontan. Wir waren Gefährten, die besten Freunde bis zum Schluss, mein Billy und ich. Ich denke, das ist das, was ich am meisten vermisse, seit er nicht mehr lebt. Natürlich kann ich auf eigene Faust etwas unternehmen, und wenn ich einmal damit anfange, werde ich mich wahrscheinlich rasch daran gewöhnen und es vielleicht sogar genießen, aber es war so schön, immer einen Menschen an meiner Seite zu haben, wenn ich jemanden brauchte. Ich vermisse unsere Unternehmungen und Gespräche. Ich vermisse das wirklich sehr. Ich vermisse es, spontan einen Ausflug zu machen und zusammen zu lachen und … Er fehlt mir einfach so sehr.«

Ich beuge mich zu ihr und lege tröstend meine Hand auf ihre. Marian sieht aus, als würde sie jeden Moment in Tränen ausbrechen. Die arme Frau. Ihr Verlust ist greifbar, ihre Einsamkeit strömt aus ihrer Stimme und aus dem, was sie sagt, ja sogar aus dem, was sie nicht sagt. Ich habe Marian für mein Weihnachtsfest ausgewählt, weil sie einen Nerv bei mir getroffen hat, denn sie erinnert mich nicht nur an den Schmerz, den mein Vater sicher jede Nacht spürte, wenn er sich allein ins Ehebett legte, sondern auch an meine eigene Einsamkeit, die im Laufe der letzten zwölf Monate immer stärker von mir Besitz ergriffen hat. Ich kenne das Gefühl der Hilflosigkeit, das Gefühl, in seinem Kummer zu ertrinken, in seiner eigenen Gesellschaft, während das Selbstbewusstsein in Trümmern liegt, und ich kenne die pure Verzweiflung, weil man sich aus diesem Zustand herauskatapultieren möchte, aber nicht weiß, wie.

»Wissen Sie, im normalen Alltag trifft es mich immer am schlimmsten«, fährt Marian fort und stellt ihre Teetasse mit der Untertasse auf dem Glastisch ab. »Ich gehe durchs Haus und warte darauf, Billy zu begegnen oder dass ich über seine Schuhe stolpere oder ihm sage, dass er den verflixten Fernseher leiser stellen soll, aber stattdessen sind da nur ich und die Stille und das Knarren von Türen.«

»O Marian.«

»Was mir am meisten zusetzt, ist, dass ich nicht einmal mehr jemanden habe, mit dem ich gepflegt einen Tee trinken kann«, fährt sie fort, und daraufhin kullern bei ihr die ersten Tränen. »Das sind für mich die schwersten Momente. Ich liebe es, eine klassische Tea Time zu zelebrieren, und nun ist da keiner mehr, mit dem ich sie teilen kann. Ich habe das Gefühl, dass ich nicht mehr gebraucht werde, Ruth. Ich komme mir völlig nutzlos vor.«

»Es tut mir so leid«, sage ich, denn ich weiß genau, was sie meint, und ich verdrücke selbst ein paar Tränen, während ich Marian schluchzen höre.

»Ich habe wirklich Angst vor Weihnachten, Ruth«, sagt sie dann mit einem leisen Schniefen. »Für Billy und mich war das immer die schönste Zeit im Jahr. Billy war mein Seelenverwandter.«

Ich muss mich zusammenreißen, also zwinkere ich meine Tränen weg und versuche, mich nicht zu sehr in Marians Kummer zu verfangen, sonst endet es wahrscheinlich damit, dass ich mir mit ihr zusammen die Augen ausweine, und das wäre ihr sicher keine große Hilfe. Ich muss praktisch denken. Marian steht für so viele einsame Frauen, die immer mehr ihre Zuversicht verlieren, aber einfach nur wieder etwas Selbstvertrauen spüren müssen, und ich hoffe, dass mein Besuch ihr die nötige Energie verleihen wird, um wieder in Schwung zu kommen. Sie hätte es verdient.

»Marian, bitte vergessen Sie nicht, dass es Menschen gibt, denen Sie nicht egal sind und die Sie brauchen. Um sie zu finden, haben Sie bereits den ersten Schritt getan, indem Sie mir diese reizende E-Mail geschrieben haben«, sage ich, während sie leise weiterschluchzt. »Sie brauchen Weihnachten nicht alleine zu verbringen, zumindest nicht in diesem Jahr. Kommen Sie zu meiner Feier, und wir werden uns alle gemeinsam bemühen, eine schöne Zeit miteinander zu haben, selbst wenn die Umstände vielleicht schmerzlich sind.«

»Danke, meine Liebe, ich komme sehr gerne«, murmelt sie, und es klingt wie aus tiefster Seele. »Wer weiß, vielleicht ist das der kleine Schubs, auf den ich gewartet habe, um mein Leben wieder aufzunehmen. Vielleicht wird es mir Mut verleihen, um ein paar neue Dinge auszuprobieren, und vielleicht ergeben sich dabei auch neue Freundschaften.«

»Ein Schritt zieht oft den nächsten nach sich«, sage ich. »Und Sie haben bereits einen sehr mutigen Schritt getan, indem Sie sich ein Herz gefasst und mir geschrieben haben, worüber ich sehr froh bin. Also, wie werden Sie Ihren restlichen

Tag verbringen? Und sagen Sie jetzt bloß nicht, dass Sie dem Unkraut im Garten beim Wuchern zusehen werden! Ich wette, Ihnen fällt etwas Spannenderes ein.«

Ich hasse die Vorstellung, dass sie hier alleine sitzt, in der Vergangenheit schwelgt und die Zukunft fürchtet und niemanden für ihre Teezeremonie hat. Manchmal gibt es nichts Besseres auf der Welt, als für sich zu sein, aber wenn man das Gefühl hat, dass keiner da ist, an den man sich wenden kann, den man anrufen kann, wenn einen etwas beschäftigt oder wenn man einfach Lust auf einen kleinen Plausch hat, kann das Alleinsein einen verschlingen und innerlich zerreißen. Ich weiß genau, wie Marian sich fühlt.

»Wissen Sie was, vielleicht gehe ich nachher in den Park«, sagt sie, plötzlich munter, als hätte ich einen Funken in ihr entfacht. »Ich war nicht mehr dort, seit Billy krank wurde, aber vielleicht werde ich mich später einfach warm einpacken und einen Spaziergang machen, zu seinem Gedenken. Billy hat diesen Park geliebt, Ruth. Vielleicht kennen Sie ihn, in der Mitte steht eine große Schmetterlingsskulptur. Ich habe mich immer gefragt, was sie zu bedeuten hat. Ich sollte es mir zur Aufgabe machen, das herauszufinden. Ja, ich glaube, das werde ich tun. Ich werde heute noch rausgehen, egal, ob es regnet oder schneit. Es gibt kein schlechtes Wetter, nur schlechte Kleidung, hat mein Billy immer gesagt.«

Das Zwitschern in ihrer Stimme zu hören macht mein Herz richtig froh. »Der Schmetterling ist ein Symbol für die Auferstehung, Marian«, sage ich. »Er steht für Veränderung und Hoffnung, für Ausdauer und das Leben. Mein Vater gehörte damals dem städtischen Ausschuss an, der die Entwürfe prüfte, darum weiß ich alles über die Skulptur. Ach, und zufällig wohne ich gleich neben dem Park. Ich kann ihn tagtäglich von meinem Haus aus sehen.«

»Na, so was!«, sagt Marian. »Auferstehung? Nun, das ist in

mehr als nur einer Hinsicht ein gutes Zeichen für mich. Und wenigstens weiß ich jetzt, wo ich an Weihnachten hingehen kann. Falls ich Sie in der Nähe des Parks sehe, werde ich Ihnen winken, Ruth. Ich danke Ihnen vielmals, dass Sie mir ein bisschen Hoffnung gegeben haben und den nötigen Impuls, damit ich mich traue, mein Haus zu verlassen und der Welt wieder gegenüberzutreten. Ich werde diesen Spaziergang genießen, und ich freue mich jetzt schon auf unser Wiedersehen an Weihnachten. Herzlichen Dank, meine Liebe. Von nun an werde ich diesen Schmetterling mit ganz anderen Augen betrachten.«

Wir stehen auf, und ich breite meine Arme aus und lege sie um Marian. Sie klammert sich an mich wie eine Ausgehungerte. Ich muss an ihre Töchter denken, die sie bestimmt schon viele Male so umarmt haben, wenn sie es brauchte, als sei es das Natürlichste der Welt. Ich denke daran, wie wir Menschen die Kraft einer einfachen Umarmung als selbstverständlich betrachten, aber uns danach verzehren, wenn sie in weiter Ferne ist. Und plötzlich durchzuckt es mich wie ein elektrischer Schlag. Genauso könnte es sich anfühlen, meine Mutter in dieser Phase unseres Lebens zu umarmen. Ich schnappe nach Luft und lasse Marian los.

»Ist alles in Ordnung, meine Liebe?«, fragt sie. »Sie machen ein Gesicht, als hätten Sie einen Geist gesehen.«

»Ja, ja, ich bin okay«, antworte ich, irgendwie erfreut über diese brandneue Erkenntnis, was ich sehnlichst vermisse – und meine Mutter bestimmt auch.

Wir haben beide so viel verpasst, und ich möchte sie nicht länger entbehren.

»Wir sehen uns in vier Tagen«, sagt Marian. Sie begleitet mich mit einem ganz neuen Selbstbewusstsein zur Tür.

»Ich kann es kaum erwarten!«, erwidere ich, und das meine ich aufrichtig. Ich wünschte, es wäre jetzt schon Weihnachten, dann könnte ich all diese wunderbaren Menschen bei mir willkommen heißen, die so viel Mut und Begeisterung dafür aufbringen, das Fest der Liebe mit mir und einer Handvoll Leute zu feiern, die sich nie zuvor begegnet sind.

Ich habe jede Menge zu tun. Ich muss das Haus aufräumen und dekorieren. Ich muss den Truthahn abholen und Lebensmittel einkaufen, und ich möchte ein paar Kleinigkeiten besorgen, als besondere Überraschung. Aber zuvor bin ich mit Nicholas verabredet, und mir wird bewusst, dass ich bereits spät dran bin. Ich sollte mich besser beeilen. Ich möchte ihn nicht warten lassen.

»Ich wette, Sie haben nicht damit gerechnet, dass Sie vor dem großen Tag den echten Weihnachtsmann kennenlernen«, sagt Nicholas, nachdem ich die fünfundzwanzig Stufen zur Kirche hochgestürmt bin, wo er mich in feiner Aufmachung erwartet. Er trägt einen echten Kamelhaarmantel, einen klassischen Filzhut und einen schmucken Gehstock, was ihn, zusammen mit seinem dichten weißen Vollbart, dem weißen Haupthaar und der Brille mit der schmalen Silberfassung, sehr elegant aussehen lässt. Ich weiß so genau, wie viele Stufen es sind, weil ich sie früher als Kind jeden Sonntag zählte, wenn ich, ob es mir passte oder nicht, in die Messe geschleift wurde und für eine gute Stunde den Mund halten musste. Was für eine Tortur!

»Den Vergleich hören Sie sicher ständig«, erwidere ich. »Sie könnten tatsächlich als Doppelgänger von Santa Claus durchgehen. Hallo, ich bin Ruth. Freut mich sehr, Sie kennenzulernen.«

Wir schütteln uns die Hände, und ich folge Nicholas in die Kirche. Nicht gerade der ideale Ort für eine Unterhaltung, aber da der Vorschlag von ihm kam, habe ich nichts gesagt. Zu meiner Überraschung gehen wir nicht zu den Kirchenbänken, sondern stattdessen führt er mich eine schmale Wendeltreppe gleich neben dem Eingang hoch. Oben angekommen, stehen wir auf einer kleinen Empore aus Holz, vor einer prächtigen, mit Gold verzierten Kirchenorgel mit silbernen Pfeifenreihen, die bis zur Decke hochragen. Das Gehäuse ist sehr aufwendig und kunstvoll gearbeitet, und als Nicholas auf dem roten Samthocker vor der Tastatur Platz nimmt, wirkt er, als wäre er in seinem ganz persönlichen Paradies.

»Setzen Sie sich.« Er macht eine auffordernde Geste, und ich setze mich auf eine Holzbank, von der aus man in das majestätische Innere der Kirche hinunterschauen kann.

»Ich war noch nie hier oben«, sage ich in gedämpftem Ton, während ich die Aussicht auf mich wirken lasse: Den Altar ziert ein rot-grüner Adventskranz, die Krippe ist in Originalgröße aufgebaut, mit allem Drum und Dran, inklusive eines sehr echt wirkenden Jesuskindes, und an den Wänden sind die verschiedenen Phasen der Kreuzigung dargestellt.

»Hier, genau hier oben, ist wahrscheinlich mein Lieblingsplatz in dieser Stadt«, sagt Nicholas. »Ach, wie gerne würde ich diese Orgel singen hören! Nun ja, ich meine, unter meinen eigenen Fingerspitzen. Ich höre sie nämlich jeden Sonntag, wenn ich den Gottesdienst besuche. Das ist das Gute daran, ein nicht etikettierter Christ zu sein. Ich kann mir aussuchen, in welche der drei Hauptkirchen ich gehe, und niemand ahnt, dass ich in erster Linie wegen der wunderbaren Musik komme, die den ganzen Raum erfüllt. Ich kann an einem Tag ein Katholik sein, am nächsten ein Presbyterianer und am übernächsten ein Anglikaner. Das ist eine spielerische Annäherung an Religion. In der Abwechslung liegt die Würze des Lebens.« Er kichert in sich hinein, als hätte er mich gerade in sein größtes Geheimnis eingeweiht.

»Spielen Sie selbst überhaupt nicht mehr?«

Sein Gesicht verfinstert sich, und er schüttelt den Kopf,

während er auf die weißen und schwarzen Tasten vor sich starrt.

»Nein«, sagt er leise. »Gezwungenermaßen, denn ich habe keinen Ort zum Musizieren. Ruth, es mag vielleicht albern klingen, aber ich kann aufrichtig behaupten, dass ich mir ohne meine Musik fremd geworden bin. Ich weiß nicht, wer ich ohne sie bin. Vielleicht bin ich nichts. Vielleicht bin ich ohne sie vollkommen nutzlos.«

Ich verziehe ungläubig mein Gesicht. »Aber so können Sie nicht leben, Nicholas. Das ist einfach nicht richtig«, sage ich. »Es muss doch eine Möglichkeit geben – es muss einen Ort geben, wo Sie spielen können. Ganz bestimmt gibt es den.«

Seine Finger tanzen über die Tasten, und er schließt seine Augen und summt ein Kirchenlied. Ich setze mich gerade hin und lausche. Die Melodie kommt mir bekannt vor. Sie bringt etwas in mir zum Schwingen. Gott, ja, ich erinnere mich an sie! Plötzlich sehe ich mich unten in einer Kirchenbank sitzen und mit meiner Mutter flüstern, die mir bedeutet, still zu sein, bevor sie ihren Kopf wieder schieflegt und mit kummervoller Miene dem Pfarrer lauscht, der vorne auf dem Altar in seinem Singsang predigt. Sie wischte mir immer die Nase mit einem Taschentuch aus ihrer Handtasche ab, das wie ihr Lippenstift roch, und ich betete jedes Mal nur für eine einzige Sache: dass die ganze Zeremonie möglichst bald zu Ende gehen würde, damit ich nach Hause konnte, zurück zu meinen Spielsachen, und nicht länger in diesen Mauern des Schweigens eingeschlossen war.

Ich frage mich, welchen Trost sie daraus schöpfte. Wofür hat sie so inbrünstig gebetet? Warum weinte sie manchmal beim Beten? Ich hatte das völlig vergessen.

»Musik kann uns in jeden Winkel unseres Gedächtnisses führen«, sagt Nicholas und reißt mich aus meinen Gedanken. Ich öffne die Augen und atme tief durch.

»Tut mir leid, ich war gerade meilenweit weg. Das war ein schönes Lied.«

»Musik hat die Kraft, die meisten gebrochenen Herzen zu heilen, und natürlich auch, sie wieder zu brechen«, fährt er fort. »Ich vermisse meine Musik wirklich sehr, Ruth. Ich vermisse sie so sehr, dass es mir das Herz gebrochen hat.«

»Ich weiß, Nicholas«, sage ich sanft. »Ich habe Ihr Lied wirklich genossen, obwohl Sie es bloß gesummt haben, und ich kann nur ahnen, welchen Effekt es hat, wenn Sie auf dem Klavier oder der Orgel spielen. Sie haben recht, Musik hat eine hypnotisierende Wirkung. Sie müssen unbedingt wieder spielen. Das steht außer Frage.«

Nicholas errötet unter seinem weißen Vollbart. »Und Sie möchten mich also wirklich an Ihrer Festtafel begrüßen?«, fragt er fast ungläubig. »Sie haben es sich nicht anders überlegt, nun, nachdem Sie mich in Fleisch und Blut gesehen haben?«

Ich schenke ihm ein strahlendes Lächeln. »In meinem Wohnzimmer steht ein Klavier, das sich danach sehnt, gespielt zu werden«, sage ich, und seine blauen Augen leuchten auf.

»Dann wird dies das beste Weihnachtsfest, das ich seit langer Zeit hatte«, erwidert er mit funkelndem Blick.

Und ich muss ihm zustimmen. Ich denke auch, dass es das beste Weihnachtsfest seit langer Zeit wird.

Zu Hause angekommen, schwebe ich innerlich wie auf Wolken, weil der Vormittag so gut gelaufen ist und ich nun weiß, wie viel dieses Festessen Marian und Nicholas aus ganz unterschiedlichen Gründen bedeutet. Ich freue mich schon darauf, Nicholas am Klavier zu hören, und ich werde mein Bestes geben, um einen Ort für ihn zu finden, wo sein Talent gebraucht wird. Es muss eine Möglichkeit geben, selbst wenn es nur für ein oder zwei Tage oder Abende in der Woche ist, damit er seine Kreativität entfalten und seine Seele füttern kann, wonach er sich so verzweifelt sehnt.

Ich bin noch ganz überwältigt von der Kirche, die ich früher als Kind mit meiner Mutter regelmäßig besuchte, und von dem Lied, das die Erinnerung an jene Sonntage weckte, an denen Mum stumm an meiner Seite weinte. Warum war sie damals so traurig? Es sind Bilder aus der Vergangenheit, die ich einfach nicht ignorieren kann.

Und dann war da die freundliche und reizende Marian, die mich umarmte, als wäre ich ihre eigene Tochter, während ich mich fragte, wie viele Umarmungen meiner Mutter ich versäumt habe. Durch meinen Besuch fühlte Marian sich gestärkt genug, um sich hinaus in den Park zu trauen und sich den Schmetterling anzusehen, und mir wird richtig warm ums Herz, wenn ich mir vorstelle, wie sie sich auf den Weg macht und ihr Selbstvertrauen langsam wiederaufbaut. Ich hoffe, das Weihnachtsessen in so netter Runde wird ihr dabei helfen.

Während ich mich in dem herrlichen Gefühl eines wahrhaft beglückenden Vormittags sonne, muss ich unwillkürlich an Paul denken, den jungen Drogenabhängigen, von dem ich immer noch nichts gehört habe. Er ist derjenige, auf den ich mich am meisten freue. Ich sollte zwar keinen Gast bevorzugen, aber gerade Paul, der mit seinen zwanzig Jahren gegen so viele Dämonen kämpft, benötigt besondere Zuwendung, im Moment wohl mehr denn je. Also checke ich wieder meine E-Mails, aber umsonst. Als Nächstes höre ich meine Mailbox ab, auf der lediglich eine neue Nachricht ist, und die stammt von Michael, der mir mitteilt, dass er heute Nachmittag freihabe, und wissen möchte, ob ich Lust hätte, für ein paar Stunden aus der Stadt rauszufahren, falls ich nicht zu beschäftigt sei.

Michael.

Der Gedanke an Michael löst gemischte Gefühle in mir aus, und ich weiß nicht, in welche Richtung ich mich wenden soll.

Ich würde gerne den Nachmittag mit ihm verbringen, und ich mag seine Denkweise, aber seine Einladung kommt nach unserem Schlagabtausch gestern Abend etwas überraschend. Ich muss überlegen, was heute noch alles auf meiner Tagesordnung steht, bevor ich zusage, obwohl mein erster Instinkt ist, spontan mit Ja zu antworten, weil ich nämlich gerade nichts lieber täte, als für eine Weile allem zu entfliehen – besonders mit Michael.

Aber bin ich tatsächlich zu beschäftigt, oder stelle ich mich bloß stur nach gestern Abend? Ich bin mir nicht sicher …

Was meine Arbeit betrifft, die Liste der ausgewählten Zuschriften für meine nächste Kolumne steht bereits. Ich muss natürlich noch meine Antworten formulieren, aber das kann ich auch heute Abend machen oder notfalls morgen früh. Dann sollte ich bei Paul nachhaken, ob er an unserem Weihnachtsessen teilnimmt; andererseits möchte ich ihm ausreichend Zeit geben, um von sich aus zu antworten. Außerdem muss ich jede Menge für das Fest in vier Tagen erledigen, aber auch das kann ich auf später verschieben. Also ja, ich habe ein paar Stunden Zeit, und ich würde unheimlich gern irgendwohin fahren.

Wo soll es hingehen?, frage ich Michael per SMS und ziehe dann einen Pullover über, weil es ziemlich kühl ist. Nicht dass es wirklich eine Rolle spielen würde, wo es hingeht. Im Moment würde ich sogar zum Mond fliegen, nur für einen Tapetenwechsel.

Lass uns einfach auf Entdeckungsreise gehen, antwortet er. *Stürzen wir uns ins Abenteuer, Ruth. Das Leben will schließlich gelebt werden! Ich denke, es täte uns beiden gut, den Alltag hinter uns zu lassen, selbst wenn es nur für ein paar Stunden ist, meinst du nicht auch? Vor allem nach unserem Gespräch gestern Abend. Lass uns einfach losfahren und abschalten und Spaß haben …*

Wow, offenbar hatte er letzte Nacht eine Art Offenbarung. Ich begrüße seine positive Einstellung und seine Bereitschaft weiterzumachen. Wir haben beide schließlich nur unseren jeweiligen Standpunkt klargestellt, was hätte es also für einen Sinn, nachtragend zu sein? Vielleicht hat er ja gute Neuigkeiten, die er mit mir teilen möchte? Vielleicht hat er sich endlich bei seinem Sohn gemeldet? Ich hoffe es wirklich sehr.

Du klingst ziemlich aufgekratzt, schreibe ich zurück, und dann klingelt mein Handy. Es ist Michael.

»Ich dachte, ich lasse dich in echt hören, wie aufgekratzt ich bin«, sagt er mit einem Lachen.

»Das gefällt mir«, erwidere ich. »Es ist schön, dass du so vergnügt bist.«

Ich muss an Marian und an all die wunderbaren Abenteuer denken, die sie mit ihrem geliebten Mann erlebt hat, und daran, wie viel sie dafür geben würde, ihn zurückzuhaben, um mit ihm wieder auf Entdeckungsreise zu gehen.

»Okay, ich bin dabei«, sage ich in den Hörer.

»Großartig!«, erwidert Michael. »Ich hole dich in, sagen wir, einer halben Stunde ab? Pack dich warm ein, und dann nichts wie raus aus der Stadt. Ich glaube, wir können beide eine Luftveränderung vertragen.«

Ich bin bereits Feuer und Flamme. »Fahren wir ans Meer?«, frage ich.

»Du hast es erfasst. Bis gleich.«

Ich ziehe den Pullover wieder aus und alles andere auch und stelle mich kurz unter die Dusche, unfähig, meine Begeisterung über den spontanen Nachmittagsausflug zurückzuhalten. Der Zitrusduft des Duschgels befördert mich zurück in die Gegenwart, und ich wasche mir zusätzlich die Haare, obwohl mir bewusst ist, dass es ein Albtraum sein wird, sie in so kurzer Zeit in Form zu bringen. Ich möchte mich frisch und lebendig fühlen für das, was mich erwartet.

So fühlt es sich also an, mit jemandem eine Freundschaft einzugehen, jemanden zu haben, mit dem man ganz spontan Dinge unternehmen und Orte besuchen kann. Ich könnte mich sehr rasch daran gewöhnen, aber ich werde es nicht übertreiben. Ich muss mich schützen, wie meine Schwester gesagt hat. Ich muss es cool angehen und es einfach genießen, wie es kommt mit meinem neuen Freund ... ein neuer Freund, in dessen Gesellschaft ich mich wirklich wohlfühle, selbst wenn wir den Abend zuvor damit verbracht haben, unsere Konflikte auszutragen.

Im Grunde ganz einfach, wenn man es so betrachtet – oder?

Michael schickt mir eine SMS, als er draußen steht, also trödele ich ein paar Minuten in der Diele herum, weil er nicht merken soll, dass ich schon seit mindestens zehn Minuten bereitstehe. Ich habe mich dick eingemummt, und langsam fange ich an, in meiner gelben Steppjacke überzukochen. Sie fühlt sich an wie ein Satz Gummireifen um meinen Oberkörper.

»Ich habe heute Morgen zwei weitere Gäste getroffen, die an Weihnachten kommen werden«, sprudele ich begeistert los, als ich zu Michael in den Wagen steige. »Zuerst war ich bei Marian, das ist die Witwe, die vor Kurzem ihren Mann verloren hat, weißt du?«

»Nein, aber ich bin mir sicher, sie ist reizend«, erwidert er.

Obwohl wir gestern Abend im Guten auseinandergegangen sind, liegt eine leichte Anspannung in der Luft. Ich beschließe, vorerst beim Thema Weihnachtsgäste zu bleiben.

»Oh, das ist sie«, bekräftige ich. »Marian hat seit dem Tod ihres Mannes vor ein paar Wochen ihr Haus nicht mehr verlassen. Abgesehen von ihren Töchtern und hin und wieder dem Postboten und dem Lieferanten vom Supermarkt pflegt sie keinen Kontakt zur Außenwelt, aber nach unserem Gespräch heute Morgen war sie fest entschlossen, sich für einen Spaziergang vor die Tür zu trauen.«

»Wirklich?«, sagt Michael. »Ruth, genau darum geht es doch, oder? Ein kleines bisschen Aufmerksamkeit kann so viel bewirken. Schon erstaunlich, wie du das machst. Das freut mich wirklich sehr.«

»Und mich erst. Der Tag hätte nicht besser anfangen können«, sage ich. »Marian war mir sofort sympathisch, und danach habe ich mich mit Nicholas getroffen, den ich einfach nur entzückend finde. Ich frage mich bloß, was mit Paul Connolly ist. Er hat als Einziger nicht geantwortet. Der Arme könnte in Schwierigkeiten sein.«

Mir wird bewusst, dass ich Michael gar nicht richtig begrüßt habe, aber es scheint ihm nichts auszumachen.

»Hoffentlich nicht«, sagt er und biegt in die belebte Hauptstraße, wo sich der Mittagsverkehr drängt. »Es braucht wirklich alle Sorten von Menschen, damit die Welt sich dreht, nicht wahr? Eigentlich freue ich mich am meisten auf die Dynamik zwischen all den verschiedenen Charakteren an deiner Tafel. Wir sollten uns vielleicht ein paar Sachen überlegen, um das Eis zu brechen, um die Leute zum Reden zu bringen, damit sie nicht die ganze Zeit nur dasitzen und sich unser liebliches Gezwitscher anhören.«

Ich bereue es nun, dass ich voll vermummt ins Auto gestiegen bin, und fange an, die äußeren Schichten abzulegen. Michael zieht an meinem Ärmel, um mir aus der Steppjacke zu helfen.

»Gott sei Dank«, sage ich erleichtert. »Ich hatte das Gefühl, gleich zu ersticken.«

»Du wirst feststellen, dass in dieser kleinen Blechkiste hier entweder tropische Temperaturen herrschen oder Minusgrade. Dazwischen gibt es nichts«, erwidert er und tätschelt das Armaturenbrett. »Aber abgesehen davon hat mir der Wagen noch nie Ärger gemacht, obwohl ich nicht viel dafür bezahlt habe, und er gibt mir ein Stück Unabhängigkeit, die mich glücklich macht. Es sind die einfachen Dinge im Leben, nicht wahr?«

Ich nicke zustimmend, obwohl er es nicht sehen kann, weil seine Augen fest auf die Straße geheftet sind. Es sind die einfachen Dinge, ganz richtig. Dass Nicholas seine Musik ausüben kann, dass Marian sich aus dem Haus traut ... Ich habe heute viel erfahren, und es hat mich dazu gebracht, über mein Leben nachzudenken und über all das, was ich als selbstverständlich betrachte, wie meinen Job, mein Haus und mein Auto. Dinge, die man im Leben braucht, aber nicht immer haben kann. Und hier ist Michael, der in seinem früheren Leben als Koch, als Lebenspartner und als Vater in Ungnade gefallen ist, und freut sich nun über die Freiheit, die ihm diese rostige kleine Blechkiste schenkt, mit ihrer Beifahrertür, die sich nur von außen öffnen lässt, und ohne ein Radio, das unterwegs für Unterhaltung sorgen könnte. Das alles kommt mir vor wie ein Fingerzeig, dass ich meinen Lebensstil herunterschrauben sollte, um ein für alle Mal zu erkennen, was wirklich wichtig ist.

Kurz darauf warten wir eine gefühlte Ewigkeit an einer roten Ampel.

»Also, wohin führt unser Abenteuer?«, frage ich, und ich fühle mich plötzlich geehrt, dass ich zu so einem spontanen Ausflug eingeladen wurde. »Übrigens, danke, dass du mich mitnimmst, und übrigens, hallo. Mir ist erst durch deinen Vorschlag bewusst geworden, wie dringend ich eine Pause brauche. Es ist schon jetzt ein tolles Gefühl, der Stadt den Rücken zu kehren, raus aus dem täglichen Trott und dem Trubel und dem Stress. Manchmal müssen wir von unserem Leben bewusst Abstand nehmen, um das, was wir haben, wieder schätzen zu lernen, nicht wahr?«

Michael lächelt, und ich spüre irgendwie, dass er versucht, mir genau diese Botschaft zu vermitteln, wie schon neulich vor meinem Haus, als er mir offenbarte, dass er der Obdachlose von der Hope Street war. Er wollte mir bewusst machen, wie gut ich es habe, und langsam fange ich an, das zu verstehen.

»Du wirst es sehen, wenn wir da sind«, antwortet er und dreht lächelnd den Kopf zu mir, dann springt die Ampel auf Grün, und wir fahren weiter.

Also eine Fahrt ins Blaue. An einen geheimen Ort. Das gefällt mir. Ich bin zwar leicht nervös, aber ich fühle mich bei Michael sicher, und ich vertraue darauf, dass er mich wohlbehalten ans Ziel bringt, wie auch immer es heißen mag.

»Und wie kommt es, dass du heute Nachmittag freihast?«, frage ich. »Gestern hast du nichts davon gesagt.«

»Da wusste ich es auch noch nicht«, antwortet er.

»Ach so.«

»Ich habe gestern Abend nach unserem Treffen mit Gloria telefoniert und sie gefragt, ob ich mir freinehmen kann«, erklärt er. »Ich habe noch ein paar Tage Resturlaub, und im Moment sind genügend Aushilfen da, um mich zu vertreten.«

Ich nicke. »Gloria gibt den Studenten gern ein paar Extraschichten vor Weihnachten. Sie ist wirklich sehr fürsorglich.«

»Und als ich ihr erzählt habe, warum ich mir heute freinehmen möchte, hat sie keine Sekunde gezögert, Ja zu sagen«, fährt er fort. »Sie findet die Idee super, genau wie ich, und ich hoffe, du auch, wenn wir dort ankommen.«

»Wow, nun bin ich neugierig«, sage ich. »Dann ist Gloria also in diese Sache hier eingeweiht? Das klingt wie eine echte kleine Verschwörung.«

Er lacht. »So könnte man es wohl auch nennen«, erwidert er. »Ich denke, Ruth, dieser Kurztrip wird uns beiden guttun, in vielerlei Hinsicht. Manchmal ist es ratsam, aus der alltäglichen Routine auszubrechen, um den Kopf frei zu bekommen. Danach sieht man die Dinge oft ein bisschen klarer. Zumindest hoffe ich darauf. Es ist einen Versuch wert, oder?«

»Absolut«, sage ich zustimmend. »Abwechslung ist genauso gut wie eine Ruhepause, hat mein Vater immer gesagt. Mein Gott, ich klinge schon wie eine alte Frau.«

Michael kichert leise. »Na ja, ich wollte ja nichts sagen …«

Ich boxe ihm scherzhaft gegen den Arm, woraufhin er Schmerzen simuliert und mich dann im Gegenzug sanft in den Oberschenkel kneift; aber statt seine Hand wieder zurückzuziehen, lässt er sie direkt neben meinem Bein ruhen, während er mit der anderen den Wagen lenkt. Ich schaue auf seine Haut, die Armbanduhr an seinem Handgelenk, und als ich den Blick zu ihm hebe, stelle ich fest, dass auch er mich ansieht, bevor er sich wieder auf die Straße konzentriert.

Er zieht seine Hand weg.

»Was ist los, Michael?«, frage ich.

»Wir machen einen Ausflug, das ist los, und das Ziel soll eine Überraschung sein, und ich denke, es wird dir gefallen.«

»Du weißt, was ich meine«, sage ich ein bisschen ernster. »Mit uns.«

Er beißt auf seine Unterlippe. Dieses Mal antwortet er nicht sofort.

»Hör zu, Ruth, ich kann und werde nicht bestreiten, dass ich dich wirklich sehr gernhabe«, sagt er schließlich. »Damit hätte ich nie gerechnet, aber so ist es nun einmal. Ich möchte nur nicht, dass wir verletzt werden, das ist alles.«

»Verletzt werden?«

»Ja, beide«, fährt er fort. »Ich weiß nicht, ob jemand wie du sich überhaupt mit jemandem wie mir einlassen würde, und ich habe Angst, dass wir uns womöglich viel zu schnell näherkommen. Und wie schon gesagt, ich muss dringend ein paar Dinge aus meiner Vergangenheit klären, und ich möchte dich nicht mit meinen Problemen belasten. Im Moment ist eine schwierige Zeit im Jahr, darum sollten wir ... Wir sollten einfach vorsichtig sein, mehr nicht. Wir sollten unsere gemeinsame Zeit genießen, aber trotzdem vorsichtig sein.«

Ich stöhne laut auf. »Gott, du klingst schon wie Gloria«, sage ich unwillkürlich, ohne es allzu ernst zu meinen. »Du verbringst zu viel Zeit im Café.«

Michael lacht. »Du bist eine sehr schöne, sehr liebenswürdige und sehr mutige Frau, weil du dieses Weihnachtsessen ausrichtest, und du gibst mir das Gefühl, als würden wir uns schon eine Ewigkeit kennen. Aber ich denke auch, dass du mindestens eine Nummer zu groß für mich bist.«

Ich ziehe eine Augenbraue hoch. Mein Magen fängt jedes Mal an zu flattern, wenn ich in Michaels schönes Gesicht sehe. Mir fehlen die Worte.

»Tja, da hat es mir doch glatt die Sprache verschlagen«, sage ich schließlich, und er lacht als Antwort. »Meine Schwester hat mich gewarnt, ich solle vorsichtig sein. Sie befürchtet offenbar, du könntest ein Serienmörder sein oder so etwas in der Art.«

Das wollte ich gar nicht sagen. Ich will ihn ganz sicher nicht beleidigen.

»Vielleicht hat deine Schwester ja recht«, erwidert er und macht ein grimmiges Gesicht.

»Wie bitte?«

»Das war nicht ernst gemeint!«, sagt er.

»Von meiner Schwester auch nicht ... glaube ich.«

»Aber vielleicht bin ich ja doch ein Serienmörder. Du wirst es bald herausfinden«, fügt er hinzu, und ich starre ihn entsetzt an. »Das war ein Scherz!« Er hebt kurz die Hände vom Lenkrad, als würde er sich ergeben.

»Na schön, verbringen wir einfach einen netten Nachmittag, ohne uns mit irgendwelchen Spekulationen oder potenziellen Serienmördern unter uns aufzuhalten, einverstanden?«, schlage ich vor. »Außerdem ist es mir peinlich, wenn du mich so sehr in den Himmel lobst. Ich könnte dir am Ende noch glauben.«

Er legt seine Hand wieder neben mein Bein und lässt sie dort ruhen, ohne sie wegzuziehen. Ich bin froh darüber. Ich finde es gut so.

Dann lehne ich mich zurück und beobachte, wie die Welt an uns vorübergleitet, und ich wünschte, ich könnte mich für den Rest meines Lebens so gut fühlen wie heute. Ich vergesse meine Mutter, ich vergesse mein Haus und meinen Drang, es zu verkaufen, ich vergesse, dass Michael auf der Straße lebte, als ich ihm das erste Mal begegnete, und ich vergesse, dass er dieses Riesenproblem mit seinem Sohn hat, dem er sich stellen muss.

Manchmal ist es gut, einfach zu vergessen.

KAPITEL 20

Fast zwei Stunden später kurven Michael und ich auf dem Wild Atlantic Way die irische Nordwestküste entlang zu einem kleinen Ort, den ich schon aus der Ferne wiedererkenne: Rossnowlagh. Ich beobachte, wie sich draußen auf dem Meer die Wellen brechen, und mir stockt der Atem, während der vertraute Küstenstreifen, an den ich seit so vielen Jahren zurückkehren wollte, immer näher kommt.

»Du bringst mich nach Rossnowlagh?«, frage ich und starre Michael an. Er hat sich tatsächlich gemerkt, dass ich zu diesem Ort eine besondere Verbindung habe.

»Ich dachte, das könnte dir gefallen«, erwidert er und wirkt sehr zufrieden mit sich selbst, während er beobachtet, wie ich wie ein aufgeregtes Kind aus dem Fenster schaue. Ich bin zu Tränen gerührt über seine Idee, mit mir hierherzufahren.

Wunderbare Erinnerungen aus meiner Kindheit kommen in mir hoch, als ich mit meinen Eltern und meiner Schwester jenen kurzen Familienurlaub hier verbrachte. Wir wohnten in einem kleinen Cottage mit Blick aufs Meer, und ich weiß noch, dass es jeden Tag regnete, von unserer Ankunft bis zu unserer Abreise, und doch habe ich mir diese Zeit als meinen schönsten Urlaub im Herzen bewahrt. Morgens gingen wir angeln, abends spielten wir Karten, und tagsüber erkundeten wir die zerklüftete Küste, schlugen uns den Bauch mit Fisch voll und powerten uns an der frischen Meeresluft aus.

Ich muss damals um die zehn Jahre alt gewesen sein, und obwohl ich diese Straße danach nie wieder befahren habe, erkenne ich alles wieder.

»Oh, siehst du die kleine Abzweigung da vorne? Macht es dir etwas aus, kurz abzubiegen?«, frage ich Michael. »Ich bin mir ziemlich sicher, dass das die Zufahrt zu dem Haus ist, in dem wir damals gewohnt haben.«

Michael lässt sich auf meinen Vorschlag ein, und als wir die holprige Schotterpiste hochfahren, weiß ich, dass wir richtig sind. Ich erinnere mich, wie unser Wagen damals diesen Weg entlangrumpelte und dass Dad dachte, wir wären falsch abgebogen, bis wir schließlich auf einer steilen Klippe herauskamen, auf deren Spitze unser Cottage stand. Von dort hatte man einen fantastischen Ausblick auf die herrliche Meereskulisse.

»Wir müssten gleich da sein«, sage ich. »Ich bin mir ziemlich sicher, dass es hier war. Es ist schon so viele Jahre her, dass ich nicht mehr gewusst hätte, wie man zum Cottage findet, aber jetzt, wo ich die Gegend hier sehe, erkenne ich alles wieder.«

Der Wagen schaukelt durch die Schlaglöcher, und ich kann ganz deutlich ihre Stimme hören. »Wir wohnen in einem superhübschen, strohgedeckten Cottage«, erklärte sie uns voller Begeisterung. »Morgens werden wir vom Rauschen der Wellen geweckt, und wir werden jede Menge leckeren Fisch essen und unsere Tage draußen am Strand verbringen. Es wird wundervoll.« Und obwohl das Wetter gegen uns war, wurde es das tatsächlich.

Wir biegen um eine Kurve. Auch heute ist es trüb und schmuddelig grau, aber in diesem Moment bricht ein schmaler Sonnenstrahl durch die Wolken und scheint auf das weiß getünchte Cottage mit seiner roten Tür, und mein Herz ... oh, mein Herz.

Michael parkt den Wagen und zieht die Handbremse an, während ich einfach nur dasitze und hinausstarre.

Ich kann kaum sprechen, so groß ist der Kloß in meinem Hals. Allein schon diesen Ort wiederzusehen ist perfekt. Alles daran ist perfekt: seine Lage, die Aussicht, seine Größe, die friedliche Atmosphäre, ganz zu schweigen von den schönen Erinnerungen, die er birgt.

Wir steigen aus dem Wagen und werden von einer heulenden Sturmböe begrüßt, die vom Atlantik hereinfegt und uns im Nieselregen über den Kiesweg schiebt.

»Es ist so ruhig und so schön hier«, sage ich. »Einfach himmlisch.«

Ich schließe meine Augen und atme die kalte Meeresluft ein, und in meinem Kopf bin ich wieder das zehnjährige Mädchen, das genau in diesem Cottage, vor vielen Jahren, ängstlich nach seiner Mutter rief und so wunderbar getröstet wurde.

Ich weiß noch, dass ich nachts aufwachte und in der fremden Umgebung erschrak und daraufhin zu meiner Mutter ins Bett kletterte, die mich in den Arm nahm, bis ich mich beruhigt hatte, und mir erklärte, dass ich hier nichts zu befürchten hätte. Sie erzählte mir von all den schönen Dingen, die zum Haus gehörten: von den Apfelbäumen im Garten, von dem einzigartigen, solide gearbeiteten Strohdach, von den Gemüsesorten im Gewächshaus, von den Hunderten Büchern im Lesezimmer und von der grandiosen Aussicht aufs Meer, die jeden, der hier zu Gast war, unweigerlich zur Ruhe kommen ließ. Ich glaubte ihr jedes Wort und kehrte schließlich in mein eigenes Bett zurück, wo ich entspannt einschlummerte, in dem guten und sicheren Gefühl, dass mir nichts passieren konnte.

»Michael, ich habe ganz wunderbare Erinnerungen an diesen Ort«, sage ich, und meine Augen füllen sich mit Tränen. »Ich kann nicht glauben, dass du mich ausgerechnet hierhergebracht hast. Es ist so schön, einfach nur traumhaft. Ich kann dir gar nicht genug danken.«

Er kommt zu mir und legt seine Arme um mich, drückt mich ganz fest, hier, in Rossnowlagh, einem Ort, wo ich mich meiner Mutter wahrscheinlich so nah gefühlt habe wie nirgends sonst.

Er streichelt über meine Haare und hält mich, und ich lege meinen Kopf an seine Brust und spüre eine tiefe Verbundenheit und innere Ruhe.

Dann hebt er behutsam meinen Kopf und sieht mir tief in die Augen, direkt in meine Seele.

»Lass uns die Gegend erkunden«, sagt er, gerade als ich denke, dass er im Begriff ist, einen Schritt weiter zu gehen.

»Das ist eine gute Idee«, sage ich. Mein Herz klopft laut vor Aufregung darüber, was hätte passieren können, aber noch nicht passiert ist.

Der scharfe Wind begleitet uns auf dem Rückweg zum Wagen, und als wir wieder auf der Hauptstraße sind, öffnet der Himmel seine Schleusen, genau wie beim letzten Mal, als ich hierherkam. Ich denke an meine Mutter, die irgendwo dort draußen ist und versucht, endlich wieder mit uns in Kontakt zu kommen. Bis jetzt ist ihre Bitte auf taube Ohren gestoßen. Sie war auf Dads Beerdigung, und wir ignorierten sie; sie schrieb uns, und wir haben ihr nie geantwortet. Ich hielt an meiner Wut auf sie fest wie an einem glühenden Kohlestück, ohne zu merken, dass die Einzige, die sich daran verbrannte, ich selbst war.

»Hast du Hunger?«, fragt Michael.

»Ja, ja, allerdings. Ich glaube, die vielen Gedanken, die mir gerade durch den Kopf schwirren, haben mich ziemlich hungrig gemacht«, antworte ich. »Außerdem schulde ich dir was, weil du mich hierhergebracht hast. Wenn ich wieder zurück auf die Erde komme, kann ich das alles bestimmt richtig verarbeiten, aber im Moment schwelge ich noch in purer Nostalgie und Euphorie. Danke schön, Michael.«

Er drückt kurz meine Hand, und wir fahren weiter, bis wir auf ein süßes kleines Restaurant stoßen. Es ist in einen Hügel eingebettet, der auf das weite Meer hinauszeigt. Wir hasten durch den Regen zum Eingang, und drinnen erwarten uns funkelnde Lichterketten und sanfte Weihnachtsmusik in einem rustikalen Ambiente.

Behaglich schweigend lassen wir uns eine köstliche Fischplatte schmecken, ohne dass einer von uns den Zwang verspürt, Konversation zu betreiben. Mit vollem Bauch gehen wir anschließend hinunter an den Strand und toben dort herum wie zwei Teenager, schlotternd im kalten Wind, aber mit einem warmen Gefühl im Herzen, weil wir beide wissen, dass jeder für sich eine lebensverändernde Entscheidung getroffen hat. Nach dieser kleinen Auszeit vom Alltag sind wir bereit, die anstehenden Aufgaben in Angriff zu nehmen.

Ich fühle mich gestärkt, ich fühle mich mit Energie geladen, ich fühle mich bereit, auf meine Mutter zuzugehen, und ich werde es gleich nach Weihnachten wahr machen. Oder vielleicht auch schon früher, wer weiß?

Ich habe so viel zu erledigen und so viel zu überlegen, aber ich werde tun, was erforderlich ist, um mein gebrochenes Herz zu heilen.

Und vielleicht werde ich sogar bald bereit sein, zu lernen und zu erleben, was Liebe, so wie Gloria sie mir beschrieben hat, wirklich ist.

KAPITEL 21

Drei Tage vor Weihnachten

Am nächsten Tag beschließe ich spontan, Paul Connolly aufzusuchen, meinen sechsten und letzten Weihnachtsgast, von dem ich immer noch keine Antwort habe, und ihm meine Einladung persönlich zu überbringen.

Ich habe keine Ahnung, was mich erwartet, wenn ich diesem jungen Kerl gegenüberstehe, der mir vor nicht allzu langer Zeit geschrieben hat, dass er sich davor fürchtet, rückfällig zu werden und wieder in die dunkle Welt einzutauchen, in die er so lange verstrickt war.

»Ich suche einen jungen Mann«, sage ich zu der Dame am Empfang. Der Eingangsbereich des Hostels wirkt kalt und steril, wie eine Arztpraxis oder ein Wartebereich im Krankenhaus, mit Plastikstühlen und Pinnwänden voller Regeln, Vorschriften und gesundheitsbezogenen Warnhinweisen. Es riecht nach frischer Farbe.

Die zierliche rothaarige Frau hinter der großen braunen Theke wirft mir über ihre Brillengläser hinweg einen kurzen Blick zu, offenbar nicht besonders erfreut über die Störung.

»Name, bitte?«, sagt sie, während sie ihre Augen wieder auf ihren Monitor heftet und klingt, als würde sie mit einem Roboter sprechen.

In diesem Moment kommt eine junge Familie herein und geht an mir vorbei zum Treppenaufgang. Als sie die Stufen aus Beton erklimmen zu dem, was sie ihr Zuhause nennen, beladen mit Tüten voller Weihnachtsgeschenke, die sie sich wahrscheinlich nicht leisten können, muss ich mich zusammenreißen, um nicht wieder einmal darüber zu verzweifeln, dass es manche Menschen so schwer haben und andere so leicht.

»Verzeihung, was haben Sie gesagt?«, frage ich die Empfangsdame.

»Haben Sie einen Namen?«, fragt sie. »Von dem jungen Mann, den Sie suchen? Außerdem muss ich bitte Ihren Ausweis sehen. Ich darf keine Informationen über unsere Bewohner herausgeben, wenn Sie nicht einen Dienstausweis der Behörde vorlegen, für die Sie arbeiten.«

Sie klingt gereizt, und ihr Gesicht wirkt sehr gestresst und angespannt. Während sie spricht, tippt sie die ganze Zeit auf ihrer Tastatur.

Auf einem Tisch in der Ecke steht ein mickriger Weihnachtsbaum, der mit Lametta geschmückt ist, und darunter sind Visitenkarten und Handzettel ausgelegt – ich nehme an von den Behörden, die die Frau erwähnt hat. Massenhaft gedruckte Karten ohne eine persönliche Note, für niemanden und von niemandem speziell.

»Oh, ich bin nicht von der Behörde«, erkläre ich in düsterem Ton, passend zu meiner Stimmung, und sie unterbricht schließlich ihre Tätigkeit. Sie nimmt ihre Brille ab und sieht mich endlich richtig an, und ihre Miene entspannt sich leicht. »Ich würde nur gerne mit einem Bekannten von mir sprechen, mehr nicht. Na ja, noch kenne ich ihn nicht persönlich, aber ich hoffe, das wird sich bald ändern.«

»Und Sie sind?«, fragt sie und mustert mich von oben bis unten, als könne sie es nicht glauben.

»Ich bin Ruth«, sage ich. »Ruth Ryans, und ich suche einen jungen Mann namens Paul Connolly. Er hat sich bei mir gemeldet, und ich habe ihm zurückgeschrieben, aber seitdem habe ich nichts mehr von ihm gehört. Ich würde ihm gern eine Nachricht hinterlassen, falls das möglich ist, oder besser noch, ich hoffe, dass ich ihn kurz sprechen kann.«

»Paul«, sagt sie. »Paul Connolly?«

»Ja«, sage ich mit einem Lächeln. Sie starrt mich weiter an.

Sie ist nicht besonders freundlich, aber ich sehe nicht ein, mich davon entmutigen zu lassen.

»Paul Connolly«, wiederholt sie nachdenklich, während sie nervös mit einem Kugelschreiber herumspielt und ihre Miene sich verdüstert. Schließlich steht sie auf und kommt hinter ihrer Theke hervor, um sich zu mir auf die andere Seite zu stellen.

»Sie sind doch die Frau aus der Zeitung«, flüstert sie mir zu, und ich nicke lächelnd. »Ihr Gesicht kam mir gleich bekannt vor. Und Sie sagen, Paul Connolly hat Ihnen geschrieben?« Sie wirkt überwältigt.

»Ja«, antworte ich. »Ich kann Ihnen natürlich nicht sagen, in welcher Angelegenheit er mich kontaktiert hat. Das ist streng vertraulich, und ich darf keine –«

»Ja, ja, das ist mir schon klar«, sagt sie rasch. »Wissen Sie noch, *wann* er Ihnen den Brief geschickt hat? War das erst vor Kurzem?«

»Ja«, sage ich in meinem professionellen Ton. Vielleicht glaubt sie mir nicht? »Ich habe einen Ausdruck davon in meiner Handtasche. Es war nämlich kein Brief, sondern eine E-Mail. Der Großteil meiner Korrespondenz läuft heute über E-Mail. Das ist nun mal die Welt, in der wir leben, nicht wahr? Schnelle Nachrichten, schnelle Antworten ... oder auch nicht, wie in Pauls Fall, was der Grund ist, warum ich ihn gerne persönlich sprechen möchte.« Ich öffne meine Handtasche und nehme die Kopie von Pauls E-Mail heraus, aber die Frau wehrt ab.

»Nein, nein, schon gut«, sagt sie. »Ich glaube Ihnen. Ich bedaure nur, dass Sie nicht schon früher gekommen sind beziehungsweise dass Paul sich nicht eher an Sie gewendet hat. Könnten Sie kurz nachsehen, von wann seine E-Mail ist?«

Ich falte die Seite auseinander und schaue auf das Datum. »Er hat sie vor sechs Tagen abgeschickt«, sage ich. »Wohnt er nicht mehr hier?«

Sie gibt keine Antwort.

»Geht es ihm gut?«, frage ich weiter. »Ich habe in den letzten Tagen oft an ihn gedacht, und ich weiß, dass er ziemlich … Ich hoffe, er ist nicht weggezogen. Ich weiß bis heute nicht, ob er meine Antwort auf seine E-Mail überhaupt erhalten hat.«

Die Frau atmet tief durch. »Ich bin Sonia«, sagt sie dann und streckt mir ihre Hand entgegen, die sich eiskalt anfühlt. »Es kommt nicht so oft vor, dass Freunde oder Menschen wie Sie hier vorbeischauen, zumindest nicht die Art von Freunden, die wir befürworten. Tut mir leid, dass ich anfangs so abweisend zu Ihnen war. Ich bin diese Woche total im Stress. Ich glaube, dieser Job geht mir allmählich an die Nieren.«

Ich staune über ihre sekundenschnelle Verwandlung von kurz angebunden und förmlich zu freundlich und umgänglich. Sie massiert ihre Stirn, und ihr Gesicht wirkt grau vor Sorgen und Stress.

»Vielleicht sollten Sie sich eine Auszeit nehmen«, sage ich, unfähig, meinen natürlichen Impuls, einen Rat zu geben, abzuschütteln. »Wir brauchen zwischendurch alle mal eine Pause, und Sie machen den Eindruck, als hätten Sie dringend eine nötig, bevor Sie sich überfordern und sich selbst schaden. Wir können uns nicht um andere kümmern, wenn wir uns nicht um uns selbst kümmern.«

»Ach, machen Sie sich um mich keine Gedanken«, erwidert sie. »Was Paul betrifft … Er kam jeden Tag an mir vorbei, mit seinem kleinen Rucksack über der Schulter und seiner Sonnenbrille auf dem Kopf, und egal, was er gerade durchmachte, er hatte immer ein Lächeln und ein Hallo für mich übrig. Das kann ich nicht von jedem hier behaupten, glauben Sie mir. Und er trug immer diese Sonnenbrille, bei jedem Wetter. Ach, er war ein richtig lieber Junge, wir hatten nie Ärger mit ihm. Wirklich ein sehr angenehmer Bewohner.«

»Das ist schön«, sage ich, während ich mir wünsche, sie würde endlich auf den Punkt kommen. »Ich hoffe wirklich, ich kann ihn persönlich fragen, ob er ... Haben Sie vielleicht seine Handynummer? Wenn ich ihn hier verpasst habe, würde ich ihn wenigstens gerne anrufen, falls er noch in der Nähe ist.«

Sonia sieht mir in die Augen und schüttelt den Kopf. »Tut mir leid, Ruth«, sagt sie. »Es tut mir wirklich leid, aber Sie können Paul nicht anrufen. Er wird nicht wiederkommen, und Sie werden ihn auch nicht sprechen können. Er ist für immer fort, Ruth.«

»Fort?«

»Paul ist tot, Ruth. Es tut mir leid, aber er ist hier im Hostel gestorben, vor zwei Tagen«, sagt sie leise, und ihre Augen werden feucht. »Ich bin stutzig geworden, als er plötzlich nicht mehr zu seiner üblichen Zeit herunterkam, also habe ich schließlich in seinem Zimmer nachgesehen und ... Nun, er wurde heute Morgen in kleinem Kreis auf dem städtischen Friedhof beigesetzt. Es tut mir schrecklich leid, dass ich Ihnen so eine schlechte Nachricht überbringen muss, aber Paul lebt leider nicht mehr.«

Ich bin vor Schreck wie erstarrt und versuche, Sonias Worte zu verarbeiten. Paul ist nicht einfach nur so fort ... er ist *tot*?

Die kühlen blauen Wände scheinen immer näher auf mich zuzurücken, und plötzlich wird mir sehr warm und dann sehr heiß. Furchtbar heiß.

»Hier, Ruth, setzen Sie sich«, sagt Sonia und führt mich zu einem steifen Plastikstuhl. »Ich weiß, diese Nachricht trifft Sie völlig unvermittelt, und es tut mir sehr leid, dass ich Sie aus der Fassung gebracht habe, aber ... Warten Sie, ich hole Ihnen ein Glas Wasser. Sie sind knallrot im Gesicht. Geht es, Ruth? Es ist ein furchtbarer Schock, ich weiß.«

Ich gleite aus meiner Jacke. Ich fühle mich, als würde ich gleich ohnmächtig werden, und als Sonia mit dem Wasser zurückkehrt, stürze ich es gierig hinunter.

»Warum?«, frage ich, als ich mich ein bisschen gefangen habe. »Wie ist das passiert? War er krank? Oder nahm er wieder Drogen? Eine Überdosis?«

Sonia zuckt mit den Achseln und nickt dann. »Ich fürchte, manchen Menschen kann man nicht helfen, egal, wie sehr wir uns bemühen, Ruth. Wir haben alle auf Paul achtgegeben, so gut wir konnten, und er bekam viel Unterstützung, die er manchmal auch annahm, aber er war eine verzweifelte Seele, und egal, wo er hinging, er fand den Stoff, den er brauchte und der ihm schließlich zum Verhängnis wurde. Er hatte am Ende niemanden mehr. Jedenfalls niemanden, von dem ich weiß.«

»Wäre ich bloß früher gekommen«, murmele ich, wie Sonia vorhin bereits gesagt hat.

»Sie konnten es nicht ahnen«, erwidert sie. »Niemand von uns konnte das ahnen. Es tut mir unendlich leid.«

Ich verlasse das Hostel, sobald ich mich einigermaßen von dem Schock erholt habe. Draußen schneidet der Wind durch mich hindurch. Auf dem Weg zum Auto schaue ich zu den anonymen Fensterreihen hoch und frage mich, wie viele Menschen hier leben, die wie Paul niemanden haben, an den sie sich wenden können, keinen Ort, zu dem sie gehen können, und nicht eine Person, die ihnen nahe genug steht, um sie aufzufangen.

Ich steige in meinen Wagen und stecke den Schlüssel in die Zündung, bin aber nicht in der Lage loszufahren. Ich fange an zu schluchzen, lauter und immer lauter, ich weine um Paul und um all die anderen, die an ihrem Leben verzweifeln oder an einem Ort gefangen sind, wo sie nie enden wollten. Ich weine über Pauls traurigen, einsamen Tod, nur wenige Tage vor Weihnachten, und darüber, dass er niemanden hatte, der regelmäßig nach ihm schaute – keine Familie, keine echten Freunde, niemand, der ihn wieder auf den rechten Weg bringen konnte.

Trotzdem ist mir bewusst, dass Sonias Worte leider wahr sind. Manchen Menschen kann man nicht helfen, egal, wie sehr man sich um sie bemüht. Sie isolieren sich immer mehr von ihrer Familie und ihren Freunden und allem, was sie haben, bis sie schließlich ihren absoluten Tiefpunkt erreichen, und statt einen Moment der Erleuchtung zu haben und sich wieder aufzuschwingen, bleiben sie für immer dort unten.

Aber Paul … er war erst zwanzig Jahre alt, im Grunde noch ein Kind, und die Worte in seiner E-Mail kamen direkt aus seinem Herzen. Warum habe ich ihm nicht früher geantwortet? Warum habe ich ihm nicht eine richtige Hilfe vermittelt, statt ihn nur zu einem dummen Weihnachtsessen einzuladen? Ich rekapituliere seine Worte wieder und wieder in meinem Kopf, ohne auf den Ausdruck in meiner Handtasche schauen zu müssen, weil ich den ganzen Text mittlerweile auswendig kenne. Er habe Angst, schrieb er. Er habe keine Anlaufstelle. Immerhin habe er ein Dach über dem Kopf, wofür er sehr dankbar sei, aber er fürchte sich vor der Versuchung, und er brauche etwas, worauf er sich freuen könne, etwas, auf das er sich konzentrieren könne, etwas, das ihm seinen Kummer nehme. Er brauche ein Zeichen, dass er noch irgendjemandem etwas bedeute.

Und ich dachte, eine Weihnachtseinladung würde ihn aufmuntern. Wie konnte ich nur so naiv sein?

Schließlich starte ich den Wagen und fahre schnurstracks zu Gloria, während draußen ein heftiger Graupelschauer niedergeht. Als ich das Café betrete und in den warmen Mantel von Liebe und Hoffnung eintauche, den dieser Ort immer für mich bereithält, empfinde ich nur Schuld und Wut und Trauer darüber, dass ein Mensch einfach so, auf eine derart grausame

Weise, aus dieser Welt scheiden kann. Die Weihnachtsmusik im Hintergrund, die funkelnde Dekoration, die Menschen mit ihren Handys, die Einkaufstüten, die Buggys, die sirrende Kaffeemaschine, das klappernde Besteck, das Stimmengewirr, während die Leute sich unterhalten – das alles ist angesichts der ernüchternden Erkenntnis, dass ich Paul Connolly und Hunderten anderen nie werde helfen können, völlig bedeutungslos.

»Du siehst mitgenommen aus«, sagt Michael, als er mich entdeckt. »Setz dich schon mal. Ich habe gleich Pause. Gib mir fünf Minuten, und ich mache dir einen starken Kaffee und komme dann zu dir.«

Er ist in deutlich weniger als fünf Minuten bei mir und sagt mir, dass ich meine Jacke ausziehen soll, bevor ich mir noch den Tod hole. Er hat recht. Die Jacke ist nass bis aufs Futter, und ich habe es nicht einmal bemerkt.

»Weißt du, Michael«, sage ich, während er mir gegenüber Platz nimmt, »ich habe meinen Vater immer für einen Helden gehalten. Für einen echten Helden, der jedes Problem lösen und jeden Kummer beseitigen konnte. Ich dachte, er könnte die Welt verändern.«

Michael hat natürlich keine Ahnung, wovon ich rede oder worauf ich hinauswill.

»Ich denke, durch sein ständiges Lob habe ich tatsächlich geglaubt, ich wäre wie er«, erkläre ich. »Und heute habe ich endlich begriffen, dass ich doch keine Superkräfte besitze, mit denen ich die Welt verändern kann oder überhaupt irgendjemandes Welt. Ich habe nicht die Fähigkeit, etwas zu verändern, und ich sollte aufhören, mir und anderen das Gegenteil vorzumachen. Ich kann gar nichts verändern.«

Michael beugt sich über den Tisch und nimmt meine Hand. »Du hast meine Welt verändert«, sagt er leise und sieht mir direkt in die Augen. »Du hast im Laufe der Jahre viele Menschen mit deinen Worten und deiner Selbstlosigkeit zum Positiven bekehrt, aber ja, du hast recht, Ruth, du kannst nicht jedem helfen. Du bist keine Superheldin, aber du bist eine Heldin auf deine eigene Art, vergiss das bloß nicht. Du bist der großzügigste Mensch, dem ich jemals begegnet bin, und ganz gleich, was dir so sehr aufs Gemüt geschlagen ist, du kannst dir sicher sein, dass du genug tust. Mehr als genug.«

»Aber es ist nicht genug«, widerspreche ich kopfschüttelnd. »Du erinnerst dich an Paul Connolly, der unser sechster Gast sein sollte? Nun, er ist vor zwei Tagen gestorben, Michael. Er starb, und niemand war da, der sich um ihn kümmerte oder der sein Fehlen überhaupt bemerkte. Niemandem ist etwas aufgefallen, abgesehen von der Empfangsdame des Hostels, in dem er wohnte, aber sie kam zu spät, um ihn zu retten. Ich kam auch zu spät. Ich hätte früher reagieren sollen. Ich hätte mehr tun sollen.«

Michael hat es natürlich die Sprache verschlagen. Er kannte den Mann, von dem ich gerade spreche, genauso wenig wie ich, aber er ist nicht minder erschüttert.

»Das ist verdammt scheiße«, sagt er schließlich. »Das ist absolut scheiße, aber es ist nicht deine Schuld, Ruth. Es ist definitiv nicht deine Schuld.«

Mein Kopf hämmert von all dem aufgestauten Frust, und ich weiß nicht, ob ich meinen Kaffee überhaupt hinunterbekomme.

»Ich fahre nach Hause, Michael«, sage ich. »Ich muss mich hinlegen. Ich hätte nicht herkommen und dir den Tag versauen sollen, nur weil meiner versaut ist. Tut mir leid.«

Ich stehe auf und Michael auch.

»In deiner Nähe zu sein hat mich zu einem besseren Menschen gemacht«, sagt er und lächelt mich an, und ich halte inne. »Ruth, ich weiß, im Moment bist du sehr niedergeschlagen, aber du hast meinem Leben eine neue Richtung gegeben, und dafür werde ich dir immer dankbar sein, genau wie Hunderte andere Menschen, denen du mit deiner Freundlichkeit und deinen einfühlsamen, klugen Worten geholfen hast.«

»Wie in aller Welt soll ich deinem Leben eine neue Richtung gegeben haben? Das Einzige, was ich dir gegeben habe, war Geld. Das machen Menschen so mit Obdachlosen.«

Ich bin harsch zu ihm, das weiß ich, aber ich habe nicht das Gefühl, als hätte ich etwas Außerordentliches getan oder als wäre ich jemals in der Lage dazu.

»Nein, Ruth, ich rede von etwas anderem«, erwidert er. »Du wirst nicht glauben, was ich heute getan habe, und das nur, weil du mich dazu ermutigt hast. Du hast mich überzeugt, dass es sich lohnt, das Risiko einzugehen, und du hattest recht. Du hattest ja so recht.«

Seine Augen leuchten, und ich brauche gar nicht groß zu fragen. Ich weiß auch so, wovon oder besser gesagt, von wem er gerade spricht.

»Liam?«, frage ich und bringe ein Lächeln zustande. Er nickt. »Michael, ich bin sehr stolz auf dich. Das ist das schönste Weihnachtsgeschenk, das du deinem Jungen machen kannst, und ich hoffe, seine Mutter sieht ein, dass es gut für ihn ist, wenn du ein Teil seines Lebens bist, wie klein er auch sein mag. Ich freue mich für dich. Wirklich.«

»Ich treffe mich morgen mit ihr zu einer Aussprache«, sagt er. »Du hattest recht. Ich habe endlich mit ihr gesprochen, und nach ein bisschen Überzeugungsarbeit von meiner Seite und dem ersten Schock hat sie sich bereit erklärt, mit mir über Liam zu reden.«

»Super«, sage ich. »Gott, ich kann mir vorstellen, dass sie aus allen Wolken gefallen ist, als du dich gemeldet hast. Hattet ihr noch Kontakt, seit du gegangen bist?«

Er wendet seinen Blick ab. »Ab und zu«, antwortet er. »Ich weiß gar nicht, wie ich mich bei dir erkenntlich zeigen soll.

Das alles habe ich nur dir zu verdanken. Ich denke, sie wird mir eine zweite Chance geben, um wieder an Liams Leben teilzuhaben. Er ist mein Sohn, Ruth. Ich werde hoffentlich bald meinen Jungen wiedersehen. Das ist genug, um meine Welt zum Besseren zu wenden, und das verdanke ich allein dir.«

Ich stelle mich auf meine Zehenspitzen und gebe ihm ein Küsschen auf die Wange, bevor ich ihn fest drücke. Es ist mir egal, wer mich alles dabei sieht und vielleicht irgendwelche voreiligen Schlüsse über uns zieht. Ich möchte Michael in diesem Moment einfach nur zeigen, wie sehr ich mich für ihn freue.

»Du tust das Richtige«, sage ich. »Und ich kann es kaum erwarten zu hören, was morgen bei dem Treffen herauskommt. Aber du musst geduldig sein, Michael. Es wird kein schnelles Happy End geben, genauso wenig wie zwischen mir und meiner Mutter, aber wenn du geduldig bleibst und berücksichtigst, dass eure Wiedervereinigung ein emotionaler Spagat für alle Beteiligten ist, wird alles gut ausgehen. Ruf mich an, wenn dir danach ist. Ich bin immer für dich da, als deine Freundin.«

Er legt seine Fingerspitzen auf die Stelle, wo ich ihn geküsst habe, und lässt sie dort für eine Sekunde ruhen.

Ich verabschiede mich von ihm und gehe hinaus in das stürmische Winterwetter, ohne zu wissen, wo ich hingehen oder was in aller Welt ich jetzt tun soll.

KAPITEL 22

Den Nachmittag verbringe ich an meinem Schreibtisch und zwinge mich dazu, die Antworten auf die Zuschriften für meine letzte Kolumne vor Weihnachten zu formulieren. Im Nu ist es draußen dunkel, und ein weiterer Abend liegt vor mir. Mein Kopf pocht, mein Bauch grummelt, aber ich habe keinen Appetit und auch keine Energie, um weiterzuarbeiten. Ich habe versucht, mich zu beschäftigen, um nicht an Paul zu denken, und es hat auch geholfen, aber nun brauche ich eine andere Ablenkung.

Ich vermisse Michaels Gesellschaft. Am liebsten würde ich ihn anrufen und fragen, ob er Lust auf einen Drink hat oder auf einen gemütlichen Filmabend zu Hause, aber ich möchte ihn nicht bedrängen. Ich weiß, er hat gerade den Kopf voll vor dem Treffen mit seiner Exfreundin morgen. Ich hoffe, sie gibt ihm eine Chance zur Wiedergutmachung. Das wünsche ich ihm sehr.

Ich gehe hinunter ins Esszimmer, schalte die Weihnachtsbaumbeleuchtung ein und ziehe die Vorhänge zu, dann gehe ich hinüber ins Wohnzimmer und mache ein Feuer im Kamin. Ich setze mich auf die Couch, beobachte die Flammen und frage mich wieder einmal, wo ich in meinem Leben stehe.

Ich hätte Paul früher kontaktieren sollen. Ich hätte ihm einen Ausweg zeigen sollen, statt ihn bloß zu mir nach Hause einzuladen, aber ich dachte, so würde ich ihm etwas geben, auf das er sich an Weihnachten freuen kann, wie allen anderen auf meiner Liste, denen ich geschrieben habe.

In eine kuschelige Wolldecke gehüllt starre ich in das tanzende Kaminfeuer, bis meine Lider schwer werden und schließlich zufallen. Gefühlte Sekunden später schlage ich meine Augen wieder auf, aber als ich auf die Uhr schaue, sehe ich, dass es schon nach halb neun ist, und ich fühle mich schlimmer als zuvor: groggy, schlapp, hungrig und schlecht gelaunt. Ich checke mein Handy in der Hoffnung, dass Michael sich gemeldet hat, aber das hat er nicht. Allerdings habe ich eine neue Sprachnachricht, also rufe ich meine Mailbox an, nehme das Handy an mein Ohr und lausche erwartungsvoll.

Doch die Nachricht ist nicht von Michael, sondern von Sonia aus dem Hostel. Ich erkenne ihre Stimme sofort wieder und setze mich ruckartig auf, plötzlich hellwach, und spitze die Ohren.

»*Ruth, ich hoffe, es macht Ihnen nichts aus, dass ich Sie anrufe*«, beginnt Sonias Nachricht. »*Ich versuche schon den ganzen Abend, Sie zu erreichen, aber offenbar sind Sie beschäftigt. Also werde ich Ihnen nun auf Band sprechen, wenn das für Sie okay ist. Es wäre nett, wenn Sie mir bei Gelegenheit Bescheid geben, ob Sie meine Nachricht erhalten haben.*

Ich habe heute Morgen gesehen, wie erschüttert Sie waren, und Sie gingen mir den ganzen Nachmittag nicht mehr aus dem Kopf. Vor ein paar Stunden habe ich etwas erfahren, das ich gerne an Sie weitergeben würde und das Sie vielleicht ein wenig über Pauls frühzeitigen Tod hinwegtröstet.

Anscheinend hatte Paul einen Partner, nun ja, eine On-Off-Beziehung, könnte man sagen, und dieser junge Mann kam heute Nachmittag vorbei, um ein paar Sachen von Paul abzuholen. Sein Name ist Terence, ein netter Bursche, der natürlich am Boden zerstört ist. Wir kamen ins Gespräch, und er erzählte mir, dass Paul kurz vor seinem Tod von Ihnen gesprochen hat. Paul hat sich riesig über Ihre Weihnachtseinladung gefreut, und er sagte zu Terence, dass er ganz sicher hingehen werde.

Terence hätte Weihnachten nicht mit Paul verbringen können, weil seine Eltern nichts von dieser Beziehung wussten und sie wahrscheinlich nicht gebilligt hätten, wie er sagt. Darum war er froh, dass Paul eine andere Möglichkeit gefunden hatte. Als ich ihm erzählte, dass Sie heute Vormittag hier waren, ohne von dem Unglück zu ahnen, bat er mich, Ihnen etwas auszurichten, was ich hiermit tun möchte.

Terence möchte, dass Sie wissen, dass Sie Paul eine Rettungsleine zugeworfen haben, als er schon jegliche Hoffnung begraben hatte. Sie waren bereit, ihn in Ihrem Haus willkommen zu heißen und ihn an einem Tag zu verköstigen, den er anderenfalls ganz alleine verbracht hätte, und das zauberte ihm ein Lächeln ins Gesicht.

Sie sollen auch wissen, dass es Paul ein ziemlich gutes Gefühl gab, dass Sie ihm die Hand gereicht haben und Güte zeigten, als die meisten Menschen sich von ihm abwandten und nichts mehr mit ihm zu tun haben wollten. Sie haben ihm gezeigt, dass es selbst in der dunkelsten Stunde immer noch Hoffnung gibt.

Sie sollen außerdem wissen, dass Paul sich sehr darauf gefreut hat, Sie kennenzulernen, um sich persönlich bei Ihnen zu bedanken, aber seine Sucht hat sich als stärker erwiesen. Sie haben es geschafft, dass er sich auf Weihnachten freute, auch wenn er nicht mehr so weit gekommen ist. Sie haben ihm in den letzten Tagen seines kurzen Lebens ein Gefühl der Wärme vermittelt, und Ihr einfacher Akt der Nächstenliebe hat auf Paul großen Eindruck gemacht. Die Dealer und die Drogen haben dieses Mal gewonnen, aber Sie, Ruth, haben trotzdem einen großen Unterschied bewirkt, weil Sie Paul zeigten, dass dort draußen jemand an ihn denkt, selbst wenn es letzten Endes nicht gereicht hat, um ihm Halt zu geben.

Ruth, ich wünsche Ihnen ein wundervolles Weihnachtsfest. Bitte machen Sie weiter so gute Arbeit. Wahr-

scheinlich hätte letzten Endes wohl niemand Paul retten können, aber ich möchte Ihnen trotzdem dafür danken, dass Sie sich um ihn bemüht haben. Wenn wir etwas aus seinem Tod und Ihrem ermutigenden Einfluss auf ihn lernen können, dann, dass schon ein kleines bisschen Freundlichkeit durchaus jemandes Welt verändern kann – und es ist nie zu spät, sich das bewusst zu machen.

Haben Sie vielen Dank, Ruth. Oh, und ich werde übrigens Ihren Rat befolgen. Ich werde mir Urlaub vom Hostel nehmen, um meinen Kopf wieder frei zu kriegen. Es ist höchste Zeit, dass ich mich zur Abwechslung mal um mich und meine Familie kümmere. Frohe Weihnachten.«

Und damit endet die Nachricht.

Ich sitze hier im Dunkeln und zwinkere Tränen zurück, während ich Sonias Worte und Terences aufmerksame Botschaft an mich verarbeite. Mein Herz fühlt sich nun viel leichter an, und bei der Vorstellung, dass Paul vor seinem plötzlichen Tod einen winzigen Funken Wärme gespürt hat, bringe ich sogar ein Lächeln zustande.

Ich gehe in die Diele, nehme den Umschlag mit der vertrauten Handschrift aus der Tischschublade und kehre damit ins Wohnzimmer zurück, wo ich im Kamin Brennkohle nachlege, bevor die Glut ausgeht. Dann setze ich mich hin und lese die Karte wieder und wieder – Worte der Trauer, Worte des Grams, Worte, die um eine Chance betteln und die ich bisher nicht verarbeiten oder überhaupt richtig aufnehmen konnte.

Ich halte die Karte umklammert und starre an die Decke, während ich den Mut herbeisehne, um diesen Anruf zu machen, den ich unbedingt hinter mich bringen möchte. Die Vorstellung, ihre Stimme zu hören, genügt, um mich in ein zitterndes Nervenbündel zu verwandeln.

Ich bin emotional, ich bin müde, und ich weiß nicht, ob ich

noch die Energie habe, um diese Weihnachtsfeier tatsächlich durchzuziehen. Gerade als ich kurz davor bin, alles hinzuschmeißen, ruft Michael an, und der beruhigende Klang seiner inzwischen vertrauten Stimme genügt, um mir die Kraft für ein letztes Aufbäumen zu verleihen, die ich dringend gebraucht habe.

»Ruth, deine Gäste verlassen sich auf dich«, sagt er. »Denk daran, wie enttäuscht sie sein werden, wenn du jetzt alles abbläst.«

Ich denke an Kelly, die an Weihnachten dann alleine zu Hause sitzen und sich wegen ihrer Tochter grämen wird, und an den guten alten Nicholas, der sich so sehr über meine Einladung gefreut hat und der es nicht erwarten kann, zu musizieren oder auch einfach nur ein Lied zu singen. Ich denke an Marian, die Witwe, die schon seit Wochen ihr Haus nicht mehr verlassen hat und nun über ihren eigenen Schatten springt, um an meinem Fest teilzunehmen. Ich denke an Molly, die nach außen hin so tut, als wäre alles in Ordnung, obwohl nichts in Ordnung ist.

»Tu es für diese Menschen, aber tu es vor allem für dich«, fährt Michael fort. »Tu es für Paul, der so gerne mit uns zusammen gefeiert hätte. Eigentlich könntest du noch mal in deine E-Mails schauen und jemanden suchen, der Pauls Platz an der Tafel übernehmen kann. Es gibt sicher jemanden, der dafür infrage kommen würde und der es verdient hätte, von seiner Einsamkeit erlöst zu werden. Überleg dir einfach, wer das sein könnte, dir wird schon jemand einfallen. Du packst das, Ruth. Ich glaube an dich, und ich denke, diese Feier wird das Beste sein, was du jemals getan hast, wenn du sie wirklich wahr machst.«

»Bernadette!«, sage ich, ohne zu wissen, warum mir so schnell dieser Name in den Sinn kommt. »Bernadette wäre die Richtige!«

Ich stehe von der Couch auf und gehe mit dem Handy am Ohr die Treppe hoch zu meinem Arbeitszimmer.

»Okay. Darf ich fragen, wer Bernadette ist?«

»Bernadette ist eine Frau aus Dublin, die mich vor ungefähr zwei Jahren angeschrieben hat. Sie wollte sich mit ihrer Familie versöhnen, wusste aber nicht, wie sie das machen sollte. Ich habe mich immer gefragt, wie es für sie wohl ausgegangen ist, weil sie mich stark an meine Mutter erinnert hat, der es jetzt vielleicht ähnlich geht.«

»Perfekt!«

»Weißt du, ich habe Bernadette nie ganz vergessen können«, sage ich. »Vielleicht ist das ein Zeichen von Paul. Ihr Name fiel mir gerade spontan ein. Sie wäre eine würdige Vertreterin für ihn. Ich hoffe bloß, ich kann sie noch erreichen. Sie ist viele Jahre sehr krank gewesen und wünschte sich sehnlich, den Kontakt zu ihren Kindern wieder aufzubauen. Ich werde versuchen herauszufinden, ob sie diesbezüglich Fortschritte gemacht hat, und wenn nicht, werde ich sie zu unserem Fest einladen. Dublin liegt zwar nicht gerade um die Ecke, aber einen Versuch ist es wert, oder?«

»Das ist die richtige Einstellung«, sagt Michael. »Okay, dann lass ich dich mal weitermachen. Gib Gas, Ruth. Bleib stark und zieh die Sache durch. Du hast meine volle Rückendeckung.«

Michaels bestärkende Worte hätten nicht zu einem besseren Zeitpunkt kommen können. Als ich Bernadettes zwei Jahre alte E-Mail in meinem Archiv finde, rührt sie mich wie schon beim ersten Mal zu Tränen.

Liebe Ruth,
mein Name ist Bernadette, ich bin zweifache Mutter und lebe momentan allein in Dublin.
Ich leide seit vielen Jahren an einer klinischen Depres-

sion, eine Krankheit, die mich so viel im Leben gekostet hat: mein Zuhause, meine Ehe, die Chance auf einen Beruf; aber vor allem hat sie mich die Liebe meiner Kinder gekostet, an die ich jede Sekunde am Tag denke und die keine Ahnung haben, wo ich bin.

Bei meinen stationären Aufenthalten in der Klinik oder in der Abgeschlossenheit jener Orte, die ich während der langen Trennung von meinen Kindern mein Zuhause nannte, verging kein einziger Tag, an dem ich mich nicht gefragt habe, welche Dinge sie heute lieben, welche Musik sie hören, ob sie gerade verliebt sind oder an Liebeskummer leiden, ob sie Freunde haben, die ihnen am Herzen liegen, ob sie in der Schule klarkommen, welche Prüfungen sie vermasselt haben, ob sie bereits den Führerschein haben, ob sie im Laden an der Ecke jobben, welche Orte sie bereist haben, welche Geheimnisse sie haben, und vor allem frage ich mich, ob sie überhaupt eine Vorstellung davon haben, wie sehr ich sie immer geliebt habe, auch auf meinem mühsamen Weg, wieder stark zu werden und die Mutter zu sein, die ich sein möchte.

Ich möchte einfach wieder ihre Mutter sein.

Es geht mir endlich etwas besser, und mein Leben fühlt sich nicht mehr so an, als wäre jeden Tag Winter. Stattdessen spüre ich den Wechsel der Jahreszeiten wieder, und ich sammele langsam den Mut, um das in Ordnung zu bringen, was kaputtgegangen ist, und meine Familie zurückzugewinnen.

Liebe Ruth, ich möchte Sie um Ihre geschätzte Meinung bitten. Soll ich auf meine Kinder zugehen und versuchen, ihnen alles zu erklären? Oder soll ich sie lieber in Ruhe lassen und in meiner Parallelwelt weiterleben, die sie nie kennengelernt haben?

Mein Herz sehnt sich nach ihnen, meine Arme fühlen

sich leer an ohne sie, und ihre lächelnden Gesichter sind fest in meinem Kopf verankert. Durch mein Herz geht ein Riss, der nicht gekittet werden kann, bevor ich sie nicht um Verzeihung bitte und mir vergeben wird.

Allerdings ist mir bewusst, dass ich ihnen viel zu erklären habe und dass sie mir diese Chance vielleicht nie geben werden.

Ich weiß nicht, wo ich ansetzen soll, aber vielleicht ist es ja ein guter Anfang, Ihnen zu schreiben, ein erster Schritt in die richtige Richtung, um unser aller Leben zu heilen, bevor es zu spät ist.

Was soll ich tun? Ich vertraue auf Ihren klugen Rat.

Herzlich
Bernadette

KAPITEL 23

Zwei Tage vor Weihnachten

Viel Glück heute!, antworte ich Michael, der mir geschrieben hat, dass er seit den frühen Morgenstunden nervös durch seine Wohnung tigert, weil er heute die Mutter seines Sohnes wiedersehen wird.

Wie erwartet klingelt er mich sofort an.

»Ich habe heute auch ein wichtiges Treffen«, erzähle ich ihm. »Du wirst es nicht glauben, aber Bernadette aus Dublin hat sich umgehend auf meine E-Mail gemeldet. Leider hat sie nach wie vor keinen Kontakt zu ihren Kindern. Sie hat sich sehr über meine Einladung gefreut, aber sie fremdelt noch ein bisschen, also habe ich ihr ein persönliches Kennenlernen vorgeschlagen, um ihr die Scheu zu nehmen. Wir treffen uns heute Nachmittag zu einem Kaffee in Carlingford, und ich kann sie dann hoffentlich ausreichend beruhigen, damit sie sich an unserer Tafel willkommen fühlt.«

»Wow, Ruth, Hut ab vor deinem Einsatz. Ich bin richtig stolz auf dich, und ich freue mich für dich. Du tust das Richtige, und du tust es zur richtigen Zeit. Das Fest der Liebe, nicht wahr?«

Ich sitze an meinem Schreibtisch und feile gerade an meiner letzten Kolumne in diesem Jahr, aber ich bin fast fertig. Meine Radiosendung hat Pause bis nach den Ferien, und mir wird bewusst, dass mein Weihnachtsurlaub beginnt, sobald ich diesen Text hier abgeschickt habe. Bis es an der Zeit ist, meinen Erfahrungsbericht als Gastgeberin einer etwas anderen Weihnachtsfeier zu schreiben. Wahrscheinlich bin ich nicht weniger traurig und einsam als alle meine Gäste zusammen.

»Ich bin hier gleich fertig«, sage ich zu Michael. »Wann triffst du dich mit Liams Mutter?«

Liams Mutter. Mir wird bewusst, dass ich nicht einmal den Namen der Frau kenne, und ich habe auch keine Ahnung, was zwischen den beiden vorgefallen ist. Ich wünschte, Michael würde mir sagen, warum er damals gegangen ist, denn das könnte mir helfen, das große Ganze besser zu verstehen.

»Ich muss um die Mittagszeit los, vielleicht können wir uns vorher kurz sehen?«, schlägt er vor. »Hast du was dagegen, wenn ich für ein paar Minuten bei dir vorbeischaue?«

»Ganz und gar nicht«, erwidere ich, unfähig, das Lächeln zu unterdrücken, das über mein Gesicht huscht, während mir innerlich das Herz aufgeht, weil er mich sehen möchte. »So können wir uns gegenseitig moralisch stärken, bevor wir uns in den Tag stürzen, was auch immer er uns bringen wird.«

»Großartig, ich mache mich gleich auf den Weg«, sagt er, und nachdem ich den Computer heruntergefahren, eine Kanne Kaffee aufgesetzt, mich ein bisschen mit Lippenstift zurechtgemacht und großzügig mit Parfüm eingesprüht habe, klingelt es auch schon an der Tür. Ich platze fast vor freudiger Erwartung.

Er sieht sehr gepflegt aus, und er riecht auch gut, noch besser als sonst.

»Ich habe frischen Kaffee gekocht, ich geh uns kurz welchen holen«, sage ich. »Fühl dich wie zu Hause. Bist du immer noch nervös?«

»Ich habe die Hosen gestrichen voll«, antwortet er aus dem Esszimmer, während ich uns in der Küche zwei Tassen eingieße. Der Kaffeeduft streichelt meine Sinne. »Laura war sehr gnädig, muss ich sagen«, fügt er hinzu.

Laura. So heißt sie also. Es ist das erste Mal, dass er mir gegenüber ihren Namen erwähnt, und ich spüre unerwartet einen Stich. Autsch.

»Wir treffen uns in einem Café in der Stadt, vielleicht

kennst du es, es ist direkt neben der Bücherei. Ich glaube, es heißt Spice.«

»Ja«, sage ich und ignoriere meinen kurzen Anflug von Eifersucht geflissentlich. »Ich kenne es, ja. Eine gute Wahl, dort ist immer viel los. Falls es zwischen euch hitzig wird, wird niemand etwas davon mitbekommen, dem Lärmpegel bei meinem letzten Besuch nach zu urteilen.«

Das sollte ein Scherz sein, aber als ich mit dem Kaffee ins Esszimmer komme, wirkt Michael völlig abwesend.

»Alles in Ordnung?«, frage ich. »Heute ist ein großer Tag für dich, ich weiß. Kein Wunder, dass du nervös bist.«

»Wie ein Rennpferd«, sagt er und nimmt seine Tasse entgegen. »Trotzdem, es fühlt sich richtig an. Ich meine, ich predige von Nächstenliebe und helfe dir bei deiner Weihnachtsfeier für die einsamen Seelen, während mein Sohn, mein eigen Fleisch und Blut, dort draußen ist, weit entfernt von mir, obwohl ich mir nichts sehnlicher wünsche, als ihn in meine Arme zu schließen.«

Mein Gott, so habe ich es noch nie betrachtet. Meine Mutter ...

»Dich beschäftigt wohl auch so einiges«, bemerkt er.

»O ja«, sage ich lächelnd. »Aber wir gehen beide in die richtige Richtung, Michael. Davon bin ich fest überzeugt.«

»Ach, Ruth, im Moment lastet das ganze Gewicht der Erde auf meinen Schultern, wenn ich ehrlich bin«, erwidert er. »Bevor ich nicht mit Laura gesprochen und herausgefunden habe, ob überhaupt Hoffnung besteht, dass sie mir jemals verzeihen wird, werde ich immer auf der Stelle treten. Ich meine, ja, ich bin weitergekommen im Vergleich zum letzten Jahr, sehr weit sogar, aber nicht in meinem Herzen, nicht in meinem Gewissen. Ich habe noch jede Menge Baustellen, um die ich mich kümmern muss, aber wie du gesagt hast, das Treffen heute ist der nächste Schritt. Eins nach dem anderen, Schritt für Schritt.«

Wir sitzen schweigend da, nippen an unserem Kaffee und starren abwechselnd auf den Boden und ins Leere, während unsere Gedanken auf Hochtouren laufen.

»Ich muss morgen den Truthahn abholen, und wir müssen Lebensmittel einkaufen, falls du noch an Bord bist«, sage ich im Bemühen, praktisch und vorausschauend zu denken. »Ich habe eine Liste gemacht, was noch alles zu erledigen ist. Typisch, immer auf den letzten Drücker, wie jedes Weihnachten. Kennst du das von dir auch?«

Er nickt und starrt weiter auf den Teppichboden.

»Ich habe ein Geschenk für Liam besorgt«, sagt er. »Ich werde es Laura nachher geben und schauen, ob sie es annimmt, aber es würde mich nicht wundern, wenn sie es mir vor die Füße wirft. Im Grunde könnte ich ihr nicht einmal einen Vorwurf machen.«

So viel zu meinem Versuch, das Gespräch in eine andere Richtung zu lenken …

»Du kannst nur dein Bestes geben, Michael«, sage ich so behutsam wie möglich. »Gib ihr das Geschenk, mehr kannst du nicht tun. Du kannst ihre Reaktion weder kontrollieren noch vorhersehen, darum ist es sinnlos, über ihr Verhalten zu spekulieren.«

Er stellt seine Tasse auf dem Tisch ab und starrt einfach weiter ins Leere. »Es gibt einen wichtigen Teil meiner Vergangenheit, den ich dir noch nicht erzählt habe, Ruth. Ich wollte damit warten, bis wir uns näher kennen.«

Er kann mir nicht in die Augen sehen, und ich habe Angst davor, was gleich kommt. Ich brauche nichts zu sagen, weil er bereits weiterspricht, vielleicht weil er befürchtet, dass er die Worte sonst niemals über die Lippen bringt.

»Ich bin mir nicht einmal sicher, ob ich eine zweite Chance verdient habe, weil ich so dumm war und so rücksichtslos. Ich hätte uns alle töten können, Ruth«, sagt er leise.

»Was?«

»Ich hätte uns fast umgebracht!«

Es platzt einfach so aus ihm heraus, dann fängt er an zu weinen. »Ich glaube nicht, dass ich mir selbst jemals verzeihen kann, was ich an jenem Abend getan habe, oder besser gesagt, was ich nicht getan habe, aber hätte tun sollen«, stößt er hervor. »Ich hätte meine Augen nicht von der Straße abwenden sollen. Ich hätte mich erst gar nicht ans Steuer setzen sollen, und ich hätte vor allem nicht die Beherrschung verlieren dürfen; aber sie hat keine Ruhe gegeben. Sie hörte einfach nicht auf.«

Ich stelle rasch meine Kaffeetasse ab. »Was in aller Welt soll das heißen, Michael, du hättest euch fast umgeb–«

»Wir hatten unterwegs einen Streit«, erklärt er. »Wir haben uns richtig heftig gezofft, weil sie der Meinung war, ich könnte ihre Eltern nicht leiden – was totaler Blödsinn war. An jenem Abend, es war kurz vor Weihnachten, schneite es ziemlich stark, und Liam schlummerte hinten auf dem Rücksitz. Wir kamen von Lauras Eltern, und wir hatten beide was getrunken.« Er macht eine Pause.

»Oh.«

Er hatte was getrunken. O nein.

»Ich werde mir das nie verzeihen. Seit jenem Abend habe ich keinen Tropfen Alkohol mehr angerührt«, fährt er fort und wischt sich die Tränen aus dem Gesicht. »Ich habe es immer noch deutlich im Ohr: Liams Schreie in der Dunkelheit, das Plärren des Autoradios, das Quietschen der Scheibenwischer. Ich werde diese verdammten Geräusche einfach nicht mehr los.«

»O Michael, wie furchtbar!«

Ich fühle wirklich mit ihm. Die ganzen Schuldgefühle und das Davonlaufen ergeben nun einen Sinn. Es war ein riesengroßer Fehler, dass er sich alkoholisiert ans Steuer setzte, aber er benötigt keine Standpauke von mir, sosehr er sie auch verdient hätte. Er ist an seiner Schuld zerbrochen und hat sich lange genug selbst bestraft.

Er reibt über sein Gesicht, als versuche er, den Schmerz auszuradieren, während alles wieder in ihm hochkommt.

»Danach konnte ich den beiden nicht mehr in die Augen sehen«, sagt er dumpf. »Ich fühlte mich dermaßen schuldig, dass ich schließlich einfach fortging. Und das Traurigste daran war, dass Laura offenbar froh darüber war. Sie hasste mich genauso sehr wie ich mich selbst, Ruth, und sie hat nicht versucht, mich aufzuhalten. Wie zum Teufel soll ich jemals damit fertigwerden? *Wie*?«

Er stützt seine Ellenbogen auf die Knie und legt sein Gesicht in die Hände, und wir sitzen beide einfach da, jeder mit seinen Gedanken beschäftigt. Ich versuche zu verdauen, was er mir gerade offenbart hat.

»Und dann bist du auf der Straße gelandet? Hattest du keine Möglichkeit, wo du unterschlüpfen konntest?«

Er schüttelt den Kopf. »In den ersten sechs, sieben Monaten habe ich bei diversen Freunden auf der Couch geschlafen und aus dem Koffer gelebt«, antwortet er. »Aber dann gingen mir nach und nach die Leute aus, bei denen ich mich einquartieren konnte. Wer hat schon Lust, einen erwachsenen Mann zu beherbergen, der ständig Trübsal bläst? Ich hätte da auch keinen Bock drauf. An dem Abend, an dem du mich auf der Hope Street gesehen hast, war ich schon eine ganze Weile obdachlos. Mir war so kalt, ich hatte solchen Hunger, und ich fühlte mich so leer, dass ich dachte, es wäre für alle das Beste, wenn ich ganz verschwinde. Für immer.«

»O Michael!«

»Und dann kamst du daher und schautest mir in die Augen, und ich habe mich wieder wie ein Mensch gefühlt und nicht wie irgendein Loser, der beinahe seine Familie ausgelöscht hätte und dann die Flucht ergriff«, sagt er. »Durch dich habe ich wieder Leben in mir gespürt, Ruth. Du gibst mir auch jetzt noch das Gefühl, lebendig zu sein, etwas wert zu sein. Früher dachte ich immer, dass ich niemandes Zeit oder Freundschaft verdient habe.«

»Michael, du darfst dich nicht immer selbst so runtermachen, das ist nicht gut für dich«, sage ich. »Ich bitte dich, überleg doch mal, wie weit du inzwischen gekommen bist. Du hast dir ein neues Leben aufgebaut, und die Leute hier mögen dich alle. Gloria küsst den Boden, auf dem du gehst, und du weißt, ich tue das auch, und Liam kann immer noch ein Teil davon werden, oder nicht? Es ist nicht alles verloren. Es war ein ziemlich großer Fehler, dass du damals weggelaufen bist, aber schau dir an, wo du heute stehst, nur zwei Jahre später. Du kannst die Situation ändern, Michael. Du musst nur fest an dich glauben.«

Er atmet tief ein und wieder aus. »Zwischen Laura und mir war es schon lange vor dem Unfall aus, aber wir wollten es nicht wahrhaben«, sagt er leise. »Wir hatten kein freundliches Wort mehr füreinander übrig, und wohin hat uns das geführt? Was hat uns die ewige Streiterei gebracht? Sie hat uns in einer bitterkalten Winternacht in den Graben befördert, mit unserem Kind auf dem Rücksitz, das vor Angst schrie, und einem Kofferraum voller Weihnachtsgeschenke, die wir nie verteilt haben.«

»Ja, und nun triffst du dich mit ihr, und es besteht die Aussicht, dass sie dir als Vater eine zweite Chance gibt«, sage ich. »Und vielleicht sogar eine zweite Chance als Partner? Wer weiß, welche Gefühle bei euch hochkommen, wenn ihr euch wiederseht.«

Ich wünschte, er würde mir in diesem Punkt entschieden widersprechen. Ich wünschte, er würde sagen, dass das niemals passieren wird, dass er gar keine zweite Chance mit Laura haben möchte, aber das tut er nicht.

»Du bist wirklich bemerkenswert, Ruth Ryans«, sagt er stattdessen. »Ich glaube nicht, dass es jemanden wie dich ein zweites Mal gibt. Du bist einfach die Beste. Absolut einzigartig.«

Ich muss schlucken. Einzigartig für viele vielleicht, aber nicht *die Einzige* für einen, wie es scheint.

Er drückt meine Hand, dann steht er auf und macht sich bereit zum Gehen, während er versucht, seine Emotionen abzuschütteln. Ich dachte, er würde länger bleiben. Ich hatte gehofft, er würde länger bleiben.

»Ich werde mich später bei dir melden und dir erzählen, wie es gelaufen ist«, sagt er mit gesenktem Kopf. »Bitte, Ruth, sei nachsichtig mit deiner Mutter, falls du sie jemals kontaktierst, ja? Ich weiß ganz gut, wie sie sich fühlt, nämlich echt beschissen.«

Ich kann nicht anders, als über die Ironie des Ganzen zu lachen. »Michael, meine Mutter ist vor fast sechzehn Jahren von hier fortgegangen und hat sich danach nur noch sporadisch blicken lassen, bis auch das ganz aufhörte. Ich denke, sie hat eine Menge zu erklären, sogar mehr noch als du, aber ja, wenn ich sie wiedersehe, werde ich ihr eine Chance geben. Ich bin einfach zu müde, um mich länger zu streiten, und außerdem ist Weihnachten. Niemand möchte sich an Weihnachten streiten, oder? Ich will zu keiner Jahreszeit streiten, wenn ich ehrlich bin.«

»Ich werde morgen mit dir einkaufen gehen«, sagt er mit einem Lächeln. »Wir können das Weihnachtsmenü vorbereiten und das Haus herrichten und um den Weihnachtsbaum tanzen, was meinst du dazu? Unglaublich, dass morgen schon Heiligabend ist, nicht wahr? Trotzdem, wir werden ein schönes Fest haben, das weiß ich einfach.«

Ich blicke mich in meinem altmodischen Esszimmer um und spüre wieder das Bedürfnis, von hier wegzugehen, die

Chance auf einen Neuanfang zu ergreifen und frisch durchzustarten. Mit einem Blick auf das *Zu verkaufen*-Schild im Garten schwöre ich mir innerlich, dass ich mich wirklich von diesem Haus trennen werde, sobald die Feiertage vorüber sind.

»Ja, schon wieder Heiligabend«, sage ich. »Lass uns versuchen, all den Menschen, die es genauso brauchen wie wir, eine schöne Zeit zu bereiten. Heute ist ein guter Tag, Michael. Zeig Laura, dass du dich geändert hast, und sie wird dich sicher gerne wieder in ihr Leben lassen.«

»Ich möchte vor allem wieder in Liams Leben sein, Ruth«, erwidert er. »Komm her und lass dich drücken.«

Er legt seine Arme um mich, und ich weiß, es ist egoistisch von mir, aber ich befürchte, dass das Treffen mit Laura mir Michael entreißen wird, also koste ich diesen Moment aus, versunken in seiner Umarmung. Ich schlucke meine Tränen hinunter, entschlossen, mich nicht von etwas verschlingen zu lassen, das ich kommen gespürt habe, obwohl ich nicht wusste, wann oder was genau es sein würde.

Es wäre wohl auch zu schön gewesen.

»Wir sehen uns morgen, Ruth. Danke, dass du mir zugehört hast, wie immer«, sagt er, ohne zu ahnen, dass es mir gerade das Herz zerreißt.

Er küsst mich behutsam auf die Wange, und das genügt, dass sich mir der Kopf dreht.

»Viel Glück«, wünsche ich ihm wieder, wahrscheinlich zum hundertsten Mal heute, und ich sehe ihm von der Haustür aus nach, während er die steile Eingangstreppe hintergeht, in seinen Wagen steigt und zu seinem Treffen mit der geheimnisvollen Laura fährt, der Mutter seines Sohnes und derjenigen, die den Schlüssel zu seiner Zukunft in den Händen hält.

Ich schließe die Tür und lehne mich nachdenklich dagegen. Aus einem Porträt an der Wand, aufgenommen an ihrem dreißigsten Geburtstag, schauen mich die traurigen Augen meiner Mutter direkt an, und ich strecke meine Hand aus und berühre ihr ernstes Gesicht.

Ihr *dreißigster* Geburtstag … Sie war damals ein paar Jahre jünger, als ich es jetzt bin, und hatte bereits zwei Kinder im Alter von neun und zehn Jahren. Sie war noch so jung, und sie sah so traurig aus. Vielleicht war sie schon traurig, als sie mit achtzehn nach Irland kam, in ein fremdes Land, weit weg von ihrer Familie und ihren Freunden, und sich in ihren Dozenten verliebte, der fünfzehn Jahre älter war als sie, und ihr Studium dann durch ihre frühe Mutterschaft und Ehe in Vergessenheit geriet.

Ich muss an Paul Connolly denken, der nur zwanzig Jahre alt geworden ist, obwohl er noch so viel zu erleben hatte und so viel, wofür es sich zu leben lohnte. Meine Mutter war so alt wie er, als sie mich bekam – selbst noch ein Kind.

Ja, sie hat mich tief verletzt. Ja, sie hat uns allen Leid angetan, aber was, wenn mehr dahintersteckte als das, was ich in all den Jahren wusste? Ich sehe sie nun als eine Frau mit Herz und Gefühl und nicht nur als eine Mutter – sie ist ein Mensch, der mit Schuld und Reue lebt, genau wie Michael. Michael, der eben losgefahren ist, um zu versuchen, alles wiedergutzumachen, so wie sie es gerade bei mir versucht.

Ich muss an Marian denken, die ihre Töchter vermisst, die beide im Ausland sind, und mir wird bewusst, dass mein Verständnis für diese Frau und ihre Sehnsucht und ihren Verlust daher rührt, dass es ihr genauso ergeht wie meiner Mutter.

Ich muss an Kelly denken, die alleinerziehende Mutter, die die Probleme und den ganzen Kummer kennt, die eine Trennung und ein geteiltes Sorgerecht mit sich bringen. Vielleicht hatte unsere Mutter das Gefühl, dass wir bei unserem Vater besser aufgehoben waren als bei ihr? Trotzdem muss ich den Grund dafür wissen.

Ich denke an Nicholas, den Pianisten, der vor Talent überfließt, aber dessen Hoffnung, seine Musik mit anderen teilen zu können, durch das Leben und die Umstände, die ihm widerfahren sind, geschwunden ist, obwohl dieser Zustand ihn innerlich umbringt. Vielleicht besaß meine Mutter auch ein Talent, das sie nicht ausüben konnte, und fühlte sich ähnlich unausgefüllt?

Ich denke an Molly Flowers, die sich so alleine vorkommt und manchmal einfach für immer davonlaufen möchte, obwohl sie einen Mann hat, den sie liebt, und einen gesunden kleinen Jungen. Vielleicht ging es meiner Mutter ähnlich und ihr Bedürfnis wurde zu stark, um es nur in Gedanken durchzuspielen.

Es ist Zeit, dass ich sie kontaktiere und den Umständen auf den Grund gehe, die dafür verantwortlich waren, dass sie uns im Stich gelassen hat. Ich werde zuerst das Treffen mit Bernadette hinter mich bringen, und danach werde ich endlich diesen Anruf machen und versuchen, ein paar Antworten zu finden.

Schließlich ist Weihnachten, und wenn ich Fremden die Hand reichen und eine Chance geben kann, dann kann ich das auch, um Michaels Worte zu benutzen, bei meinem eigen Fleisch und Blut.

KAPITEL 24

Carlingford ist ein außergewöhnlich hübsches mittelalterliches Städtchen an Irlands historischer Ostküste, mit atemberaubenden Ausblicken auf den berühmten Gletscherfjord gleichen Namens; und trotz der trüben Stimmung, die dieser graue Dezembernachmittag verbreitet, muss ich mich zwingen, mich auf die Straße und mein Ziel zu konzentrieren, statt fasziniert in die Gegend zu schauen. Vorhin, während der Fahrt über die Autobahn, hörte ich Radio und antwortete laut auf alberne Quizfragen, obwohl mich niemand hören konnte. Dann rief Ally an, und wir plauderten eine Weile über die beste Methode, um einen Truthahn zuzubereiten.

Nun kommen mir unwillkürlich Bilder aus der Vergangenheit unserer Familie in den Kopf. Abgesehen von dem verregneten Urlaub in Rossnowlagh verbrachten wir die Ferien regelmäßig bei meinen Großeltern in Italien. Wir alle liebten das sonnige Klima und die einfache Küche, und ich weiß noch, wie meine Mutter dort jedes Mal aufblühte, so sehr, dass sie meinen Vater irritierte, weil sie praktisch nicht mehr wiederzuerkennen war, verglichen mit der missmutigen, in sich gekehrten jungen Frau, als die wir sie zu Hause in Irland erlebten.

Unsere Eltern stritten sich auf jeder Rückreise von Italien, und egal, was für tolle Ferien Ally und ich dort verbracht hatten, sie wurden immer von den scharfen Auseinandersetzungen ruiniert – und dem Vorwurf, dass *sie* lieber dageblieben wäre, statt mit uns nach Hause zu fahren. Ich habe nie verstanden, warum sie nicht einsahen, dass wir alle das Beste aus beiden Welten haben konnten.

Zu Hause sah man sie die meiste Zeit kochen oder exotische Geschichten über europäische Heldinnen lesen, die sie gierig verschlang. Und wenn sie nicht gerade am Herd stand oder ihre Nase in ein Buch steckte, war sie so tief in Gedanken versunken, dass es uns manchmal vorkam, als wäre sie gar nicht bei uns.

Ich frage mich, wie lange sie schon unglücklich gewesen war, wie lange sie das Gefühl ertragen hatte, am falschen Ort zu sein, fern ihres natürlichen Lebensraums.

»*Come un uccello intrappolato*«, hörte ich sie einmal zu meinem Vater sagen, mitten in einer Auseinandersetzung.

Wie ein gefangener Vogel.

Genau wie mein neuer Freund Nicholas, der seine Musik nicht mehr ausüben kann …

Kurz vor Carlingford halte ich auf einem Grünstreifen an, und ich sitze da, eingefroren in der Zeit, während mir andere Sätze von ihr in den Sinn kommen. Nach all den Jahren kristallisiert sich nun allmählich ein differenzierteres Gesamtbild in meinem Kopf heraus.

Seit meine Mutter uns verlassen hat, habe ich bewusst nur an die guten Zeiten zurückgedacht, wie an die Weihnachtsscharaden vor dem Kamin, an mein Gefühl, wenn ich sie über Dads alberne Sprüche laut lachen hörte, daran, wie sie immer schwärmend aus dem Theater zurückkehrte oder besser noch, aus der Oper, die sie so sehr liebte, daran, wie sie mir ein paar ihrer Lieblingsrezepte beibrachte und mir Geschichten aus ihrer Kindheit in der norditalienischen Provinz zwischen Bergen und Meer erzählte, wo sie mit ihren Geschwistern, ihren Eltern und ihren geliebten Großeltern gelebt hatte (alle unter einem Dach), die beide starben, kurz bevor sie nach Irland ging.

Woran ich nicht so gern zurückgedacht habe, obwohl ich mich deutlich erinnere, sind die Diskussionen, die manchmal vor dem Zubettgehen entbrannten, oder die Phasen, wenn sie auf Dads Witze genervt reagierte, statt darüber zu lachen, und sehr verwirrt erschien, gefangen zwischen zwei Welten; oder dass ich sie, wenn sie mir von ihrer wunderbaren Kindheit in Italien erzählte, hinterher im Bad weinen hörte und sie mir dann immer erklärte, dass alles in Ordnung sei und ihre Augen nur vom Zwiebelschneiden tränten.

Warum habe ich das alles so lange ausgeblendet? Warum zum Teufel ist mir nie aufgefallen, wie traurig sie auf diesem Bild von ihrem dreißigsten Geburtstag aussieht, das in unserer Diele hängt? Ihre Augen auf dem Foto, so jung, so verloren und wahrscheinlich so einsam, verfolgen mich nun, und ich frage mich, ob ich mehr Verständnis für sie hätte aufbringen müssen, als ich älter wurde. Ich war die ganze Zeit so sehr damit beschäftigt, wütend auf sie zu sein, dass ich nie versucht habe, die Gründe für ihren Fortgang nachzuvollziehen.

Ich befürchte, dass wir in all den Jahren zu hart zu ihr gewesen sind. Sie war hier unglücklich. Sie fühlte sich eingeengt und eingesperrt und konnte ihr wahres Potenzial nicht entfalten. Sie war nur nach Irland gekommen, um Englisch zu studieren, und nicht, um ihren Professor zu heiraten und kurz nacheinander zwei Kinder zu bekommen, noch bevor sie zweiundzwanzig war.

Mein Handy piept, als eine SMS von Bernadette ankommt, die mich zu dem Grund zurückführt, warum ich überhaupt hier bin, obwohl ich jede Menge andere Dinge zu tun hätte, um mein Weihnachtsfest vorzubereiten.

Konzentriere dich auf Bernadette, sage ich mir selbst. Bernadette, die seit Jahren gegen ihre schwere Krankheit kämpft und die ihre Kinder um eine zweite Chance gebeten hat, aber nie eine Antwort erhielt. Denk an Paul Connolly und seine arme Seele und daran, wie wichtig es ist, dass jemand seinen Platz an der Tafel einnimmt und dieselbe Behaglichkeit und Zufriedenheit erfährt, die du ihm zuteilwerden lassen wolltest.

Ich bin in dem silbernen Smart gleich neben dem Pier, wo die kleinen blauen Boote ankern, lautet Bernadettes Nachricht. Ich recke den Kopf in Richtung Pier, und tatsächlich entdecke ich dort einen silbernen Smart.

Okay, Bernadette, ich bin schon unterwegs.

Kurz darauf steige ich aus meinem Wagen und gehe im Nieselregen über den Parkplatz in Richtung Pier.

Da vorne steht Bernadette, die sich mit ihrer Geschichte in unsere Runde einfügt, und auch ihr muss ich wie allen anderen Gästen versichern, dass sie an unserem Tisch höchst willkommen ist und Weihnachten nicht alleine zu sein braucht.

Der Geruch von verbranntem Torf aus dem Kamin eines nahe gelegenen Pubs dringt in meine Atemwege, und angesichts der frischen Brise, die hier weht, wünschte ich, ich hätte eine dickere Jacke angezogen oder wenigstens Handschuhe. In der Ferne höre ich die Klänge von traditioneller irischer Folk-Musik, und die kleinen blauen Boote schaukeln dazu im Wasser, während ich mich Bernadette von hinten nähere.

»Bernadette?«, rufe ich meinem potenziellen Gast entgegen, in der Hoffnung, dass mein lächelndes Gesicht dieselbe Wärme ausstrahlt, die ich in meinem Herzen fühle, denn ich weiß, dass Bernadette dieses Treffen Überwindung kostet. »Ich bin es. Ruth ...«

Die Frau dreht sich zu mir um, und als ich ihr Gesicht sehe, schlage ich vor Schreck meine kalten Hände vor den Mund. Ich kann nicht atmen, ich kann nicht sprechen, ich habe keine Ahnung, was ich zu ihr sagen soll.

»Hallo, mein Liebling. Es ist so schön, dich endlich wiederzusehen.«

Meine Knie werden weich wie Wackelpudding, meine Unterlippe zittert, und meine Augen füllen sich mit Tränen, als ich erkenne, dass die Person, die mir geschrieben hat, die Person, die sich so sehr nach ihren Kindern sehnt, die ganze Zeit ihren zweiten Vornamen benutzt hat.

Die Frau, die vor mir steht, ist meine Mutter.

KAPITEL 25

»Ich ... ich verstehe nicht«, stammele ich, während meine Emotionen Achterbahn fahren – auf und ab, auf und ab, Überraschung, Freude, Empörung, Zorn, Bestürzung, Liebe, Erleichterung, Trauer, mehr Bestürzung, Verleugnung, dann wieder schwelender Zorn. »Wie konntest du mir das antun?«

»Aber ich dachte, du wüsstest Bescheid«, sagt sie, und ihre Augen blicken mich flehentlich an.

Keine von uns beiden bewegt sich, wir stehen stocksteif im Sprühregen, wie zwei Statuen. So habe ich mir unser Wiedersehen nicht vorgestellt. So habe ich es mir ganz und gar nicht vorgestellt.

»Wegen des Namens? Wie in aller Welt hätte ich darauf kommen sollen?«, erwidere ich kühl. »Ich kam hierher im Glauben, eine Frau zu treffen, der ich noch nie begegnet bin. Und nicht die Mutter, die uns im Stich gelassen hat, als wir sie am meisten brauchten.«

Sie wendet ihre Augen ab und verzieht qualvoll das Gesicht, als hätte ich ihr gerade einen Dolch ins Herz gestoßen. »Ehrlich, Ruth, ich wollte dir keinen Schreck einjagen«, sagt sie, und ihre Stimme zittert. »Als ich gestern deine E-Mail bekam, hat mein Herz gejubelt. Ich dachte, du hättest endlich verstanden, dass ich hinter diesem Namen stecke, und würdest nur nichts sagen. Ich bin dir eine Menge Erklärungen schuldig, ich weiß, mein Liebling, und –«

»Nicht!«, sage ich und schüttele vehement den Kopf. »Wage es nicht, mich so zu nennen! Du bist für mich eine Fremde, Elena. Ich war noch ein Teenager, als du anfingst, dich rarzumachen, also glaub bloß nicht, du kannst jetzt einfach so auftauchen und mich deinen Liebling nennen, als wären wir hier bei *Bitte melde dich*. Du hättest mir vorher sagen sollen, was mich erwartet! Dann hätte ich mich darauf vorbereiten können. Ich stand so kurz davor – ich stand so kurz davor, dich anzurufen! Ich wollte es so sehr!«

Meine Augen brennen, meine Stimme bricht, und wie sehr ich mich auch anstrenge, ich kann einfach nicht verarbeiten, was hier gerade passiert. Das ist zu viel für mich. Am liebsten würde ich zu meinem Wagen zurückgehen und einsteigen und wegfahren und so tun, als wäre es nie passiert. Aber es ist passiert, es passiert jetzt, in diesem Moment, und ich kann nicht einfach davonlaufen. Ich werde auch nicht davonlaufen, im Gegensatz zu ihr damals. Auf keinen Fall.

»Du hast ja keine Ahnung, wie oft ich nach dir gerufen habe«, fahre ich anklagend fort. »All die Nächte, die Träume, die Albträume. Weißt du, wie sehr ich mir gewünscht habe, dass du mich nach meinen Noten fragst oder nach meinem neuesten Schwarm? Weißt du, wie sehr ich es vermisst habe, dass du mir sagst, dass alles wieder gut wird, selbst wenn es gelogen wäre? Weißt du das? Hast du auch nur die leiseste Ahnung?«

Meine Mutter reibt sich die Stirn, während sie aussieht, als würde ihr das Atmen schwerfallen. Inzwischen hat es angefangen, richtig zu regnen, und mir ist eiskalt, so kalt, dass ich mich keinen Zentimeter rühren kann. Durch die brennenden Tränen in meinen Augen mustere ich diese Person, die vor mir steht, und versuche, aus ihr schlau zu werden.

Sie ist jetzt zweiundfünfzig, noch verhältnismäßig jung, eine Frau, die in der Blüte ihres Lebens stehen sollte, aber sie wirkt sehr scheu und reserviert. Sie trägt eine schwarze Jacke, eine schmale schwarze Hose, flache Stiefel und eine rote Mütze auf dem Kopf, und ihr Gesicht sieht jünger aus, als sie tatsächlich ist, umrahmt von ihren dunklen Haaren, die nun von silbernen Strähnen durchzogen sind. Ihre großen tiefbraunen Augen ziehen einen automatisch in den Bann, obwohl sie matt und müde wirken; und würde sie nicht so einen verängstigten Eindruck machen, könnte sie immer noch als Filmstar durchgehen. Sie hat nichts von ihrer Schönheit eingebüßt, aber sie ist unheimlich zart, wie eine Blume, die dringend Wasser und liebevolle Pflege benötigt, um wieder aufzublühen.

Ich habe sie wahnsinnig vermisst, aber gleichzeitig bin ich auch wahnsinnig wütend auf sie.

»Können wir irgendwo hingehen und reden?«, fragt sie mit zitternder Unterlippe. Ich will nicht, dass sie in Tränen ausbricht. Ich will nicht, dass ihre Gefühle hervorbrechen, hier, direkt vor mir. Ich bin diejenige, die es verdient hätte zu weinen. Ich bin diejenige mit all den Fragen, und sie ist diejenige mit den Antworten.

»Du willst reden?«, sage ich provozierend. Als wäre es so einfach. »Wo zum Teufel hast du die ganze Zeit gesteckt? In Dublin? Willst du mir ernsthaft erzählen, dass du all die Jahre in Dublin warst, keine zwei Stunden von uns entfernt?«

»Nein, nein, nicht die ganze Zeit, nein«, widerspricht sie, und ihr italienischer Akzent klingt mit jedem Wort, das sie sagt, vertrauter und überbrückt die Kluft zwischen damals und heute, egal, wie sehr ich mich dagegen sträube.

»Wo dann?« Meine Stimme klingt schrill und scharf.

»Ich hoffe, ich kann es dir erklären«, sagt sie, und ihre Tränen fließen nun ungehindert. Sie trocknet sie mit einem Taschentuch, ein schnelles, hastiges Abtupfen der Wangen, so wie sie es früher bei mir machte, wenn ich in der Öffentlichkeit weinte und sie versuchte, mich zu beruhigen. »Ich hoffe, Ruth, ich kann dir begreiflich machen, dass ich nicht gegangen bin, weil ich es wollte. Ich hatte keine andere Wahl, verstehst du? Es lag nicht nur an mir, mein Liebling.«

Wieder dieses Wort. *Liebling*. Ich weiß, sie meint es gut, aber es schmerzt, wenn sie es benutzt. Sie hatte keine andere Wahl? Das nenne ich mal eine kühne Behauptung.

Ich schaue hinüber zum Pub, dann setze ich mich in Bewegung und lasse sie mir folgen, während ich versuche, das Durcheinander in meinem Kopf zu verarbeiten. Ich kam hierher im Glauben, eine Fremde zu treffen, die meine Hilfe benötigt, und dann erfahre ich plötzlich, dass diese Person im Grunde gar nicht existiert beziehungsweise dass sie nie wirklich eine Fremde war, obwohl sie mir inzwischen doch in so vielfacher Hinsicht fremd ist. Mein Verstand fühlt sich an, als wäre er durch den Fleischwolf gedreht worden. Ich weiß nicht, was ich tun oder sagen soll oder wie ich mich richtig verhalte. Also setze ich einfach weiter einen Fuß vor den anderen, bis in den trockenen und warmen Pub hinein, und hoffe, dass das alles sehr bald einen Sinn ergibt.

»Bernadette, ich meine, Elena ...«, stottere ich herum. »Du hast mir damals geschrieben, dass du an schweren Depressionen leidest. Ist das wahr?«

Wir sitzen am Kamin, in einem gemütlichen Raum bei leiser Weihnachtsmusik. Elena hat ihre Jacke und ihre Mütze abgelegt, so wie ich meine auch, und zu meinem Entsetzen bemerke ich tiefe Narben an ihren Handgelenken. Auch ihre Unterarme sind vernarbt. Ich wende meine Augen rasch ab, unfähig, den Schmerz auszuhalten, der an meinem Herzen kratzt.

»Ist es wahr?«, frage ich wieder, dieses Mal sanfter. »Warum erfahre ich das erst jetzt?«

Auf dem Pier sah meine Mutter, äußerlich betrachtet, einigermaßen okay aus, aber in Wirklichkeit ist sie nur noch ein Schatten ihrer selbst. In meiner Fantasie hatte ich mir eine glamouröse und tadellos frisierte Frau vorgestellt, die in ihrer Heimat ein exotisches Leben führte und unter freiem Himmel speiste, im Kreise ihrer Landsleute, die mit ihrer feurigen und leidenschaftlichen Art alle gleichermaßen umwerfend schön und faszinierend waren.

Aber stattdessen sitzt hier vor mir eine ziemlich aufgeweichte Version der Frau, die ich in Erinnerung habe. Sie ist kaum fähig, mir in die Augen zu sehen, sie ringt mit den Händen, wenn sie spricht, und ihr Gesichtsausdruck wechselt innerhalb von Sekunden von versteinert zu hoffnungslos verzweifelt.

Sie spielt an ihren langen dunklen Haaren, während sie nach Worten sucht. Ihr Geruch ist noch der gleiche, ein berauschender, erdiger Patschuliduft, bekannt dafür, dass er beruhigend und erhebend auf Geist und Seele wirkt. Ich würde sie am liebsten schütteln, aber gleichzeitig möchte ich sie auch fest umarmen und nie wieder loslassen. Ihre Geschichte ist so verwirrend, und ich muss unbedingt mehr erfahren.

»Ich habe deinen Vater immer geliebt, als meinen Freund und Vertrauten«, sagt sie schließlich. »Er war ein bemerkenswerter Mann, wirklich außergewöhnlich, und obwohl wir uns in unseren letzten gemeinsamen Jahren oft gestritten haben, betete ich ihn an. Ich habe ihn absolut vergöttert, vom ersten Moment an, als ich ihn vor all den Jahren in diesem Hörsaal sah.«

»Du warst noch sehr jung, als du ihn kennengelernt hast«, sage ich. Zumindest das muss ich ihr zugestehen.

»Ich möchte nicht zu sehr ins Detail gehen, aber da war viel Leidenschaft, viel Kultur, viele Lesungen und Theaterbesuche, und sein Wissen über Literatur und Sprache haute mich einfach um, ganz zu schweigen von seinen musikalischen Künsten, die in meinen jungen Ohren wahnsinnig beeindruckend klangen.«

»Bitte gib nicht ihm die Schuld«, sage ich flüsternd, die Augen auf den Tisch geheftet statt auf sie.

Sie beugt sich vor und stützt ihre Ellenbogen auf den Tisch. Mir fällt auf, dass ihre Fingernägel nicht lackiert sind, was mich überrascht. Früher legte sie großen Wert auf ihre Maniküre. Selbst wenn niemand sie zu sehen bekam, waren ihre Hände und Nägel immer tadellos gepflegt.

»Ich erinnere mich an das erste Mal, als ich mir wie abgeschnitten vorkam von allem, was ich im Leben kannte, und das passierte nicht, als ich alleine war, sondern in einem Raum voller Menschen, viele Jahre später, auf einer privaten Dinnerparty, die ein Kollege deines Vaters gab«, erklärt sie. »Plötzlich schienen die Wände immer näher auf mich zuzurücken, bis ich das Gefühl hatte, gleich zu ersticken, und mich entschuldigen musste, um an die frische Luft zu gehen. Nach diesem Abend wurde für mich alles immer schwieriger. Selbst die einfachsten Dinge stellten mich vor Probleme, wie zum Beispiel dafür zu sorgen, dass genügend Essen im Haus war, oder saubere Schuluniformen für euch bereitzuhalten. Dinge, die mir vorher mühelos von der Hand gegangen waren, wurden zu einer Riesenherausforderung, und nach ein paar Jahren, in denen ich dagegen ankämpfte und mich fühlte, als würde ich unaufhörlich gegen den Strom schwimmen, bin ich ... ich bin einfach zusammengebrochen. Ich sah keine Möglichkeit mehr, wie ich das alles bewältigen sollte, und ich brauchte dringend eine Pause. Mehr sollte es nicht sein, als ich zum ersten Mal wegging – nur eine Pause.«

Ich weiß, das hier fällt ihr schwer. Ich kann mir vorstellen, wie Verzweiflung und Einsamkeit und auch die Sehnsucht nach den Menschen und Gepflogenheiten in ihrer Heimat sie einschnürten, fester und immer fester, bis sie das Gefühl hatte, nicht mehr atmen zu können – aber verlässt man deswegen seine eigenen Kinder?

»Dein Vater und ich hatten uns auseinandergelebt, unsere Ehe war vorbei, aber ich hatte nie die Absicht, dich und Ally zu verlassen. Niemals.«

»Sag mir einfach die Wahrheit«, erwidere ich in gedämpftem, aber eindringlichem Ton. In diesem Moment erscheint eine Kellnerin und fragt uns, was wir trinken möchten, und ich würde sie am liebsten wegscheuchen, aber das mache ich natürlich nicht. Wir bestellen Mineralwasser, dann fahre ich fort. »Sag mir, warum du uns nicht mehr sehen wolltest, warum du den Kontakt ganz abgebrochen hast. Sag es mir einfach.«

»Die Wahrheit ist ... nun, die Wahrheit ist, dass ich viele Jahre immer wieder in stationärer Behandlung war, so wie ich es dir in meiner ersten E-Mail geschrieben habe«, antwortet sie.

»Du warst in einer Klinik?«, frage ich, und mein Herz flattert nervös.

»In einer psychiatrischen Abteilung für Schwerstdepressive«, sagt sie, und mein Herz rutscht in den Magen.

»O mein Gott«, sage ich und lege meine Hand vor den Mund. Mir wird richtig schlecht. »Warum haben wir nichts davon gewusst? Warum hat Dad uns nichts gesagt?«

Es gefällt mir nicht, was ich gerade für meinen Vater empfinde. Er hat mir und Ally bis zu seinem Tod nichts gesagt, aber ich will ihn nicht anders betrachten als so, wie ich ihn kannte, nämlich als Helden.

»Er wollte ja«, antwortet sie. »Er wollte es euch wirklich sagen, und ich wollte es auch, aber irgendwie schien nie der richtige Zeitpunkt dafür zu sein. Er hatte Angst, du und Ally, ihr würdet ... Keine Ahnung, vielleicht hatte er Angst, dass für euch eine Welt zusammengebrochen wäre, wenn ihr mich in dem Zustand gesehen hättet. Er war ein toller Vater, Ruth. Das werde ich ihm nie absprechen, und ihn trifft keine Schuld.«

»Ich verstehe das trotzdem nicht«, sage ich. »Warum habt ihr uns im Glauben gelassen, du hättest uns aufgegeben, obwohl wir dich so dringend brauchten?«

Sie atmet tief ein und aus. »O Baby, damals schien das eine gute Idee zu sein«, antwortet sie schließlich. Sie wählt ihre

Worte mit Bedacht. »Ich wollte nicht, dass ihr mich in einem so labilen Zustand seht. Ich dachte, dass euch das noch mehr verstören würde, also habe ich euren Vater gebeten, mir Zeit zu geben, um wieder auf die Beine zu kommen. Ich habe wirklich gedacht, ich würde schneller wieder gesund, als es dann tatsächlich dauerte.«

Ich rechne in meinem Kopf nach. In den ersten zwei Jahren nach ihrem Auszug sahen wir sie mehr oder weniger regelmäßig, danach an unseren Geburtstagen und wenn möglich eine Woche vor Weihnachten; dann, eine ganze Weile später, beschränkte sie sich auf Telefonate, die immer seltener wurden, während sie auf unsere Anrufe gar nicht mehr reagierte, bis sie schließlich zum Feind wurde, zu derjenigen, die uns nicht mehr wollte. Das heißt, ab der Zeit, in der sie den Kontakt einschlafen ließ, bis zu ihrer Rückkehr in ein selbstständiges Leben hatte sie rund zehn Jahre phasenweise in der Psychiatrie verbracht. Mein Gott.

»O Mum«, ist alles, was ich sagen kann. Ich lege meinen Kopf in die Hände und spüre, dass mein Atem immer kürzer wird, und fürchte, dass ich gleich richtig losheulen werde, nicht nur ein bisschen wie bisher, sondern richtig laut und heftig und schlimm. Wegen ihr und all unserer vergeudeten Jahre und wegen Dad, der doch nur getan hat, was beide für das Beste hielten, bis ihm die Zeit ausging.

»Und bist du ... bist du jetzt okay?«

Die Narben an ihren Unterarmen, der matte Ausdruck in ihren Augen, ihr freudiges Lächeln, als sie sich draußen auf dem Pier zu mir umdrehte – die bloße Vorstellung, was sie alles durchgemacht hat, zerreißt mir das Herz. Es schmerzt sogar noch mehr als dieses übermächtige Gefühl der Verlassenheit, das bis jetzt mein Leben bestimmt hat.

»Ich hätte nach dir suchen sollen«, sage ich, und da sind sie, die lauten, heftigen Schluchzer. »Ich hätte nicht so lange warten sollen. Ich war so verdammt stur. Ich wollte dich bestrafen, indem ich dich warten lasse, so wie du uns jahrelang hast warten lassen.«

Ihre Unterlippe zittert wieder, als sie sieht, dass ich völlig aufgelöst bin, und sie streckt ihre Hände über den Tisch zu mir. Ich greife danach, süchtig nach ihrer Berührung, und führe sie zu meinem Gesicht, lege ihre schmalen Hände an meine Wangen, während ich wünschte, ich könnte ihr ihren ganzen Kummer nehmen.

»Ich bin klinisch depressiv«, sagt sie unter Tränen. »Ich hatte mehrere schwere Nervenzusammenbrüche, aber in meiner Heimat hat man sich gut um mich gekümmert, darum habe ich mich meistens dort behandeln lassen. Mach dir um mich bitte keine Sorgen. Das ist völlig unnötig. Es geht mir schon viel, viel besser.«

»Ich weine auch wegen Dad«, sage ich und lasse ihre Hände los. »Ich weine wegen all der Male, die ich ihn wegen dir weinen hörte. Er hat wahrscheinlich immer gehofft, dass du wieder gesund wirst. Ich kann nicht glauben, dass er das alles mit ins Grab genommen hat.«

Nun verstehe ich, warum es ihn manchmal störte, dass ich mich so sehr um ihn sorgte, obwohl er mich dringend brauchte.

»Dein Vater und ich haben Frieden miteinander geschlossen«, sagt sie, was meine Befürchtungen ein wenig mildert. »Er wusste, dass ich große Fortschritte gemacht hatte, und er wusste, dass bald der Zeitpunkt kommen würde, an dem ich versuchen würde, in euer Leben zurückzukehren. Darin waren wir uns beide einig, als wir uns vor nicht allzu langer Zeit getroffen haben.«

»Was?«, sage ich. »Ihr habt euch getroffen?«

Sie nickt und schnieft leise, und ihr Blick schweift bei der Erinnerung umher. »Wir trafen uns in Dublin, eine Woche bevor er seinen Schlaganfall hatte«, sagt sie leise. »Wir haben vereinbart, dass er euch beiden bald die Wahrheit sagen wird, sobald er den Zeitpunkt für richtig hält. Aber dann wurde er krank und … nun ja, du kennst den Rest. Nach seiner Beisetzung habe ich dir eine Karte geschickt. Mehr ist mir nicht eingefallen.«

Sie atmet tief durch, und ich auch.

»Nein«, sage ich dann vehement. »Ihr hättet es uns niemals so lange verheimlichen dürfen. Wir hätten mit deiner Krankheit umgehen können, wenn wir das alles gewusst hätten. Alles wäre besser gewesen, als uns im Glauben zu lassen, dass du uns verstoßen hast. Alles!«

Ich bin nun richtig zappelig. In meinem Kopf schwirren so viele Worte herum, die ich gerne herausbekommen würde, wenn ich sie nur miteinander verknüpfen könnte. Bilder von ihrer Zurückweisung holen mich ein, schmerzhafte Erinnerungen daran, wie ich nachts wach lag und mir bittere Vorwürfe machte, wie ich mich eine Zeit lang immer auf der Schultoilette in einer Kabine einschloss und einfach heulte und heulte und darum flehte, dass sie wieder nach Hause kam. Es bricht mir das Herz, wenn ich an die Zeiten zurückdenke, in denen ich meinen Vater mit rot geschwollenen Augen aus seinem Zimmer kommen sah und meine Mutter verfluchte und mich fragte, wie sie uns alle in diesen lebendigen Albtraum stürzen konnte, zwischen Bangen und Hoffen auf ihre Rückkehr.

Ich muss konzentriert bleiben. Ich muss gleichmäßiger atmen.

»Ally und ich sind inzwischen längst erwachsen«, erinnere ich meine Mutter. »Du hättest nicht den Umweg über Dad zu nehmen brauchen! Warum in aller Welt hast du nicht einfach den Hörer in die Hand genommen und eine von uns angerufen? Warum hast du dich zuerst an Dad gewendet, als du wieder zurückkamst?«

Sie nimmt meine Hand und stößt einen tiefen Seufzer aus. Sie ist die Ruhe, und ich bin der Sturm.

»Ich habe jemanden gefragt, was ich tun soll«, erklärt sie, »und mir wurde gesagt, dass ein möglicher Weg für eine behutsame Wiederannäherung über euren Vater führen könnte. Also habe ich mich mit ihm getroffen, und er versprach, mit euch beiden zu reden und euch entscheiden zu lassen, wann ihr bereit seid.«

»Du hast jemanden gefragt? Wen?«

Nun bin ich wütend. Ich bin wütend, weil man uns niemals die Wahl gelassen hat, ob wir mit ihrer Krankheit leben wollten oder nicht. Unser Vater, altmodisch und gebildet, wie er war, fürchtete das Stigma einer psychischen Krankheit so sehr, dass er uns nicht sagen wollte, dass unsere Mutter »in der Klapsmühle« war, dass ihre Psyche nicht stabil genug war, um für uns zu sorgen. All die Jahre glaubten wir, es wäre unsere Schuld. Wir glaubten, sie wäre für ein bisschen Spaß und Romantik davongelaufen, obwohl sie nichts anderes tat, als zu versuchen, wieder gesund zu werden.

»Die Person, die ich gefragt habe, war jemand, auf deren Meinung ich großen Wert lege, also habe ich ihren Rat befolgt.« Sie sieht mich direkt an.

»Und weiter?«

»Diese Person warst du, Ruth, als du mir alias Bernadette geantwortet hast. Du hast mir empfohlen, es zuerst über deinen Vater zu versuchen.«

Ich starre auf den Tisch. Ich denke angestrengt an die Hunderte von Zuschriften, die ich beantwortet habe.

»Aber ich wusste nicht, dass du es warst!«

»Ich hatte gehofft, du würdest zwischen den Zeilen lesen, aber das hast du nicht, also bin ich deiner Empfehlung gefolgt und habe zuerst deinen Vater kontaktiert. Ich hatte einfach große Angst. Es tut mir so leid.«

Ich kann meine Augen nicht von meiner Mutter abwenden, die so gebrochen wirkt, so zerbrechlich, so verzweifelt entschlossen, das alles hinter sich zu bringen. Ihre Hände zittern. Ihre Augen füllen sich wieder mit Tränen. Sie legt ihren Kopf leicht schief, und ihr Gesicht fleht um Verständnis.

»Hast du eine Ahnung, wie sehr mich deine E-Mail damals erschüttert hat?«, frage ich, und ich spüre, wie mir beim Sprechen das Herz schwer wird. »Ironischerweise war ich auf Bernadettes Seite und habe ihr ganz fest die Daumen gedrückt, dass die Aussöhnung mit ihren Kindern klappt. Ich dachte mir, was für eine tapfere Frau, dass sie sich die Mühe macht und meine Hilfe sucht, um auf der letzten Etappe einer sehr nebulösen und strapaziösen Reise ans Ziel zu gelangen. Ich wäre in einer Million Jahre nicht darauf gekommen, dass du hinter diesem Namen steckst. Nicht in meinen wildesten Träumen! Tatsächlich habe ich dich sogar noch mehr verflucht. Ich habe dich verflucht und mir gewünscht, du wärst so tapfer!«

»Aber ich war es! Und ich habe jeden Tag auf eine Antwort von dir gewartet«, erwidert sie. »Als gestern Abend deine E-Mail kam, dauerte es bis spät in die Nacht, bevor ich den Mut aufbrachte, sie zu lesen, und als ich sie gelesen hatte, wollte ich nichts anderes, als dir die Wahrheit zu sagen, dass ich Bernadette war und dass ich euch beide unbedingt sehen wollte. Aber aus Angst, dass du es dir vielleicht anders überlegen würdest, wenn ich mich zu erkennen gebe, spielte ich weiter mit.«

Ich fühle mich benommen, und mein Kopf schmerzt. Draußen hat der Regen etwas nachgelassen, und der Pub füllt sich allmählich. Wir sitzen hier schon seit einer geraumen Weile, und ich weiß, wir sollten noch etwas bestellen, da das Personal langsam ein wenig ungeduldig wird, aber ich kann unser Gespräch jetzt unmöglich unterbrechen. Ich muss meiner Mutter die Zeit geben, die sie braucht, um mir ihre Geschichte begreiflich zu machen, eine Geschichte, die langsam immer mehr Sinn ergibt.

»Ihr habt euch an einem Sonntag getroffen«, sage ich in einem sanfteren Ton, während ich mich daran erinnere, wie Dad damals nach Dublin fuhr. »Mir hat er erzählt, er würde sich mit einem alten Freund treffen.«

Sie nickt mit einem gequälten Lächeln und schaut weg. »Ein alter Freund, in der Tat. Er hatte sich kein bisschen verändert«, sagt sie und schmunzelt fast unmerklich bei der Erinnerung. »Er war immer noch derselbe großzügige, liebevolle und einfühlsame Mann, den ich geheiratet hatte, aber ich konnte ihn einfach nicht mehr lieben. Ich hatte lange Zeit Selbstmordgedanken, was ihr nicht wissen durftet, damit ihr euch nicht dafür verantwortlich macht. Aber je mehr Zeit verging, umso schwerer fiel es ihm, euch alles zu beichten, und er schob es immer wieder auf. Es tut mir so leid. Er hat es aus Liebe getan und weil er euch schützen wollte. Es war nicht seine Absicht, es so lange hinauszuzögern.«

Ich halte es nicht mehr aus, in dieser stickig-warmen Ecke zu sitzen und den Erklärungen meiner Mutter zu lauschen, die mein geliebter Vater versäumt hat. Mein Kopf ist ein einziges wirres Durcheinander aus Lug und Trug, und wofür das alles? Verlorene Jahre zwischen einer Mutter und ihren zwei Töchtern, aus falscher Scham und Peinlichkeit und wegen eines Spiels auf Zeit, das endete, als mein Vater krank wurde. Selbstmordgedanken? Mein Gott, ich kann nicht glauben, dass sie das alles vor Ally und mir verheimlicht haben. Meine Wut kocht wieder hoch. Ich bin so verdammt wütend und so verdammt frustriert, weil man all die Jahre, die ich an der Seite meiner Mutter hätte verbringen können, einfach so verstreichen ließ, aus Angst vor öffentlicher Stigmatisierung und aus törichtem Stolz.

Aber mit meiner ganzen Erfahrung als Lebensratgeberin kann ich nicht wütend auf meine Mutter sein, obwohl ich es gerne wäre. Stattdessen bin ich wütend auf mich, weil ich in der ganzen Zeit nicht mehr getan habe, um sie zu finden. Es ist bitter, dass unsere Eltern uns so lange etwas vorgemacht haben und dass es, als sie dann endlich beschlossen, die Karten auf den Tisch zu legen, nicht mehr dazu kam, weil Dad seinen Schlaganfall hatte. Aber trotz aller Frustration und Verwirrung bin ich klar genug, um zu erkennen, dass das alles eine unglückliche Fügung des Schicksals war.

Ich schließe meine Augen und gehe für einen Moment in mich. Ich denke an Marian und ihren Kummer wegen ihrer Kinder, die nur im Ausland sind, und ich mag mir im Vergleich dazu den Kummer meiner Mutter erst gar nicht ausmalen. Ich denke an Kelly, die dieses Weihnachten auf ihre kleine Tochter verzichten muss, und mir blutet das Herz wegen all der Male, an denen meine Mutter auf uns verzichten musste. Ich denke an Michael ohne seinen Sohn, und mir wird klar, dass es völlig sinnlos ist, weiterzustreiten.

Jeder von uns muss seine eigenen Kämpfe bestehen, und bei Gott, meine Mutter hat einen Krieg überlebt. Ich schaue auf ihre zitternden Hände, und ich halte sie kurz fest. Wie Molly Flowers gesagt hat, manchmal ist es am besten, in der Gegenwart zu leben und nach vorn zu blicken, in die Zukunft, statt die Antworten immer in der Vergangenheit zu suchen. Meine Antworten sind gleich hier. Ich habe gehört, was ich hören musste. Es ist Zeit, den nächsten Schritt zu machen.

»Gibt es im Moment jemanden in deinem Leben?«, frage ich meine Mutter, während ich an mein Weihnachtsversprechen für die Einsamen denke und mich vor ihrer Antwort fürchte. »Irgendwelche Freunde oder Verwandte?«

Sie stößt ein tiefes Seufzen aus. »Ich habe einen Arzt und eine Krankenschwester, die regelmäßig nach mir schauen«, erklärt sie dann mit einem gleichmütigen Achselzucken. »Sie müssen sicherstellen, dass ich meine Medikamente nehme. Als würde ich darauf verzichten. Ich bin so weit gekommen, und ich habe nicht die Absicht, einen Schritt rückwärts zu machen.«

Ich berühre ihre kalte Hand. Wie kann ich Nächstenliebe predigen, wenn ich für die Frau, die mich geboren hat, kein Ohr habe?

»Und was machst du an Weihnachten?«, frage ich und bekomme wieder feuchte Augen.

Sie schüttelt den Kopf. Sie zuckt mit den Achseln und versucht, etwas zu sagen, aber ich sehe ihr an, dass sie eine schreckliche Angst davor hat, wieder ganz alleine zu feiern.

»Diese Einladung war für Bernadette bestimmt, nicht für mich«, sagt sie dann zerknirscht. »Ich hatte nicht die Absicht, dich zu täuschen, damit du dich mit mir triffst, Ruth. Ich erwarte so rasch nichts von dir, nicht das Geringste. Es tut mir leid, dass ich dich heute hierhergelockt habe. Du hast mehr Ehrlichkeit verdient, als du von mir bekommen hast. Ich verdiene deine Freundlichkeit nicht.«

Aber es ist ausgeschlossen, dass ich diesen Ort ohne irgendeinen Plan verlasse. Ich kann nicht einfach im Zorn davongehen und Weihnachten mit Fremden feiern, während sie mutterseelenallein in irgendeinem möblierten Zimmer in Dublin hockt.

»Vielleicht ist jetzt ein guter Zeitpunkt, um den nächsten Schritt zu machen?«, sage ich, weil ich Bernadette endlich ad acta legen und mit unserem restlichen Leben weitermachen möchte. »Wir haben immer noch eine Menge zu bereden und aufzuarbeiten, damit die Wunden heilen können, und wir haben alle Zeit der Welt dafür. Aber bitte, Mum, du darfst Weihnachten nicht alleine verbringen. Feiere mit mir und den Leuten, die ich eingeladen habe. Bitte.«

Meine Mutter ist zu überwältigt, um darauf zu antworten, aber ihre Augen sprechen Bände, während neue Tränen über ihr Gesicht strömen.

»Bist du sicher?«, fragt sie schließlich.

»Ich bin sicher«, sage ich und nicke. »Ich glaube, ich war mir in meinem ganzen Leben noch nie so sicher.«

Sie drückt nun erstmals meine Hand, als hätte sie eine Kraft gefunden, deren Existenz ihr gar nicht mehr bewusst war.

»Ich … ich würde wirklich sehr gerne kommen, danke, Liebling«, sagt sie leise und umklammert meine Hand. »Wir werden diese ganze Geschichte in aller Ruhe aufarbeiten, das verspreche ich dir. Es ist so schön, dich wiederzusehen, mein Mädchen.«

Ich atme bewusst durch die Nase und versuche, meine Gefühle in den Griff zu bekommen. Die Vorstellung, dass sie endlich nach Hause kommt, zerreißt mich fast.

»Und vielleicht können wir auch Ally besuchen?«, füge ich hinzu und male mir bereits aus, wie sie ihre andere Tochter wiedersieht und alles, was sie verpasst hat. »Da sind zwei kleine Jungs. Sie heißen Owen und Ben und würden ihre *Nonna* gern endlich kennenlernen.«

»Ich bin ihre Nonna«, erwidert sie ehrfürchtig, und daraufhin brechen wir beide wieder in Tränen aus. »Ich würde sie wahnsinnig gerne sehen und ein Teil ihres Lebens werden, Ruth. Das würde mich wirklich sehr, sehr glücklich machen.«

»Mich auch, Mum«, sage ich, und ich habe schon jetzt das Gefühl, als wäre ein verschollenes Puzzlestück meines Lebens wiederaufgetaucht, als würde sich alles, was ich mir gewünscht habe, langsam zusammenfügen.

Das Schicksal ist schon eine seltsame Sache, nicht wahr? Meine Mutter kommt endlich nach Hause.

KAPITEL 26

Heiligabend

Der Tag gestern fühlt sich an wie ein verschwommener Traum, so surreal, so magisch und auch so erschreckend. Vergangene Nacht träumte ich von Bernadette aus Dublin, die mir als eine Wildfremde erschien, aber mich umarmte und sich dafür bedankte, dass ich ihren Brief gelesen und ihr geholfen hatte, den Weg zurück zu ihren Kindern zu finden.

Wenn heute nicht schon Heiligabend wäre und ich nicht immer noch so viel zu tun hätte, würde ich am liebsten im Bett liegen bleiben, um jeden Moment des gestrigen Nachmittags wieder aufleben zu lassen, von der Sekunde an, in der ich meine Mutter auf dem Pier erkannte. Ich würde mir ihre Kleidung, ihren unverwechselbaren Stil und Geruch ins Gedächtnis rufen, das beängstigende Gefühl und meine Fassungslosigkeit, als ich ihre wahre Geschichte hörte, die so wenig mit der gemein hat, die meine Schwester und ich die ganze Zeit geglaubt haben. Ich sehe meine Eltern nun in einem völlig anderen Licht, und als ich schließlich nach unten in die von Bildern gesäumte Diele gehe, die wie in der Zeit erstarrt wirkt, verstehe ich, warum mein Vater hier nie etwas verändern wollte, nachdem sie gegangen war.

Er hat immer gehofft, sie würde eines Tages wieder gesund werden und zu uns zurückkehren – auch zu ihm, ihrem Mann, und nicht nur zu uns Kindern. Er lebte von seinem eigenen falschen Versprechen, was mich, genau wie die lange Leidenszeit, die meine Mutter durchgemacht hat, dermaßen aufregt, dass ich laut schreien könnte. Aber natürlich kann ich die Vergangenheit nicht ändern. Ich muss mich auf die Gegenwart konzentrieren, und das bedeutet im Moment, dass mir ein Einkaufsmarathon bevorsteht, um meiner Mutter und den anderen Gästen einen besonders schönen Empfang zu bereiten, wenn sie morgen an meiner Tür klingeln.

Ich gehe ins Esszimmer und öffne meine Online-Bestellung, die gestern angekommen ist. Wie aufregend, dass meine Gäste in etwas mehr als vierundzwanzig Stunden hier in diesem Raum sitzen werden. Ich packe die Krippe aus, dann die Kerzen, Servietten, Knallbonbons, den Tafelaufsatz und die Tischdecke und nehme mir einen Moment, um alles zu bewundern. Es wird ein wunderschönes Fest geben.

Ich muss in die Stadt, sobald die Geschäfte öffnen, um noch ein paar Geschenke zu besorgen, und am Mittag hole ich dann den Truthahn ab und mache mit Michael den Großeinkauf im Supermarkt. Danach ist geplant, die Festtafel zu schmücken und das Essen vorzubereiten. Ich weiß, das ist alles ziemlich auf den letzten Drücker, aber es war eine, milde ausgedrückt, volle und ereignisreiche Woche, und nun freue ich mich darauf, ranzuklotzen und an Heiligabend produktiv zu sein.

Ich schicke eine Nachricht an alle meine Gäste, um sicherzugehen, dass niemand kalte Füße bekommen hat.

Marian ist die Erste, die reagiert.

Ich zähle schon die Stunden, schreibt sie. *Ich war heute Morgen ganz früh im Park und habe an Sie gedacht, als ich am Schmetterling vorbeikam. Bis morgen!*

Das heißt, Marian traut sich wieder vor die Tür. Eine tolle Neuigkeit.

Wir sind bereit, antwortet Molly Flowers. *Wir bringen was zum Naschen mit. Ich freue mich inzwischen sehr darauf!*

Ich denke an Molly und Jack mit ihrem kleinen Sohn und an ihren mühsamen Kampf ums finanzielle Überleben, was mich nur noch mehr darin bestärkt, ihnen morgen einen möglichst perfekten Tag zu bescheren.

Dann meldet sich Kelly, die mir schon seit dem Aufstehen durch den Kopf geistert. Sie wird gerade die Hölle durchmachen, weil der Zeitpunkt, an dem sie ihre Tochter übergibt, immer näher rückt.

Ich habe mich vorbereitet und werde den ganzen Abend backen, sobald Elsie weg ist, schreibt sie. *Ruth, ohne Sie und Ihre freundliche Einladung wüsste ich nicht, wie ich das überstehen sollte. Danke und LG*

Und zu guter Letzt meldet sich Nicholas in seinem heiteren und skurrilen Stil. *Mein echter Nikolausbart ist gewaschen und gestriegelt, mein neues Hemd ist gestärkt und gebügelt, meine Fliege hängt griffbereit auf dem Herrendiener, und ich werde zum Schluss alles ruinieren, indem ich meinen scheußlichsten Weihnachtspullover darüberziehe. Herzliche Grüße, meine Liebe!*

Ich nehme mir einen Moment Zeit und denke an Paul, daran, welchen anderen Verlauf sein Leben vielleicht hätte nehmen können, wenn er nur ein paar Tage länger durchgehalten hätte.

»Gott beschütze dich, Paul, wo auch immer du jetzt bist«, flüstere ich. »Ich hoffe, du hast deinen Frieden gefunden.«

Ich füge etwas auf meiner Last-Minute-Geschenkeliste hinzu, nur eine kleine Geste für Paul, und meine Stimmung hebt sich ein wenig. Der Tag morgen soll nur Positives bringen, dafür werde ich mit aller Kraft sorgen. Trotzdem kann ich nicht einfach vergessen, dass ein junger Mann mit uns hätte feiern sollen, für den das Schicksal andere, ziemlich ungerechte Pläne hatte.

Mein Blick wandert über die lange Tafel, und ich frage mich, ob wir Tischkarten brauchen. Ja, wahrscheinlich schon. Ich füge sie auf meiner Liste hinzu. Und dann schreibe ich eine Nachricht an meine Mutter.

Du kannst auch gerne schon heute Abend kommen, falls dir das lieber ist, als morgen zu fahren, schlage ich ihr vor, weil mir die Vorstellung, dass sie für zwei Stunden am Steuer sitzen muss, während alle andere aufstehen, um ihre Geschenke auszupacken, nicht gefällt.

Ich bin Frühaufsteherin, antwortet sie. *Ich werde da sein, wenn du wach bist, keine Sorge, Liebling. Das ist das erste Mal seit sechzehn Jahren, dass ich mich auf Weihnachten freue, und ich kann es kaum erwarten. Liebe Grüße und Küsse, Mum*

Ich stecke die Einkaufsliste in mein Portemonnaie und mache mich dann auf den Weg. Hoffentlich meldet Michael sich bald. Zum einen bin ich erpicht darauf, ihm meine Neuigkeiten von gestern zu erzählen, zum anderen möchte ich seine hören, die hoffentlich genauso positiv sind.

Aber als er mich tatsächlich wenig später anruft, nachdem ich gerade einen Parkplatz in der völlig überfüllten Innenstadt ergattert habe, spüre ich sofort, dass sein Treffen mit Laura nicht so gut gelaufen ist, wie er es sich erhofft hat.

»Sie hat einen Katalog von Bedingungen, der es locker mit der Liste des Weihnachtsmanns aufnehmen kann«, sagt er und versucht sein Bestes, um seine Enttäuschung herunterzuspielen. »Ach, Ruth, sie ist unglaublich wütend auf mich, was ich ihr natürlich nicht verübeln kann. Wäre es im Café nicht so voll gewesen, hätte sie mir richtig die Hölle heißgemacht, aber so habe ich nur einen Teil ihres Zorns abbekommen. Trotzdem: Sie wiederzusehen und mich ihr zu stellen war schon mal ein Anfang. Ich versuche einfach, mir zu sagen, dass es ein Schritt in die richtige Richtung war. Sie hat das Geschenk für Liam übrigens angenommen, aber es könnte in der Tonne gelandet sein, wer weiß? Wenigstens hat sie sich mit mir getroffen und mir einigermaßen zugehört. Das ist ein Anfang.«

Mir wird schwer ums Herz, und ich will mir gar nicht vorstellen, dass Laura das Geschenk für seinen Sohn tatsächlich wegwirft. Dabei hatte ich mir so etwas wie ein Happy End ausgemalt, dass sie ihn mit offenen Armen empfangen und bitten würde, wieder nach Hause zu kommen. Wie dumm und naiv war ich doch, zu befürchten, dass dieses Treffen unserer Freundschaft im Weg stehen könnte. Es war ätzend für ihn, weil er sich ihr stellen musste, und es war ätzend für sie, weil sie ihn wiedersehen musste. Es wird immer kompliziert sein.

»Sie wird bald heiraten«, sagt er mit leiser Stimme. »Liam bekommt einen Stiefvater. Ich glaube, das hat mich härter getroffen, als ich jemals gedacht hätte.«

Oh.

»Das ist wirklich hart«, sage ich. »Bist du okay?«

»Ich lecke nur gerade meine Wunden, beachte mich nicht weiter«, antwortet er, dann hebt sich seine Stimme ein wenig. »Und wie war dein Nachmittag? Wird Bernadette uns Gesellschaft leisten?«

Ich atme tief durch, weil ich weiß, dass es keinen Sinn hat, auch nur zu versuchen, alles am Telefon zu erklären.

»Wir reden später darüber, wenn wir uns sehen«, sage ich. »Aber es ist ziemlich gut gelaufen. Es war sehr aufschlussreich und ganz und gar nicht das, was ich erwartet hatte; aber trotzdem war es gut, viel besser, als ich gedacht hätte.«

»Das ist super«, erwidert er. »Ich freue mich ja so für dich, Ruth. Wirklich toll.«

»Okay, nun zu unserem Einkauf«, wechsle ich das Thema. Wir haben schließlich noch viel vor. »Mach dich auf was gefasst. Ich sitze nämlich gerade bequem in meinem Wagen und beobachte draußen ganze Horden, die sich bereit machen, die Geschäfte zu stürmen, und ich habe jetzt schon Angst davor, mich durch diese Massen zu kämpfen. Treffen wir uns wie geplant um zwölf und besorgen die Fressalien?«

Michael zögert einen Moment. »Wie wäre es, wenn ich jetzt die Lebensmittel einkaufe und du deine Sachen in der Stadt erledigst und wir uns dann in circa zwei Stunden bei dir zu Hause treffen?«, fragt er dann.

Meine Augen werden groß. Ich bin beeindruckt, wie strategisch er mitdenkt. »Bist du sicher?«, frage ich.

»Natürlich bin ich sicher, du musst mir nur vertrauen. Ich habe schon viele Weihnachtsmenüs gekocht, ich weiß also, was wir brauchen«, antwortet er. »Ich freue mich wirklich sehr, dass ich dir bei dieser Sache helfen kann, Ruth. Das hält mich am Laufen. Also ja, ich bin hundertprozentig sicher, und wenn du etwas Spezielles haben möchtest, schreib mir einfach, okay?«

Ich wage mich endlich aus meinem Auto an die frische, kalte Luft.

»Ich vertraue dir«, sage ich. »Ach, und Michael?«

»Ja?«, erwidert er.

»Du hast deine Sache gestern gut gemacht«, sage ich. »Es spielt keine Rolle, dass Laura heiraten will oder wie groß ihre Wut auf dich ist, du bist Liams Vater, und der wirst du auch immer sein. Es ist nicht zu spät. Du hast einen ersten großen Schritt getan, darum verlier jetzt bitte nicht den Mut. Es wird sich alles regeln. Bleib einfach stark und denk immer daran, dass du das Richtige tust. Du bist ein guter Mensch, und du wirst es deinem Jungen schon bald beweisen können. Ich glaube an dich.«

Ich höre ihn atmen.

»Danke«, sagt er dann leise. »Du hast keine Ahnung, wie sehr ich das gerade brauchte, Ruth. Wir sehen uns später. Ich kann es kaum erwarten.«

»Ich auch nicht«, erwidere ich und spüre, wie mein Herz zu glühen beginnt. Ich schaue vor zu dem Geschiebe und Gedränge, das mich erwartet. »Okay, wir schaffen das! Auf in den Kampf!«

Knapp zwei Stunden später halte ich vor der Beech Row 41, und ich kann nicht anders, als mir einen Moment Zeit zu nehmen und das Haus, das ich immer mein Zuhause genannt habe, in seiner ganzen Herrlichkeit zu betrachten: ein grauer, vierstöckiger Altbau aus Stein, zu dem sieben Außenstufen hochführen, eingebettet in eine prachtvolle Reihe von acht weiteren Häusern und mit einem Verkaufswert – dem Preis einer kürzlich veräußerten Nachbarimmobilie nach zu urteilen –, der es mir erlauben würde, Ally ihren Anteil auszubezahlen und auch meiner Mutter den Anteil zu geben, der ihr rechtmäßig zusteht, und dann hätte ich immer noch genug übrig, um in neues Eigentum zu investieren und den Rest mit einer Hypothek abzustottern.

Es wird nicht leicht, mich von dem Haus zu trennen, weil es so viele kostbare Erinnerungen birgt. Ich weiß noch, wie ich an meinem ersten Schultag, einem warmen, sonnigen Morgen, an der Hand meiner Mutter diese sieben Stufen hinunterging, während wir beide versuchten, tapfer zu sein und unsere Tränen zurückzuhalten. Und wie ich an meinem ersten Tag auf der weiterführenden Schule dann alleine zur Bushaltestelle am Ende unserer Straße ging, während Mum mir durch das Fenster nachschaute und winkte und wieder ein paar Tränchen verdrückte, weil ein neues Kapitel in meinem Leben begann. Vor dieser Haustür habe ich mit meinem ersten Freund geknutscht, als er mich nach der Kinovorstellung, von der wir nicht viel mitbekommen hatten, nach Hause brachte. Und durch dieselbe Tür habe ich Ally am Tag ihrer Hochzeit hinausbegleitet, ein feierlicher Moment, getrübt durch den Abschiedsschmerz, den wir alle in unserem Herzen spürten und der mich später wieder übermannte, als ich selbst zu neuen Ufern aufbrach und meinen Vater verließ. Er schleppte mein Gepäck diese steilen Stufen hinunter und ließ sich nicht davon abhalten, mich bis zum Gate zu begleiten, um mich in meinen nächsten Lebensabschnitt als Studentin zu entlassen. Ich schritt hinter dem Sarg meines Vaters durch diese Tür, nachdem wir ihn zwei Tage lang zu Hause aufgebahrt hatten, und die Vorstellung, nie wieder seine Stimme zu hören, die mich zum Frühstück rief oder über die Geschicke der Welt plauderte, ihn nie wieder in seinem Sessel am Fenster zu sehen, wo er Unterlagen bearbeitete oder ein Buch verschlang, brachte mich fast um.

Nun, während ich mich auf mein wahrscheinlich letztes Weihnachten in diesen vier Wänden vorbereite, das vielleicht das bewegendste sein wird, das ich hier jemals gefeiert habe, überlege ich, ob es wirklich Zeit ist, woanders hinzugehen. Vielleicht werde ich mich neu in das Haus verlieben. Vielleicht werde ich mich, falls jemand ein Angebot macht, auch wieder entlieben. Wer weiß?

In diesem Moment kommt Michael und parkt hinter meinem Wagen, und ich gehe zu meinem Kofferraum und fange an, meine Einkäufe auszuladen. Beim Gedanken an den Inhalt meiner Taschen spüre ich einen Anflug von Begeisterung.

»Ho, ho, ho!«, ruft Michael. »Warte, ich helfe dir!«

»Nein!«, protestiere ich scharf. »Du darfst das nicht sehen!«

Er weicht einen Schritt zurück, aufrichtig überrascht. »Na gut«, sagt er dann, und auf seinem Gesicht breitet sich ein Lächeln aus. »Ich hole die Sachen aus meinem Wagen, und wir treffen uns vor der Haustür, okay?«

Ich nehme ein paar Tüten heraus, die er sehen darf, und rufe ihn zurück. »Warte«, sage ich. »Hier, das kannst du nehmen. Ich gehe vor und schließe die Tür auf, dann helfe ich dir mit den Lebensmitteln. Ist das nicht aufregend?«

Wir stellen unsere Einkäufe in der Diele ab: Tüten mit Geschenken, Weihnachtspapier, Last-Minute-Deko – Kleinigkeiten, um jenen, die es am meisten brauchen, morgen einen ganz besonderen Tag zu bescheren. Aber egal, wer morgen was bekommt – das beste Gefühl von allem ist, dass ich das hier mit Michael mache und dass wir morgen sechs weiteren Menschen ein Weihnachten bereiten werden, dem sie nun, wider alle Erwartungen, freudig entgegensehen.

KAPITEL 27

Gloria klingelt an der Tür, als wir gerade die Lebensmittel auspacken, und zunächst kann ich nicht viel von ihr sehen, weil sie einen gigantischen Geschenkkorb in den Händen trägt, hinter dem sie fast völlig verschwindet.

»We wish you a Merry Christmas and a Happy New Year!«, trällert sie fröhlich.

»Wow, Gloria, warte, ich nehme dir das ab«, sage ich. »Ohne deine herrliche Singstimme hätte ich dich gar nicht erkannt.«

Ich nehme den Korb und führe sie durch die Diele und das Esszimmer in die Küche, wo Michael zur Weihnachtsmusik im Radio tänzelt und gerade den Backofen in Augenschein nimmt, um abzuschätzen, ob der riesige Truthahn, den wir morgen servieren wollen, dort auch hineinpasst.

»Ihr zwei seid einfach ganz große Klasse!«, ruft Gloria begeistert. »Es ist wirklich fantastisch, was ihr euch vorgenommen habt. Ich bin unglaublich stolz auf euch. Kommt her und lasst euch von der alten Gloria zu Weihnachten drücken!«

Wir folgen ihrer Aufforderung, und während wir drei uns fest umarmen und Bruce Springsteen im Hintergrund alles gibt, jubelt mein Herz über Menschen wie Gloria, die mich immer wieder daran erinnern, dass es in einer manchmal sehr trostlosen Welt auch viel Gutes gibt.

»Ich habe euch ein paar feine Sachen mitgebracht, die ihr mit euren Gästen teilen könnt«, sagt Gloria dann und deutet auf den Korb, den ich auf dem Tisch abgestellt habe. »Es ist von allem was dabei – Gebäck, Brötchen, Cracker, Käse, Pasteten, Chutneys, Alkoholisches, Nichtalkoholisches, Knallbonbons und Gott weiß was noch alles. Ich habe Richard einkaufen geschickt, und er kam mit einem ganzen Berg zurück.«

»Du bist so gut zu uns«, sage ich zu ihr. »Tausend Dank, Gloria. Bist du schon bereit für den Besuch bei deinen Schwiegereltern?«

Sie rollt mit den Augen. »Na, und ob!«, antwortet sie mit einem leisen Lachen. »Es hat in meinem Alter keinen Sinn, mit Traditionen zu brechen, und außerdem können wir uns ungemein glücklich schätzen, dass wir bei Richards Mutter eingeladen sind. Mit ihren siebenundachtzig Jahren versteht sie es immer noch, uns mit ihrer überwältigenden Küche und ihrer großartigen Gastfreundschaft vom Hocker zu hauen. Also habe ich heute das Café geschlossen und meine Schürze ausgezogen, und nun freue ich mich darauf, morgen nach einer sagenhaften Schlemmerei die Füße hochzulegen und dankbar dafür zu sein, dass ich ein weiteres Weihnachtsfest mit meinen Lieben verbringen kann. Und wie geht es dir, mein Guter?«

Michael lächelt und wirft mir einen kurzen Blick zu. »Ruth und ich hatten eine lustige und ereignisreiche Zeit bei den Vorbereitungen fürs Fest und bei unserem Kennenlernen«, antwortet er. »Danke, Gloria. Du hattest recht, was sie betrifft. Jemanden wie Ruth Ryans gibt es nur einmal auf dieser Welt.«

Gloria legt ihre Hände auf die Brust. »Dein Vater wäre so stolz«, sagt sie zu mir, und ihre Augen bekommen einen feuchten Glanz. »Er wäre wahnsinnig stolz auf dich und auf alles, was du tust. Weißt du, ich bin davon überzeugt, dass er alles sieht, was in diesem Haus passiert. Gut, ihr zwei, ich wünsche euch ein wunderbares Weihnachtsfest, habt ihr verstanden? Arbeitet nicht zu hart und vergesst nicht, auch an euch selbst zu denken. Ich habe schon gewusst, was ich tat, als ich Michael für dein Fest ins Spiel brachte, obwohl das bedeutete, dass ich dir wegen Suzi eine kleine Notlüge erzählen musste.«

Ich bin verblüfft. Gloria hat mir eine Notlüge erzählt?

»Na ja, es war nicht wirklich eine Lüge«, fährt sie fort. »Ich habe nur ein bisschen vorgegriffen. Suzi wollte mit ihrer Schwester in London feiern, hatte aber nicht das Geld dafür, darum hätte sie dir durchaus bei deiner Feier helfen können. Aber ich hatte eine bessere Idee … Sagen wir einfach, ich habe Suzi einen kleinen Weihnachtsbonus spendiert, damit sie sich auf den Weg machen konnte. Sie war überglücklich, und ich denke, so war es für euch alle am besten, nicht wahr?« Sie zwinkert uns zu und winkt, dann wendet sie sich zum Gehen und schmettert wieder laut ihr »We wish you a Merry Christmas«.

»Gloria, du bist ein Schlitzohr!«, rufe ich und gehe ihr nach. »Ein absolutes Schlitzohr, und dafür liebe ich dich!«

Michael wirkt sogar noch perplexer, als ich es bin. »Mir fehlen die Worte«, sagt er und folgt uns ebenfalls zur Tür. »Du bist uns immer ungefähr zehn Schritte voraus, nicht wahr, Gloria? Sobald ich zu dem Schluss komme, dass du dein Bestmögliches für mich getan hast, fällt dir etwas noch Besseres ein, das meinem Leben einen neuen Impuls gibt und zum Positiven verändert.«

Gloria wendet sich auf der Türschwelle um und gibt uns beiden zum Abschied ein Küsschen auf die Wange.

»Ich wünsche dir wunderschöne Weihnachten, und drück Richard von uns«, sage ich, während sie die Treppe hinuntertänzelt. »Du bist die Beste, das weißt du! Die Beste auf der ganzen weiten Welt!«

Michael stellt sich neben mich, und wir beobachten, wie Gloria in ihren Wagen steigt und mit einem fröhlichen Hupen davonfährt. Als ich die Haustür geschlossen habe, brauchen wir beide einen Moment Zeit, um die Erkenntnis sacken zu lassen, dass Gloria einen maßgeblichen Anteil an dieser Feier hat.

»Wie in aller Welt sollen wir ihr das bloß jemals danken?«, fragt Michael.

»Indem wir ein richtig tolles Fest feiern«, antworte ich mit einem strahlenden Lächeln. »Ich denke, das wird Gloria am glücklichsten machen. Sie liebt es, wenn ihre Pläne aufgehen.«

»Tun wir das nicht alle?«, erwidert Michael. »Na gut, gehen wir zurück in die Küche. Mein Plan sieht vor, dass ich dir ein Glas Sekt eingieße und du die Füße hochlegst, während ich weiterwerkele.«

»Mit dem Sekt bin ich einverstanden«, sage ich, »aber ich muss die ganzen Geschenke einpacken, und eins davon liegt noch in meinem Kofferraum. Du wirst also die Musik in der Küche lauter stellen und mich in Ruhe machen lassen müssen. Und wehe, du riskierst einen Blick, hast du mich verstanden?«

»Du bist verdammt streng zu mir, Ruth Ryans«, erwidert er. »Aber ich finde das sehr gut.«

Als es draußen dunkel wird, sind alle Geschenke verpackt, und der Esstisch ist festlich hergerichtet. Michael und ich haben zwischendurch unseren Hunger mit Leckerbissen aus Glorias Korb gestillt, und zum Abendessen haben wir eine italienische Sieben-Fisch-Pasta geplant, die meine Mutter früher immer an Heiligabend kochte, während wir auf den Weihnachtsmann warteten. Ich habe Gloria noch nichts davon gesagt, dass meine Mutter morgen kommen wird, schließlich ist sie mit ihrer eigenen Familie und ihrer eigenen Weihnachtsfeier beschäftigt, und ich freue mich schon darauf, sie nach den Festtagen einzuweihen.

Ich hatte nur zwei Gläschen Sekt, aber ich fühle mich beschwingt und heiter, und der Duft des Schinkens, der auf dem Herd gart, führt mich zurück in friedliche, glückliche Zeiten, als alles so unschuldig war und ich mich an Heiligabend um nichts anderes zu kümmern brauchte, als rechtzeitig für die große Ankunft des Weihnachtsmannes im Bett zu liegen.

Später sitzen Michael und ich gemütlich vor dem Kamin, wo wir uns die Fischpasta schmecken lassen.

»Ich glaube, das ist das erste Mal, dass ich an Heiligabend Fisch esse«, sagt er und wischt sich die Hände an seiner Serviette ab. Er scheint das Essen richtig zu genießen, für das ich heute Morgen in der Hoffnung, dass er bleiben würde, alles frisch eingekauft habe.

»Bei mir ist es auch schon ziemlich lange her«, sage ich. »Als meine Mutter noch hier war, gab es an Heiligabend immer Sieben-Fisch-Pasta. In Italien wird vor dem großen Festschmaus traditionell auf Fleisch verzichtet, und die Zahl Sieben ist nicht zufällig gewählt. Es gibt mehrere Theorien dazu, und eine besagt, dass die Sieben für Vollkommenheit steht, weil sie so oft in der Bibel vorkommt.«

»Man lernt jeden Tag dazu«, erwidert Michael. »Ich hatte keine Ahnung, aber ich muss sagen, es schmeckt köstlich.«

Nach dem Essen räumt Michael das Geschirr ab, während ich noch einmal die Festtafel begutachte, die ich für morgen vorbereitet habe. Es ist jetzt kurz nach acht, und die Stimmung ist sehr entspannt und übertrifft alle meine Hoffnungen auf einen besinnlichen Abend mit Michael. Ich denke mit einem Lächeln an Gloria und ihre kleinen Tricks. Sie hat wirklich ganze Arbeit geleistet, als sie Michael und mich zusammenbrachte.

»Du hast hier einen fantastischen Job gemacht«, bemerkt er, während er bewundernd mein Werk betrachtet. Mit der Schürze sieht er verdammt sexy aus, und auf seiner Stirn stehen leichte Schweißperlen von seinem Küchen-Work-out. »Könnte glatt aus einem Designheft sein.«

Ich muss ihm zustimmen, und als er zu mir herüberkommt, spüre ich ein Kribbeln im Bauch, in gespannter Erwartung auf seine Berührung.

»Ich weiß, wir haben uns erst vor einer Woche richtig kennengelernt«, beginnt er und nimmt meine Hand.

»Mach mir jetzt bloß keinen Heiratsantrag«, protestiere ich scherzhaft. »Das ist mir schon einmal passiert mit jemandem, den ich auch erst seit Kurzem kannte, und ich fand es ziemlich unheimlich.«

Er lässt meine Hand in gespieltem Schreck los. »Ha, du hast mich kalt erwischt«, sagt er mit einem Lächeln. »Was muss ein Mann tun, um dich auf eine gelungene Art zu überraschen?«

Für den Bruchteil einer Sekunde befürchte ich, dass er es tatsächlich ernst meint.

»Ich werde dir keinen Antrag machen, Ruth«, versichert er mir dann in aufrichtigem Ton und nimmt wieder meine Hand. »Ich wollte dir nur sagen, dass ich, obwohl wir uns erst seit Kurzem näher kennen, enorm stolz auf dich bin und darauf, was du hier alles auf die Beine gestellt hast.«

Ich atme tief aus. Für einen Augenblick hatte ich richtig Angst. »Ohne deine Hilfe und Unterstützung hätte ich das alles nicht geschafft«, sage ich. »Allerdings muss ich zugeben, dass ich nun ein bisschen Schiss davor habe, dass morgen keiner kommt. Stell dir das vor! Was machen wir dann mit dem ganzen Essen?«

Michael schüttelt den Kopf. »So was darfst du nicht denken«, sagt er, dann beugt er sich leicht zu mir, und ich schließe die Augen mit flackerndem Herzen … Aber statt mich zu küssen, bittet er mich, meine Augen wieder zu öffnen. »Dies hier ist dein Zuhause und wird es auch immer sein, Ruth«, sagt er und gibt mir ein kleines verpacktes Geschenk. »Ich bin mir sicher, wenn du tief genug in dich hineinhorchst, wird dir bald eine Lösung für das Haus einfallen, die für dich funktioniert. Tatsächlich bin ich davon überzeugt, dass dieser Weihnachtsschmaus dich in die richtige Richtung führen wird. Zwinge dich nicht, fortzugehen, bevor du dir nicht tief in deinem Herzen sicher bist, dass es das Richtige ist.«

Ich beiße mir auf die Unterlippe und entferne das Silberpapier von der kleinen Schachtel, dann öffne ich sie umständlich. Als ich sehe, was sich darin befindet, werden meine Augen sofort feucht. Ich schaue Michael an, und über meine Wangen kullern bereits erste Tränen.

»O Michael, es ist wunderschön!«, sage ich, völlig überwältigt von seiner süßen Idee. »Das ist wahrscheinlich das schönste Geschenk, das ich jemals bekommen habe, ganz ernsthaft. Wow. Ich weiß gar nicht, was ich sagen soll. Vielen, vielen Dank.«

Ich starre auf die Schneekugel in meiner Hand und beobachte die vielen winzigen weißen Flöckchen, die vor einem mitternachtsblauen Himmel auf eine Miniaturausgabe von der Beech Row 41 herunterrieseln. Das Haus ist eingerahmt von zwei Straßenlaternen, und in vier Fenstern brennt Licht.

»Ich habe für jeden von euch ein Licht angelassen«, erklärt Michael und deutet auf das fein gearbeitete Modell in der Glaskugel. »Eins für dich, eins für deine Schwester, eins für deine Mutter und natürlich eins für deinen geliebten Vater. Ich hoffe, es gefällt dir.«

Für einen Moment bin ich völlig sprachlos.

»Bleib heute Nacht bei mir«, flüstere ich dann, und unser Atem vermischt sich, während unsere Lippen sich einander nähern. Er lehnt sich gegen mich und legt seine Hand in meinen Nacken, und mich durchrieselt ein wohliger Schauer.

»Ich habe gehofft, dass du das eines Tages sagen würdest«, erwidert er und küsst mich endlich fest, während die Miniatur der Beech Row 41 im Schneegestöber versinkt.

Ich schnappe nach Luft, und er küsst mich wieder, noch inniger. Ich habe mich in meinem ganzen Leben noch nie so zu Hause gefühlt.

KAPITEL 28

Erster Weihnachtsfeiertag

Am nächsten Morgen werde ich wie ein Kind, das sich auf die wunderbarste Zeit des Jahres freut, viel zu früh wach. Aber statt erwartungsvoll aus dem Bett zu hüpfen, bleibe ich entspannt liegen und denke an die großartige Nacht zurück, die ich mit einem Mann verbracht habe, den ich erst seit Kurzem kenne, obwohl es mir vorkommt, als hätte ich ihn schon immer gekannt.

Ich höre ihn neben mir atmen, ein und aus, und drehe mich zu ihm auf die Seite, um ihn einen Moment zu betrachten. Er schlummert selig, und sein Körper strahlt eine Wärme aus, die verhindert, dass ich wie sonst nach dem Aufwachen zu frösteln beginne.

Die vergangene Nacht war aus dem Stoff, aus dem Träume gemacht sind, und ich schäme mich nicht, zuzugeben, dass ich jede einzelne Sekunde davon genossen habe. Wir schafften es gerade noch so die Treppe hoch und stolperten in mein Bett, wo wir stundenlang Wunder geschehen ließen, bis wir schließlich gemeinsam einschliefen, erschöpft von der unbeschwerten Leidenschaft, die wir so lange aufgebaut hatten.

Ich überlasse Michael seinen süßen Träumen und gehe ins Bad. Es ist sieben Uhr, und der Himmel sieht vollkommen ruhig aus, zu meiner großen Erleichterung, denn ich möchte nicht, dass das Wetter uns heute einen Strich durch die Rechnung macht, vor allem nicht Mum. Ich frage mich, ob sie schon losgefahren ist.

»Ruth?«, höre ich Michael rufen, gerade als ich das Wasser in der Dusche aufdrehen will. Ich wickle mich in ein Handtuch und gehe zurück ins Schlafzimmer. »Ja?«

»Frohe Weihnachten«, erwidert er und blinzelt in das Licht,

das aus dem Flur hereindringt. »Ich wollte einfach nur der Erste sein, der das heute zu dir sagt. Wie fühlst du dich? Du weißt schon, wegen letzter Nacht?«

Er sieht so schön aus, so verletzlich, so verdammt umwerfend, dass ich mich am liebsten wieder zu ihm legen und von vorne beginnen würde.

»Ich fühle mich so gut wie schon lange nicht mehr«, antworte ich. »Ich wünsche dir auch frohe Weihnachten, Michael. Du kannst ruhig noch ein bisschen schlafen, wenn du willst. Es ist noch früh.«

Er zieht die Decke bis unters Kinn und seufzt laut. »Das würde ich liebend gerne tun, aber ich muss nach Hause und mich für den großen Tag heute umziehen«, sagt er. »Und danach wartet in deiner Küche jede Menge Arbeit auf mich. Stört es dich, wenn ich kurz bei dir unter die Dusche hüpfe, bevor ich verschwinde?«

Ich weiß genau, was er damit meint. Er will duschen? Gerade wenn ich selbst unter die Brause gehen wollte?

»Natürlich nicht, du durchtriebener Teufel«, sage ich mit einem Grinsen und kehre ins Bad zurück. Er ist mir dicht auf den Fersen. Ich kann mir schlechtere Möglichkeiten vorstellen, um in den Tag zu starten. In der Tat, ein frohes Weihnachten für mich.

Nach einem schnellen Frühstück mit pochierten Eiern und Speck schiebt Michael den Truthahn in den Backofen und verabschiedet sich dann, um kurz in seine Wohnung zurückzukehren und sich frisch zu machen, bevor unsere Gäste eintreffen.

Als er weg ist, bestreiche ich den Schinken mit der Honig-Senf-Glasur, die wir gestern Abend vorbereitet haben, stecke ein paar Gewürznelken hinein und stelle ihn dann zur Seite, um ihn später zum Truthahn in den Ofen zu schieben. Die

Kartoffeln, das Gemüse und all die anderen Zutaten sind geschält und geschnitten und bereit für Michaels Zauberkunst, wenn er zurückkommt. Für den Moment sind da nur ich und Bing Crosby.

Ich brühe mir einen Kaffee auf und gehe damit ins Esszimmer, wo ich mich in Dads Sessel am Fenster setze und auf die Straße hinausschaue, neben mir die funkelnden Lichter am Weihnachtsbaum, und ich frage mich, wann ich zuletzt eine solche Zufriedenheit gespürt habe. Ich vermisse meinen Vater so sehr, und das Einzige, was diesen wunderbaren Tag noch toppen könnte, wäre, Dad hier bei uns zu haben; aber aus irgendeinem Grund spüre ich seine Anwesenheit bei jedem Schritt und bei allem, was ich mache. Ich schaue zum Park hinüber, der ausnahmsweise still und ruhig daliegt, und kann in der Ferne den Schmetterling erkennen, diese markante Skulptur, die mit Dads Unterstützung aufgestellt wurde und die bei ihren Betrachtern häufig Spekulationen und Diskussionen darüber auslöst, wofür sie als Symbol steht.

Ich spüre in mir ein Erwachen, und ich schließe meine Augen und danke meinen Glückssternen für diese neue Chance, die mir das Leben bietet. Dann lasse ich meine Augen gleich zu, um ein wenig zu dösen, und als ich sie wieder aufschlage, ist mein Kaffee kalt geworden. Ich blinzele in die Morgensonne und realisiere allmählich, dass es die Türklingel war, die mich geweckt hat, und als ich hinausschaue und ihren Wagen in der Einfahrt stehen sehe, springe ich auf und stürme wie ein aufgeregtes Kind zur Tür, um meine Mutter zu begrüßen und endlich, endlich wieder zu Hause willkommen zu heißen.

Wir umarmen uns ohne Worte. Ich sage nichts, weil ich einfach nur erleichtert bin, dass sie sicher angekommen ist und es sich nicht anders überlegt hat; sie sagt nichts, weil ihr wahrscheinlich gerade zu viel durch den Kopf geht, als dass sie in der Lage wäre zu sprechen.

Sie kommt herein, und ihre Absätze klappern auf dem Dielenboden, während sie ihren Blick über die Wände schweifen lässt, überwältigt davon, wie ihre Vergangenheit sie umfängt. All die Fotos und Andenken, die er unangetastet ließ, während er wartete und hoffte, dass dieser Moment eines Tages Wirklichkeit werden würde.

»Hier ... hier sieht es fast noch genauso aus wie damals, als ich gegangen bin«, sagt sie mit zerknittertem Gesicht, dann schüttelt sie den Kopf. »Er hat nie damit abgeschlossen, nicht wahr? Er hat auf mich gewartet. O Gott, er hat die ganze Zeit auf mich gewartet!«

Ich nehme sie in den Arm und lasse sie an meiner Schulter weinen, dann führe ich sie ins Esszimmer, in der Hoffnung, dass wir hier, mit dem prachtvoll dekorierten Tisch und der Sonne, die durch das Fenster hereinscheint, aufatmen können. Ich nehme ihr die Jacke ab und stelle ihre Geschenktüte unter den Baum, während ich mich frage, ob ihr der neue Baum auffällt.

»Ich finde ihn toll«, sagt sie mit einem Lächeln, als hätte sie meine Gedanken gelesen.

»Ich weiß, du warst nie ein Fan von echten Tannen im Haus, aber ich konnte nicht widerstehen, es mal auszuprobieren. Ich finde, das Grün verleiht dem Raum sehr viel Frische. Was meinst du, Mum?«

Sie nickt zustimmend. »Ja, ja, die Natur«, sagt sie. »Es ist schon erstaunlich, was man plötzlich alles wahrnimmt, wenn das Leben auf das Wesentliche reduziert ist. Ich habe gelernt, die Schönheit in Dingen zu erkennen, die ich vorher nie gesehen und vielleicht auch nie ausreichend beachtet habe. Wirklich seltsam, dass man sich an abfallenden Nadeln stört, statt sich auf die Freude zu konzentrieren, die ein frischer Tannenbaum in ein Haus bringen kann. Ich habe gesehen, dass du das Haus verkaufen willst, Ruth. Du sollst nicht denken, dass du deine Meinung ändern musst, nur weil ich jetzt da bin.«

Ich bin so froh, dass sie das sagt, weil es mich viel Überwindung gekostet hätte, meinen Entschluss zu rechtfertigen. Auch wenn das meine Entscheidung nicht beeinflusst, ist es schön, ihr Okay zu haben, denn schließlich war es auch einmal ihr Zuhause.

Ich beobachte, wie ihre Augen durch das Wohnzimmer wandern. Ihre Bücher stehen immer noch in den Regalen, ihr Geruch hängt immer noch im Raum, und ihre Schallplatten sind immer noch am selben Platz, wo sie sie vor all den Jahren zurückgelassen hat.

»Er war wirklich besessen von seiner Sammelleidenschaft«, bemerkt sie kurz darauf mit einem Lächeln, während ich uns in der Küche einen Tee zubereite. »Weißt du, einerseits hatten wir so viel gemeinsam, andererseits lagen Welten zwischen uns, aber genau das machte es am Anfang so aufregend. Er hat mich sehr viel gelehrt, Ruth, und das werde ich ihm nie vergessen. Er war in jeder Hinsicht ein wundervoller Mann. Ich wünschte, ich hätte es ihm auf die Art zeigen können, die er verdiente.«

Ich gehe mit dem Tee ins Esszimmer zurück und gebe ihr vorsichtig eine Tasse. Mir ist durchaus bewusst, wie überwältigend und emotional die Rückkehr an diesen Ort für sie sein muss, aber ich wünschte, sie würde versuchen, den Tag zu genießen und sich auf sich selbst und das Hier und Jetzt zu konzentrieren statt auf das, was nicht mehr ist oder was hätte sein können.

Ich schaue auf die Uhr. Es ist kurz vor neun, immer noch recht früh. Mir kommt eine Idee.

»Möchtest du in die Messe gehen?«, frage ich meine Mutter in der Annahme, dass sie Ja sagen wird und wir hinterher zusammen Dads Grab besuchen können. Ich interessiere mich nicht wirklich für den Gottesdienst, aber aus Respekt für meine Mutter und ihre katholische Erziehung und die vielen Male, die sie mich früher mit in die Kirche nahm, finde ich es angebracht, ihren Bedürfnissen entgegenzukommen und ihr das Gefühl zu geben, dass sie hier willkommen ist und dazugehört.

Ihre Augen leuchten bei meinem Vorschlag auf. »Ich habe gehofft, dass du das sagen würdest«, antwortet sie. »O Ruth, es ist so schön, endlich wieder bei dir zu sein.«

»Und es ist schön, dich wiederzuhaben, Mama«, erwidere ich, und erst als das Wort heraus ist, wird mir bewusst, dass ich sie gerade so genannt habe wie zuletzt als Kind.

Sie greift nach meiner Hand, und ich halte sie fest, während wir beide still verarbeiten, wie weit wir in nur zwei Tagen gekommen sind. Genau das ist der Sinn von Weihnachten. Ich freue mich schon darauf, was der restliche Tag bringen wird.

Auf dem Weg zur Kirche mache ich spontan einen Abstecher zum städtischen Friedhof, der auf einem Hügel am Stadtrand liegt, wie ein fallendes Meer aus grauen Kreuzen und schwarzen Grabsteinen.

»Aber hier ist dein Vater nicht begraben«, sagt meine Mutter, verwirrt über die plötzliche Richtungsänderung.

»Richtig«, erwidere ich. »Gib mir nur eine Sekunde.«

Ich drehe mich um und nehme die kleine Christbaumkugel vom Rücksitz, die ich gestern gekauft habe, weil ich hoffte, noch die Zeit für einen kurzen Besuch hier zu finden. Dann gehe ich den Hügel hoch zu den frischen Gräbern und überfliege die Trauerschleifen nach einem Hinweis auf Paul Connolly. Da ist er: ein frischer Grabhügel mit einem einzigen, wunderschönen Kranz in den festlichen Farben Rot, Grün und Gold und einem letzten Gruß von Sonia und Pauls Freunden aus dem Hostel. Im Gegensatz zu den Nachbargräbern gibt es hier keine Abschiedsworte von der Familie, keine persönlichen Dinge, die sein Leben symbolisieren oder das, was ihn ausmachte.

»Ich wünschte, du hättest bis heute durchgehalten«, sage ich zu Paul und lege die Christbaumkugel auf sein Grab. Ich habe eine mit einem Rotkehlchen als Motiv gewählt, weil ich mal gehört habe, dass das Rotkehlchen für eine wiederkehrende Seele steht, und ich hoffe, dass es an einem so bewegenden Tag wenigstens ein bisschen Wärme auf diesem stillen Hügel verbreitet. »Ruhe in Frieden, junger Freund. Es tut mir sehr leid, dass wir uns nicht mehr kennengelernt haben. Verzeih mir, dass ich zu spät kam.«

Ich gehe den Hügel wieder hinunter und kämpfe im kalten Dezemberwind gegen Tränen der Trauer um jemanden, den ich nicht einmal kannte, um ein verlorenes junges Leben, und ich bin froh, als ich zurück zu meinem Wagen komme, in dem meine Mutter auf mich wartet.

Paul – ich werde seiner heute ganz besonders gedenken und dankbar sein für alles, was ich im Leben habe, denn manchmal vergisst man das viel zu leicht. Es ist Weihnachten. Nach so vielen Jahren werde ich mit meiner Mutter zusammen feiern. Wie viele Menschen gibt es dort draußen, die das nur zu gerne von sich behaupten würden?

»Kann ich dir was sagen?«, fragt Mum eine Stunde später, als die Messe vorbei ist und wir auf dem Kirchenfriedhof am Grab meines Vaters stehen. Ich habe vorhin, als wir aufbrachen, für Michael einen Haustürschlüssel deponiert und ihm kurz geschrieben, was wir vorhaben, worauf er wenig später antwortete, dass er bereits da sei und sich nun in der Küche mit vollem Elan um zwei Vorspeisen kümmere, die allen anderen die Show stehlen könnten. Wie gerne würde ich das Gefühl, das er mir gibt, in Flaschen abfüllen und irgendwo einlagern für den Fall, dass das alles irgendwann einfach verschwindet. Ich werde nicht in diese Richtung denken. Ich weigere mich, in diese Richtung zu denken, jedenfalls heute.

»Du kannst mir alles sagen, was dich beschäftigt«, antworte ich meiner Mutter und frage mich, was ich gleich zu hören bekomme.

»Weihnachten war immer meine Lieblingszeit im Jahr«, sagt sie. »Ich träumte schon als kleines Mädchen davon, später einmal mit meinen eigenen Kindern zu feiern, und als ich ein bisschen älter war, malte ich mir ihre Gesichter aus, wenn sie morgens die Treppe herunterkommen und sehen würden, was der Weihnachtsmann ihnen gebracht hatte.«

Sie war immer so weich, so mütterlich, so liebevoll und großzügig. »Deine Krankheit hat dir wirklich ein großes Stück Glück geraubt, nicht wahr?«

Sie stößt einen tiefen Seufzer aus. »Ja, ich schätze schon«, sagt sie. »Aber was ich eigentlich sagen wollte, ist, dass an Weihnachten, egal, wie schlecht es mir ging in diesen dunklen Phasen, alles immer viel heller erschien, und der Grund dafür waren du und Ally. Wenn ich am Weihnachtsmorgen in eure Gesichter sah, blieb die ganze Welt stehen, jedenfalls für mich. Alles andere wurde völlig unwichtig. Diese kurzen Momente an diesem einen Tag im Jahr waren die glücklichsten in meinem ganzen Leben, Ruth. Ich dachte, dieses Gefühl würde ich nie wieder haben, aber als du mir vorhin die Tür geöffnet hast, hattest du diesen … Du hattest denselben Ausdruck im Gesicht wie früher, als du noch ein kleines Mädchen warst, und prompt stellte sich bei mir dieses Gefühl wieder ein, wie ein großer, vertrauter, gewaltiger Rausch der Glückseligkeit. Es fühlte sich sogar noch besser an als früher. Danke, dass du mir eine zweite Chance gibst, deine Mutter zu sein. Ich werde mein Bestes tun und dich nie wieder im Stich lassen, das schwöre ich dir.«

Ich lege meinen Arm um sie, und wir stehen beide vor dem Grab meines Vaters und weinen Tränen der Freude und der Trauer wegen allem, was wir verloren, und allem, was wir nun wiedergefunden haben.

»Du hast mich nicht im Stich gelassen, Mum«, sage ich leise, aber sie ist tief in Gedanken versunken und scheint mich gar nicht zu hören. Es ist kalt, und ich möchte nicht, dass sie zu lange draußen steht, nicht, wenn ich an das knisternde Kaminfeuer denke, für das der gute Michael sicher gesorgt haben wird, wenn wir nach Hause kommen.

»Danke, Dad, dass du auf sie gewartet hast«, sage ich, bevor wir uns zum Gehen wenden. »Du hattest recht. Sie ist zurückgekommen. Sie ist tatsächlich nach Hause gekommen, wie du immer gesagt hast.«

KAPITEL 29

»Hast du Lust zu wetten, wer zuerst hier eintreffen wird?«, fragt Michael fröhlich, als ich in der Küche ehrfürchtig die Kunstwerke bestaune, die er für den ersten Gang vollendet hat. Es gibt frische Melonenbällchen in Rot, Grün und Gelb, angerichtet in Martinigläsern, cremige Butternut-Kürbissuppe mit Süßkartoffeln und Knoblauchtoast sowie eine raffinierte kleine Fischmousse, garniert mit grüner Petersilie, für die er die Reste von gestern Abend verwendet hat.

Ich kann nicht anders, als meine Arme von hinten um seine Taille zu schlingen und meinen Kopf an seinen Rücken zu legen, nur für ein paar Augenblicke. Ich möchte jede Sekunde dieses Himmels auf Erden auskosten.

»Ich wette, Nicholas wird der Erste sein«, sage ich in gedämpftem Ton.

»Oh, war ich zu laut? Schläft deine Mutter noch?« Er dreht sich zu mir um, immer noch von meinen Armen eingeschlossen.

»Sie ist völlig k. o., die Arme«, sage ich. »Sie war heute schon sehr früh auf den Beinen, und ich glaube, das alles hier hat sie emotional viel stärker mitgenommen, als sie dachte. Sie schluckt immer noch viele Medikamente, um stabil zu sein, Michael, darum muss ich sehr behutsam mit ihr umgehen und auf ihr Tempo Rücksicht nehmen. Sie hat sich den Wecker gestellt, um rechtzeitig zum Essen wieder unten zu sein. Ich hoffe, sie wird sich hier schnell akklimatisieren und sich wohlfühlen, das wäre wirklich schön.«

Ich würde ihm gerne bei den letzten Essensvorbereitungen helfen, aber ehrlich gesagt habe ich Angst, etwas zu ruinieren, wenn ich mir so anschaue, was er gezaubert hat. Der Truthahn bräunt hübsch im Backofen, der Schinken knistert in seinem Honigmantel und verbreitet einen himmlischen Duft, und das

Gemüse braucht nur noch einen letzten magischen Touch von Michael, darum funke ich lieber nicht dazwischen, sondern spüle stattdessen einfach so viel Geschirr wie möglich ab, um ihm Platz zu schaffen.

»Ich würde mein Geld darauf verwetten, dass das Paar mit dem Kleinkind gar nicht erst auftaucht«, sagt er. »Sorry, ich versuche nur, die Spannung ein bisschen in die Höhe zu treiben. Du weißt, das war nicht ernst gemeint. Natürlich werden sie kommen.«

Ich weiß, dass er mich nur veräppeln wollte, aber auch ich habe mich schon gefragt, ob die Flowers einen Rückzieher machen werden. Es ist eine Sache, wenn man als Einzelperson entscheidet, an einem Weihnachtsessen mit einer Gruppe von Fremden teilzunehmen, aber es ist etwas anderes, wenn man sich als junges Paar gegenseitig überzeugen muss, dass es sich lohnt, seinen Stolz hinunterzuschlucken.

Ich schreibe eine kurze Nachricht an Molly, um die Lage zu sondieren.

Hier ist alles bereit für einen köstlichen Weihnachtsschmaus. Ho-ho-hoffe, ihr macht euch bald auf den Weg!

Ich schmunzele über meinen eigenen Scherz und drücke auf *Senden*, dann nehme ich mir ein Glas, gebe ein paar Eiswürfel hinein, gieße Irish Cream darüber und bringe einen stillen Toast auf meinen Vater aus, der sich früher an Weihnachten immer genau diesen Aperitif genehmigte, bevor das große Schmausen begann. Mein Magen grummelt, und der kalte milchige Likör schmeckt perfekt. Im Hintergrund läuft meine Weihnachtsplaylist, die ich schon seit vielen Jahren benutze, und ein herrlicher Duft zieht durchs ganze Haus. Ich will mich gerade hinsetzen, als ich Schritte auf der Treppe höre.

»Kann ich mich nützlich machen?«

Ich drehe den Kopf zu meiner Mutter und sehe, dass sie ein

umwerfendes halblanges rotes Kleid trägt, das ihr eine völlig andere Ausstrahlung verleiht, im positivsten Sinn. Ihre Augen wirken klarer, ihre Haut schimmert zart, ihre ganze Gestalt erscheint groß und glamourös, und ihr roter Lippenstift betont ihr makelloses Lächeln.

»Du kannst mir helfen, unseren ersten Gast zu begrüßen«, sage ich, denn genau in diesem Moment klingelt es an der Tür. »Du siehst sehr schön aus.«

»Du auch, *mia figlia*«, erwidert sie mit einem Lächeln, und ich gehe zur Haustür, um Nicholas zu begrüßen, der sich wie angekündigt extra fein herausgeputzt hat.

»Nicholas, herzlich willkommen!«, sage ich zu dem fröhlich lächelnden Mann, der mit seinem weißen Bart und der Nickelbrille gut als unser eigener Santa Claus durchgehen könnte.

»Soll noch einer sagen, Sie wären nie dem echten Weihnachtsmann begegnet«, erwidert er mit einem Kichern, als hätte er meine Gedanken gelesen. »O Ruth, haben Sie vielen Dank für die Einladung!«

Er überreicht mir eine Flasche Sherry, und ich bedanke mich ausgiebig, bevor ich ihn ins Wohnzimmer führe, wo das Feuer im Kamin flackert und funkelnde Gläser auf einem Tablett darauf warten, mit Getränken jeglicher Art gefüllt zu werden.

»Nicholas, darf ich Ihnen meine Mutter Elena vorstellen«, sage ich, und er gibt ihr höflich die Hand. »Nicholas ist ein großartiger Pianist, der auf der anderen Seite der Stadt wohnt.«

»Nun ja, ich *war* Pianist«, verbessert er mich. »Ich habe seit Jahren nicht mehr richtig gespielt, aber ich glaube, Sie haben hier ein Klavier, richtig? Ehrlich, Ruth, ich habe mich die ganze Woche auf diese Feier gefreut, was eine geradezu berauschende Wirkung auf meinen Gemütszustand hatte.«

»Das ist schön«, sage ich. »Da wir gerade von berauschender Wirkung sprechen, was darf ich Ihnen anbieten? Einen Sherry vielleicht?«

»Dagegen ist nichts einzuwenden«, antwortet er, und ich lasse ihn und Mum kurz alleine, um die Flasche zu entkorken und ein paar Häppchen zum Knabbern zu holen.

»Alles klar?«, fragt Michael, als ich in die Küche komme.

»Ich hatte recht, Nicholas ist der Erste«, flüstere ich ihm zu. »Bei dir auch alles klar?«

Er gibt mir einen Kuss auf die Stirn. »Worauf du dich verlassen kannst«, antwortet er. »Ich bin in fünf Minuten bei euch. Es läuft alles nach Plan. Ach, übrigens, Ruth …«

Ich halte kurz inne. »Ja, Michael?«

»Du siehst heute umwerfend schön aus«, sagt er. »Das wird ein wunderbares Fest.«

Draußen in der Diele erhasche ich im Vorbeigehen einen Blick auf mein Spiegelbild, und ich muss Michael recht geben. Ich fühle mich sehr selbstsicher, ich fühle mich sehr gelassen, und ich sehe gar nicht schlecht aus in meinem grünen Samtkleid, das meine üppigen italienischen Kurven und meine dunklen Haare sehr schön zur Geltung bringt.

Ich will gerade ins Wohnzimmer zurückkehren, um die Drinks einzuschenken, als es wieder klingelt. Mit leichtem Herzklopfen gehe ich zur Tür.

»Kelly! Herzlich willkommen!«, rufe ich und nehme der jungen Frau, die außer zwei großen weißen Plastikboxen eine Nikolausmütze und ein strahlendes Lächeln trägt, die Behälter ab.

»Im Wagen ist noch mehr«, erklärt sie. »Ich bin gleich wieder da.«

Sie geht vorsichtig die Treppe hinunter und kehrt gleich darauf mit zwei weiteren Boxen zurück, die wahrscheinlich noch mehr süße Köstlichkeiten für unser Dessert enthalten.

Auf dem Weg in die Küche redet sie ununterbrochen. Verglichen mit der schüchternen, ängstlichen jungen Frau, die ich vor zwei Tagen im Café Gloria kennengelernt habe, wirkt sie wie ein völlig anderer Mensch.

»Sie werden es nicht glauben, Ruth, aber gestern am späten Abend fiel meine Baisertorte zusammen, sodass ich noch mal von vorn anfangen musste«, erzählt sie. »Es war schon drei Uhr in der Nacht, als alles fertig war, aber am Ende hat es ja geklappt. Ich hoffe, alles schmeckt so gut, wie es aussieht!«

»Michael, das ist Kelly, unsere zauberhafte Meisterbäckerin«, sage ich betont lässig, als wir in die Küche kommen, denn heute möchte ich auf sämtliche Förmlichkeiten verzichten. »Kelly, das ist mein ... das ist mein Freund Michael.«

Michael wirft sich das Geschirrtuch über die Schulter und streckt lächelnd seine Hand zur Begrüßung aus. »Herzlich willkommen, Kelly«, sagt er. »Vielen Dank, dass Sie mir heute eine Blamage ersparen. Für Desserts ist nämlich definitiv ein ganz anderes Talent gefragt.«

»Darf ich mal einen Blick reinwerfen?«, frage ich Kelly, und sie nickt begeistert. Ich öffne den ersten Behälter und trete dann ehrfürchtig einen Schritt zurück. »Mein Gott, das sieht absolut köstlich aus! Vielen, vielen Dank!«

Sie hat eine knusprig-süße, luftige Pavlova mit frischen Früchten gebacken, die wie ein großes, weiches Marshmallow-Kissen aussieht, das mit roten Granatapfelkernen dekoriert ist. Im nächsten Behälter kommt ein Cranberry-Orange-Cheesecake zum Vorschein, dann ein Chai-Sticky-Toffee-Pudding mit Karamellsoße und schließlich eine Crème-brûlée-Tarte mit Kürbis und Schokolade.

»Sie sind eine echte Dessertkönigin«, sage ich zu Kelly und drücke sie kurz. »Kommen Sie, gehen wir hinüber zu den anderen und machen es uns gemütlich. Sie haben es heute definitiv verdient, die Beine hochzulegen.«

Michael gesellt sich kurz darauf zu uns ins Wohnzimmer, und ich bestehe darauf, dass er sich setzt, während ich die Gäste mit Getränken und Häppchen versorge. Als Nächstes stößt Marian zu uns, die rasch mit meiner Mutter ins Gespräch kommt. Die beiden plaudern angeregt, als würden sie sich schon ihr ganzes Leben lang kennen. Schließlich klingelt es wieder an der Tür, vor der zu meiner großen Freude Molly und Jack mit dem kleinen Marcus stehen.

Mein Herz hebt sich bei ihrem Anblick, und ich bitte sie herein und nehme ihnen ihre Jacken ab.

»Es ist nur eine Kleinigkeit«, sagt Molly und gibt mir ein kleines Geschenk. »Aber es kommt von Herzen.«

»Ich danke Ihnen sehr, was immer es ist«, erwidere ich. »Hallo, Sie sind bestimmt Jack. Und da ist ja auch der kleine Marcus. Für dich haben wir heute ein paar tolle Überraschungen auf Lager, mein Goldstück!«

Jack wirkt höllisch nervös und Molly genauso, aber als ich sie zu den anderen führe, die ihnen einen sehr herzlichen Empfang bereiten, werden sie sofort etwas lockerer.

Michael zeigt mir heimlich den erhobenen Daumen. Er weiß, dass ich mir wirklich nicht sicher war, ob die Flowers kommen.

»Ich denke, du solltest eine Begrüßungsrede halten«, raunt er mir zu. »Du weißt schon, um das Eis zu brechen.«

Zugegeben, den Gedanken hatte ich auch schon, aber weiter bin ich nicht gekommen. Was soll ich denn sagen? Ich möchte wirklich jede Förmlichkeit vermeiden, aber ich schätze, als Gastgeberin ist es meine Aufgabe, dafür zu sorgen, dass sich hier jeder willkommen fühlt.

»Also gut, ich tu's. Dann mal los.«

Ich klopfe gegen ein Sektglas, um die Aufmerksamkeit der anderen zu erlangen, und als alle Augen auf mich gerichtet sind, räuspere ich mich. »Ich habe nicht vor, eine große Rede zu halten oder allzu steif und förmlich zu werden, ich möchte euch nur alle ganz herzlich in meinem Haus willkommen heißen«, sage ich zu meinen Gästen. »Ihr alle kennt mich als Ruth Ryans, die berühmte Kummerkastentante, aber heute bin ich nur eine Privatperson, die euch mit bestem Essen und bester Gesellschaft verwöhnen möchte. Wir improvisieren einfach und schauen, was dabei herauskommt. Also, stoßen wir gemeinsam an – aufs Improvisieren!«

Ich schnappe mir ein Glas Sekt, und zu meiner Überraschung fängt Nicholas an zu klatschen, und die anderen fallen ein. Dann erheben alle ihre Gläser, um meinen Toast zu erwidern.

»Aufs Improvisieren!«, rufen sie im Chor, und mein Herz hüpft vor Freude.

Ich habe den Eindruck, Nicholas wird uns heute bestens unterhalten, und das nicht nur mit seinem musikalischen Können. Er hat eine sehr lustige Art, und ich habe ihn jetzt schon in mein Herz geschlossen.

»Ich möchte euch vor allem zwei Menschen vorstellen«, fahre ich mit meiner Rede fort. »Zunächst meine liebe Mutter Elena, die ich zum ersten Mal seit vielen Jahren in diesem Haus begrüßen darf. Ich fühle mich sehr geehrt, dass sie mir als Gastgeberin assistiert, auch wenn ihr das gar nicht so bewusst ist.«

Alle lachen, und meine Mutter legt verschämt die Hand aufs Herz, aber ich weiß, dass sie sich insgeheim freut, im Mittelpunkt zu stehen, ohne wie sonst Mitleid auszulösen, sondern als eine gleichberechtigte und eigenständige Person.

»Sie beide könnten glatt als Schwestern durchgehen!«, sagt Nicholas mit einem lauten Lachen, und die anderen kichern zustimmend.

»Und dieser Mann hier neben mir ist Michael, der, wenn ich ehrlich bin, heute die meiste Arbeit geleistet hat«, erkläre ich, woraufhin Michael schüchtern den Kopf senkt. »Er hat die ganzen Lebensmittel eingekauft, vor- und auch zubereitet, und ich kann versprechen, euch erwarten wahre Gaumenfreuden! Darum ein großer Dank an Michael für seine ganze Mühe und dafür, dass alles so reibungslos geklappt hat.«

»Nicht übertreiben!«, sagt Michael und erhebt zum Spaß sein Glas.

»Auf Michael!«, ruft Marian und erhebt ebenfalls ihr Glas. Wir anderen folgen ihrem Beispiel.

»Dann haben wir hier Kelly, die für uns die köstlichsten Desserts gezaubert hat, und Nicholas, der uns hoffentlich, wenn wir ihn nett bitten, mit seinem musikalischen Können erfreuen wird. Außerdem Marian, die später eine kleine Aufgabe hat, von der sie noch nichts weiß«, sage ich, woraufhin Marian überrascht kichert. »Aber Weihnachten wäre nicht Weihnachten ohne ein liebreizendes Kind; darum freue ich mich sehr, dass Jack und Molly mit ihrem hinreißenden kleinen Marcus gekommen sind, um unsere Herzen zu erfreuen. Liebe Gäste, fühlt euch bitte wie zu Hause, und vor allem genießt diesen wunderbaren Tag!«

Wieder bekomme ich Applaus, und Mum kümmert sich um die Getränke, ohne dass ich sie darum bitten muss. Michael schlüpft kurz in die Küche, um nach dem Truthahn zu schauen, und bald sind alle miteinander im Gespräch, als wäre es das Normalste der Welt.

»Die Toilette ist hinten im Flur, erste Tür rechts nach der Treppe!«, sage ich so laut wie möglich, aber niemand scheint mir mehr zuzuhören. Meine Gäste sind zu beschäftigt damit, einander kennenzulernen, also stehe ich einfach da und sauge alles in mich auf.

Eine Gruppe von Fremden, hier in meinem Wohnzimmer, am ersten Weihnachtstag. Sie alle lassen die Einsamkeit und die Nöte, die ihren Alltag bestimmen, für ein paar Stunden hinter sich, um mit anderen zu reden, zu lachen und zu speisen – eine ganz simple Sache und gleichzeitig eine der größten Freuden. Ich muss an Gloria und ihre Großzügigkeit denken, aber vor allem beobachte ich Elena, meine geliebte Mutter, die sich mühelos unter die Gäste mischt und ganz locker mit allen plaudert. Mein Herz platzt beinahe vor Stolz.

Ich schließe meine Augen und denke an meinen Vater, der es sehr genossen hätte, heute hier in unserer Mitte zu sein. Er hätte großes Interesse an unseren Gästen gezeigt – er hatte diese außergewöhnliche Art, jedem Menschen das Gefühl zu geben, etwas ganz Besonderes zu sein, und er fand immer, wirklich immer eine Rose zwischen den Dornen eines Lebens und lenkte den Fokus darauf, egal, wie schwierig die Umstände auch sein mochten.

Ich denke auch an Paul Connolly, der es nicht mehr zu unserem Fest geschafft hat, und empfinde Trauer für diesen armen Jungen. Ich nehme mir vor, möglichst oft Blumen auf sein Grab zu legen.

In diesem Moment steckt Michael den Kopf ins Wohnzimmer und reißt mich aus meinem Gedankenfluss, bevor ich zu sentimental werde.

»Es gibt ein Problem, ein großes«, formt er mit den Lippen, während er mich zu sich winkt. »Komm schnell!«

Mein Herz schlägt schneller, und ich versuche, nicht in Panik zu verfallen, während ich zu Michael in den Flur hinausgehe. Der Ausdruck in Michaels Gesicht verrät mir, dass irgendetwas gründlich schiefgelaufen ist.

»Was zum Teufel … Was ist los, Michael?«, frage ich.

Er wischt sich mit dem Handrücken über die Stirn und atmet tief durch. »Ich weiß nicht, wie ich es dir sagen soll«, beginnt er, und sein Blick flackert umher. »Ich habe keine Ahnung, wie das passieren konnte, aber –«

»O Gott, brennt da gerade was an?«, frage ich und schnuppere in der Luft.

»Ja, leider ja. Ich meine, es ist schon verbrannt. Jetzt brennt nichts mehr. Ruth, ich habe die Kartoffeln ruiniert!«, erklärt er, und wir prusten beide in einem Anfall von Nervosität los, aber in Wirklichkeit ist es gar nicht so komisch. »Ich kann es selbst nicht glauben, aber ich habe die verdammten Röstkartoffeln anbrennen lassen! Das wird den älteren Herrschaften nicht gefallen. Ein Weihnachtsbraten ohne Kartoffeln! Was mache ich jetzt?«

Ich stütze meinen Kopf in die Hände und überlege fieberhaft, was wir für Möglichkeiten haben, um diesen Last-Minute-Patzer wettzumachen.

»Haben die Läden noch auf?«, frage ich, mich an einen Strohhalm klammernd.

»Jetzt definitiv nicht mehr. Schnell, denk nach!«

»Das ist ein echtes Sakrileg«, sage ich. »Was um Himmels willen sollen wir bloß stattdessen servieren?«

Es muss eine schnelle Lösung her. Ich hatte mir schon die kreativ angerichteten Delikatessen ausgemalt, die Michael mir und unseren Gästen präsentieren würde, aber nun ist das einzige Bild, das ich im Kopf habe, eine Platte mit dem Truthahn, den Gemüsebeilagen und einer großen Lücke, wo in Irland traditionell unsere geliebten Kartoffeln ihren Platz haben.

»Pommes?«, schlägt Michael schließlich vor. Er sieht aus, als wisse er nicht, ob er lachen oder weinen soll.

»Ich habe noch welche im Eisfach!«

»Die werden es dann wohl tun müssen«, erwidert er und eilt zurück in die Küche, ohne meine Antwort abzuwarten, während ich ins Wohnzimmer zurückkehre, wo unsere Gäste glücklicherweise zu sehr mit Plaudern beschäftigt sind, um sich dafür zu interessieren, dass das Essen schon längst auf dem Tisch hätte stehen sollen.

Ich fülle die Gläser auf und hoffe, dass die Stimmung weiter steigt, bis wir an den Tisch gehen, und es den meisten egal sein wird, dass sie ihr Weihnachtsdinner ohne die obligatorischen Kartoffeln einnehmen. Was für ein Desaster!

Eine gefühlte Ewigkeit später, in der ich Blut und Wasser geschwitzt habe bei der Vorstellung, meinen Gästen an einem Tag wie diesem Pommes frites aus der Tüte zu servieren, bekomme ich von Michael schließlich grünes Licht, die anderen zu Tisch zu bitten.

»Alle mal herhören, das Essen ist fertig! Ich bitte um Entschuldigung für die kleine Verspätung!«, rufe ich in den Raum, aber wieder hört mir keiner zu. Ich gehe zur Anlage hinüber und schalte die Musik aus. »Ladies and Gentlemen, das Dinner ist eröffnet! Kommt und greift zu, bevor alles kalt wird. *Bon appétit* allerseits!«

Dieses Mal haben sie mir zugehört, aber die Gespräche werden unbeirrt fortgesetzt, während alle gemächlich ins Esszimmer hinübertrudeln, um ihre Plätze am Tisch einzunehmen.

»Noch jemand Pommes zum Truthahn?«, murmelt Michael in der Küche spöttisch zu mir, während er die Teller aufreiht. »Ich kann immer noch nicht glauben, dass mir das passiert ist. Wie peinlich!«

»Es wird ihnen auch so schmecken«, versuche ich ihn zu beruhigen. »Ich glaube, die sind alle viel zu gut drauf, um sich an so etwas zu stören.«

Trotz unseres Missgeschicks bin ich vollkommen happy damit, wie alles läuft. Es fühlt sich so gut an, zu wissen, dass das alles mit einer kleinen Geste vor einem Jahr angefangen hat, als ich einem verzweifelten Fremden einen zweiten Blick geschenkt habe. Diese innere Gewissheit, dass selbst die kleinste Tat Großes bewirken kann, ist ein mächtiges Gefühl.

»Brennt da was an?«, höre ich Marian fragen und erstarre zur Salzsäule. Michael sieht mich panisch an, also gehe ich ins Esszimmer und erkläre meinen Gästen das Malheur mit den

Kartoffeln und dass es als Ersatz Fritten gibt, und alle brüllen vor Lachen über die kleine Änderung im Menü.

»Es kommt nicht auf das Essen an, sondern auf die Gesellschaft«, sagt Molly, und ich forme mit den Lippen ein dickes Danke in ihre Richtung.

»Ich bringe euch zuerst das Essen für den Kleinen«, sage ich zu ihr, als sie Marcus in den Hochstuhl setzt. Sie hält sich wirklich gut. Und ihr Mann plaudert angeregt mit Nicholas über seine Zeit in einer Band, mit der er durch ganz Irland tourte, und über ihre gemeinsame Vorliebe für irgendeinen Londoner Fußballverein.

Nicht lange, und alle schlemmen sich durch die Vorspeisen, gefolgt vom Hauptgang, der aus gefülltem Truthahn, Schinkenbraten, Pastinaken, Karotten und Rosenkohl besteht – und natürlich aus Pommes frites. Marian und meine Mutter verstehen sich offenbar blendend, Nicholas und Jack fachsimpeln ununterbrochen über Sport und Musik, Kelly und Molly unterhalten sich über ihre Kinder und ihre Erfahrungen mit der Trotzphase, und Michael und ich sehen uns einfach nur lächelnd an. Zu viel mehr bin ich nicht in der Lage, während ich darüber staune, dass dieser Tisch hier endlich mit acht – nein, mit neun, wenn ich den kleinen Marcus dazuzähle – Personen besetzt ist, so wie es von Anfang an geplant war. Mein Herz ist voll, mein Haus ist voll, und mein Bauch wird es bald auch sein. Genau das ist der Sinn von Weihnachten.

Ich lasse meinen Blick über die Tischrunde schweifen, und ich sehe Vergebung; ich sehe die Herausforderung, die mit Veränderung einhergeht; ich sehe Mut, weil man sich einen Schritt aus seiner Komfortzone herausgetraut hat oder weil man Weihnachten feiert, obwohl man den Verlust eines geliebten Menschen betrauert. Ich sehe die Wärme, die eine menschliche Berührung geben kann, Umarmungen zwischen neuen Freunden oder einfach nur eine Hand auf einer Schulter oder ein Armtätscheln mitten in der Unterhaltung. Ich höre Gelächter, ich höre Erleichterung, ich rieche das Essen auf unseren Tellern, und ich spüre die Wärme in unseren Herzen. Das ist das Leben, das ist die Liebe, das ist die Überwindung der Einsamkeit durch einen simplen Akt des Miteinanders, und ich möchte für immer in diesem Moment verweilen.

KAPITEL 30

»Das war wirklich köstlich!«, sagt Marian, als ich ihren Teller abräume. »Kann ich mich irgendwie nützlich machen?«

»Ihr großer Moment wird bald kommen«, antworte ich mit einem Lächeln, und sie lehnt sich verwundert zurück.

»Mein Kompliment an den Koch!«, sagt Nicholas. »Sie verdienen damit bestimmt Ihren Lebensunterhalt, richtig?«

Michael errötet leicht. »Ich arbeite als Kellner im Café Gloria«, antwortet er bescheiden. »Sagen wir einfach, ich habe vor Kurzem meine Leidenschaft fürs Kochen wiederentdeckt. Ich freue mich, dass es Ihnen geschmeckt hat. Nochmals sorry wegen der Kartoffeln.«

Nicholas erhebt sein Glas. »Auf Pommes frites an Weihnachten!«

Die anderen stimmen alle begeistert mit ein.

»Du darfst dich jetzt ausruhen«, sage ich zu Michael und erhalte allgemeine Zustimmung. Marcus, der während des Essens zu weinen begann, was Molly schrecklich durcheinanderbrachte, schläft nun friedlich in seinem Buggy, den sein Vater aus dem Auto geholt hat. Molly und Jack machen beide den Eindruck, als wäre ihnen eine riesige Last von den Schultern gefallen.

»Ich dachte, Sie hätten mir gesagt, Sie wären Single«, bemerkt Kelly im Flüsterton zu mir, als ich ihren Teller abräumen will.

»Ich *bin* Single, aber es stimmt schon, Michael und ich sind mehr als nur Freunde«, antworte ich mit einem Augenzwinkern und einem Nicken und erröte, als ich an die letzte Nacht denke. Es war einfach göttlich. »Wir sind noch ganz am Anfang, aber ich finde ihn schon ziemlich heiß.«

Kelly grinst verständnisvoll. »Wissen Sie was, Ruth«, sagt sie, »Sie haben meine Welt wieder ins Lot gebracht, indem Sie mich heute hier eingeladen haben, um gemeinsam mit Ihnen zu feiern. Ich weiß nicht, wie ich Ihnen jemals dafür danken soll.«

Ich setze mich zu ihr und schenke ihr nun meine volle Aufmerksamkeit, statt wie bisher mit einem Ohr der Unterhaltung am Tisch zu folgen.

»Elsie ist bei ihrem Dad in guten Händen. Er hat mir Fotos davon geschickt, wie sie heute Morgen ihre Geschenke ausgepackt hat«, erzählt sie mir und greift nach ihrem Handy, um mir die Bilder von ihrem kleinen Engel zu zeigen, der fröhlich in die Kamera grinst. »Sie hatten recht, es ist nur fair, dass wir uns an Weihnachten abwechseln, aber ohne diese Feier hier wäre ich heute ein zitterndes Wrack, das alleine zu Hause sitzt und sich selbst bemitleidet. Ich glaube, ich habe in Molly eine neue Freundin gefunden. Wir haben ausgemacht, dass wir uns mit den Kindern bald mal zum Spielen treffen. Mein Weihnachten wäre völlig anders verlaufen, wenn Sie mich nicht mit Ihrer freundlichen Einladung gerettet hätten, Ruth. Danke schön.«

Ihre Worte sind für mich wie das Sahnehäubchen auf dem Kuchen.

Ich stehe auf, um weiter den Tisch abzuräumen.

»Lassen Sie mich Ihnen helfen«, sagt Kelly. Schon bald ist die Tafel für den letzten Gang gedeckt, und wir bestaunen alle Kellys Desserts, während wir uns fragen, wie noch etwas in uns reinpassen soll.

»Ich denke, jetzt wäre ein guter Zeitpunkt für die Bescherung«, sage ich zu unseren Gästen, die freudig aufjubeln. »Und danach gibt es Tee und Kuchen, was meint ihr?«

Michael bringt mir zwei Armvoll Geschenke, die unter dem Weihnachtsbaum lagen, und ich sortiere sie unter den erwartungsvollen Blicken der anderen. Zum ersten Mal, seit wir hier vollzählig sind, kehrt ein bisschen Ruhe ein. Die Atmosphäre im Raum ähnelt der während einer laufenden Lottoziehung, und die anderen beobachten jede meiner Bewegungen, ohne zu wissen, was sie gleich erwartet.

»Nicholas, mein Lieber«, beginne ich. »Das hier ist für Sie.«

»Oh!«, sagt Nicholas aufrichtig überrascht.

»Auf dass Sie nie die Macht der Musik vergessen und die Freude, die Sie in all den Jahren den Menschen damit gemacht haben«, sage ich. »Sie müssen unbedingt weiter musizieren und singen. Ich habe Ihnen ja versprochen, dass ich eine Möglichkeit für Sie finden werde, und ich möchte Sie hiermit dazu einladen, jeden Sonntag die Bewohner des Pflegeheims, in dem mein Vater untergebracht war, musikalisch zu unterhalten. Ich habe mit den Verantwortlichen dort gesprochen, und man würde sich über Ihre Zusage sehr freuen. Sie besitzen eine ganz wundervolle Gabe, die Sie mit der Welt teilen können.«

Ich gebe ihm ein kleines verpacktes Etui, und er schält es ganz behutsam aus dem Silberpapier und öffnet dann den Deckel. Ein strahlendes Lächeln erscheint in seinem Gesicht.

»Nun, ist das nicht die beste Neuigkeit der Welt!«, sagt er und nimmt die Brosche in der Form eines Violinschlüssels heraus, die ich an einem Weihnachtsstand entdeckt habe. Er hält sie wie ein kostbares Juwel in den Händen, und seine Augen werden feucht. »Ich weiß gar nicht, was ich sagen soll! Sie ahnen nicht, wie sehr ich auf so eine Gelegenheit gewartet habe. Das ist einfach fabelhaft! Haben Sie vielen Dank, liebe Ruth!«

Er heftet die Brosche sorgfältig an seine Brust und betrachtet sie dann stolz von oben, was mir und allen anderen am Tisch Tränen der Rührung in die Augen treibt. Ich falte ergriffen meine Hände und koste diesen wunderbaren Moment aus, während ich die leuchtenden Gesichter um mich herum betrachte, die sich aufrichtig für Nicholas freuen.

»Okay, der Nächste«, sage ich rasch, bevor es zu emotional wird. »Wenn das so weitergeht, werde ich am Ende Rotz und Wasser heulen. Molly und Jack, das hier ist für euch. Ich habe auch ein Geschenk für Marcus, aber ich denke, wir warten besser, bis er wach ist, dann hat er eine Beschäftigung.«

Molly schaut verblüfft drein, während das Geschenk zu ihr und ihrem Mann über den Tisch wandert. Sie packt es aus, unter den gespannten Blicken der anderen.

»Das ist ein Bilderrahmen, auf dem HOME steht«, erkläre ich, als der Inhalt zum Vorschein kommt. »Es soll eine kleine Erinnerung daran sein, dass die Familie das höchste Gut ist. Selbst wenn das Leben uns hin und wieder schwere Zeiten beschert und die eine oder andere unangenehme Überraschung, am Ende läuft es immer auf zwei Dinge hinaus: Familie und Liebe – und Sie beide, Jack und Molly, haben eine ganz wunderbare kleine Familie. Ich habe in den letzten Tagen viel darüber gelernt, wie bedeutsam die Familie für uns ist und wie zerbrechlich. Ich weiß, wie sehr ihr Verlust unser Leben verändern kann, und erst recht ihre Wiedervereinigung, und das macht das Ganze sehr real. Wir werden euch, lieber Jack und liebe Molly, in eurer Not beistehen, darum macht euch bitte keine Sorgen. Es wird alles gut.«

Jack legt seinen Arm um seine Frau und gibt ihr einen Kuss auf den Kopf, dann beugt er sich zu seinem schlafenden Sohn und streicht über das weiche Kinderhaar.

»Auf die Familie!«, sagt Molly und erhebt ihr Glas. »Und auf euch alle hier und eure Freundlichkeit! Jack und ich standen tatsächlich kurz davor, abzusagen, aber jetzt bin ich unheimlich froh, dass wir den Mut aufgebracht haben zu kommen. Für uns alle werden gute Zeiten anbrechen. Davon bin ich nun fest überzeugt.«

»Auf die Familie!«, wiederhole ich, während ich den Blick nicht von meiner Mutter abwenden kann, die zustimmend nickt. Der Schmerz über all die verlorenen Jahre schreit förmlich aus ihren müden Augen und spiegelt sich in ihrer gesamten Mimik. Ich senke meinen Blick auf die Geschenke vor mir und greife das heraus, auf dem ihr Name steht.

»Mum, ich weiß, wir haben eine Menge nachzuholen«, sage ich zu ihr. »Aber heute ist nur die erste von vielen kostbaren Gelegenheiten, unsere Zeit miteinander zu genießen und uns neu kennenzulernen. Wir haben so vieles, worauf wir uns freuen können, und es ist etwas ganz Besonderes, dieses Weihnachten mit dir zu feiern. Das hier habe ich schon vor vielen Jahren gekauft und für dich aufbewahrt, in der Hoffnung, dass wir eines Tages wiedervereint sein werden. Ich bin so froh, dass dieser Tag nun endlich gekommen ist.«

Ich stehe von meinem Stuhl auf und gehe zu ihr hinüber, dann falle ich ihr in die Arme. Im ganzen Raum ist es mucksmäuschenstill. Abgesehen von Michael wusste niemand in der Runde, was für eine Bedeutung dieser Tag für mich und meine Mutter hat, und die Gesichter um uns herum drücken eine Mischung aus Bestürzung und Freude aus.

»Danke«, sagt Mum. Ich gebe ihr das Geschenk und kehre dann an meinen Platz zurück, während sie es auspackt. Ich habe ihr noch so viel zu sagen, aber ich möchte es nicht jetzt tun, nicht vor all diesen Menschen, die gekommen sind, um für einen Tag ihre Sorgen zu vergessen. Ich hoffe wirklich, dass ihr mein Geschenk gefällt.

Sie keucht auf, als sie sieht, was es ist, und berührt ganz behutsam die lackierte Oberfläche.

»Sie stammt aus Sorrent«, sage ich, während sie ehrfürchtig die edle alte Spieluhr aus handgeschnitztem Holz bewundert, die aufwendig mit Rosen verziert ist, ihren Lieblingsblumen.

»Oh, sie ist wunderschön! Einfach perfekt!«, sagt sie gerührt und zieht den Mechanismus auf. Wir alle lauschen den süßen Klängen von *Edelweiß*. Das Lied erinnert mich immer sofort an meine Mutter und an gemütliche Wintertage, wenn wir uns im Pyjama zusammen *The Sound of Music* anschauten, während im Kamin ein hübsches Feuer flackerte. Ich schließe meine Augen und folge der getragenen Melodie, die mich in sehr glückliche Zeiten zurückversetzt, als ich mich in diesem Haus, an Mums Seite, so sicher und beschützt fühlte.

Dann atme ich tief durch und nehme das nächste Geschenk in die Hand.

»Meine liebe Kelly«, sage ich, und Kelly legt erwartungsvoll den Kopf schräg. »Für Sie habe ich etwas, das fast so hübsch ist wie Sie, und es ist außerdem sehr praktisch. Ich hoffe, Sie können es gut gebrauchen.«

Sie wickelt einen ledergebundenen Terminplaner fürs nächste Jahr aus dem Papier und nickt anerkennend, als ihr bewusst wird, was ich ihr mit diesem Geschenk sagen will.

»Setzen Sie sich neue Ziele, Kelly«, sage ich. »Sie haben uns allen heute bewiesen, was für eine fantastische Kuchenbäckerin Sie sind, und nun wissen Sie auch wieder, wie gut es sich anfühlt, Ihr Talent zu entfalten. Ich bin mit der Besitzerin eines Cafés befreundet, die sicher großes Interesse an Ihren Kuchen hätte. Also, bevor die Einsamkeit oder die Angst vor dem Ungewissen Sie wieder übermannt, verschreiben Sie sich lieber Ihrer Backkunst, und denken Sie immer daran: Egal, wie unglücklich wir sind – wenn wir unsere Bestimmung im Leben finden, erscheint alles sofort in einem helleren Licht.«

»Ich kann es kaum erwarten, meine ersten Bestellungen in diesen Kalender einzutragen«, sagt Kelly und drückt das Leder an ihre Brust. »Wow, Ruth, vielen Dank!«

Ein Geschenk ist noch übrig, na ja, eigentlich zwei, aber das für Michael hebe ich für später auf, wenn wir unter uns sind.

»Und schließlich Marian«, sage ich und schiebe das Geschenk zu ihr hinüber, das ich für sie ausgesucht habe. Sie reißt das Papier ab wie ein Kind, und als sie sieht, was darunter zum

Vorschein kommt, legt sie ihre Hand vor den Mund und bricht zu meiner Überraschung in Tränen aus.

»Tut mir leid«, sagt sie wimmernd, »aber ich weiß, warum Sie mir dieses Geschenk machen, Ruth, und es bedeutet mir so viel. Sie haben nicht vergessen, was ich Ihnen vor ein paar Tagen gesagt habe. Sie sind wirklich aufmerksam. Ich danke Ihnen so sehr.«

Die anderen recken die Köpfe, um Marians Geschenk zu sehen, darum sollte ich wohl besser etwas dazu sagen.

»Es ist eine neue Teekanne«, kommt Marian mir zuvor.

»Ja, eine sehr hübsche Teekanne«, sagt Molly und macht ein leicht verwirrtes Gesicht, genau wie die anderen. Ich muss es definitiv erklären.

»Marian, diese Kanne soll Sie daran erinnern, dass es dort draußen immer noch eine Menge Freunde für Sie gibt, mit denen Sie gepflegt einen Tee trinken können. Ich glaube, Sie haben heute sogar ein paar neue dazugewonnen.«

»Oh, das habe ich ganz bestimmt«, erwidert sie lächelnd und sieht vor allem meine Mutter an.

»Und in diesem Sinne«, fahre ich fort, »können Sie gleich damit anfangen und mir helfen, den Tee zuzubereiten. Würden Sie das für uns tun?«

Sie tupft ihre Augen mit einer Serviette trocken. »Es wäre mir eine wahre Freude, mich um den Tee zu kümmern«, antwortet sie und holt dann tief Luft. »Ich hätte nicht gedacht, dass ich einmal so auf eine Teekanne reagieren würde – bestimmt denkt ihr jetzt alle, ich habe den Verstand verloren!«

Dann nimmt Michael überraschend meine Hand. »Eigentlich hatte ich nicht vor, private Dinge von mir preiszugeben, aber da wir hier so eine verständnisvolle Runde haben, kann ich ruhig sagen, dass ich vor einem Jahr dachte, ich würde es nicht mehr bis Weihnachten schaffen«, beginnt er zaghaft. »Tatsächlich dachte ich sogar, ich würde es nicht einmal mehr bis zum nächsten Tag schaffen. Ich lebte auf der Straße und war ganz unten angekommen. Ich fühlte mich so unwürdig, von allen vergessen, die mir einmal nahegestanden hatten, und ich hasste mich selbst, weil ich so viele Menschen enttäuscht hatte. Heute kann ich ohne Scham zugeben, dass ich akut suizidgefährdet war.«

Ich höre ein paar Gäste erschrocken aufkeuchen.

»Dann hat Ruth, auch wenn ihr das erst seit Kurzem bewusst ist, mir neue Hoffnung gegeben«, fährt er fort. »Sie sah mir in die Augen, und sie behandelte mich wie einen Menschen, während alle anderen achtlos an mir vorübergingen und taten, als wäre ich Luft. Ruth schenkte mir Hoffnung in einer sehr dunklen Stunde, als mir mein ganzes Leben ausweglos erschien; und nun sind wir hier in ihrem schönen Haus und feiern gemeinsam dieses wundervolle Fest. Ich glaube nicht, dass ich jemals einem Menschen begegnet bin, mit dem ich so viel lachen kann, mit dem es so viel Spaß macht, gemeinsam einzukaufen und zu kochen und zu speisen, mit dem ich so gut diskutieren und streiten kann und auf den ich mich bei jedem Abschied noch mehr freue. Du hast heute für viele von uns Wunder vollbracht, Ruth, und ich möchte dir aus tiefstem Herzen versichern, dass du ein ganz außergewöhnlicher Mensch bist. Danke für alles.«

Ich beiße auf meine Unterlippe, während ich Michaels liebenswürdige Worte sacken lasse. Ich muss zugeben, als er sagte, dass er es jedes Mal kaum erwarten könne, mich wiederzusehen, schlug mein Herz einen kleinen Purzelbaum, denn mir geht es nicht anders. Was für ein Unterschied eine Woche machen kann …

»Ich finde, ihr alle seid auch ganz außergewöhnliche Menschen, und eure Worte bedeuten mir so viel«, bringe ich schließlich heraus, ohne mich in ein heulendes Elend zu verwandeln. »Lasst uns weiter diesen wunderbaren Tag feiern.

Lasst uns essen, trinken und fröhlich sein und nun die herrlichen Köstlichkeiten genießen, die Kelly uns mitgebracht hat. Wir haben es alle verdient, und wir sind es alle wert! Darauf einen leckeren Tee mit Kuchen!«

»Hört, hört!«, sagt Nicholas.

»Ich gehe das Wasser aufsetzen«, sagt Marian. »Kommen Sie, Elena. Ich könnte Ihre Hilfe gebrauchen.«

Meine Mutter wirkt erfreut über die Aufforderung und steht sofort auf.

»Ich denke, es ist Zeit, dass wir gemeinsam singen«, sagt Michael. »Was meinen Sie, Nicholas?«

Nicholas hält kurz inne, reibt sein Kinn und grinst schließlich selbstsicher. »Wissen Sie was, Michael, ich bin ganz Ihrer Meinung«, antwortet er. »Ich würde gern eins meiner Lieblingslieder am Klavier vortragen – ich brenne förmlich darauf, weil ich es so lange nicht spielen konnte. Danke vielmals für die Gelegenheit.«

Kurz darauf lassen wir uns die süßen Desserts zum Tee schmecken, während Nicholas uns mit einer lieblich-sanften Version von *O Holy Night* auf dem alten Klavier meines Vaters unterhält und der kleine Marcus in seinem Buggy in der Ecke fest weiterschlummert, was Nicholas mitten im Lied zu der scherzhaften Bemerkung veranlasst, dass das Baby seiner Nachbarn in Sachen Musik offenbar deutlich wählerischer sei als Marcus.

Es herrscht eine verträumte, gemütliche und träge Stimmung, in der jeder seinen Gedanken nachhängt, während es draußen dunkel wird und sich das seinem Ende neigt, was ich als einen perfekten Nachmittag bezeichnen würde – trotz der Pommes frites!

KAPITEL 31

Die letzten Gäste verabschieden sich kurz vor halb acht, und Michael, Mum und ich können endlich die Beine hochlegen und uns über diesen grandiosen Tag unterhalten. Zu wissen, dass unsere Anstrengungen auf so fruchtbaren Boden gefallen sind, ist eine große Bereicherung.

Ich stelle mir vor, wie meine Gäste nun alle wieder zu Hause sind, mit neuer, positiver Energie und, wie ich hoffe, gestärkter Selbstachtung und Zuversicht auf eine bessere Zukunft.

»Marian hat mich gefragt, ob wir in Kontakt bleiben können«, sagt meine Mutter in munterem Ton, während sie an einer dampfend heißen Schokolade mit Marshmallows nippt, die Michael für sie auf dieselbe Art zubereitet hat wie für mich im Café Gloria. »Wir haben uns vorgenommen, dass wir uns zu einem gemeinsamen Spaziergang treffen, wenn ich das nächste Mal hier bin. Sie sagt, seit sie morgens regelmäßig eine Runde durch den Park dreht, habe sie deutlich bessere Laune und hinterher immer das gute Gefühl, etwas geleistet zu haben. Es sind die kleinen Dinge im Leben, die Großes bewirken können, nicht wahr?«

Ehrlich gesagt habe ich mir gar keine Gedanken darüber gemacht, dass meine Mutter wieder abreisen und in ihr Leben zurückkehren wird. Ich hadere ein wenig mit der Vorstellung, dass sie nach Dublin zurückgeht, so weit fort, in die Einsamkeit, wo sie wie ein Fisch auf dem Trockenen lebt, angewiesen auf staatliche Unterstützung, und niemanden hat, an den sie sich wenden kann.

»Würdest du gern eines Tages wieder hierherziehen?«, frage ich sie, und kaum ist es heraus, wird mir klar, dass es noch viel zu früh ist, um überhaupt an so etwas zu denken. »Wir können auch ein anderes Mal darüber reden, schätze ich. Ignorier die Frage einfach. Wir müssen uns nicht heute mit diesem Thema auseinandersetzen.«

Glücklicherweise funkt Michael unvermittelt mit einer guten Neuigkeit dazwischen. »Laura hat mir gerade ein Foto von Liam geschickt, auf dem er sein neues Fußballtrikot trägt, das ich ihm geschenkt habe«, sagt er und gibt mir sein Handy, das einen sehr glücklich aussehenden Jungen zeigt. Er hat dunkle Haare und leuchtende braune Augen, genau wie sein Vater.

»Er sieht aus wie du«, sage ich. »Wow, ihn so strahlen zu sehen ist für dich bestimmt das beste Weihnachtsgeschenk aller Zeiten. Er ist hinreißend, Michael. Ein richtig hübscher Junge.«

Michael nimmt sein Handy wieder an sich und starrt für ein paar Sekunden darauf. »Ich wünsche mir so sehnlich, wieder ein Teil seines Lebens zu sein«, sagt er dann. »Ich habe zwei Jahre damit verschwendet, mich selbst zu bemitleiden und mir einzureden, ich sei nicht gut genug für ihn. Aber wenn ich sein glückliches Gesicht auf diesem Foto sehe und spüre, wie sehr mir sein bloßer Anblick zu Herzen geht, wäre ich doch dumm, nicht um ihn zu kämpfen. Ich war so ein Idiot. So ein selbstsüchtiger Blödmann.«

Meine Mutter wechselt einen kurzen Blick mit mir.

»Laura verhält sich einfach nur wie eine Mutter, die ihren Sohn beschützen will«, sage ich zu Michael. »Sie kann es nicht riskieren, dir einen Freifahrtschein zu geben, ohne irgendeine Art von Garantie zu haben, dass du nicht wieder in den Sack haust, sobald deine Schuldgefühle und deine Selbstzweifel übermächtig werden. Sie hat sich mit dir getroffen, und sie hat dir ein Foto geschickt. Das ist ein großartiger Anfang. Betrachte es als ein gutes Zeichen.«

»Ja, aber vielleicht tut sie das nur, um mich daran zu erinnern, was für ein Loser ich bin.«

Nun schaltet meine Mutter sich ein. »Mein Lieber, es bringt nichts, so zu denken«, sagt sie zu ihm. »Es ist nie zu früh oder zu spät, um jemandem zu sagen, dass man ihn liebt. Also, kämpfen Sie um Ihren Jungen und zeigen Sie ihm all die Liebe auf der Welt, die er verdient und die auch Sie verdienen.«

Wir sitzen da und starren in das tanzende Kaminfeuer, ich mit meinem Rotwein, Michael mit seinem Tee und meine Mutter mit ihrer heißen Schokolade, während jeder von uns über seinen nächsten großen Schritt nachdenkt. Ich muss mich entscheiden, ob ich wirklich von hier wegziehen und in meinem Leben ganz neu durchstarten möchte. Ob ich die Tür zu einer Welt der Erinnerungen, die fest mit diesem Haus auf der Beech Row 41 verwoben sind, hinter mir zuziehen möchte.

Aber falls meine Mutter beschließt, zurückzukommen und wieder hier in der Stadt zu leben, weiß ich nicht, wie ich mich zu einem Ortswechsel überwinden soll. Was, wenn sie wieder in diesen vier Wänden wohnen möchte? Was, wenn sie in naher Zukunft einen Rückfall erleidet? Wir haben so viele Jahre aufzuholen, ich kann sie nicht einfach so verlassen. Das kann ich nicht.

Und was ist mit meinem Job bei der Zeitung? Wahrscheinlich könnte ich ihn behalten, selbst wenn ich wegzöge. Ich kann überall schreiben, das ist das Gute an meinem Beruf. Und obwohl mir in letzter Zeit Zweifel an meiner Kompetenz, anderer Leute Probleme zu lösen, gekommen sind, weiß ich nicht, ob ich all das, was ich mir aufgebaut habe, so einfach aufgeben könnte.

Und dann ist da noch Michael ... mein lieber Freund Michael, an den ich von Tag zu Tag stärker mein Herz verliere. Ich beobachte ihn gerade, und er macht den Eindruck, als wäre er in einer fernen Welt versunken, in der er endlich wieder mit seinem Sohn vereint ist. Wie könnte ich es jemals übers Herz bringen, ihm das zu verwehren? Auch er muss seinen

Träumen folgen, und wenn unsere Träume uns in verschiedene Richtungen führen, dann sind wir wohl einfach nicht füreinander bestimmt. Trotzdem hoffe ich, dass sich für uns alles zum Guten wenden wird, was auch immer die Zukunft für uns bereithält.

Wenig später zieht Mum sich zurück, erschöpft, aber den Kopf voller süßer Fantasien, Liebe und Zuversicht, und ich begleite sie nach oben zu ihrem Zimmer.

»Macht es dir wirklich nichts aus, dass ich über Nacht bleibe?«, fragt sie vor der Tür. »Ich würde es heute nicht mehr schaffen, die ganze Strecke zurückzufahren.«

»Mum, sei nicht albern!«, sage ich. »Du bist hier jederzeit willkommen. Außerdem erwartet uns morgen ein weiterer wunderbarer Tag, dann lernst du endlich Allys Mann und deine zwei hinreißenden Enkelsöhne kennen. Ich muss dich allerdings warnen, die beiden kleinen Racker werden dein Herz mit ihrem unwiderstehlichen Charme im Sturm erobern, und David ist nicht weniger unterhaltsam. Geh jetzt schlafen und freu dich auf all die tollen Sachen, die wir von nun an machen werden, egal, wo wir letzten Endes unsere Zelte aufschlagen.«

Sie weiß genau, was ich meine. »Bitte, Ruth, lass dich nicht von mir abhalten, deinen Träumen zu folgen«, sagt sie. »Ich werde ganz sicher nicht plötzlich mit Sack und Pack hier auftauchen und von dir erwarten, dass du dein Leben nach mir ausrichtest. Keine Sorge, das würde mir niemals einfallen. Darum führ bitte das fort, was auch immer du geplant hattest, bevor ich in dein Leben zurückgekehrt bin. Das meine ich ernst, Ruth.«

Ich nehme sie in den Arm und drücke sie leicht. Sie kommt mir immer noch vor wie eine zarte Puppe, so kostbar und grazil, und ich möchte sie nicht mit meinen Zukunftssorgen belasten.

»Schlaf gut«, sage ich. »Morgen ist auch noch ein Tag.«
»Ach, Ruth?«, sagt sie, als ich mich zum Gehen wende.
»Ja?«

»Er ist ein guter Mann«, sagt sie, womit sie natürlich Michael meint. »Ihr zwei seid ein tolles Paar. Lass nicht zu schnell los, wenn du verstehst, was ich meine.«

»Ich habe einen Haufen Stoff zum Nachdenken«, sage ich leise. »Gute Nacht, Mum. Schlaf gut.«

Auf dem Weg nach unten mache ich einen kleinen Abstecher in mein Zimmer, um Michaels Geschenk zu holen.

»Welches christliche Weihnachtslied hörst du am liebsten?«, fragt er, als er mich ins Wohnzimmer zurückkommen hört. Er beugt sich gerade über die Stereoanlage, was mir die perfekte Gelegenheit verschafft, um sein Geschenk hinter dem Sofa zu verstecken. Ich will es ihm nicht sofort geben.

»*White Christmas* von Bing Crosby«, antworte ich, und sofort wird mir mein Fehler bewusst. »Okay, das ist kein Kirchenlied, aber du weißt schon, wie ich es meine. Und deins?«

Er legt Bing Crosby für mich auf, dann umschließen seine Arme meine Taille, und wir wiegen uns im Takt der Musik.

»*Last Christmas* von Wham«, sagt er schmunzelnd. »Wenn du schummeln kannst, kann ich es auch. Wenn schon kitschig, dann richtig, so lautet jedenfalls meine Faustregel. Also, entweder die Schnulze von Wham oder der andere Klassiker, *I Wish it Could Be Christmas Every Day* von Wizzard. Zu diesem Song spielte ich als Kind immer Luftgitarre und stellte mir dabei vor, ich wäre in der Weihnachtsshow von *Top of the Pops*. Hast du den Auftritt der Band Anfang der Achtziger auch gesehen? Hm, wahrscheinlich nicht, wenn ich es mir recht überlege.«

Mir wird bewusst, dass er mir gerade das perfekte Stichwort geliefert hat, um ihm sein Geschenk zu überreichen. »Ich habe übrigens noch ein Weihnachtsgeschenk für dich, falls du dachtest, ich hätte dich vergessen. Ich schätze, ich sollte es dir jetzt geben, bevor der große Tag vorbei ist.«

Ich gehe zum Sofa hinüber und hole die hellblaue E-Gitarre hervor, die ich mit einer großen silbernen und goldenen Schleife verziert habe.

»Du hast dir doch immer eine Gitarre zu Weihnachten gewünscht, richtig?«, sage ich. Der Ausdruck in seinem Gesicht ist unbezahlbar. »Ich habe das gute Stück in einem Secondhandshop entdeckt und konnte einfach nicht widerstehen. Was sagst du dazu?«

Er starrt mich mit offenem Mund an, dann nimmt er mir vorsichtig die Gitarre ab, streicht über das lackierte Holz und zupft ein bisschen an den Saiten. Es hat ihm tatsächlich die Sprache verschlagen.

»Wo in aller Welt bist du nur hergekommen, Ruth Ryans?«, sagt er schließlich. »Du hast dir gemerkt, dass ich mir immer eine Gitarre gewünscht habe. Noch nie hat mich jemand so gut verstanden wie du. Danke sehr. Wow.«

Er legt die Gitarre zur Seite und greift in seine Hosentasche. »Und das hier ist für dich«, sagt er und bringt ein kleines Schmucketui zum Vorschein.

»Aber Michael, du hast mir schon was geschenkt.«

»Sch«, sagt er und drückt mir das Etui in die Hände. »Es ist nur eine Kleinigkeit. Ich hoffe, es gefällt dir.«

Ich klappe vorsichtig den Deckel auf, und zum Vorschein kommt ein exquisites kleines Medaillon an einer silbernen Halskette. Als ich es öffne, setzt mein Herz einen Schlag aus. »Mein Dad!«, sage ich, und meine Augen fangen an zu brennen, als ich das Bild von mir und meinem Vater sehe, auf dem wir beide in die Kamera lächeln, aufgenommen an meinem einundzwanzigsten Geburtstag, vor fast zwölf Jahren.

»Gloria hat mir das Foto gegeben«, erklärt Michael. »Sie sagte, sie hat es im Café gemacht, als du Geburtstag hattest, und wollte es dir immer geben, also habe ich es mir ausgeliehen und einen Abzug für das Medaillon gemacht. Ich fand, das ist genau das Richtige für dich.«

Ich schüttele ungläubig den Kopf. Wie wahnsinnig aufmerksam von ihm.

»Ruth, du hast große Träume, und du solltest tun, was dein Herz dir sagt«, fährt er fort. »Lass dich nicht von mir oder deiner Mutter oder irgendeiner Treue zu diesem Haus von dem abbringen, was für dich am besten ist. Ich schenke dir das Medaillon, damit du deinen Vater immer nah an deinem Herzen spürst, egal, wo auf der Welt du dich niederlässt. Er wird immer bei dir sein und dich anspornen. Vergiss das nie.«

Mir brennen Worte auf der Zunge und Tränen in den Augen. Ich möchte ihm sagen, dass ich mich in ihn verliebt habe, in seine wundervolle Seele und darin, wie sein Verstand arbeitet und wie wir uns gegenseitig positiv beeinflussen.

Ich möchte es ihm so unbedingt sagen, aber ich weiß nicht, ob das nicht viel zu früh wäre; andererseits finde ich, dass man, wenn man etwas Gutes zu sagen hat, es auch sagen sollte … gerade jetzt, nach unserem überaus erfolgreichen Fest. Ich denke an den Reiz eines neuen Lebens, das mich fern dieser Stadt erwartet; ich denke daran, dass Michael hierbleiben muss, um am Leben seines Sohnes teilzuhaben; ich denke an meine Mutter und an die ganze Zeit, die wir verloren haben und nun aufholen möchten. Aber was mir die Zukunft auch bringen wird – im Moment, an diesem wundervollen Weihnachtsabend, während Michael und ich uns gegenüberstehen und im Hintergrund mein Lieblingslied von Bing Crosby läuft, schreit mein Herz danach, diesem Mann einfach zu sagen, was ich für ihn empfinde, und darauf zu pfeifen, was das Leben als Nächstes für uns bereithält.

Doch dann unterbricht Michael mein inneres Ringen und spricht zuerst, und seine Worte verschlagen mir den Atem.

»Ich weiß, es ist noch sehr früh, und es widerspricht allem, was wir bisher dazu gesagt haben, aber ich glaube, ich habe mich in dich verliebt, Ruth Ryans.«

Er schaut direkt in mich hinein, genau wie an jenem kalten Abend auf der Hope Street, während die Worte, die ich sagen möchte, immer noch in meinem Hals feststecken.

»Du bist mir knapp zuvorgekommen«, erwidere ich schließlich. »Ich wollte gerade genau dasselbe sagen. Ich glaube, ich habe mich auch in dich verliebt, Michael Connor.«

Und dann tanzen wir wieder – dieses Mal natürlich zu Wham.

Mein Herz ist erfüllt von der Freude der Versöhnung; es ist erfüllt von der Macht der Heilung, vom Genuss des Teilens, von der Kraft der Musik, vom Schmerz der Erinnerung und vom Erblühen neuer Freundschaften.

Aber vor allem ist mein Herz erfüllt von Hoffnung. Und endlich verstehe ich die Bedeutung von Liebe.

KAPITEL 32

Silvester

Ich sitze vor Margo Taylors Schreibtisch und warte mit angehaltenem Atem, während sie meinen fertigen Bericht für die morgige Ausgabe der *Today* liest.

Sie kratzt sich seitlich am Auge, sie schürzt die Lippen, sie blinzelt, sie nickt, sie lächelt, und schließlich schiebt sie ihren Stuhl zurück, steht auf, gießt zwei Tassen Kaffee ein und gibt mir eine davon.

»Und, gefällt es dir?«

Margo schüttelt den Kopf, während sie sich wieder setzt. »Von gefallen kann keine Rede sein, Ruth«, erwidert sie. »Ich bin vollkommen begeistert! Dieser Artikel wird bei unseren Lesern auf große Resonanz stoßen, das weiß ich einfach. Ich würde gerne mehr in der Art von dir sehen, unbedingt. Du weißt wirklich, wie man auf die Tränendrüse drückt, Darling, und ich freue mich nicht nur über deine tolle Arbeit und unser großes Glück, dass du für unser Blatt schreibst, sondern auch für dich persönlich. Es klingt nämlich, als wärst du an Weihnachten in mehr als nur einer Hinsicht fleißig gewesen. Ich bin sehr zufrieden, dass du wieder aufrecht stehst und lächelst und strahlst, so wie du es immer tun solltest. Es steht dir.«

»Danke, Margo«, ist alles, was ich herausbringe.

Sie schiebt die Zeitung zu mir über den Tisch. »Nimm dir kurz Zeit und lies ihn selbst noch mal mit frischem Blick«, sagt sie. »Du kannst sehr stolz auf dich sein, Ruth. Du hast etwas Außergewöhnliches vollbracht und bist für deine Selbstlosigkeit belohnt worden, und das drückt sich in jedem Wort aus, das du geschrieben hast.«

Eigentlich will ich meinen Text nicht schon wieder lesen,

weil ich ihn fast auswendig kann, schließlich habe ich lange daran gefeilt, aber ich werde mich nicht mit Margo Taylor anlegen, richtig? Also gehorche ich und fange an zu lesen.

Was bedeutet mir Weihnachten?

Von Ruth Ryans

Bis jetzt habe ich auf diesem Planeten zweiunddreißigmal das Fest der Liebe gefeiert, und auch wenn sicherlich jedes davon seine eigenen Höhen und Tiefen hatte, habe ich doch nur eine verschwommene Erinnerung an das Immergleiche.

Dieses Mal sah ich Weihnachten mit Bangen entgegen, aber zu meiner Freude entdeckte ich, dass es sogar noch magischer sein kann, wenn man sich die Mühe macht, nur einen kleinen Schritt zurückzutreten und einmal alles aus einem anderen Blickwinkel zu betrachten.

Sehen Sie, liebe Leserinnen und Leser, im vergangenen Jahr gehörte ich zu den Einsamen und Verlassenen – ja, ich, Ruth Ryans, die Kummerkastentante, die auf alle Probleme eine Antwort hat, außer auf ihre eigenen. Das lächelnde Gesicht, das überall in dieser Stadt hängt, die Frau, die sich strahlend in der Öffentlichkeit zeigt und alles so mühelos erscheinen lässt, weinte innerlich bei der Vorstellung, abends die Tür hinter sich zu schließen und in Dunkelheit und Stille unterzugehen. Ich hatte das Gefühl, dass niemand mehr mein wahres Ich kannte. Ich gab vor, jemand zu sein, der ich nicht war, und als der erste Todestag meines Vaters näher rückte, brach die ganze Maskerade zusammen.

Ich war nicht mehr in der Lage, meine Arbeit zu verrichten, ich fand es unerträglich, Weihnachtslieder zu hören, und es zerriss mir das Herz, wenn ich an meine Mutter dachte, zu der ich seit vielen Jahren keinen Kontakt mehr hatte. Alles, was ich mir wünschte, war mein Vater, damit alles wieder besser wurde, aber dieser Wunsch würde nie mehr in Erfüllung gehen. Ich hatte sämtliche Phasen der Trauer durchlebt, in der richtigen Reihenfolge – das Leugnen, die Schuld, den Zorn –, und ich stürzte mit Karacho in die Depression und Einsamkeit. Wenigstens wusste ich, was mit mir passierte. Es ist ganz normal, dass man diese Gefühle durchmacht, wenn man einen nahestehenden Menschen verloren hat. Doch woher sollte ich die Kraft nehmen, um aus diesem Loch wieder herauszukommen? Ich sehnte mich danach, mein Leben wiederaufzunehmen. Ich hatte immer noch Hoffnungen und Träume – ich wusste nur nicht mehr, wo ich sie finden konnte.

Dann, als ich meinen absoluten Tiefpunkt erreicht hatte, wurde ich an eine Begebenheit auf der Hope Street erinnert, die zwölf Monate zurücklag und sich am selben Abend zutrug, an dem mein Vater starb. Diese Erinnerung trieb mich dazu, etwas zu tun, das nicht nur mein Leben veränderte, sondern auch das von sieben weiteren Menschen, denn wir kamen an Weihnachten als Fremde zusammen und gingen als Freunde auseinander.

Ich wurde daran erinnert, dass die beste Methode, um sein Herz wieder schlagen zu spüren, ist, anderen die Hand zu reichen. Ich wurde daran erinnert, dass ein simples Hallo oder ein Lächeln in die richtige Richtung einen Menschen aufmuntern, manchmal sogar seinen ganzen Tag retten kann. Ich wurde daran erinnert, dass wir, wenn wir den Verlorenen Hoffnung geben und den Einsamen Zuwendung, keine teuren Geschenke machen müssen, weil schon ein kleiner Akt der Freundlichkeit die Macht hat, die Welt eines Menschen zum Besseren zu wenden.

Ich habe dieses Weihnachten gelernt, wie schön Musik sein kann, wenn man sich entspannt zurücklehnt und genau zuhört. Wenn jemand, dem für lange Zeit das Musizieren verwehrt war, O Holy Night *auf dem Klavier spielt, kann das mehr Energie und Bedeutung aussenden als ein Orchester, das vor fünfzigtausend Zuschauern spielt.*

Ich habe gelernt, dass man neue Zuversicht schöpfen kann, indem man voller Hingabe die köstlichsten Kuchen backt und sie mit anderen teilt, auch wenn man für ein perfektes Ergebnis die halbe Nacht in der Küche steht.

Ich habe gelernt, dass eine gemeinsame Tasse Tee oder ein Spaziergang im Park ein wichtiger Schritt sein kann, um unsere Seele ins Gleichgewicht zu bringen.

Aber vor allem habe ich viel über Liebe und Vergebung gelernt – und dass wir alles erreichen und jedes Hindernis überwinden können, wenn wir aufeinander achten, wenn wir zeigen, dass der andere uns wichtig ist, sei es innerhalb der Familie, in der Partnerschaft oder im Freundeskreis. Ich habe gelernt, dass es nie zu spät ist und auch nie zu früh, jemandem zu sagen, dass man ihn liebt, oder jemandem zu zeigen, dass man ihn wertschätzt. Warten Sie nicht auf den großen Moment, tun Sie es einfach, sagen Sie, was Sie sagen wollen, und tun Sie, was Sie tun müssen.

An Weihnachten geht es darum, Güte von einem Herzen in ein anderes scheinen zu lassen. Es geht darum, zu teilen, was wir besitzen, selbst wenn wir manchmal das Gefühl haben, nicht viel geben zu können. Es geht darum, zusammenzukommen, es geht darum, andere aus der Kälte herauszuholen und ihnen zu zeigen, dass sie es wert sind. Es geht darum, außerhalb seiner eigenen kleinen Blase zu denken und das große Ganze zu sehen.

Aber Sie brauchen natürlich nicht bis Weihnachten zu warten, um sich daran ein Beispiel zu nehmen. Freundlichkeit und Mitgefühl können zu jeder Jahreszeit die tiefsten Wunden und verhärtetsten Herzen heilen, ob im Frühling, Sommer, Herbst oder Winter.

Bitte versuchen Sie es. Bitte werden Sie aktiv. Tun Sie heute etwas Gutes, machen Sie eine simple freundliche Geste, die sich vielleicht positiv auf jemanden auswirkt. Und erzählen Sie niemandem davon. Das brauchen Sie nicht, denn Sie werden spüren, wie die Güte in Ihr Herz zurückscheint, und das ist das beste Gefühl überhaupt.

Ich wünsche Ihnen allen ein frohes neues Jahr.

Ruth Ryans

Ich schlage die Zeitung zu, stütze mein Kinn auf die Hände und sammle mich einen Moment, während mir eine Million Gedanken durch den Kopf schwirren.

Ich habe dieses Weihnachten definitiv viel gelernt, daran besteht kein Zweifel, trotzdem steht mir heute eine große Entscheidung bevor, wenn alles gut läuft. Und falls nicht, nun …

»Was würden wir bloß ohne dich machen, Ruth?«, sagt Margo. »Dein Kaffee wird kalt, Liebes. Soll ich dir etwas nachgießen? Ruth?«

»Sorry, Margo, ich war gerade halb in Trance«, sage ich.

Margos Blick nimmt einen besorgten Ausdruck an. »Ist alles in Ordnung? Dich beschäftigt etwas, nicht wahr?«

Ich bringe ein schwaches Lächeln zustande, aber innerlich bin ich von Unruhe zerfressen. »Ich habe mein Haus erst kurz vor Weihnachten inseriert, und es gibt bereits einen Interessenten«, sage ich, ohne selbst glauben zu können, dass es so weit gekommen ist. »Ich habe nicht damit gerechnet, dass es so schnell gehen würde. Schließlich ist dies nicht gerade die beste Zeit im Jahr, um ein Haus zu verkaufen. Ich dachte, es würde mindestens ein paar Monate dauern und ich könnte in aller Ruhe eine Entscheidung treffen.«

»Du willst also wirklich dein Elternhaus verkaufen?«, fragt Margo mit großen Augen.

»Ich versuche es«, antworte ich mit einem Achselzucken. »Ich warte auf den Anruf des Maklers, um zu erfahren, wie hoch das Angebot ist. Es kann sein, dass mir eine anständige Summe geboten wird, und ich weiß nicht, was ich dann tun soll.«

Margo starrt mich entgeistert an, mit offenem Mund. »Aber das ist der Ort, wo du hingehörst, Ruth«, sagt sie schließlich. »Hat dein Weihnachtsexperiment dir das nicht vor Augen geführt? Wo willst du überhaupt hin? Wo willst du all das toppen, was du hier erlebt hast?«

Ich will gerade antworten, dass meine Überlegungen noch nicht so weit gediehen sind, als der Anruf kommt, der vielleicht mein Leben verändern wird.

»Ruth Ryans hier, hallo?«, melde ich mich, und dann überlasse ich alles Weitere dem Schicksal.

»Ich habe gute Neuigkeiten für Sie, Ruth!«, sagt der Makler. »Richtig gute Neuigkeiten. Ich habe ein fantastisches Angebot für Ihr Haus reinbekommen.«

Das ist er also. Das ist mein großer Moment der Wahrheit. Soll ich bleiben, oder soll ich gehen?

EPILOG

Acht Tage vor Weihnachten – ein Jahr später

»Ich muss zur Arbeit, Liebes, wir reden später weiter«, erklärte Marian Devine ihrer Tochter Rebecca, als diese von London Heathrow aus anrief, um Bescheid zu sagen, dass sie in drei Stunden in Dublin landen würde.

»Du liebst es, das zu sagen, nicht wahr, Mum?«, erwiderte Rebecca lachend. »Was in aller Welt steht heute wieder an? Vor einem Jahr wolltest du keinen Schritt vor die Tür machen, und nun bist du kaum noch zu Hause!«

»Die Tea Time für meine Senioren natürlich«, antwortete Marian, während sie in der Diele vor dem Spiegel ihre geschminkten Lippen bewunderte und ihre weinrote Lieblingsmütze zurechtrückte. »Die kommt richtig gut an, und heute ist auch noch unsere große Weihnachtsfeier!«

Sie wünschte ihrer Tochter einen sicheren Flug und dachte voller Vorfreude an das Wiedersehen. Als sie an dem Foto vorbeikam, das sie und Billy, ihren verstorbenen Mann, auf dem Slieve Donard zeigte, nahm sie es in die Hand und lächelte bei der Erinnerung an ihre gemeinsamen Golfstunden und Wandertouren.

Sie konnte nun wieder lächeln, wenn sie dieses Bild betrachtete, und sie erkannte sich darauf endlich wieder. An Ostern hatte sie ein Golfturnier, auf das sie sich jetzt schon freute, und dann würde auch die Wandersaison beginnen, wenn der Winter sich endgültig verabschiedet hatte. Marian konnte es kaum erwarten. Sie fühlte sich, als könnte sie Bäume ausreißen, so wie an jenem Tag mit Billy auf dem Foto, als sie den Gipfel des Slieve Donard bezwungen hatten.

Aber so schön diese Erinnerungen auch waren, hier in der Gegenwart waren die Teepartys für Senioren der beste Part in ihrem neuen Leben, und sie spürte vor Aufregung ein leichtes Nervenflattern, während sie ein letztes Mal ihren Lippenstift überprüfte und sich dann auf den Weg machte, mit Schwung in den Knochen und Zufriedenheit im Herzen.

Sie hatte diesem Tag eine Ewigkeit entgegengefiebert, und eine Nachricht von Nicholas erinnerte sie daran, sich zu beeilen.

Seien Sie pünktlich, schrieb er, und dieselbe Nachricht schickte er auch an ein Chormitglied, während er zum Klang der Kirchenglocken durch die Stadt marschierte, mit federnden Schritten, die dem Frost unter seinen Sohlen trotzten, und mit einem Ordner voller Noten unter seinem Arm. *Das ist unser erstes Weihnachtssingen und unsere große Chance, zu zeigen, wofür wir geprobt haben.*

Nicholas liebte es, den neuen Chor zu leiten, neben seinem Engagement im Pflegeheim jeden Sonntag, und er gratulierte sich selbst zu dieser Idee, während er zielstrebig weiterschritt. Es war eine seiner besseren Ideen gewesen, wie er zugeben musste, im Gegensatz zu seinem Dudelsack-Kurs, für den sich kaum jemand interessiert hatte, genauso wenig wie für seine Vorträge über Komponisten des achtzehnten Jahrhunderts, sodass er sich schließlich geschlagen geben musste. Aber der Chor war ein Volltreffer, und heute war der Tag, auf den er sich nun schon seit über einem Monat freute.

Als er sein Ziel erreichte, schaute er hoch zum Dachgeschoss, zu der Mansarde, die er insgeheim als sein Übungszimmer bezeichnete, obwohl sie das nicht offiziell war. Die Räume im Haus wurden nach dem Prinzip »Wer zuerst kommt, mahlt zuerst« genutzt, und heute würde der Chor im Wohnzimmer vor dem großen Kamin singen. Nichtsdestotrotz schien das kleine Dachfenster ihm zuzuzwinkern, und er wusste, dass er dieses Zimmer noch für eine lange Zeit ausgiebig nutzen würde.

Es beflügelte ihn von Kopf bis Fuß, dass er nun wieder Klavier spielen konnte, ohne sich darüber Gedanken machen zu müssen, wessen Ruhe er möglicherweise störte, und jeder, den er traf, bestätigte ihm, dass er um Jahre jünger aussah. So fühlte er sich auch, und er sang und musizierte, als hätte es nie eine Pause gegeben.

»Das ist wie Radfahren, das verlernt man nie«, hatte Beryl, ein Chormitglied, zu ihm gesagt, als er ihr erzählte, wie lange er mit seiner Musik ausgesetzt hatte. Nicholas mochte Beryl. Er freute sich darauf, sie heute wiederzusehen.

Ja, heute war ein großer Tag für viele seiner Freunde, und er konnte es kaum erwarten, mit ihnen zu feiern, unter demselben Dach, unter dem in so kurzer Zeit so viel Magisches passiert war.

Eigentlich sollte er auch Molly Flowers eine Nachricht schicken. Sie war in letzter Zeit so vergesslich, und Nicholas strebte heute nicht weniger an als Perfektion. Zu seiner Erleichterung fuhr Molly genau in diesem Moment mit ihrem Wagen vor.

»Wir treffen uns dann vor Ort, und lass mich um Gottes willen nichts vergessen haben«, hatte sie zu ihrem Mann gesagt, bevor sie das Haus verließ. Jack war gerade rechtzeitig von seiner Schicht im Pflegeheim zurückgekehrt, um sie abzulösen. »Ich habe totale Schwangerschaftsdemenz!«

»Du machst das schon«, beruhigte er seine Frau und gab ihr einen Kuss auf die Stirn sowie zwei auf ihren wachsenden Bauch. »Und du da drinnen passt auf Mummy auf.«

»Ich auch passt auf Mummy auf«, sagte Marcus, und Molly schenkte ihrem Mann einen Blick, der sagte: *Sieh nur, was du wieder angerichtet hast.*

»Geh schon, geh«, sagte Jack und scheuchte sie zur Tür hinaus. Während sie zu ihrem Wagen eilte und sich im Gehen die Haare hochsteckte, grinste sie über die Ironie des Ganzen. Da war sie, halb geschminkt und halb frisiert, auf dem Weg zu ihrem Beauty-Programm, mit dem sie heute eine Damengruppe von einem lokalen Wohltätigkeitsverein verwöhnen würde.

Molly gefiel dieser Teil ihres Lebens viel besser als ihr Job im Schönheitssalon – da aber Weihnachten vor der Tür stand und bald ein weiteres Mäulchen gefüttert werden musste, war sie über jedes bisschen Arbeit froh, die sich ihr bot, schließlich konnten sie das Geld gut brauchen.

Die Dinge hatten sich zum Besseren gewendet, und der Gemeinschaftssinn, den sie spürte, wenn sie an Tagen wie diesem ihre Schönheitsbehandlungen durchführte, erfüllte sie mit großer Zufriedenheit. Hinzu kam, dass sie eine Menge neue Freunde gewonnen hatte. Sie freute sich jede Woche auf die vertrauten Gesichter, die sich von ihr den Tag versüßen ließen, sei es mit einem hübschen Haarstyling oder einer einfachen Maniküre.

Sie stand auf dem Gehweg und schaute die steilen Stufen hoch, dann zwinkerte sie Nicholas zu und holte tief Luft. Die würde sie brauchen, um in den zweiten Stock zu gelangen, wo sie ihren mobilen Schönheitssalon eingerichtet hatte. Ein Aufzug wäre wirklich praktisch, dachte sie. Sie würde das auf dem nächsten Meeting vorschlagen, aus rein egoistischen Gründen natürlich, sagte sie sich schmunzelnd.

In ihren Fingern und Zehen kribbelte es vor Aufregung. Dies hier war der Ort, wo sie hingehörte, und sie war überglücklich darüber. Sie wandte sich zu Nicholas, der ihr seinen Arm bot, und gemeinsam betraten sie das Haus, wo sie sofort Kellys laute, aber hoch motivierte Anweisungen an ihre jungen Teilnehmer hören konnten, die sich in der Küche auf den großen Tag vorbereiteten.

»Ist das Mehl oder Zucker?«

»Mehl!«, antwortete Kelly dem kleinen Jungen, der zu ihr hochsah und das weiße Pulver überall verteilt hatte, nur nicht in die Rührschüssel, wo es hingehörte. Der Back-Workshop für Kinder war Kelly zunächst wie eine tolle Idee erschienen, aber da die lieben Kleinen mehr Interesse daran zeigten, mit Mehl um sich zu werfen oder von der süßen Glasur und den silbernen Zuckerperlen auf den Weihnachtsplätzchen in Tannenform zu naschen, die sie vorbereitet hatte, begann sie sich allmählich zu fragen, ob sie die Ergebnisse erzielen würde, die sie sich erhofft hatte.

»Ich weiß, wie es geht, meine Mummy hat mir das alles schon gezeigt«, prahlte Elsie vor den anderen, die Hände in die Hüften gestemmt.

Kelly musste schmunzeln, und ihr Herz hob sich bei dem Gedanken, wie sehr ihr eigenes Selbstbewusstsein in den letzten zwölf Monaten gewachsen war, was in erster Linie an ihrem vollen Terminkalender lag, mit Kuchenbestellungen für Privatfeiern und Supermärkte und Gott weiß was noch alles oder Back-Workshops wie diesem hier, die ihr ermöglichten, den weniger Begüterten etwas zurückzugeben.

Weihnachten würde ihr nie wieder so viel Angst machen wie letztes Jahr, und sie wusste, dass sie, egal, was passierte, an den Festtagen nie wieder alleine sein würde, außer natürlich, sie entschied sich bewusst dafür.

»Okay, Kinder, stellt euch bitte mal in einer Reihe auf und zeigt mir, wie weit ihr mit euren Lebkuchenmännern gekommen seid«, sagte sie zu den Jungen und Mädchen aus dem Hostel, deren Anstrengungen eher ungenießbar aussahen … aber das Dabeisein war schließlich alles.

Ja, das Dabeisein hatte das alles ins Rollen gebracht, und Kelly war stolz darauf, was sie alle bis jetzt erreicht hatten.

»Ist meiner gut?«, fragte der sechsjährige Matthew, dessen Lebkuchenmann einem dicken beigen Schneemann ähnelte. Kelly schenkte ihm ihr strahlendstes Lächeln und tätschelte zärtlich seinen Kopf. Sie wusste, dass er später mit seinen Eltern in die Notunterkunft im Hostel zurückkehren würde, wo die Familie dann vielleicht auf das nächste Event hier wartete, um in Weihnachtsstimmung zu kommen.

»Du darfst es niemandem sagen, Matthew, aber deiner ist der Beste.«

Matthews Augen wurden groß wie Untertassen, und im nächsten Moment posaunte er direkt in den Raum hinaus, was Kelly gerade zu ihm gesagt hatte, womit er unter seinesgleichen einen ohrenbetäubenden Tumult auslöste.

»Nein, meiner ist der Beste!«

»Nein, meiner!«

Ruth, aufmerksam geworden durch den Lärm, steckte den Kopf in die Küche, und Kelly hob kapitulierend die Hände.

»Alles gut hier?«, fragte Ruth.

»Alles bestens!«, antwortete Kelly. »Wie läuft es mit dem Rest?«

»Hervorragend, ich bin richtig begeistert! Ist das nicht fantastisch?«

»Ich bin so stolz auf dich, Ruth. Das ist mehr, als sich auch nur einer von uns hätte träumen lassen. Mein Herz platzt fast vor Freude.«

Ruth warf ihr eine Kusshand zu und kehrte dann zu ihrer Arbeit zurück, die darin bestand, was sie am besten konnte, nämlich dafür zu sorgen, dass alles wie am Schnürchen lief, und bis jetzt tat es das auch. Aber das Beste stand ihnen noch bevor.

Ruth

Das chaotische Durcheinander hatte ich erwartet, den Lärm, der aus jedem Zimmer dringt, genauso, aber nichts hätte mich auf die vielen lächelnden Gesichter und die großartige Atmosphäre vorbereiten können, die jede Etage und jeden Raum der Beech Row 41 durchweht – ein Haus, in dem es viel zu lange still und leise war, das nun aber förmlich vor Energie explodiert, während Jung und Alt miteinander plaudern und diskutieren und lachen und sich einsingen, als Fremde, aus denen rasch Freunde werden.

Es war Gloria, die für dieses Projekt den Ausschlag gab, nachdem Margo bereits an mich appelliert hatte, nicht fortzugehen. Den Rest besorgte Michaels Gesichtsausdruck, als ich ihm erzählte, dass ich einen Käufer für das Haus gefunden hatte und wegziehen würde. Ein Stups von den Menschen, die mir immer den Rücken gestärkt haben, die mich wirklich kennen und schätzen, gab mir das Selbstvertrauen, um dieses großartige Gemeinschaftsprojekt ins Leben zu rufen.

»Warum in aller Welt willst du dieser Stadt den Rücken kehren, wenn du hier noch so viel mehr tun kannst?«, hatte Michael auf meine Ankündigung erwidert, und meine Idee, zu neuen Ufern aufzubrechen, verblasste wieder ein Stück mehr.

»Sieh dich doch an, Ruth Ryans!«, hatte Gloria gesagt. »Du blühst geradezu auf, wenn du etwas für andere tun kannst. So hast du schon lange nicht mehr gestrahlt! Du hast endlich die Liebe kennengelernt, und du brauchst jetzt nicht mehr vor irgendwas davonzulaufen. Nimm es an! Setz dir neue Herausforderungen. Mach das Beste aus dem wunderbaren Geschenk, das dein Vater dir hinterlassen hat, und tu etwas, das euch beide stolz machen würde.«

Und so war das Projekt Anthony geboren, mit dem Ziel, einsamen oder bedürftigen Menschen das ganze Jahr über Freizeitaktivitäten anzubieten und als Höhepunkt eine große Weihnachtsfeier zu veranstalten, zum Gedenken an meinen Vater.

Kelly gibt einmal in der Woche ihre Backkurse für Gruppen und Einzelpersonen; Nicholas ist für die musikalischen

Angebote zuständig und nutzt hier im Haus jede freie Sekunde, um so laut er möchte in die Tasten zu hauen; Molly verschönert Frauen (und ein paar Männer), die sich keinen Friseur und keine Kosmetikbehandlung leisten können, sodass sie hinterher nicht nur großartig aussehen, sondern sich auch so fühlen. Marian schwebt im siebten Himmel mit ihren Teepartys für Senioren und wirkt inzwischen wie ein völlig neuer Mensch, und sie hat auch wieder mit dem Golfen und dem Wandern angefangen. Und Sonia vom Hostel, in dem Paul Connolly zuletzt wohnte, sorgt dafür, dass ihre Bewohner als Erste in den Genuss der Programme kommen, die wir hier anbieten.

Und auch in diesem Jahr richten Michael, meine Mutter und ich wieder ein Weihnachtsdinner für neue einsame Seelen aus, die ich sorgfältig aus meinen Leserzuschriften ausgewählt habe. Wer weiß, was die Zukunft mit ihnen bringen wird. Vielleicht werden sie auch beim Projekt Anthony einsteigen.

»Ich habe noch ein paar Knallbonbons besorgt, weil die Kids im Haus einfach nicht genug davon bekommen können«, sagt Michael, als er mit seinem treuen Helfer Liam, der dieses Weihnachten auch zu unserem Team gehört, von seiner Einkaufstour zurückkehrt.

»Wir haben gleich zehn Kartons gekauft«, sagt Liam ungläubig zu mir und tut so, als wäre er außer Atem. »Dad sagt, ich bin für sie verantwortlich, falls die Kleinen es übertreiben.«

»Es gibt keinen Besseren für diesen Job als dich«, erwidere ich, und Michael stimmt mir zu und wuschelt seinem Jungen durch die Haare. Michael und Liam passen wirklich wunderbar zusammen, und Liam schaut zu seinem Daddy auf wie zu einem Superhelden, was Michaels Leben unendlich viel heller macht.

Mein Herz schwillt an, wenn ich die beiden zusammen sehe, was inzwischen ziemlich häufig vorkommt, und wir können es kaum erwarten, uns nach der Feier heute mit Mum in die Vorbereitungen für das Weihnachtsessen zu stürzen.

Michael ist auch mein Superheld, muss ich sagen. Ohne ihn könnte ich dieses Projekt nicht stemmen. Gloria möchte ihn gerne zurückhaben und sagt mir immer wieder im Spaß, dass er natürlich nur ausgeliehen wäre, aber ich denke, wir wissen alle, dass das nicht so schnell passieren wird. Dieser Ort hier gibt uns allen so viel, und er kann nur immer besser und besser werden, solange wir die Einsamkeit in dieser Stadt weiter an der Wurzel bekämpfen. Hier im Projekt Anthony wird niemals jemand einsam sein. Jeder wird herzlich von uns aufgenommen, und vor allem bekommt jeder eine Rolle zugewiesen, und das ist für mich das Wichtigste überhaupt.

Es ist nämlich so, dass Einsamkeit nicht immer mit Gesellschaft kuriert werden kann, sondern vor allem damit, dass man eine Bestimmung im Leben hat, gebraucht wird und etwas für andere tun kann. Das Wichtigste ist das Gefühl, dass man aus seiner Zeit hier auf Erden das Beste herausholt, statt einfach nur zu existieren und zuzusehen, wie die Welt sich ohne einen dreht.

Meine Mutter und ich bauen langsam, aber sicher unsere Fernbeziehung aus, und dieser schreckliche Traum mit ihr, der mich wiederkehrend quälte, hat nun endlich aufgehört. Michael stellt sicher, dass ich immer jemanden habe, auf den ich mich verlassen kann, so wie er sich auf mich, und zudem hat er Liam wieder in seinem Leben, was für ihn ist, als wären alle seine Wünsche auf einen Schlag wahr geworden.

Ich denke oft an jenen Abend auf der Hope Street zurück und daran, dass eine simple Geste die Saat bereitete für das, was ich heute hier miterleben darf. Ich schaudere bei der Vorstellung, um wie viele glückliche Momente, die ein Tag wie heute bereithalten kann, ich mich gebracht hätte, wenn ich verkauft hätte und davongelaufen wäre, vor den Menschen und dem Ort, der, wie mir bewusst geworden ist, mir *meine* Bestimmung im Leben gibt.

»Das hier ist einfach großartig!«, sagt Oonagh, die Altenpflegerin, die meinen Vater bis zu seinem Tod betreut hat. »Ich habe Mabel mitgebracht, damit sie sich oben im Beauty-Studio hübsch machen lassen kann, und ein paar unserer Bewohner nehmen an der Tea Time teil. Ruth, genau so etwas hat in dieser Stadt gefehlt. Sie und Ihr Team haben da etwas ganz Tolles auf die Beine gestellt. Einfach fantastisch!«

Oonagh umarmt mich als eine Art Dank, und ich stelle mir kurz vor, wie es wäre, wenn wir alle nett zueinander wären und das kleine bisschen mehr tun würden, um anderen zu helfen, nicht nur mit unseren Händen, sondern auch mit unseren Herzen, und dann zusehen würden, wie der Zauber des Lebens sich vor uns entfaltet, während wir erkennen, dass Nächstenliebe und Mitgefühl selbst die tiefsten und ältesten Narben, die uns das Leben zugefügt hat, heilen können.

Es hat definitiv geholfen, um meine zu heilen.

Ich höre, dass Nicholas sich am Klavier einstimmt und die Truppe zusammentrommelt. Es ist Zeit für unser erstes Weihnachtssingen, an dem alle, ob Jung oder Alt, teilnehmen werden, um diese Mauern mit Musik, Hoffnung und Freude zu füllen. Das ist der Moment, auf den wir alle gewartet haben, seit sich heute Morgen die Türen zu unserer Weihnachtsfeier öffneten.

Marian kommt ins Wohnzimmer gehuscht und stellt sich neben mich, und ich sehe Kelly, die ihren Arm um Elsie gelegt hat, beide in ihren mehlbestäubten Küchenschürzen und umgeben von den Kindern aus dem Back-Workshop. Gleich daneben entdecke ich Sonia aus dem Hostel. Nicholas ist bereits voll und ganz im Dirigentenmodus, und Michael und Liam stehen neben meiner Mutter, die Marian bei ihrem Nachmittagstee assistiert hat. Liam, der einen Karton Knallbonbons in den Armen hält, macht einen sehr selbstzufriedenen Eindruck, schließlich trägt er eine große Verantwortung. Es gefällt ihm, sich wichtig zu fühlen, und Michael und ich sorgen dafür, dass er das hier auch tut. In diesem Moment kommt Jack Flowers herein, mit Marcus auf dem Arm, und Mollys Augen leuchten auf, als sie ihre Familie sieht. Mabel und Oonagh stehen Seite an Seite, neben ihnen schleicht Margo auf Zehenspitzen ins Zimmer und stellt sich in die hintere Reihe, und schließlich entdecke ich auch noch Gloria und ihren Mann Richard, die, glühend vor Stolz, zu mir zurückschauen.

»Ally!«, rufe ich, als ich sehe, dass meine Schwester mit David und den Jungs im Schlepptau hereinkommt. »Ich freue mich ja so, dass ihr es geschafft habt!«

Ich kann kaum glauben, dass nun tatsächlich alle hier sind.

»Wir wollten diese Feier um nichts in der Welt verpassen«, sagt Ally und begrüßt mich mit einem Küsschen auf die Wange, während ihre Kinder plötzlich losstürmen.

»Nonna!«, rufen sie begeistert und laufen zu meiner Mutter, die sie mit offenen Armen empfängt.

Meine Augen werden feucht, als ich die ganze Szenerie auf mich wirken lasse. Das ist Weihnachten. Das ist Gemeinschaft. Das ist Liebe.

Dann stimmen alle im Chor zu den Klaviertönen ein, zunächst etwas schief, was bei einer so durchmischten Gruppe ja auch kein Wunder ist. Ein paar Damen von einem Wohltätigkeitsverein sind auch hier und trällern eifrig mit, genau wie die Seniorengruppe und einige Teenager aus dem Jugendclub, die vorbeigeschaut haben, um sich für unser geplantes Kunstprojekt zu bewerben.

Ich gehe mit meiner Schwester und meinem Schwager hinüber zu Michael, Liam, Mum und meinen beiden Neffen, und dann singen wir gemeinsam von Engelschören und hell leuchtenden Sternen. Liams Augen leuchten auch vor lauter

Begeisterung. Er schläft heute hier. Das tut er inzwischen regelmäßig einmal in der Woche, worauf Michael und ich uns immer sehr freuen. Er hat oben ein eigenes Zimmer neben unserem, und er gewöhnt sich jedes Mal ein Stückchen mehr bei uns ein.

Mein Blick fällt auf die Schneekugel, die Michael mir letztes Weihnachten geschenkt hat und die neben mir auf dem Kaminsims steht. Ihr Anblick und das, was sie repräsentiert, stimmen mich glücklich. Ich schüttele sie und beobachte die vielen winzigen weißen Flöckchen, die vor dem mitternachtsblauen Himmel herunterrieseln – auf das Miniaturmodell der Beech Row 41 mit den vier beleuchteten Fenstern, die stellvertretend für die Familie stehen, die hier einmal lebte.

Michael drückt meine Schulter, und im selben Moment spüre ich eine winzige Bewegung in meinem Bauch. Ich lege meine Hand auf die Stelle und kann gerade noch ein verräterisches Aufkeuchen verhindern, dann sehe ich Michael lächelnd an, während wir weitersingen. Bald wird es in diesem Haus wieder eine vierköpfige Familie geben, mit Michael, Liam, mir und der winzigen Bewegung, die ich gerade in mir gespürt habe und die jeden Tag wächst. Aber das bleibt vorerst unser Geheimnis.

»Ich liebe dich, Ruth«, flüstert Michael mir ins Ohr, dann küsst er meine Stirn und zieht mich enger an sich.

»Ich liebe dich auch, Michael«, erwidere ich und bemerke, dass Gloria uns beobachtet und sich Freudentränen aus den Augen wischt. Gloria hatte wie immer recht. Zu lieben und von einer Gemeinschaft aus Freunden und Familie geliebt zu werden ist das beste Gefühl auf der Welt.

Es ist sehr bewegend, wie die vielen Stimmen zu einer einzigen verschmelzen, und ich stelle mir lächelnd vor, wie gerne mein Vater dabei gewesen wäre und wie sehr er sich darüber gefreut hätte, dass die Beech Row 41 inzwischen nicht nur das Projekt Anthony beherbergt, sondern auch wieder eine Familie.

»Frohe Weihnachten, Daddy«, wünsche ich ihm stumm und mit glänzenden Augen. »Bitte sei weiter mein Lotse. Bis jetzt hast du ziemlich gute Arbeit geleistet. Ich werde nie aufhören, dich zu vermissen. Niemals.«

Ich schließe meine Augen, während die Musik das Haus durchdringt, und lasse bei der süßen Erinnerung an meinen Vater ein paar Tränen kullern.

Er hatte immer Angst, ich würde später einsam sein, so wie auch ich Angst davor hatte, als sein Verlust ein klaffendes Loch in meinem Herz hinterließ. Aber ich bin nicht mehr einsam, und während ich die fröhliche Weihnachtsstimmung in diesem Haus, auf das er so stolz war, in mich aufsauge, weiß ich, dass ich mir nie wieder über Einsamkeit Gedanken zu machen brauche, solange ich weiterhin gebe, was ich kann.

Das hier ist der Ort, wo ich hingehöre.

Das hier ist Weihnachten.

Das hier ist der Ort, wo mein Herz ist, und der Ort, den ich immer mein Zuhause nennen werde.

DANKSAGUNG

Ich liebe Weihnachten, aber o Mann, war das eine Herausforderung, über Schnee und gemütliche Winterabende zu schreiben, wenn hier in Irland zur Abwechslung einmal eine brütende Sommerhitze herrschte!

Trotzdem habe ich es sehr genossen, Ruths Geschichte zu spinnen, und es war wirklich schwer, allen ihren Freunden (und der Beech Row 41) Lebewohl zu sagen, als das Buch fertig war.

Wie immer möchte ich an dieser Stelle einen riesigen Dank an das gesamte Team von *Harper Impulse* aussprechen, besonders an Charlotte, Kim, Eloisa und Claire, die harte Arbeit leisten, um meine Geschichten unter so ein breites Publikum zu bringen. Es ist mir eine absolute Ehre, Teil einer solchen Erfolgsmannschaft zu sein, die mich in schwindelerregende Höhen geführt hat, von denen ich früher nur hätte träumen können!

Ein Dankeschön an meine Familie: meinen Partner Jim, meine Kinder Jordyn, Jade, Dualta, Adam und Sonny, meine Schwestern, meinen Bruder, meine Schwiegereltern – und an alle meine Freunde, denen es gelingt, keine glasigen Augen zu bekommen, wenn ich sie während des Schreibprozesses mit Fragen bombardiere, und die mir die Zeit und den Raum geben, um meine Geschichten zu Papier zu bringen.

Ein Dank an all die wunderbaren Menschen, die meine Bücher mit Begeisterung lesen; danke, dass Sie mir die Treue halten, danke für Ihr Feedback und Ihren großen Zuspruch. Ich freue mich immer sehr, von Ihnen zu hören, darum bleiben Sie bitte in Kontakt und verschenken Sie weiter Liebe in den sozialen Netzwerken wie auch im wahren Leben.

Ein Riesendank an Gail Walker vom *Belfast Telegraph* für die ausführliche Buchbesprechung in diesem Jahr, und auch an alle anderen Rezensenten von der lokalen und nationalen Presse, aus Funk und Fernsehen und der Blogger-Community, die mir geholfen haben, meine Arbeit bekannt zu machen. Wie immer auch ein Dank an Madeline und TP von Sheehy's Bookshop in Cookstown, an Helen von der Be Yourself Boutique in Kinvara und an Ruth von der Sexton's Bar, auch in Kinvara. Eure Unterstützung bedeutet mir sehr viel.

Ein Dankeschön geht etwas weiter weg, an Siobhainn O'Connor vom *Chicago Irish Radio*, die mich dem amerikanischen Publikum mit ihren bodenständigen und lustigen Interviews nähergebracht hat (obwohl Sonny sich jedes Mal lautstark im Hintergrund bemerkbar macht!).

Zum Schluss ein unendlich großer Dank an meine Lektorin Emily Ruston, die wirklich weiß, wie sie das Beste aus mir herausholen kann, vom Anfang, wenn sie sich meine allerersten Ideen für ein Buch anhört, bis zum Ende, wenn wir das fertige Ergebnis in den Händen halten und ein oder zwei Freudentränchen verdrücken. Ich empfinde eine große Dankbarkeit und Ehrfurcht vor ihrem unfehlbaren Auge und ihrem Weitblick. Emily, du bist die Beste!

Alles Liebe
  Emma